U0124380

世界不朽傳家經典

這裡選的書，您一輩子總要讀它一遍，
不管您是在十歲，或在三十歲，或在七十歲！

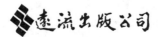

遠流出版公司

〔世界不朽傳家經典〕002

安徒生故事全集(二)　　（全四冊）

原書名　*Eventyr og Historier*（丹麥）
作　　者　安徒生(H.C. Andersen)
譯　　者　葉君健
校 訂 者　蔡尙志
主　　編　楊豫馨
發 行 人　王榮文
出版發行　遠流出版事業股份有限公司
台北市南昌路二段 81 號 6 樓
郵撥 0189456-1　電話（02）2392-6899　傳真（02）2393-6658
香港發行　遠流(香港)出版公司
香港北角英皇道 310 號雲華大廈 4 樓 505 室
電話 2508-9048　傳眞 2503-3258
香港售價　港幣 117 元
著作權顧問　蕭雄淋律師　法律顧問　王秀哲律師　董安丹律師
排版　凱立國際印刷股份有限公司
印刷　優文印刷事業有限公司
初版一刷　1999 年 2 月 16 日
初版十二刷　2005 年 4 月 1 日
行政院新聞局局版臺業字第 1295 號

定價 350 元

（缺頁或破損的書，請寄回更換）
版權所有・翻印必究　Printed in Taiwan
ISBN　957-32-3678-8(一套；精裝)
ISBN　957-32-3672-9(第二冊；精裝)

YLib 遠流博識網
http://www.ylib.com. E-mail:ylib@ ylib.com.

世界不朽傳家經典
安徒生故事全集(二)

安徒生（H.C.Andersen）著
葉君健翻譯　評註　蔡尙志校訂

目錄

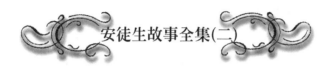

安徒生故事全集(二)

小克勞斯和大克勞斯

從前有兩個人住在一個村子裡。他們的名字是一樣的——兩個人都叫克勞斯。不過一個有四匹馬，另一個只有一匹馬。為了把他們兩人分得清楚，大家就把有四匹馬的那個叫大克勞斯，把只有一匹馬的那個叫小克勞斯。現在我們可以聽聽他們每人做了些什麼事情吧，因為這是一個真實的故事。

小克勞斯一星期中每天要替大克勞斯犁田，而且還要把自己僅有的一匹馬借給他使用。大克勞斯用自己的四匹馬來幫助

他，可是每星期只幫助他一天，而且這還是在星期天。好呀！小克勞斯多麼喜歡在那五匹牲口的上空啪嗒啪嗒地響著鞭子啊！在這一天，它們就好像全都已變成了他自己的財產。太陽正高高興興地照著，所有教堂尖塔上的鐘都敲出做禮拜的鐘聲。大家都穿起了最漂亮的衣服，胳膊底下夾著聖詩集，走到教堂裡去聽牧師講道。他們都看到了小克勞斯用他的五匹牲口在犁田。他是那麼高興，他把鞭子在這幾匹牲口的上空抽得啪嗒啪嗒地響了又響，同時喊著：「我的五匹馬兒喲！使勁呀！」

「你可不能這麼喊啦！」大克勞斯說。「因為你只有一匹馬呀。」

不過，去做禮拜的人在旁邊走過的時候，小克勞斯就忘記了他不應該說這樣的話。他又喊起來：「我的五匹馬兒喲，使勁呀！」

「現在我得請求你不要再這麼喊了，」大克勞斯說。「假如你再這樣說的話，我可要砸碎你這匹牲口的腦袋，叫它當場倒下來死掉，那麼它就完蛋了。」

「我絕不再說那句話，」小克勞斯說。但是，當有人在旁邊走過、對他點點頭、道一聲日安的時候，他又高興起來了，覺得自己有五匹牲口犁田，究竟是了不起的事。所以他又啪嗒啪嗒地揮起鞭子來，喊著：「我的五匹馬兒喲，使勁呀！」

「我可要在你的馬兒身上『使勁』一下了。」大克勞斯說，於是他就拿起一個拴馬樁，在小克勞斯唯一的馬兒頭上打了一下。這牲口倒下來，立刻就死了。

「哎，我現在連一匹馬兒也沒有了！」小克勞斯說，同時哭

起來。

　　過了一會兒他剝下馬兒的皮，把它放在風裡吹乾。然後把它
裝進一個袋子，背在背上，到城裡去賣這張馬皮。

　　他得走上好長的一段路，而且還得經過一個很大的黑森
林。這時天氣變得壞極了。他迷路了。他還沒有找到正確的路，
天就要黑了。在夜幕降臨以前，要回家是太遠了，但是到城裡去
也不近。

　　路旁有一個很大的農莊，它窗外的百葉窗已經放下來了，不
過縫隙裡還是有亮光透露出來。

　　「也許人家會讓我在這裡過一夜吧。」小克勞斯想。於是他
就走過去，敲了一下門。

　　那農夫的妻子開了門，不過，她一聽到他這個請求，就叫他
走開，並且說：她的丈夫不在家，她不能讓任何陌生人進來。

　　「那麼我只好睡在外面了，」小克勞斯說。農夫的妻子就當
著他的面把門關上了。

　　附近有一個大乾草堆，在草堆和屋子中間有一個平頂的小
茅屋。

　　「我可以睡在那上面！」小克勞斯抬頭看見那屋頂的時候
說。「這的確是一張很美妙的床。我想鸛鳥決不會飛下來啄我的
腿的。」因為屋頂上就站著一隻活生生的鸛鳥——它的巢就在那
上面。

　　小克勞斯爬到茅屋頂上，在那上面躺下，翻了個身，把自己
舒舒服服地安頓下來。屋子的百葉窗的上面一部分沒有關好，所
以他看得見屋子裡的房間。

　　房間裡有一個鋪了桌巾的大桌子，桌上放著酒、烤肉和一條肥美的魚。農夫的妻子和鄉裡的牧師在桌旁坐著，再沒有別的人在場。她在爲他斟酒，他把叉子插進魚裡去，挑起來吃，因爲這是他最心愛的一道菜。

　　「我希望也能讓別人吃一點！」小克勞斯心中想，同時伸出頭向那窗子望。天啊！那裡面有多麼美的一塊糕餅啊！是的，這簡直是一桌酒席！

　　這時他聽到有一個人騎著馬在大路上向這屋子走來。原來是那女人的丈夫回家來了。

　　他倒是一個很善良的人，不過他有一個怪毛病——他怎麼也看不慣牧師。只要一遇見牧師，他立刻就會變得非常暴躁。因爲這個緣故，所以這個牧師這時才來向這女人道「日安」，因爲他知道她的丈夫不在家。這位賢慧的女人把她所有的好東西都搬出來給他吃。不過，當他們一聽到她丈夫回來了，他們就開始害怕起來了。這女人就請求牧師鑽進牆角邊的一個大空箱子裡去。他也就只好照辦了，因爲他知道這個可憐的丈夫看不慣任何一個牧師。女人連忙把這些美味的酒菜藏進竈裡去，因爲假如丈夫看見這些東西，他一定會問問這是怎麼一回事。

　　「咳，我的天啊！」茅屋上的小克勞斯看到這些好東西給搬走，不禁嘆了一口氣。

　　「上面是什麼人？」農夫問，同時也抬頭望著小克勞斯。「你爲什麼睡在那兒？請你下來跟我一起到屋子裡去吧。」

　　於是小克勞斯就告訴他，他怎樣迷了路，同時請求農夫准許他在這兒過一夜。

「當然可以的，」農夫說。「不過我們得先吃點東西才行。」

女人很和善地迎接他們兩個人。她在長桌上鋪好桌巾，盛了一大碗稀飯給他們吃。農夫很餓，吃得津津有味。可是小克勞斯不禁想起了那些好吃的烤肉、魚和糕餅來——他知道這些東西是藏在竈裡的。

他早已把那個裝著馬皮的袋子放在桌子底下，放在自己腳邊；因為我們記得，這就是他從家裡帶出來的東西，要送到城裡去賣的。這一碗稀飯他實在吃得沒有什麼味道，所以他的一雙腳就在袋子上踩，踩得那張馬皮發出嘰嘰嘎嘎的聲音來。

「不要叫！」他對袋子說，但同時他不禁又在上面踩，弄得它發出更大的聲音來。

「怎的，你袋子裡裝的什麼東西？」農夫問。

「咳，裡面是一個魔法師，」小克勞斯回答說。「他說我們不必再吃稀飯了，他已經變出一爐子烤肉、魚和點心來了。」

「好極了！」農夫說。他很快地就把爐子掀開，發現了他老婆藏在裡面的那些好菜。不過，他卻以為這些好東西是袋裡的魔法師變出來的。他的女人什麼話也不敢說，只好趕快把這些菜搬到桌上來。他們兩人就把肉、魚和糕餅吃了個痛快。現在小克勞斯又在袋子上踩了一下，弄得裡面的馬皮又叫起來。

「他現在又在說什麼呢？」農夫問。

小克勞斯回答說：「他說還為我們變出了三瓶酒，這酒也在爐子裡面哩。」

那女人就不得不把她所藏的酒也拿出來，農夫把酒喝了，非常愉快。於是他自己也很想有一個像小克勞斯袋子裡那樣的魔

法師。

「他能夠變出魔鬼嗎？」農夫問。「我倒很想看看魔鬼呢，因為我現在很愉快。」

「當然囉，」小克勞斯說。「我所要求的東西，我的魔法師都能變得出來──難道你不能嗎，魔法師？」他一邊說著，一邊踩著這張皮，弄得它又叫起來。「你聽到沒有？他說：『能變得出來。』不過這個魔鬼的樣子是很醜的；我看最好還是不要看他吧。」

「噢，我一點也不害怕。他會是一副什麼樣子呢？」

「嗯，他簡直跟本鄉的牧師一模一樣。」

「哈！」農夫說，「那可真是太難看了！你要知道，我真看不慣牧師的那副嘴臉。不過也沒有什麼關係，我只要知道他是個魔鬼，也就能忍受得了。現在我鼓起勇氣來吧！不過請別讓他離我太近。」

「讓我問一下我的魔法師吧，」小克勞斯說。於是他就在袋子上踩了一下，同時把耳朵偏過來聽。

「他說什麼？」

「他說你可以走過去，把牆角那兒的箱子掀開。你可以看見那個魔鬼就蹲在裡面。不過你要把箱蓋子好好抓緊，免得他溜走了。」

「我要請你幫助我抓住蓋子！」農夫說。於是他走到箱子那兒。他的妻子早就把那個真正的牧師藏在裡面了。現在他正坐在裡面，非常害怕。

農夫把蓋子略為掀開，向裡面偷偷地瞧了一下。

「嚙唷！」他喊出聲來，向後跳了一步。「是的，我現在看到他了。他跟我們的牧師一模一樣。啊，這真嚇人！」

為了這件事，他們要多喝幾杯酒。所以他們坐下來，一直喝到深夜。

「你得把這位魔法師賣給我，」農夫說。「隨便你要多少錢吧；我馬上就可以給你一大斗錢。」

「不行，這個我可不幹，」小克勞斯說。「你想想看吧，這位魔法師對我的用處該有多大呀！」

「啊，要是它屬於我該多好啊！」農夫繼續要求著說。

「好吧，」最後小克勞斯說。「今晚你讓我在這兒過夜，實在對我太好了。就這樣辦吧。你拿一斗錢來，可以把這個魔法師買去，不過我要滿滿的一斗錢。」

「那不成問題，」農夫說。「可是你得把那兒的那個箱子帶走。我一分鐘也不願意把它留在我的家裡。誰也不知道，他是不是還待在裡面。」

小克勞斯把他裝著乾馬皮的那個袋子給了農夫，換得了一斗錢，而且這斗錢是裝得滿滿的。農夫還另外給了他一輛大車，把錢和箱子運走。

「再會吧！」小克勞斯說，於是他就推著錢和那隻大箱子走了，牧師還坐在箱子裡面。

在樹林的另一邊有一條又寬又深的河，水流得非常急，誰也難以游過急流。不過那上面新建了一座大橋。小克勞斯在橋中央停下來，大聲地講了幾句話，使箱子裡的牧師能夠聽見：

「咳，這口笨箱子叫我怎麼辦呢？它是那麼重，好像裡面裝

著石頭似的。我已經夠累，再也推不動了。我還是把它扔到河裡去吧。如果它流到我家裡，那是再好也不過；如果它流不到我家裡，那也就只好讓它去吧。」

於是他一隻手把箱子略微提起一點，好像眞要把它扔到水裡去似的。

「扔不得，請放下來吧！」箱子裡的牧師大聲說。「請讓我出來吧！」

「哎唷！」小克勞斯裝做害怕的樣子說。「他原來還在裡面！我得趕快把它扔進河裡去，讓他淹死。」

「哎呀！扔不得！扔不得！」牧師大聲叫起來。「請你放了我，我可以給你一大斗錢。」

「呀，這倒可以考慮一下，」小克勞斯說，同時把箱子打開。

牧師馬上就爬出來，把那口空箱子推到水裡去。隨後他就回到了家裡，小克勞斯跟著他，得到了滿滿一斗錢。小克勞斯已經從農夫那裡得到了一斗錢，所以現在他整個車子裡都裝了錢。

「你看我那匹馬的代價倒眞是不小呢，」當他回到家來走進自己的房間裡去時，他對自己說，同時把錢倒在地上，堆成一大堆。「如果大克勞斯知道我靠了一匹馬發了大財，他一定會生氣的。不過我絕不老老實實地告訴他。」

因此他派一個孩子到大克勞斯家裡去借一個斗來。

「他要這東西幹什麼呢？」大克勞斯想。於是他在斗底塗了一點焦油，好使它能黏住一點它所量過的東西。事實上也是這樣，因為當他收回這斗的時候，發現那上面黏著三塊嶄新的銀幣。

「這是什麼呢？」大克勞斯說。他馬上跑到小克勞斯那兒去。「你這些錢是從哪兒弄來的？」

「哦，那是從我那張馬皮上賺來的。昨天晚上我把它賣掉了。」

「它的價錢倒是不低啦，」大克勞斯說。他急忙跑回家來，拿起一把斧頭，把他的四匹馬當頭砍死了。他剝下皮來，送到城裡去賣。

「賣皮喲！賣皮喲！誰要買皮？」他在街上喊。

所有的皮鞋匠和製革匠都跑過來，問他要多少價錢。

「每張賣一斗錢！」大克勞斯說。

「你發瘋了嗎？」他們說。「你以為我們的錢多得可以用斗量嗎？」

「賣皮喲！賣皮喲！誰要買皮？」他又喊起來。人家一問起他的皮的價錢，他老是回答說：「一斗錢。」

「他簡直是拿我們開玩笑，」大家都說。於是鞋匠拿起皮條，製革匠拿起圍裙，都向大克勞斯打來。

「賣皮喲！賣皮喲！」他們譏笑著他。「我們叫你有一張像豬一樣流著鮮血的皮。滾出城去吧！」他們喊著。大克勞斯拚命地跑，因為他從來沒有像這次被打得那麼厲害。

「嗯，」他回到家時說。「小克勞斯得還這筆債，我要把他活活地打死。」

但是在小克勞斯的家裡，他的祖母恰巧死死掉了。她生前對他一直很嚴厲，很不客氣。雖然如此，他還是覺得很難過，所以他抱起這死女人，放在自己溫暖的床上，看她是不是還能復活。

他要讓她在那床上停一整夜，他自己坐在牆角裡的一把椅子上睡——他過去常常是這樣。

當他夜裡正在那兒坐著的時候，門開了，大克勞斯拿著斧頭進來了。他知道小克勞斯的床在什麼地方。他直向床前走去，用斧頭在他老祖母的頭上砍了一下。因為他以為這就是小克勞斯。

「你要知道，」他說，「你不能再把我當做一個傻瓜來耍了。」隨後他也就回到家裡去。

「這傢伙真是一個壞蛋，」小克勞斯說。「他想把我打死。幸好我的老祖母已經死了，否則他會把她的一條命送掉。」

於是他幫祖母穿上禮拜天的衣服，從鄰人那兒借來一匹馬，套在一輛車子上，同時把老祖母放在最後邊的座位上坐著。這樣，當他趕著車子的時候，她就不至於倒下來。他們顛顛簸簸地走過樹林。當太陽升起的時候，他們來到一個旅店的門口。小克勞斯在這兒停下來，走到店裡去吃點東西。

店老闆是一個有很多很多錢的人，他也是一個非常好的人，不過他的脾氣很壞，好像他全身長滿了胡椒和煙草。

「早安，」他對小克勞斯說。「你今天穿起漂亮衣服來啦。」

「不錯，」小克勞斯說，「我今天要跟我的祖母上城裡去呀；她正坐在外面的車子裡，我不能把她帶到這屋子裡來。你能不能給她一杯蜜酒喝？不過請你說話聲音大一點，因為她的耳朵不太好。」

「好吧，這個我辦得到，」店老闆說，於是他倒了一大杯蜜酒，走到外邊那個死了的祖母身邊去。她僵直地坐在車子裡。

「這是你孩子爲你叫的一杯酒，」店老闆說。不過這死婦人一句話也不講，只是坐著不動。

「你聽到沒有？」店老闆高聲地喊出來。「這是你孩子爲你叫的一杯酒呀！」

他又喊了一遍，接著又喊了一遍。不過她還是一動也不動。最後他發起火來，把酒杯向她的臉上扔去。蜜酒沿著她的鼻子流下來，同時她向車子後邊倒去，因爲她只是放得很直，但沒有綁得很緊。

「你看！」小克勞斯吵起來，並且向門外跑去，攔腰抱住店老闆。「你把我的祖母打死了！你瞧，她的額角上有一個大洞。」

「咳，眞糟糕！」店老闆也叫起來，難過地扭著自己的雙手。「這完全怪我脾氣太壞！親愛的小克勞斯，我給你一斗錢好吧，我也願意安葬她，把她當做我自己的祖母一樣。不過請你不要聲張，否則我的腦袋就保不住了。那才不痛快呢！」

因此小克勞斯又得到了一斗錢。店老闆還安葬了他的老祖母，像是安葬自己的親人一樣。

小克勞斯帶著這許多錢回到家裡，馬上叫他的孩子去向大克勞斯借一個斗來。

「這是怎麼一回事兒？」大克勞斯說。「難道我沒有把他打死嗎？我得親眼去看一下。」他就親自拿著斗來見小克勞斯。

「你從哪裡弄到這麼多的錢？」他問。當他看到這麼一大堆錢的時候，他的眼睛睜得非常大。

「你打死的是我的祖母，並不是我呀，」小克勞斯說。「我已經把她賣了，得到一斗錢。」

「這個價錢倒是非常高，」大克勞斯說。於是他馬上跑回家去，拿起一把斧頭，把自己的老祖母砍死了。他把她裝上車，趕進城去，在一位藥劑師的門前停住，問他是不是願意買一個死人。

「這是誰，你從什麼地方弄到她的？」藥劑師問。

「這是我的祖母，」大克勞斯說。「我把她砍死了，爲的是想賣得一斗錢。」

「願上帝救救我們！」藥劑師說。「你簡直發瘋了！再不要講這樣的話吧，再講你就會掉腦袋了。」於是他就原原本本地告訴大克勞斯，他做的這樁事情是多麼要不得，他是一個多麼壞的人，他應該受到怎樣的懲罰。大克勞斯嚇了一跳，趕快從藥房裡跑出來，跳進車裡，抽起馬鞭，奔回家去。不過藥劑師和所有在場的農人都以爲他是一個瘋子，所以也就讓他逃走了。

「你得還這筆債！」大克勞斯把車子趕上了大路以後說，「是的，小克勞斯，你得還這筆債！」他一回到家來，就馬上找了一個最大的袋子，一直走到小克勞斯家裡，說：「你又作弄了我一次！第一次我打死了我的馬；這一次又打死了我的老祖母！這完全得由你負責。不過你別再想作弄我了。」於是他就把小克勞斯攔腰抱住，塞進那個大袋子裡去，背在背上，大聲對他說：「現在我要走了，要把你活活地淹死！」

到河邊，要走好長一段路。小克勞斯夠他背的呢。這條路挨近一座教堂：教堂內正在奏著風琴，人們正唱著聖詩，非常好聽。大克勞斯將裝著小克勞斯的大袋子在教堂門口放下。他想：不妨進去先聽一首聖詩，然後再向前走也不礙事：小克勞斯既

跑不出來，而別的人又都在教堂裡，因此他就走進去了。

「咳，我的天！咳，我的天！」袋子裡的小克勞斯嘆了一口氣。他扭著，掙扎著，但是他沒有辦法掙脫掉繩子。這時恰巧有一位趕牲口的白髮老人走過來，手中拿著一根長棒；他正在趕著一群公牛和母牛。那群牛恰巧踢著那個裝著小克勞斯的袋子，把它弄翻了。

「咳，我的天！」小克勞斯嘆了一口氣，「我年紀還這麼輕，現在就已經要進天國了！」

「可是我這個可憐的人，」趕牲口的人說，「我的年紀已經這麼老，到現在卻還進不去呢！」

「那麼請你把這袋子打開吧，」小克勞斯喊出聲來。「你可以代替我鑽進去，那麼你馬上就可以進天國了。」

「那很好，我願意這樣辦！」趕牲口的人說。於是他就把袋子解開，小克勞斯就立刻爬出來了。

「你來看管這些牲口，好嗎？」老人問。於是他就鑽進袋子裡去。小克勞斯把它繫好，隨後趕著這群公牛和母牛走了。

過了不久，大克勞斯從教堂裡走出來。他又把這袋子扛在肩上。他覺得袋子輕了一些；這是沒有錯的，因為趕牲口的老人只有小克勞斯一半重。

「現在背起他是多麼輕啊！不錯，這是因為我剛才聽了一首聖詩的緣故。」

他走向那條又寬又深的河邊，把那個裝著趕牲口的老人的袋子扔到水裡。他以為這就是小克勞斯了。所以他在後面喊：「躺在那兒吧！你再也不能作弄我了！」

於是他回到家來。不過當他走到一個十字路口的時候，忽然碰到小克勞斯趕著一群牲口。

「這是怎麼一回事？」大克勞斯說。「難道我沒有淹死你嗎？」

「不錯，」小克勞斯說，「大約半個鐘頭以前，你把我扔進河裡去了。」

「不過你從什麼地方得到這樣好的牲口呢？」大克勞斯問。

「它們都是海裡的牲口，」小克勞斯說。「我把全部的經過告訴你吧，同時我也要感謝你把我淹死。我現在開始走運了。你可以相信我，我現在真正發財了！我待在袋子裡的時候，真是害怕！當你把我從橋上扔進冷水裡去的時候，風就在我耳朵旁邊叫。我馬上就沉到水底了，不過我倒沒有碰傷，因為那兒長著非常柔軟的水草。我是落到草上的。這袋子馬上自動地開了。一位非常漂亮的姑娘，身上穿著雪白的衣服，濕頭髮上戴著一個綠色的花環，走過來拉著我的手，對我說：『你就是小克勞斯嗎？你來了？我先送給你幾匹牲口吧。沿著這條路，再向前走十二里，你還可以看到一大群──我把它們都送給你好了。』我這時才知道河就是住在海裡的人們的一條大道。他們在海底上走，從海那兒走向內地，直到這條河的盡頭。這兒開著那麼多美麗的花，長著那麼多新鮮的草。游在水裡的魚兒在我的耳朵旁滑過去，像這兒的鳥在空中飛過一樣。那兒的人是多麼漂亮啊！在那兒的山丘上和田溝裡吃著草的牲口是多麼好看啊！」

「那麼你為什麼又馬上回到我們這兒來了呢？」大克勞斯問。「水裡面要是那麼好，我絕不會回來！」

「咳，」小克勞斯回答說，「這正是我聰明的地方。你記得我跟你講過，那位海裡的姑娘曾經說：『沿著大路再向前走十二里，』——她所說的路無非是河罷了，因為她不能走別種的路——那兒還有一大群牲口在等著我啦。不過我知道河流是怎樣一種彎彎曲曲的東西——它有時這樣一彎，有時那樣一彎；這全是彎路，只要你能做到，你可以回到陸地上來走一條直路，那就是穿過田野再回到河裡去。這樣就可以少走六里多路，因此我也就可以早點得到我的海牲口了！」

「啊，你真是一個幸運的人！」大克勞斯說。「你想，假如我也走向海底的話，我能不能也得到一些海牲口？」

「我想是能夠的，」小克勞斯回答說。「不過我沒有氣力把你背在袋子裡走到河邊，你太重了！但是假如你自己走到那兒、自己鑽進袋子裡去，我倒很願意把你扔進水裡去呢！」

「謝謝你！」大克勞斯說。「不過我走下去得不到海牲口的話，我可要結結實實地揍你一頓啦！這點請你注意。」

「哦，不要這樣，不要這樣兇吧！」於是他們就一起向河邊走去。那些牲口已經很渴了，它們一看到水，就拼命衝過去喝。

「你看它們簡直等都等不及了！」小克勞斯說。「它們急著要回到水底下去呀！」

「是的，不過你得先幫助我！」大克勞斯說，「不然我就要結結實實地揍你一頓！」

這樣，他就鑽進一個大袋子裡去，那個袋子一直是由一頭公牛馱在背上的。

「請放一塊石頭到裡面去吧，不然我怕沉不下去啦，」大克

勞斯說。

「這個你放心，」小克勞斯回答說；於是他裝了一塊大石頭
到袋子裡去，用繩子把它繫緊。接著他就把它一推：嘩啦！大克
勞斯滾到河裡去了，而且馬上就沉到河底。

「我恐怕你找不到牲口了！」小克勞斯說。於是他就把他所
有的牲口趕回家了。〔1835 年〕

　　這篇童話發表於 1835 年，收集在他的第一本童話集《講給
孩子們聽的故事》裡。故事生動活潑，具有童話和民間故事的一
切特點，小朋友們讀起來只會感到有趣，還不一定會意識到它反
映出一個可怕的社會現實，那就是：爲了金錢，即使對親兄弟也
不惜謀財害命，相互殘殺──不過做法「很有趣」而已。

　　這裡面還反映出某些「正人君子」的虛僞和欺騙，並且還對
他們進行了「有趣」、但是嚴厲的諷刺和批判。小克勞斯請求那
個農夫的妻子讓他到她家過一夜，她拒絕說：丈夫不在家，不能
讓任何陌生人進來。但牧師卻能夠進去。她的丈夫素來看不慣鄉
下的牧師，認爲他們是「魔鬼」，因此牧師「知道她的丈夫不在
家」，「這時（夜裡）才來向這女人道『日安』」。「這位賢慧的女
人把她所有的好東西都搬出來給他吃」。不久丈夫忽然回來了，
牧師就鑽進一個大空箱子裡去藏起來。丈夫揭開箱子，發現裡面
蹲著一個魔鬼，「跟本鄉的牧師一模一樣。」牧師表面上是滿口

仁義道德的人，但實際上卻在這裡做著不可告人的勾當。

遷居的日子

你記得守塔人奧列吧！我曾經告訴過你關於我兩次拜訪他的情形①。現在我要講講我第三次的拜訪，不過這並不是最後的一次。

一般說來，我到塔上去看他總是在過年的時候。不過這一次卻是在一個搬家的日子裡，因為這一天的街上叫人感到非常不愉快。街上堆著許多垃圾、破碗罐和髒東西，且不說人們扔到外面的那些鋪床的乾草。你得在這些東西之間行走。我剛剛一走過

來就看到幾個孩子在一大堆髒東西上玩耍。他們玩著睡覺的遊戲。他們覺得在這地方玩這種遊戲最適宜。他們偎在一堆鋪床的草裡，把一張舊糊牆紙拉到身上當做被單。

「這眞是好玩！」他們說。但是我已經吃不消了。我急忙走開，跑到奧列那兒去。

「這就是搬家的日子！」他說。「大街和小巷簡直就像一個箱子———一個龐大的垃圾箱子。我只要有一車垃圾就夠了。我可以從裡面找出一點什麼東西來；剛剛一過完聖誕節，我就去找了。我在街上走；街上又冷，又陰，又潮濕，足足可以把你弄得傷風。清道夫停下他的車子；車子裡裝得滿滿的，眞不愧是哥本哈根在搬家日的一種典型示範。

「車子後面立著一棵樅樹。樹還是綠的，樹枝上還掛著許多金箔。它曾經是一棵聖誕樹，但是現在卻被扔到街上來了。清道夫把它插到垃圾堆後面。它可以叫人看了感到愉快，也可以叫人大哭一場。是的，我們可以說兩種可能性都有；這完全要看你的想法是怎樣。我已經想了一下，垃圾車裡的一些個別物件也想了一下，或者它們也許想了一下———這是半斤八兩的事，沒有什麼分別。

「車裡有一隻撕裂了的女手套。它在想什麼呢？要不要我把它想的事情告訴你呢？它躺在那兒，用它的小指指著樅樹。『這樹和我有關係！』它想，『我也出席過燈火輝煌的舞會。我的眞正一生是在一個跳舞的夜裡過的。握一次手，於是我就裂開了！我的記憶也就從此中斷了；再也沒有什麼東西使我值得為它活下去了！』這就是手套所想的事情———也許是它可能想過的事

情。

　「『這棵樅樹真有些笨！』陶器碎片說。破碎的陶片總覺得
什麼東西都笨。『你既然被裝進了垃圾車，』它們說，『你就不必
擺什麼架子，戴什麼金箔了！我們知道，我們在這個世界上曾經
起過一些作用，起碼比這根綠棒子所起的作用要大得多！』這也
算是一種意見——許多人也有同感。不過樅樹仍然保持著一種
怡然自得的神氣。它可以說是垃圾堆上的一首小詩，而這樣的事
情在搬家的日子裡街上有的是！在街上走路真是麻煩和困難，
我急於想逃避，再回到塔上去，在那上面待下來：我可以坐在那
上面，以幽默的心情俯視下界的一切事物。

　「下面這些老好人正在鬧搬家的玩意兒！他們拖著和搬著
自己的一點財產。小鬼坐在一個木桶裡②，也在跟著他們遷移。
家庭的閒話，親族間的牢騷，憂愁和煩惱，也從舊居遷到新居裡
來。這整個事兒引起他們什麼感想呢？引起我們什麼感想呢？
是的，《小小新聞》上發表的那首古老的好詩早就告訴過我們
了：

　　　　記住，死就是一個偉大的搬家日！

　「這是一句值得深思的話，但是聽起來卻不愉快。死神是，
而且永遠是，一個最能幹的公務人員，雖然他的小差事多得不得
了，你想過這個問題沒有？

　「死神是一個公共馬車的駕駛人，他是一個簽證的人，他把
他的名字寫在我們的證明文件上，他是我們生命儲蓄銀行的總

經理。你懂得這一點嗎？我們把我們在人世間所做的一切大小事情都存在這個『儲蓄銀行』裡。當死神趕著搬家的馬車到來的時候，我們都得坐進去，遷入『永恒的國度』。到了國境，他就把證明書交給我們，做為護照。他從『儲蓄銀行』裡拿出我們做過的某些最能表現我們的行為的事情，做為旅行的費用。這可能很痛快，但也可能很可怕。

「誰也逃避不了這樣的一次馬車旅行。有人曾經說過，有一個人沒有得到准許坐進去──這人就是耶路撒冷的那個鞋匠。他跟在後面跑。如果他得到了准許坐上馬車的話，可能他早就不至於成為詩人們的一個主題了。請你在想像中向這搬家大馬車裡面瞧一眼吧！裡面各種各樣的人都有！皇帝和乞丐，天才和白痴，都是肩並肩坐在一起。他們不得不在一起旅行，既不帶財產，也不帶金錢。他們只帶著證明書和『儲蓄銀行』的零用錢。不過一個人做過的事情中有哪一件會被挑出來讓他帶走呢？可能是一件很小的事情，小得像一粒豌豆；但是一粒豌豆可以發芽，變成一棵開滿了花朵的植物。

「坐在牆角裡一個矮凳子上的那個可憐的窮人，經常挨打挨罵，這次他可能就帶著他那個磨光了的凳子，做為他的證明書和旅行費。凳子於是就成為一頂送他走進那永恆國土裡去的轎子。它變成一個金碧輝煌的王座；它開出花朵，像一個花亭。

「另外一個人一生只顧喝快樂杯中的香酒，藉此忘掉他所做過的一些壞事。他帶著他的酒桶；他要在旅途中喝裡面的酒。酒是清潔和純淨的，因此他的思想也變得清楚起來。他的一切善良和高尚的感情都被喚醒了。他看到，也感覺到他從前不願意看和

看不見的東西。所以現在他得到了應有的懲罰：一條永遠活著的、咬嚙著他的蠕蟲。如果說酒杯上寫著的是『遺忘』這個字，那麼酒桶上寫著的卻是『記憶』。

「當我讀到一本好書、一本歷史著作的時候，我總不禁要想想我讀到的人物在他坐上死神的公共馬車時最後一瞬間的那種情景。我不禁要想，死神會把他的哪一件行為從『儲蓄銀行』裡取出來，他會帶些什麼零用錢到『永恆的國土』裡去呢？

「從前有一位法國皇帝——他的名字我已經忘記了。我有時把一些好人的名字也忘記了，不過它們會回到我的記憶中來的。這個皇帝在荒年的時候成為他的百姓的施主。他的百姓為他立了一個用雪做的紀念碑，上面刻著這樣的字：『您的幫助比融雪的時間還要短暫！』我想，死神會記得這個紀念碑，會給他一小片雪花。這片雪花將永遠也不會融化；它將像一隻白蝴蝶似的，在他高貴的頭上飛向『永恆的國土』。

「還有一位路易十一世③。是的，我記得他的名字，因為人們總是把壞事記得很清楚。他有一件事情常常來到我的心中——我真希望人們可以把歷史當做一堆謊話。他下了一道命令，要把他的大法官斬首。有理也好，沒有理也好，他有權做這件事情。不過他又命令，把大法官的兩個天真的孩子——一個七歲，一個八歲——送到刑場上去，同時還叫人把他們父親的熱血灑在他們的身上，然後再把他們送進巴士底監獄，關在鐵籠子裡。他們在鐵籠子裡連一張床單都沒有得蓋。每隔八天，國王路易派一個劊子手去，把他們每人的牙齒拔掉一顆，以免他們日子過得太舒服。那個大的孩子說：『如果媽媽知道我的弟弟在這

樣受難,她將會心痛得死去。請你把我的牙齒拔掉兩顆,饒他一次吧!』劊子手聽到這話,就流出眼淚來,但是皇帝的命令是比眼淚還厲害的。每隔八天,銀盤子上有兩顆孩子的牙齒被送到皇帝面前去。他有這個要求,所以他就得到牙齒。我想死神會把這兩顆牙齒從生命的儲蓄銀行拿出來,交給路易十一一起帶進那個偉大的、永恆的國土裡去的。這兩顆牙齒像兩個螢火蟲似地在他面前飛。它們在發亮,在燃燒,在咬他──這兩顆牙齒。

　　「是的,在偉大的遷居的日子裡所做的這次馬車旅行,是一個莊嚴的旅行!這次旅行會在什麼時候到來呢?

　　「這倒是一個嚴肅的問題。隨便哪一天,隨便哪一個時刻,隨便哪一分鐘,你都可能坐上這輛馬車。死神會把我們的哪一件事情從儲蓄銀行裡拿出來交給我們呢?是的,我們自己想想吧!遷居的日子在日曆上是找不到的。」〔1860 年〕

―――――――――――――――――――――――――――――――

　　這篇故事發表在 1860 年 2 月 12 日出版的《新聞畫報》。國王命令劊子手每天到牢裡去拔掉被囚禁在那裡的兩個小兄弟──一個七歲,一個八歲──的牙齒各一顆取樂。哥哥對劊子手說:「如果媽媽知道我的弟弟在這樣受難,她將會心痛得死去。請你把我的牙齒拔掉兩顆,饒他一次吧!」劊子手聽到這話就流出眼淚來。劊子手在殺害一個無辜的人或革命志士時,會不會流出眼淚?這種心靈的隱祕,安徒生在這兒第一次提出來,但只含

糊地解答：「但是皇帝的命令是比眼淚還要厲害的。」

【註釋】

①請參看本《全集一‧守塔人奧列》。

②根據北歐的民間傳說，每家都住著一個小鬼，而他總是住在廚房裡。他是一個有趣
　的小人物，並不害人。請參看本書中〈小鬼和小商人〉和本《全集三‧小鬼和太太》。

③路易十一世(1423～1483)，是法國的皇帝。他用專橫和背信棄義的手段建立起專制
　王朝，執行爲所欲爲的獨裁統治。

鬼火進城了

從前有一個人會講許多新的童話；不過據他說，這些童話都偷偷地離開他了。那個經常來拜訪他的童話不再來了，也不再敲他的門了。為什麼它不再來呢？是的，這人的確很久沒有想到它，也沒有盼望它來敲他的門，而它也就沒有來，因為外面有戰爭，而家裡又有戰爭帶來的悲哀和憂慮。

鸛鳥和燕子從長途旅行中回來了，它們也沒有想到什麼危險。當它們到來的時候，巢被燒掉了，人類的住屋也被燒掉了，

門都倒了，有的門簡直就不見了；敵人的馬匹在古老的墳墓上踐踏。這是一個艱難黑暗的時代，但是這樣的時代也總有一天要結束。

事實上它現在已經結束了。但是童話還沒有來敲門，也沒有送來什麼消息。

「它一定死了，跟別的東西一起消滅了，」這人說。不過童話是永遠不會死的！

一整年又過去了。他非常想念童話！

「我不知道，童話會不會再來敲我的門？」

他還能生動地記起，童話曾經以種種不同的姿態來拜訪他：有時它像春天一樣地年輕和動人，有時它像一個美麗的姑娘，頭上戴著一個車葉草編的花環，手中拿著一枝山毛櫸的樹枝，眼睛亮得像深樹林裡的、照在明亮的太陽光下的湖。有時它裝做一個小販到來。它打開它的背包，讓銀色的緞帶飄出來——上面寫著詩和充滿了回憶的字句。不過當它裝做一個老祖母到來時，它要算是最可愛的了。她的頭髮是銀白色的，她的一對眼睛既大又聰明。她能講遠古時代的故事——比公主用金紡錘紡紗、巨龍在宮門外守衛著的那個時代還要古老。她講得活靈活現，弄得聽的人彷彿覺得有黑點子在眼前跳舞，彷彿覺得地上被人血染黑了。看到這樣的情景和聽到這樣的故事，真有些駭人，但同時它又很好玩，因爲它是發生在那麼一個遠古的時代裡。

「她不會再來敲我的門吧！」這人說。於是他凝望著門，結果黑點子又在他眼前和地上出現了。他不知道這是血呢，還是那

個艱難的黑暗時代的喪服上用的黑紗。

當他這樣坐著的時候，就想起童話是不是像那些古老的童話中的公主一樣，藏起來了，需要人把它找出來呢？如果它被找出來了，那麼它又可以發出新的光彩，比以前還要美麗。

「誰知道呢？可能它就藏在別人隨便扔在井邊的一根草裡。注意！注意！可能它就藏在一朵凋謝的花裡——夾在書架上的那本大書裡的花裡。」

為了要弄清楚，這人就打開一本最新的書；不過這裡面並沒有一朵花。他在這裡讀到丹麥人荷爾格的故事①，他同時還讀到：這個故事是由一個法國修道士杜撰的，是一本「譯成丹麥文和用丹麥文印出來」的傳奇，因此丹麥人荷爾格從來就沒有真正存在過，同時也永遠不會像我們所歌頌的和相信的那樣，又回到我們這兒來。丹麥人荷爾格和威廉·泰爾②一樣，不過是一個口頭傳說，完全靠不住，雖然它是花了很大一番考據功夫，寫上書本的。

「唔，我要相信我所相信的東西，」這人說：「腳沒有踩過的地方，路也不會變寬的。」

於是他把書合上，放到書架上去，然後就走到窗前的新鮮花朵那兒去：童話可能就藏在那些有黃色金邊的紅鬱金香裡，或者在新鮮的玫瑰花裡，或者在顏色鮮艷的茶花裡。花瓣之間倒是有太陽，但是沒有童話。

「多難的時代裡長出的花兒，總是很美麗的。不過它們統統被砍掉，編成花圈，放進棺材裡，上面又蓋上國旗！可能童話就跟這些花兒一起被埋葬掉了。如果是這樣的話，花兒就應該知

道，棺材也應該知道，泥土也應該知道，從土裡長出的每根草也應該能講出一個道理來了。童話是從來不會死的。

「可能它曾經到這兒來過一次，敲過門──不過那時誰會聽見和想到它呢？人們帶著陰鬱、沉重、幾乎生氣的神情來望著春天的太陽、喃喃的鳥兒和一切愉快的綠東西。舌頭連那些古老的、快樂的民間歌曲都不唱；它們跟我們最心愛的東西一起被埋在棺材裡。童話盡可以來敲門，不過不會有人聽見的。沒有人歡迎它，因此它就走了。

「我要去尋找它！」

「到鄉下去找它！到樹林裡去找它！到廣闊的海灘上去找它！」

鄉間有一個古老的莊園。它有紅色的牆和尖尖的山形牆；塔頂上還飄著一面旗。夜鶯在縱子很細的山毛櫸葉子間唱著歌，望著花園裡盛開的蘋果樹，還以為它們開的就是玫瑰花呢。在夏天的太陽光裡，蜜蜂在這兒忙著工作，圍著它們的皇后嗡嗡地吟唱。秋天的風暴會講出許多關於野獵的故事，關於樹林的落葉和過去的人類的故事。在聖誕節的時候，野天鵝在一片汪洋的水上唱著歌；而在那個古老的花園裡，人們坐在爐邊傾聽歌聲和遠古的傳說。

在花園一個古老的角落裡，有一條長滿了野栗樹的大路，引誘人們向它的樹蔭裡走去。這人便走進去尋找童話，風兒曾經在這兒低聲地對他講過「一個貴族和他的女兒們」③的故事。樹精──她就是童話媽媽本人──曾經在這兒對他講述過「老櫟樹的夢」④。在祖母活著的時候，這兒有修剪得很整齊的籬笆；可

是現在這兒只長著鳳尾草和蕁麻——它們把遺棄在那兒的殘破的古代石像都掩蓋住了。這些石像的眼睛裡長出了青苔，但是它們仍然能像以前一樣看得見東西——而來尋找童話的人卻看不見，因為他沒有看見童話。童話到哪兒去了呢？

千百隻烏鴉在他的頭上飛，在一些古老的樹上飛，同時叫著：「它就在那裡！它就在那裡！」

他走出花園，走出花園外面的護牆河，走到赤楊樹林裡面去。這兒有一個六角形的小屋子，還附帶有一個養雞場和養鴨場。屋子的中央坐著一個老太婆。她管理這兒的一切事情；生下的每一個蛋，從蛋裡爬出的每一隻小雞，她都知道得清清楚楚。不過她並不是這人所要找的那個童話：這一點她可以拿出那張受過洗禮的證書和那張種過天花的證書來作證。這兩件東西都放在抽屜裡。

在外面，離屋子不遠，有一個土丘，上面長滿了紅山楂和金鏈花。這兒躺著一塊古老的墓碑。它是從一個鄉下市鎮的教堂墓地裡搬來的；它是城裡一個有聲望的參議員的紀念碑。他的太太和五個女兒，全都拱著雙手，穿著縐領，在他的石像周圍站著。人們可以觀察他們一些時候，一直觀察到使它在思想上發生作用，同時思想又在石像上發生反作用，使它能講出關於遠古時代的事情——那個找童話的人最少有這種想法。當他來到這兒的時候，發現有一隻活蝴蝶落在這位石雕的參議員的額角上。蝴蝶拍著翅膀，向前飛了一會兒，然後又落到墓石的近旁，像是要把這兒生長著的東西都指出來似的。這兒長著有四片葉子的苜蓿；一共有七棵，排成一行。幸運的事情總不是單獨到來的。他

摘下苜蓿葉子，裝進口袋裡。這人想：幸運是跟現錢一樣好的；而美妙的新童話比那還要好。但是他在這兒沒有找到童話。

太陽，又紅又大的太陽，落下去了，草地上升起了煙霧；沼澤女人正在釀酒。

現在是晚上。他單獨站在房子裡，向著大海、草地、沼澤和海灘上看。月光很明朗，草地上籠罩著一層煙霧，好像一個大湖。像傳說中所講的，它的確曾經是一個大湖——這個傳說現在在月光中得到了證明。這人想起了他住在城裡時讀過的故事：威廉・泰爾和丹麥人荷爾格從來沒有存在過。但是，像做為傳說的證明的這個湖一樣，他們卻活在民間的傳說裡。是的，丹麥人荷爾格會再回來的！

當他正站著深思的時候，窗子上有相當重的敲擊聲。這是一隻麻雀？一隻蝙蝠？還是一隻貓頭鷹呢？如果是這類東西，就沒有開門的必要。但窗子卻自動地開了；一個老太婆向這人望。

「什麼？」他說。「她是什麼人？她直接朝第二層樓上望。難道她是站在梯子上嗎？」

「你衣袋裡有一棵長著四片葉子的苜蓿，」她說。「是的，你有七棵，其中有一棵還有六片葉子呢。」

「請問你是誰？」這人又問。

「沼澤女人！」她回答說。「釀酒的沼澤女人。我正在釀酒。酒桶本來有塞子，但是一個惡作劇的沼澤小鬼把塞子拔掉了，而且把它向院子裡扔來，打在窗子上。現在啤酒正從桶裡往

外直淌，這對什麼人都沒有好處。」

「請你講下去！」這人說。

「啊，請等一下！」沼澤女人說。「我此刻還有一件別的事情要做。」於是她就走了。

這人正要關上窗子，沼澤女人忽然又出現了。

「現在我做完了！」她說：「不過，如果明天天氣好，我就把另外一半啤酒留到明天再釀。唔，你有什麼事情要問我呢？我現在回來了，因為我是一個說話算話的人呀。你衣袋裡有七棵帶四片葉子的苜蓿，其中有一棵是六片葉子的。這使人起了尊敬的感覺，因為它是長在大路旁的一種裝飾品；不過這並不是每個人都可以發現的。你有什麼事情要問我呢？不要站著像個呆子呀，因為我得馬上去看我的塞子和桶！」

於是這人便問起童話，問她在路上是不是看到過童話。

「喔，願上帝保佑我的大酒桶！」沼澤女人說，「難道你所知道的童話還不夠嗎？我的確相信你所知道的已經夠多了。你應該關心別的事情，注意別的事情才對。連小孩子也不再要什麼童話了。給男孩子一支雪茄，給女孩子一條新裙子吧；他們會更喜歡這類東西的。聽什麼童話！喔，應該做的事情多著呢，更重要的事情有的是！」

「你這是什麼意思？」這人問。「你懂得什麼世事？你所看到的只是青蛙和鬼火！」

「是的，請你當心鬼火吧，」沼澤女人說，「它們已經出來了！它們已經溜走了！這正是我們要討論的一件事情！跟我一塊兒到沼澤來吧，我必須在場，我可以把整個事情都告訴你。當

你那七棵有四片葉子的苜蓿——其中有一棵是六片葉子的
——還是新鮮的時候,當月亮還是很高的時候,請你趕快來!」

於是沼澤女人就不見了。

教堂上的鐘敲了十二下;最後一下還沒有敲完,這人已經
走出了屋子,來到花園裡,站在草地上了。煙霧已經散了。沼澤
女人停止了釀酒。

「你花了這麼多的時間才來到!」沼澤女人說。「巫婆比人
走得快得多。我很高興,我生來就是一個巫婆!」

「你現在有什麼話可以告訴我呢?」這人問。「這跟童話有
關嗎?」

「難道你就不能問點別的東西嗎?」沼澤女人說。

「你是不是想和我談一點關於未來的詩的問題呢?」這人
又問。

「請你不要賣弄學問吧!」沼澤女人說。「讓我回答你吧。
你心裡老想著詩,而嘴上卻問起童話來,好像童話就是一切藝術
的皇后似的。她是一個最老的人,不過她的樣子卻顯得最年輕。
我對她的事情知道得很清楚!我有個時候也是年輕的,這也不
是什麼幼稚病。有個時候我也是相當漂亮的一個妖姑娘呢;我
也曾在月亮底下和別人跳過舞,聽過夜鶯的曲子,到森林裡去
過,會見過童話姑娘——她老是在那兒東跑西跑。她一會兒跑進
一朵半開的鬱金香或一朵普通的野花裡去,一會兒偷偷地走進
教堂,把自己裹在祭壇蠟燭上掛著的黑喪布裡睡去!」

「你的消息真靈通!」這人說。

「我知道的東西起碼應該和你一樣多!」沼澤女人說。「童

話和詩——不錯，它們像同一材料織成的兩段布。它們可以隨便
在什麼地方躺下來。它們所做的事和講的話，人們可以隨意編
造，而且編得又好又便宜。你可以一文不花就從我這裡得到這些
東西。我有一整櫃子的瓶裝詩。這是詩精，是詩最好的一部分
——它是又甜又苦的草藥。人們對詩的無論哪方面的要求，我的
瓶子裡都有。在節日裡我把它灑一點到手帕上，不時聞聞它。」

「你所講的這番話真是奇妙極了！」這人說。「你有瓶裝的
詩？」

「比你所能接受得了的還多！」沼澤女人說。「你知道，『踩
著麵包走的女孩』⑤這個故事吧？她這樣做，為的是怕弄髒了她
的新鞋子。這個故事被寫下來，而且還被印出來了。」

「這個故事是我親自講出來的，」這人說。

「對，那麼你應該知道它了。」沼澤女人說，「你也知道，
那個女孩立刻就沉到地底下的沼澤女人那兒去了——那個魔鬼
的老太太這時正來拜訪，為的是要檢查酒廠。她一看見這個女孩
子沉下來就要求把她帶走，做為她來拜訪的一個紀念品。她得到
了這個孩子，我也得到了一件毫無用處的禮品。它是一個旅行藥
櫃——整櫃子全是瓶裝的詩。老太太告訴我櫃子應該放在什麼
地方——它還立在那兒。請你去看一次吧！你衣袋裡裝著七棵
帶四片葉子的苜蓿——其中一棵是六片葉子的——所以你應該
看得見它了。」

的確，沼澤地的中央有一根粗大的赤楊樹幹。它就是老太太
的櫃子。沼澤女人說，這櫃子對她和對任何國家任何時代的人都
是開著的，人們只須知道它在什麼地方就得了。它的前面，後

面，每一邊和每一角都可以打開──眞是一件完整的藝術品，但是它的樣子卻像一根赤楊樹幹。各國的詩人，特別是我們本國的詩人，都是在這兒製造出來的。他們的精神都加以考慮、品評、翻新和淨化以後才裝進瓶子裡的。祖母以她「極大的本能」──這是人們不願說「天才」時所用的一個字眼──把這個或那個詩人的氣味，再加上一點兒鬼才，混合在一起封在瓶子裡，以便將來使用。

「我請求你讓我看看！」這人說。

「是的，還有更重要的事情在後面！」沼澤女人說。

「不過現在我們是在櫃子旁邊呀！」這人說，同時朝裡面看。「這兒有種種不同體積的瓶子。這一個裡面裝的什麼呢？那一個裡面裝的什麼呢？」

「這就是人們所謂的五月香，」沼澤女人說。「我自己還沒有用過，不過我知道，如果把酒灑一滴到地上，馬上就會有一個長滿了睡蓮、水芋和野薄荷的美麗的小湖出現。你只須滴兩滴到一本舊練習簿上──甚至小學最低班的練習簿上──這本子就可以成爲一部芬芳的劇本。它可以上演，也可以叫你睡過去，因爲它的香氣是那麼強烈。瓶子上貼著這樣的標籤：『沼澤女人監製』──用意是要恭維我一番。

「這是一個『造謠瓶』。它裡面裝著的似乎只是最髒的水。裡面的確是最髒的水，不過它含有街頭閒話的發酵粉、三兩謊話和二錢眞理。這幾種成分被樺木條攪成一團──不是在鹹水裡浸了很久的、專門用來打犯人流著血的背的那種枝條，也不是小學老師用的那種枝條，而是從掃溝渠的掃帚上抽下來的一根枝

條。

　　「這是一個裝滿了仿照聖詩調子寫的、虔誠的詩的瓶子。每一滴能夠發出那種像地獄門的響聲。它是用刑罰的血和汗所做成的。有的人說它不過是一點鴿子的膽汁罷了。不過鴿子是最虔誠的動物，並沒有膽汁；那些不懂得博物學的人都這樣講。

　　「這是一個最大的瓶子，它占了半個櫃子的面積——裝滿了『日常故事』的瓶子。它是用膀胱和豬皮包著的，因為它的力量不能被蒸發掉。每個民族都可以依照自己搖瓶子的方法做出自己的湯。這兒有古老的德國血湯，裡面有強盜肉丸子。這兒還有稀薄的農民湯，在它裡面真正的樞密大臣像豆子似的沉到底，而湯面上則浮著富有哲學意味的胖眼睛。這兒有英國的女管家湯和法國用雞腿和麻雀腿熬的『雞湯』——這在丹麥文裡叫做『康康舞湯』⑥。不過最好的湯是『哥本哈根湯』。家裡的人都這樣說。

　　「這是一個香檳瓶子，裡面裝著『悲劇』。它能夠爆裂，它也應該如此。喜劇是像能打到眼裡去的細沙——這也就是說，較細緻的喜劇。瓶子裡也有較粗的喜劇，不過它們還只是一些待用的劇名——其中有些非常有名的劇名，如：《你敢向機器裡吐痰嗎》，《一記耳光》，《可愛的驢子》和《她喝得爛醉》。」

　　這人聽到這番話，就沉入到幻想中去了。不過沼澤女人想得更遠一點；她想把事情做個結束。

　　「這個老櫃子你已經看得相當久了！」她說，「你已經知道它裡面有些什麼東西。不過你應該知道的更重要的東西，你還不知道。鬼火現在到城裡來了！這比詩和童話要重要得多。我的確

應該閉住嘴，不過大概有某種力量，某種命運，某種無可奈何的東西塞在我的喉嚨裡，老是要跑出來。鬼火進了城！他們在猖狂作亂！你們人呵，當心啦！」

「你說的這一套，我連半個字也不懂！」這人說。

「請勞駕坐在櫃子上吧。」她說，「不過請你當心不要坐塌了，把瓶子打碎──你知道它們裡面裝著什麼東西。有一件大事我非得講出來不可。它還是昨天發生的；並不是很早就發生的。它的有效期限還有三百六十四天。我想你知道一年有多少日子吧？」

下面是沼澤女人所講的話：

「昨天沼澤地上有一個很大的熱鬧場面！那是一個孩子的盛會！一個小鬼火出生了──事實上他們有一打同時出生。他們得到了許可：如果他們願意的話，可以跑到人世間去，也可自由行動，發號施令，好像他們生下來就是人一樣。這是沼澤地上的一件大事，因此，鬼火在沼澤地和草原上，像亮光一樣，男的女的都跳起舞來──因為他們中間有幾個是女性，雖然他們一般都不講出來。我坐在那個櫃子上，把這十二個新生的鬼火抱在膝上。他們像螢火蟲似地發出亮光來。他們已經開始跳起來，而他們的體積每一秒鐘都在增長，因此不到一刻鐘，他們的樣子就好像他們的父親和叔父那樣大。按照大家公認的一個老規矩和特權，如果月亮照得完全像昨天一樣，風吹得完全像昨天一樣，在這個時刻所出生的一切鬼火，都有權變成人，而他們每一個人，在一年的時限內，可以行使他們的權利。如果每個鬼火不怕掉到海裡去、不怕被大風暴吹熄的話，他可以跑遍全國，跑遍整

個世界。他可以附在一個人身上，代他講話，隨意行動。一個鬼
火可以隨意以任何形式出現；他可以是男人或女人，可以依照
他們的精神行動，但是必須走自己的極端，把他想要做的事都做
出來。不過他在一年中要大規模地把三百六十五個人引入歧
途：把他們從眞理和正確的道路上引走。只有這樣，一個鬼火才
能達到最高峰——成爲魔鬼專車前面的一個跑腿。這樣，他就可
以穿起深黃的衣服，從喉嚨裡噴出火焰來。這足夠使一個普通的
鬼火得到滿足。不過裡面也有一些凶險。一個有抱負的鬼火想完
成這麼一個出色的任務，得碰到一些麻煩。如果一個人的眼睛能
看清面前是什麼東西、而把鬼火一口氣吹走的話，那麼鬼火就完
蛋了，它只有再回到沼澤裡來。同樣，如果鬼火在一年終結以前
要回家來看看、而放棄他們的工作，那麼他也就完蛋了，再也不
能照得很亮，於是他很快就會滅了，再也燃不起來。當一年終了
的時候，如果他還沒有把三百六十五個人引入歧途、離開眞理和
一切美善的東西的話，那麼他就要被監禁在一塊腐木裡面，躺在
那兒發著閃光，不能動彈一下。對於一個活潑的鬼火說來，這是
再嚴厲不過的一種懲罰。這一切我全知道。同時我也把這事情講
給我抱在膝上的十二個鬼火聽。他們聽了樂得不可開交。我告訴
他們，說最安全和最簡單的辦法是放棄這種光榮，什麼事情也不
做。可是小鬼火們不同意這種說法。他們已經幻想自己穿起深黃
的衣服，從喉嚨裡噴出火來。『跟我們住在一起吧！』年老的幾
位鬼火說。『你們去和人開玩笑吧，』另外幾位說。『人把我們的
草地都濾乾了！他們已經開始在排水。我們的後代將怎麼活下
去呢？』

「『我們要發出火光來！發出火光來！』新生的鬼火說。事情就這樣肯定下來了。

「一個舞會開始了——時間只有一秒鐘；它不能再短。妖姑娘們跟別的妖姑娘們轉了三個圈子，爲的是不要顯得驕傲，她們一般只是願意和她們自己跳舞。接著舞會發起人就散發禮品：『打水漂』——這就是禮物的名字。禮物像矽石似地在沼澤地的水上飛過去。每個姑娘又彼此贈送一小片面紗。『把這拿去吧！』她們說，『那麼你就會跳更高級的舞——那些不可少的比較困難的旋轉和扭腰。這樣你們就有恰當的風度，你們就可以在上流社會裡表現自己。』夜渡鳥教每一個年輕的鬼火說：『好——好——好，』而且教他們在什麼場合說最恰當。這是一件最大的禮品，它可以使你受用不盡。貓頭鷹和鸛鳥也提了一些意見——不過他們說，這都不值得一談，因此我們就不提了。國王瓦爾得馬爾這時正來到沼澤地上野獵。當這些貴族們聽到這個盛會時，他們就贈送了一對漂亮的獵犬，做爲禮品。它們追起東西來跟風一樣快，同時能夠背起一個到三個鬼火。兩個老夢魔——他們靠騎著東西飛行過日子——也來參加了這次盛會。他們馬上就傳授起鑽鑰匙孔的技術來，使得所有的門等於沒有。這兩位老夢魔還提議把小鬼火們帶到城裡去，因爲城裡的情形他們很熟悉。他們一般是騎在自己的鬃毛上在空中飛過，而且總是把毛打一個結，因爲他們喜歡坐硬席。可是他們現在叉著腿坐在獵犬身上，把這些年輕的鬼火——他們打算到城裡去把人引入歧途——抱在懷裡，於是噓的一聲，他們就不見了。

「這全是昨天夜裡發生的事情。現在鬼火到城裡來了，開始

進行工作──不過怎樣進行呢？唉！你能夠告訴我嗎？我的大腳趾裡有一根氣候線。它總是告訴我一些事情的。」

「這倒是一個完整的童話呢，」這人說。

「是的，不過這只是童話的一個開頭，」沼澤女人說。「你能夠告訴我，鬼火的行為和做的事情是怎樣的嗎？他們以什麼樣的形態來把人引到邪路上去呢？」

「我相信，」這人說，「人們可以寫成一部鬼火傳奇，分成十二卷，每一卷談一個鬼火。也許更好是寫成一部通俗劇本。」

「你寫吧，」沼澤女人說，「不過最好還是讓它去吧。」

「是的，那當然更容易，更舒服，」這人說。「因為這樣我們就可以不受報紙的拘束了。受報紙的拘束，不舒服的程度，跟鬼火關在朽木裡發光而不敢說一句話沒有兩樣。」

「這和我沒有什麼關係，」沼澤女人說。「讓別的人──那些會寫的和不會寫的人──去寫吧！我把我桶上的一個舊塞子給你。它可以打開放著詩瓶的那個櫃子，你可以從那裡拿出你所需要的東西。可是你，親愛的朋友，你的手似乎被墨水染得夠黑了。你似乎已經到了懂事的年齡，不必每年東跑西跑去尋找童話了。世上特別應該做的重要的事情還多著呢。你已知道現在發生了什麼事情吧？」

「鬼火現在進城了！」這人說。「我聽到過這事情，我也懂得這事情！不過你覺得我應該怎麼辦呢？如果我對人說，『看呀，鬼火穿著莊嚴的衣服在那裡活動！』人們一定會把我痛打一頓的。」

「他們有時也穿著裙子活動呀！」沼澤女人說，「一個鬼火

可以以各種形式，在任何地方出現。他到教堂裡去，不是爲了去做禮拜，而是爲了要附在牧師身上。他在選舉的時候演講，不是爲了國家的利益，而是爲了他自己。他是一個畫家，也可以是一個演員。不過他把權利抓到手上來了以後，他的顏料匣子可就空了！我閒聊了好一大陣子，但是我必須把塞在我喉頭的東西拉出來，即使這對我的家庭不利也不管了。現在我要把許多人救出來！這並不是因爲出自善意，或者是爲了要得到一枚勛章。我要做出我能做到的最瘋狂的事情，我把這事告訴一個詩人；只有這樣，整個城市才會馬上知道。」

「城市將會一點也不在乎，」這人說。「誰也不會感到驚慌。當我以極端嚴肅的態度告訴他們說，『沼澤女人說過，鬼火進城了。你們當心啦！』人們將認爲我不過是對他們講一個童話罷了。」〔1865 年〕

這篇故事發表在 1865 年 11 月 11 日哥本哈根出版的《新的童話和故事集》第二卷第三部。關於這篇故事的寫作背景，安徒生在 1868 年他的童話全集的附註中寫道：「1864 年──戰爭的一年──是很沉重和苦痛的。這一年丹麥的施勒斯威克(Seesvig)地區被德國奪去了。誰還能夠想些什麼別的事情呢？我好久寫不出作品。《鬼火進城了》是我在戰時極度沉重的心情下動筆的⋯⋯1865 年 6 月我在巴斯納斯農莊寫完，故事中地理

環境的描寫源自巴斯納斯周圍的景物。」很明顯這是一篇諷刺作品，矛頭是指向一些評論家、報刊編輯和文化人。國難當頭，他們還在做些不切實際，相互搞小圈子吹捧，把「人引到邪路上去」的空論。

【註釋】

①這個故事見本《全集‧三》。

②威廉‧泰爾(Vilhelm Tell)是傳說中的瑞士民族英雄，他反抗當時統治瑞士的奧國領主，曾兩度被捕。德國詩人席勒曾把他的事蹟寫成一部詩劇《威廉‧泰爾》。

③這也是安徒生一篇童話的名字。

④這也是安徒生一篇童話的名字。

⑤這是安徒生一篇童話的名字。

⑥康康舞(Kankan)，十九世紀中葉巴黎流行的一種瘋狂的四人舞。

幸運的套鞋

1.開端

在哥本哈根東街離皇家新市場①不遠的一棟房子裡，有人開了一個盛大的晚會，因為如果一個人想被回請的話，他自己也得偶爾請請客才行呀。有一半的客人已經坐在桌子旁玩撲克牌，另一半的客人們卻在等待女主人安排下一步的消遣：「唔，我們現在想點什麼來玩玩吧！」他們的晚會只發展到這個地

步，他們盡可能地聊天。在許多話題中間，他們忽然談到「中世紀」這個題目上來了。有人認爲那個時代比我們的這個時代要好得多。是的，司法官克那卜熱烈地贊成這個意見，女主人也馬上隨聲附和。他們兩人竭力地反對奧爾斯德特在《年鑒》上發表的一篇論古代和近代的文章。這篇文章基本上稱讚現代。但司法官卻認爲漢斯②王朝是一個最可愛、最幸福的時代。

　　談話既然走向兩個極端，除了有人送來一份內容不值一讀的報紙以外，沒有什麼東西打斷它——我們暫且到放外套、手杖、雨傘和套鞋的前廳去看一下吧。這兒坐著兩個女僕人——一個年輕，一個年老。你很可能以爲她們是來接她們的女主人——一位老小姐或一位寡婦——回家的。不過，假如你仔細看一下的話，你馬上會發現她們並不是普通的傭人：她們的手很嬌嫩，行爲舉止很大方。她們的確是這樣；她們的衣服式樣也很特別。她們原來是兩個仙女。年輕的這個並不是幸運女神本人，而是替女神傳送幸運小禮物的一個女僕。年長的那個外表非常莊嚴——她是憂慮女神。無論做什麼事情，她總是親自出馬，因爲只有這樣她才放心。

　　她們談著這一天到一些什麼地方去過。幸運女神的女僕只做了幾件不太重要的事情，例如：她從一陣驟雨中救出了一頂嶄新的女帽，使一個老實人從一個地位很高的糊塗蛋那裡得到一聲問候，以及其他類似的事情。不過她馬上就要做的一件事情卻很不平常。

　　「我還得告訴你，」她說，「今天是我的生日。爲了慶祝這個日子，我奉命把一雙幸運的套鞋送到人間去。這雙套鞋有一種

特性：凡是穿著它的人，馬上就可以到他最喜歡的地方和時代裡去，隨時隨地，他的一切希望，都能得到滿足；因此下邊的凡人也可以得到一次幸福！」

「請相信我，」憂慮女神說，「他一定會感到苦惱。當他一脫下這雙套鞋時，他一定會說謝天謝地！」

「你這是說的什麼話？」對方說。「我現在要把這雙套鞋放在門口。誰要是錯穿了它，就會變得幸福！」

這就是她們的對話。

2.司法官的遭遇

時間已經不早了。醉心於漢斯王朝的司法官克那卜想要回家去。事情湊巧得很：他沒有穿上自己的套鞋，而穿上了幸運的套鞋。他向東街走去。不過，這雙套鞋的魔力使他回到三百年前國王漢斯的朝代裡去了，因此他的腳就踩著了街上的泥濘和水坑，因為在那個時代裡，街道是沒有鋪上石板的。

「這真是可怕──髒極了！」司法官說。「路上所有的石板全不見了，路燈也沒有了！」

月亮出來還沒有多久，空氣也相當沉悶，因此周圍的一切東西都變成漆黑一團。在最近的一個街角裡，有一盞燈在聖母像面前照著，不過燈光可以說是有名無實：他只有走到燈下面去才能注意到它，才能看見抱著孩子的聖母畫像。

「這可能是一個美術館，」他想，「而人們卻忘記把它的招牌拿進去。」

有一兩個人穿著那個時代的服裝在他身邊走過去了。

「他們的樣子眞有些古怪，」他說。「他們一定是剛剛參加過一個化妝舞會。」

這時忽然有一陣鼓聲和笛聲飄來，也有火把在閃耀著。司法官停下步子，看到一個奇怪的遊行行列走過去了，前面一整排鼓手，熟練地敲著鼓。後面跟著來的是一群拿著長弓和橫弓的衛士。行列的帶隊人是一位敎會的首長。驚奇的司法官不禁要問，這場面究竟是爲了什麼，這個人究竟是誰？

「這是西蘭③的主敎！」

「老天爺！主敎有什麼了不起的事兒要這樣做？」司法官嘆了一口氣，搖了搖頭。這不可能是主敎！

司法官思索著這個問題，眼睛也不向左右看；他一直走過東街，走到高橋廣場。通到宮前廣場的那座橋已經不見了，他只模糊地看到一條很長的溪流。最後他遇見兩個人，坐在一條船裡。

「您先生是不是要擺渡到霍爾姆去？」他們問。

「到霍爾姆去？」司法官說。他完全不知道他在一個什麼時代裡走路。「我要到克利斯仙碼頭、到小市場去呀！」

那兩個人呆呆地望著他。

「請告訴我橋在什麼地方？」他說。「這兒連路燈也沒有，眞是說不過去。而且遍地泥濘，使人覺得好像是在沼澤地裡走路似的！」

的確他跟這兩個船夫越談越糊塗。

「我不懂得你們波爾霍爾姆的土話！」他最後生氣地說，而且還把背轉向他們。他找不到那座橋，甚至連橋欄杆也沒有了。

「這裡的情形太不像話！」他說。他從來沒有想到他的時代
會像今晚這樣悲慘。

「我想我還是叫一輛馬車吧！」他想，可是馬車到什麼地方
去了呢？———一輛也看不見。「我看我還是回到皇家新市場去
吧，那兒停著許多馬車；不然的話，我恐怕永遠走不到克利斯仙
碼頭了。」

現在他向東街走去。當他快要走完的時候，月亮忽然出來
了。

「我的天，他們在這兒搭了一個什麼架子？」他看到東門的
時候說。東門在那時代恰恰是在東街的盡頭。

最後他找到一個門。穿過這個門，他就來到我們的新市場，
不過那時它是一片廣大的草地，草地上有幾簇灌木叢，還有一條
很寬的運河或溪流在中間流過。對面岸上有幾座不像樣的木
栅，它們是專為荷蘭來的船長們搭起來的，因此這地方也叫做荷
蘭草地。

「要麼我現在看到了大家所謂的虛無鄉，要麼我大概是喝醉
了，」司法官嘆了口氣說。「這到底是什麼呢？這到底是什麼
呢？」

他往回走，心中想自己一定是病了。他在街上一邊走，一邊
更仔細地看看街上的房子。大多數都是木房子，有許多還蓋著草
頂。

「不行，我病了！」他嘆了一口氣。「我不過只喝了一杯鷄
尾酒！不過這已經夠使我醉了；此外拿熱鮭魚給我們下酒也的
確太糟糕。我要向女主人——事務官的太太抗議！不過，假如我

回去、把實際情況告訴他們,那也有點可笑,而且他們有沒有起床還是問題。」

他尋找這家公館,可是沒有辦法找到。

「這真是可怕極了!」他叫起來。「我連東街都不認識了。一個店鋪也沒有。我只能看到一些可憐的破屋子,好像我是在羅斯基爾特或林斯德特一樣!哎呀,我病了!這沒有什麼隱瞞的必要。可是事務官的公館在什麼地方呢?它已經完全變了樣子;不過裡面還有人沒睡。哎呀,我是病了!」

他走到一扇半開的門前,燈光從一個縫隙裡射出來。這是那時的一個酒店──一種啤酒店。裡面的房間很像荷爾斯泰因的前房④。有一堆人,包括水手、哥本哈根的居民和一兩個學者坐在裡面。他們一邊喝酒,一邊聊天。他們對於這位新來的客人一點也不在意。

「請您原諒,」司法官對著向他走來的老闆娘說,「我有點不舒服!您能不能替我雇一輛馬車,把我送到克利斯仙碼頭去?」

老闆娘看了他一眼,搖搖頭,然後用德文和他講話。

司法官猜想她大概不會講丹麥文,因此把他的要求又用德文講了一遍。他的口音和他的裝束使得老闆娘相信他是一個外國人。她馬上懂得了他有些不舒服,因此倒了一杯水給他喝。水很鹹,因為那是從外邊井裡拿來的。

司法官用手支著頭,深深地吸了一口氣,思索著在他周圍所發生的一些怪事情。

「這是今天的日曆嗎?」當他看到老闆娘把一大張紙撕掉的

時候，爲了要打破沉寂，他說。

　　她不懂得他的意思，不過她把這張紙遞給了他。這是一張描繪河龍城上空所常見的一種幻象的木刻。

　　「這是一張非常老的東西呀！」司法官說。他看到這件古物，感到非常高興。「您怎樣弄到這張稀有的古畫的？雖然它代表一個寓言，但是它是非常有趣的！現在人們把這些常見的幻象解釋成爲北極光；可能它是由電光所形成的！」

　　坐在他身旁和聽他講話的人，都莫名其妙地看著他。其中有一位站起來，恭恭敬敬地摘下帽子，做出一種很莊嚴的表情，說：

　　「先生，足下一定是當代的一位大學者！」

　　「哦，豈敢！」司法官回答說，「我所了解的只不過是一知半解，事實上這些事情大家都應該知道的！」

　　「Modestia ⑤是一種美德！」這人說。「不過我對於您的說法很覺得 mihi　secus　videtur ⑥；但我很希望能不下這個 judicium ⑦。」

　　「請問我現在很榮幸地和他交談的這位先生是做何貴幹的？」司法官問。

　　「敝人是一個神學學士，」這人回答說。

　　這句回答對於司法官說來已經夠了，他的頭銜與他的服裝很相稱。他想，這一定是一個老鄉村教師———一位像我們在尤蘭⑧還能碰得見的怪物。

　　「此地的確並不是 locus docendi ⑨，」這人說。「但我希望足下多發表一點意見來啓發我們。足下的古典書籍一定讀得

不少。」

　　「唔，不錯，」司法官說。「我是喜歡讀有用的古典著作的；不過我也喜歡讀近代的著作——只是《每日故事集》⑩是一本例外；老實講，這類書我們太多了。」

　　「《每日故事集》？」我們的學士問。

　　「是的，我指的是一般的流行小說。」

　　「原來如此！」這人微笑了一下，「這些書寫得很聰明，宮裡的人都喜歡讀。皇上特別喜歡讀關於伊文及哥甸先生的傳奇。這書描寫亞瑟王及其圓桌騎士故事。他常常跟大臣們把這故事做爲談笑的資料⑪。」

　　「這本書我倒還沒有讀過！」司法官說，「這一定是海貝爾格所出版的一本新書了。」

　　「不對，」學士說，「這書並不是由海貝爾格出版的，而是由高得夫里・馮・格曼⑫出版的。」

　　「眞的！他就是作者本人嗎？」司法官問。「這是一個很老的名字！這不也是丹麥第一個印刷所的名字嗎？」

　　「是的，他是我國印刷業的始祖，」這人回答說。

　　談話一直進行得還不壞。這時另外有一位開始談到從前流行過一兩年的瘟疫：他指的是 1484 年的那次瘟疫。司法官以爲他是在談霍亂病，所以他們的談話還勉強可以進行下去。1490 年的海寇戰爭離那時還沒有多久，因此他們自然也要談到這個題目。他們說：英國的海盜居然從船塢裡把船都搶走了。司法官親身經歷過 1801 年的事件，因此他也理直氣壯地提出反英的意見。除此以外，談話進行得可不太好：每一分鐘總有一次抬槓。

那位了不起的學士不禁有些糊塗起來：司法官的最簡單的話語在他聽來不是顯得太粗魯，就是太荒唐。他們互相呆望著。事情一僵的時候，學士就講起拉丁文來。他以爲這樣別人就可以懂得他的話了；不過事實上這一點用也沒有。

「現在您的感覺怎樣？」老闆娘問，把司法官的袖子拉了一下。

現在他恢復了記憶力：在他剛才談話的時候，他把先前所發生的事情完全忘記了。

「我的天！我是在什麼地方？」他說。他一想起這個問題就覺得頭昏。

「我得喝點紅葡萄酒！蜜酒和卜列門啤酒也好，」有一位客人說，「請您也來跟我們一起喝吧。」

這時兩個女孩子走進來了，其中一個戴著一頂有兩種顏色的帽子。她們倒出酒來，行了曲膝禮。司法官的背上冷了半截。「這是怎麼一回事兒？」他說。但是他不得不和他們一起喝酒。他們對這位好先生非常客氣，弄得他簡直不曉得怎樣辦才好。有一個人說他醉了，他對這句話沒有絲毫的懷疑，他要求他們替他喊一輛「德洛西基」⑬來。於是大家就以爲他在講莫斯科方言了。

他從來沒有跟這樣一群粗魯和庸俗的人混在一起過。

他想：這眞叫人相信這個國家退化到野蠻時代了。「這眞是我一生中最可怕的時刻。」

不過，在這同時，他靈機一動，想要鑽進桌子底下，偷偷地爬到門那兒溜出去。但是當他剛剛爬到門口時，別人就發現了他的活動。大家抱住他的雙腳。這時，也算是他的運氣，他的一雙

套鞋被拉掉了——因此整個的幻景也就消逝了。

司法官現在清楚地看見他面前點著一盞很亮的燈，燈後面有一幢大房子。他認識這房子和它周圍的別的房子。這就是我們大家所知道的東街。他躺在地上，雙腳正對著大門。看門人坐在他對面，在打盹。

「我的天！難道我一直是躺在街上做夢麼？」他說。「是的，這是東街！真是光明快樂，豐富多彩！可怕得很，那杯雞尾酒居然使我醉成這樣子！」

兩分鐘以後，他坐進了一輛馬車，向克利斯仙碼頭馳去。他把他剛才經歷過的不安和苦惱思索了一下，他不禁衷心地稱讚幸福的現實——我們所處的這個時代。我們這個時代雖然缺點不少，比起他剛才進入的那個時代究竟好得多。你看，司法官的想法並不是沒有道理的。

3.守夜人的故事

「咳，這兒有一雙套鞋！」守夜人說。「這一定是樓上那位中尉的套鞋。恰恰放在門邊！」

這位老實人倒是很想按按門鈴，把套鞋交還原主的，因為樓上的燈還是亮著。不過他不願意把屋子裡的人吵醒，所以就沒有這樣做。

「穿上這樣一雙東西一定很暖和！」他說。「皮是這樣柔軟！」鞋子恰恰適合他的腳。「這個世界也真是滑稽！中尉現在可能已經在他溫暖的床上睡了，但是你相信他會睡嗎？他正在房間裡走來走去呢。他真是一個幸福的人！他既沒有妻子，也沒

有孩子！他每天晚上總是去參加一個什麼晚會。我希望我能像
他，這樣我也可以成爲一個幸福的人了！

當他說出了他的願望以後，他所穿上的這雙套鞋就立刻產
生效果：這個守夜人在身體和思想方面就變成了那位中尉。他
現在是在樓上的房間裡，手指間夾著一小張粉紅色的紙，紙上寫
的是一首詩——中尉親手寫的一首詩，因爲人們在一生中誰都
有過富有詩意的一瞬間。如果一個人把這一瞬間的思想寫下
來，那麼他就可說是在作詩了。下面是中尉寫的詩：

讓我發財吧！

「讓我發財吧！」我祈禱過好幾次，
那時我不過是一兩尺高的孩子。
讓我發財吧！我要成爲一個軍官，
戴上羽毛，穿起制服，掛上寶劍。
後來我居然也當上了軍官，
可是很不幸，我一直沒有發財！
上帝呀，請您伸出援助的手來！

有天晚上——我是既幸福又年輕，
一個七歲的姑娘吻了我的嘴唇，
因爲我是一個擁有故事和童話的富人，
可是說到錢財，我仍然是窮得要命。
不過孩子對於童話卻非常歡迎，

所以我很富有，只是，唉，沒有錢，
我們的上帝清清楚楚知道這一點！

我仍向上帝祈禱：「讓我發財吧！」
那個七歲的姑娘現在已經長大。
她是那麼美麗、聰明和善良；
但願她知道我心中對她的嚮往，
但願她對我好，像從前那樣。
但是我很窮，不敢對她表示：
這就是我們的上帝的意旨！

只要我發財，過得舒服和愉快，
我也就不在紙上寫下我的悲哀。
我熱戀的人啊，如果你要了解我，
請讀這首詩──它代表我的青春時代。
不過最好你還是不要了解我，
因為我很窮，前途是一團漆黑──
願我們的上帝祝福你！

　　是的，當一個人在戀愛的時候，他會寫詩的，不過頭腦清醒
的人不至於把這種詩印出來罷了。這位中尉是正在戀愛和窮困
之中，而且他的戀愛還是一個三角──也可以說是一個打碎了
的幸福的四角的一半。中尉尖銳地感覺到自己的處境，因此他把
頭靠著窗框，深深地嘆了一口氣。

「街上那個窮苦的守夜人比我要快樂得多。他不知道我所謂的『窮困』。他有一個家、一個老婆和許多孩子——他們為他的苦惱而流眼淚，為他的快樂而歡笑。啊！如果我能變成他，我會比現在要幸福得多，因為他的確比我幸福！」

在一瞬間，守夜人又恢復到守夜人的原狀。原來他是由於「幸運的套鞋」的魔力才變成中尉的；我們已經知道他並不感到滿意，而情願回復他的本來面目。因此守夜人又變成了守夜人。

「這真是一個醜惡的夢！」他說，「但是也夠滑稽。我覺得我曾經變成了樓上的中尉，但這並不是一件很痛快的事情。我想念我的老婆和孩子們，他們這時正準備著大批的吻，要把我親個半死。」

他又坐下來，點點頭。這夢並不馬上在他的思想中消逝，因為他腳上仍然穿著那雙套鞋。這時天上有一顆流星滑落下來了。

「它落下來了！」他說。「但是落也落不完的，多著呢。我倒想更仔細地瞧瞧這些東西，特別是這一輪月亮，因為它不會從手裡滑走的。我的女人經常替一位大學生洗衣服，那位大學生常常說，我們死了以後，就從這顆星飛到那顆星。這話並不可靠，不過，假如真是這樣，那倒也很妙。如果我能飛到那兒去，即使我的軀殼躺在樓梯上，我也不在乎。」

在這世界上，有些話我們說出來的時候，必須萬分謹慎，尤其是當我們穿上了「幸運的套鞋」的時候。請聽聽發生在守夜人身上的故事吧。

就我們人說來，我們差不多都知道蒸汽輸送東西是多麼迅速；這種事我們已經在鐵路上或在海上的輪船中試驗過。但是跟光線的速度比起來，這不過只等於樹懶⑭的動作或蝸牛的爬行罷了。光比最快的駿馬還要快一千九百萬倍，可是電的速度更快。死不過是我們心中所受到的一種觸電，被解放了的靈魂，騎在電的翅膀上，就可以遠走高飛。太陽只須八分和幾秒鐘就可以走完將近兩億里的路程。靈魂騎上電力，要走同樣的路程，只須幾秒鐘就夠了。就解放了的靈魂來說，各種行星之間的距離，不會比我們住在同一城市中的朋友的房子之間的距離大，甚至於還不會比住在近鄰的朋友的房子之間的距離大。不過在人間的世界裡，除非我們像守夜人一樣穿上了「幸運的套鞋」，我們的心一觸電，它們就永遠跟身體分家了。

在幾秒鐘之內，守夜人走了七十二萬八千里，到月亮上面去了。我們知道，組成月球的物質比我們的地球要輕得多，而且還很柔軟，像剛下的雪一樣。他來到一群數不清的山組成的大環形山──我們早就在麥特勒博士⑮所繪的月球圖上看到這些環形山──他來到其中的一座山上。你也看到過的吧？在這一環大山當中，有一個像鍋一樣的深坑，它凹下去有八九里深。坑下面有一個城市。它的形狀很像裝在玻璃杯裡的水中的蛋白；這兒的尖塔、圓屋頂和像船帆一樣的陽台，浮在透明的、稀薄的空氣中，也是同樣地輕，同樣地白。我們的地球浮在他的頭上像一個火紅的大球。

他馬上看見了許多的生物。這些東西無疑就是我們所謂的「人類」了，不過他們的樣子跟我們顯然不同。他們也說一種語

言，但是誰也不能指望守夜人的靈魂能夠聽懂。但是他居然聽懂了。

守夜人的靈魂懂得月球上居民的語言，而且懂得很透徹。關於我們的地球他們爭論了一番，他們懷疑地球上能不能住人，地球上的空氣對於聰明的月球上的居民說來一定是太厚，不適宜於居住。他們認爲只有月球上才能有生物，而且月球才是最初人類所居住的地方⑯。

不過我們還是回到下界的東街去，看看守夜人的軀殼是怎樣吧。

他坐在樓梯上，一點生氣也沒有。他的晨星⑰已經從他的手裡落下來了，他的一雙眼睛呆呆地盯著月亮，尋找他那個正在月亮裡遊覽的誠實的靈魂。

「現在是幾點鐘了，守夜人？」一個路過的人問。不過守夜人一聲也不回答。於是這人就輕輕地把他的鼻子揪一下，這使他失去了平衡。他的軀殼直直地倒下來——他死了。揪他鼻子的人這時感到非常害怕。守夜人是死了，而且也僵了。這事被報告上去，並且也經過了一番研究。第二天早晨這屍體被運到醫院裡去。

如果這靈魂回來而到東街去找它的軀殼，結果又找不到，那可眞是一樁有趣的笑話啦！很可能它會先到警察署去，隨後到戶口登記處去，因爲在這些地方他可以登記尋找失物。最後它可能會找到醫院裡去。不過我們也不必擔心，當靈魂自己處理自己的事情的時候，它是很聰明的。使得靈魂愚蠢的倒是這具軀殼。

我們已經說過，守夜人的軀殼已經被抬到醫院裡去了，而且

還被運到洗滌間去了。人們在這兒要做的第一件事當然是先脫掉他的套鞋。這麼一來，靈魂就回來了。它直接回到軀殼上來，這人馬上就活過來了。他坦白地說這是他一生中最可怕的一夜。你就是送給他兩塊錢，他也不願意再嘗試這種事情。不過現在一切都已成了過去。

在這同一天，他得到許可離開醫院，不過他的套鞋仍然留在那兒。

4.偉大的一刻、一次朗誦、
一次極不平常的旅行

哥本哈根的每個居民都知道哥本哈根佛列得里克醫院的大門的樣子。不過，也許有少數不住在哥本哈根的人會讀到這個故事，所以我們不妨為它描寫一番。

醫院是用一排相當高的柵欄和街道隔開的。不過這些粗鐵桿之間的距離很寬，據說有些很瘦的實習醫生居然能從柵欄中擠出去，而在外面蹓躂一番。身體最不容易擠出去的一部分是腦袋。在這種情形下，小腦袋是幸運的了——這也是世界上常見的事情。做為一個介紹，這敍述已經夠了。

一個年輕的實習醫生——此人的頭腦從生理上說，是頗為偉大的——這天晚上恰巧值班。雨在傾盆地下著；不過，雖然有這種不便，他仍是想出去——哪怕出去一刻鐘也行。他覺得自己沒有把這事情告訴門房的必要，特別是他現在可以從柵欄中間溜出去。守夜人留下的那雙套鞋正放在那兒。他做夢也沒有想到這是一雙「幸運的套鞋」。像這樣的陰雨天，它們對他是很有用

的，所以他就穿上了。現在的問題是：他能不能從這鐵柵欄中間擠出去，因爲他從來沒有試過。現在他就站在這兒。

「我的天，我眞希望能把頭擠出去！」他說。雖然他的頭非常笨重，但是他馬上就輕鬆愉快地把頭擠出去了。這大概是套鞋聽懂了他的願望的緣故。不過現在他的身軀也得擠出去才行。然而這卻辦不到。

「噢，我太胖了！」他說。「我起初還以爲我的腦袋最糟糕哩！現在我的身體卻擠不出去了。」

他現在又希望把頭縮回來，可是行不通。他只能自由地動動脖子，別的都辦不到。他當時的一個感覺是要發脾氣，接著他的心情就低落到了零點。「幸運的套鞋」造成這樣一個可怕的局面，而且不幸的是，他自己也沒有產生一個解脫自己的願望。沒有。他只是想掙脫，結果是寸步難移。雨在傾盆地下著；街上一個人也沒有。他的手又搆不到門鈴，那麼他怎樣能獲得自由呢？他怕自己不得不在這兒待到第二天早晨。那時人們就可以去叫一個鐵匠來，把柵欄銼斷。不過這不是立即就可以辦到的。對面學校的男孩子不久就要起床，水手區的居民也將會到來，特別來看他被圈在枷裡的樣子。這麼一來，跑來看他的人比去年看角力比賽的人恐怕還要多了。

「哎呀！血衝進我的腦袋，我要發瘋了！是的，我要發瘋了！啊，我希望得到自由，那麼我的頭痛也就可以好了。」

這句話他應該早點說才好。他剛一說出了他的想法，他的腦袋就自由了。他趕快往裡跑，「幸運的套鞋」所造成的這番恐怖已經把他的頭弄昏了。

不過我們不要以爲事情就這麼完結了。糟糕的事兒還在後面呢。

晚上過去了，第二天也接著過去了，誰也沒有來尋找這雙套鞋。

晚間加尼克街上的小劇場裡有一個表演會，戲院裡已經擠滿了人。在節目中有一個新詩朗誦的項目。我們聽吧。詩是這樣的：

姨媽⑱的眼鏡

我的祖母是出名的聰明，
在「古時候」她準會被燒焚⑲。
她知道古往今來的許多事情，
能看出下一年會有什麼發生。
一直看到「第四十年」──眞不簡單，
但她對於這事總是祕而不宣。
明年究竟哪些事情重要？
一點也不錯，我都想知道：
我的命運、藝術、世事和國家，
但是我的祖母卻一言不發。
我只好逼她，這辦法倒生效：
她沉默一會，馬上就發牢騷。
這牢騷簡直等於對牛彈琴，

我是一個被她慣壞了的人！

「你的心願這次我讓你滿足，」
她說，一面把眼鏡交給我。
「拿著它隨便到什麼地方，
只要有許多上等人在場；
你可以隨便觀察什麼人：
你看人只須用我的眼鏡。
相信我的話吧，他們顯出來
像攤在桌上被人玩的紙牌：
它們可以預言未來的事情。」

我說了聲謝謝，就跑去實驗，
但是，哪裡有最多的人出現？
在朗利尼嗎？這兒容易傷風。
在東街嗎？咳！這兒泥濘太重！
在戲院嗎？這地方倒很愉快，
它晚間的節目演得很不壞。
我來了！讓我介紹我的姓名；
請准許我帶來姨媽的眼鏡
來瞧瞧你們——請不要走開！
我要看看你們像不像紙牌。
我憑紙牌預言我們時代的特點——
如果你們同意，你們就不必發言。

我感謝你們，我請你們吃飯，
我們現在可以來觀看觀看。
我要對你、我和王國做預言，
我們現在瞧瞧這紙牌上有什麼出現。
（於是他戴上眼鏡。）

嗨，一點也不錯！我要大笑！
呀，假如你們能親眼瞧瞧！
這兒花牌的數目真是不少，
還有美人，完全是一整套。
那些黑東西就是黑桃和梅花，
——我現在要仔細地觀察一下。
我看到一位了不起的黑桃姑娘，
方塊傑克占據了她的整個思想。
這景象真使我感到陶醉！
這家的錢財有一大堆，
還有客人來自世界各地，
但我們不一定感到興趣。
至於國會？我們正有時間瞧瞧！
不過這類的事兒你將會讀到。
我多講話就會使報紙感到不安，
因為這樣我就打破了他們的飯碗。
至於劇院？它的創造？趣味？格調？
不，我不願跟經理把關係弄糟。

至於我的前途？這是自己的事情，
咳，你知道，我對於它是多麼關心！
我觀看——我不敢說出我看到了什麼，
不過事情一發生你就會聽到結果。
我們這兒哪一位是最幸運？
最幸運？我們可容易得出結論！
這就是……不對，這容易引起反感！
也很可能弄得許多人不安！
誰活得最長？這位先生，還是夫人？
不行，這不是可以隨便講的事情！
我做預言嗎？不好，不好，不好！
你看，我自己什麼也不知道。
一開口就要得罪人，我真感到難辦！
我還不如瞧瞧他們的思想和信念，
憑我全套預言的本領，再做一次發現。
各位相信嗎？不，還是請各位發表意見。
各位心中有數：我們快要無結果而散。
你們都知道，我說的話全是無稽之談。
可尊敬的列位，我要告辭，
我要感謝你們的好意。

這首詩念得非常好，朗誦者獲得了極大的成功。實習醫生也坐在聽眾之中。他似乎已經把他前天晚上的遭遇忘得一乾二淨。他還是穿著那雙套鞋，因為誰也沒有來尋找它們。街上既然很髒，它們對他仍然很有用處。

　　他似乎很喜歡這首詩。詩中的意思使他感到興趣：他倒很想有這麼一副眼鏡呢。也許，一個人把它戴上，就可以看出別人的內心吧。因此他覺得，能夠觀察出人的心，比起能推測來年所要發生的事故要有趣得多。未來的事情遲早總會知道，而人的內心卻是永遠沒有辦法推測的。

　　「我現在倒想看看坐在前一排的那些紳士和淑女們：假如一個人眞能夠直接進到他們心裡去的話！是的，那一定是一個空洞，一種店鋪之類的東西。咳，在這店鋪裡，我的眼睛可以痛快地張望一番！那位太太的心無疑地將會是一個大時裝店！這位太太的心是一個空店，但把它掃空一次也沒有什麼害處。可是貨物齊全的店鋪大概也不少。啊，對了！」他嘆了一口氣，「我知道有一個店，裡面全是頭等的貨色，不過它裡面已經有了一個店員。這是它唯一的缺點！我從許多店裡聽到這麼一句話：『請進來吧！』啊，我希望我可以走進去，像一個小小的思想鑽進心裡去一樣！」

　　他這種思想馬上得到套鞋的反應。這位實習醫生立刻就不見了；他在前一排坐著的觀眾的心裡開始做了一個不平常的旅行，他所經過的第一顆心是一位太太的心。但是他立刻就覺得他走進一個畸形軀體的治療所：在這裡面醫生取下身上的石膏模子，改正身體的形態。他現在就在這樣的一個房間裡，牆上掛著許多畸形肢腿的石膏模型。所不同的是，在治療所裡，模型是在病人來了以後才鑄出來的；而在這顆心裡，卻是在沒有病的人走了以後，才把這些模型鑄出來和保存下來，因爲這都是一些女朋友的模型——她們在生理上和心理上的缺陷都在這兒保存了

下來。

　　他馬上又鑽進了另外一個女人的心裡去。但是他覺得這顆心像一座神聖的大教堂；神龕裡有一隻純潔的白鴿子在飛翔。他很自然地想跪下來，但是卻不得不走開，到另一顆心裡面去。他仍然能聽到教堂琴樓裡的琴聲，同時他覺得自己已經變成一個更好、更新的人。他覺得自己並不是沒有資格走進第二個聖殿裡去——這是一個蹩腳的頂樓，裡面住著一個生病的母親。溫暖的太陽光從窗子射進來，美麗的玫瑰花在屋頂上的一個小木箱裡對她點著頭，兩隻天藍色的小鳥在唱著兒時歡樂的歌，這時生病的母親正在爲她的女兒祈福。

　　現在他匍匐地爬進一個屠夫的擺滿了東西的店裡去。他所看到的只是肉，什麼別的東西也沒有。這是一位有錢有勢的紳士的心，他的名字可以在名人錄裡找得到。

　　現在他鑽進這位紳士的太太的心裡去：這顆心是一個東倒西歪的舊鴿子籠。丈夫的肖像被當做一個風信鴿來使用。它安裝在門上——這門隨著丈夫的轉動而開合。

　　於是他走進了一個全是鏡子的小室——像我們常常在羅森堡宮殿中所看到的那種小室。不過這些鏡子可以把形象放得特別大。在地中央，像達賴喇嘛一樣，坐著房主人的渺小的「我」。他在欣賞著自己的偉大。

　　隨後他覺得好像走進了一個裝滿了尖針的小針盒。他想：「這一定是一位老小姐的心了！」可是事實上並不是如此。這是一位戴著許多勛章的年輕軍官——一個所謂好心腸的聰明人。

　　當這位實習醫生從頭排最後一個人的心裡鑽出來的時候，

他感到有些兒混亂。他沒有辦法集中思想，他以為這是因為他的
幻想太豐富，才會這樣胡思亂想。

「我的老天爺！」他嘆了一口氣，「我一定快要發瘋了。這
兒熱得要命：血都湧向我的腦子裡來了！」這時，他忽然記起了
昨天晚上的事情：他的腦袋怎樣被嵌在醫院柵欄的兩根鐵柱子
中間，拔不出來。

「我的病一定是這樣得來的，」他想。「我一定要早點想個
辦法。洗一次俄國澡可能有好處。我希望自己現在就躺在浴室最
高的一層板上。」

馬上他就躺在蒸氣浴室的高板子上；不過他是穿著衣服、
皮鞋和套鞋躺在那兒的。熱燙燙的水點從天花板上滴到他的臉
上。

「唏！」他叫起來，同時跳下來去淋浴。

侍者看見這樣一位衣服整齊的人去淋浴，不禁大笑起來。

這位實習醫生的神智還相當清楚，他說：「我為了打賭才這
樣做呀！」當他回到房間以後，他在頸項上貼了一塊膏藥，在背
上也貼了一塊膏藥，想把他的瘋狂吸收掉。

第二天早晨他感到背上非常酸痛——這就是他從「幸運的
套鞋」那兒得到的收穫。

5.一位錄事的變化

那個守夜人，我們一定還沒有忘記掉；他忽然記起了自己
曾經看到、並且送進醫院裡去的那雙套鞋。他現在來要把它們拿
走。不過，那位中尉既不接收它們，而街上也沒有任何人認領。

所以他只好把它們送到警察署去。

「這倒很像我的一雙套鞋，」一位錄事先生看到這雙無人認領的東西時說。於是他把它們放在他自己的一雙套鞋旁邊。「恐怕只有比鞋匠還銳利的眼睛才能把這兩雙套鞋區別開來。」

「錄事先生，」一個聽差的在叫他，手中拿著幾張文件。

錄事轉過身來，跟這人說了幾句話。他說完了以後，又轉過身來再看看這雙套鞋。這時他就認不清究竟左手的一雙是他的呢，還是右手的一雙是他的。

「那打濕了的一雙一定是我的，」他想。但是他的想法錯了，因為這是「幸運的套鞋」。難道警察就不會把東西弄錯嗎？他把套鞋穿上，在衣袋裡塞了幾份文件，在腋下也夾了幾份文件——因為他要帶回家去讀，以便摘出其中的要點。但是今天是星期天的早晨，而且天氣很好。他想，到佛列得里克斯堡公園去散散步，對於身體是有好處的。因此他就去了。

你到什麼地方也找不出這樣一個安靜和勤快的年輕人。我們很願意叫他去散散步。他坐的時間太長，散散步對他是有好處的。起初他只是邁著步子，什麼東西也不想，所以這雙套鞋就沒有機會施展它的魔力了。

他在路上遇見一個熟人——一個年輕的詩人。這詩人告訴他說，他明天就要開始一個夏季旅行。

「咳，你又要走了嗎？」錄事說。「你是一個多麼幸福和自由的人啊！你想到什麼地方去就到什麼地方去。像我們這樣的人腳上都拖著鏈子。」

「而這鏈子是繫在麵包樹上的！」詩人回答說。「但是你不

須爲將來擔憂。等你老了，你就可以領到養老金呀！」

「比較起來，還是你痛快，」錄事說。「坐下來寫詩一定是極愉快的事情。大家都恭維你，同時你也是你自己的主人。啊，天天坐著背些法院裡的瑣碎文件，你試試看！」

詩人搖了搖頭；錄事也搖了搖頭；每個人都保留著自己的意見。他們就這樣分手了。

「詩人們都是一批怪人！」錄事說。「我倒也希望進入到他們的境界裡——自己也做一個詩人！我肯定不會像他們一樣，光寫些發牢騷的詩。對於一個詩人說來，今天是一個多麼美麗的春天日子啊！空氣是意外地新鮮，雲彩是那麼美麗，花木發出多麼香的氣息！是的，幾年來我沒有過像現在這一刻的感覺。」

我們已經知道，他成了一個詩人。這個改變的過程並不是很突然的；如果人們以爲詩人跟別的人不同，那是很愚蠢的想法。在普通人當中，有許多人的氣質比那些公認的詩人還更富有詩意呢。他們的差別是，詩人有更強的理智記憶力：他能牢牢地保持住感情和思想，直到它們清楚明白地形成字句爲止，一般人是做不到這一點的。不過從一個平常的氣質轉變爲一個天才，無論如何要算得是一個轉變過程。錄事現在就在經歷這個過程。

「多麼醉人的香氣呵！」他說。「這眞叫我想起洛拉姑姑家的紫羅蘭來！是的，那是當我還是一個小孩子的時候聞到的！天啦，我好久沒有想到這件事情！善良的老小姐！她住在交易所後面。不管多天的氣候是怎樣寒冷，她總是在水裡培養一根枝椏和幾根綠芽。當我把一個熱銅板貼在冰花窗的玻璃上來融化出一個視孔的時候，看見她的紫羅蘭盛開了。這是一個可愛的景

象。外面的運河上，船隻都凍結在冰裡，船員們都離去了；只有
一隻尖叫的烏鴉是唯一留下的生物。後來，當春風吹起的時候，
一切又活躍起來了。人們在歡呼和喊聲中把冰層打開了；船也
上了油，桅杆也配上了索具，於是他們便向海外的國家航去。但
是我仍然留在這兒，而且永遠留在這兒，坐在警察署裡，讓別人
好領取護照到外國去旅行。這就是我的命運。啊，這就是生活！」

　　他深深地嘆了一口氣。但是他忽然又停住了，「我的天老
爺！這是怎麼一回事？我從來沒有像現在這樣的思想和感覺！
這一定是春天的氣息在做怪！它既使人激動，又使人感到愉
快！」

　　他把手伸到衣袋裡掏出文件。「這些東西現在可以分分我
的心，」他說，同時讓自己的眼睛在第一頁上溜。「西格卜麗思
夫人──五幕悲劇，」他念著。「這是怎麼一回事？這還是我親
手寫的字啦。難道我寫了這部悲劇嗎？散步場上的陰謀；或
者，懺悔的日子──歌舞喜劇。我從什麼地方弄到這些東西呢？
一定是別人放進我的衣袋裡的。現在又有一封信！」

　　是的，這是劇院的經理寫來的。劇本被拒絕了，而且信裡的
字眼也很不客氣。

　　「哼！哼！」錄事說，同時在一個凳子上坐下來。他的思想
是那麼活躍，他的心是那麼溫柔。他不自覺地扯下長在近旁的一
朵花。這是一朵很普通的小雛菊。一個植物學家要花幾堂課才能
對我們講得清楚的東西，這朵花只須一分鐘就解釋清楚了。它講
出它出生的經過，它講出太陽光的力量──太陽光使它細巧的
葉兒展開，發出香氣。於是他想起了生活的奮鬥；這奮鬥也同樣

喚醒我們胸中的情感。陽光和空氣都是花兒的愛人，不過陽光是更被愛的一位。它把面孔轉向陽光，只有當陽光消逝了的時候，花兒才捲起葉子，在空氣的擁抱中睡去。

「只有陽光才使我顯得漂亮！」花兒說。

「但是空氣使你呼吸！」詩人的聲音低語著。

他身旁站著一個小孩子，用一根棍子在一條泥溝裡敲打，弄得幾滴泥水濺到樹枝上去了。於是錄事就想到，水滴裡幾百萬看不見的微生物也必定被濺到空中去了。依照它們體積的比例，它們的情形也正像我們人類被扔到高空中的雲塊裡去一樣。當錄事想到這一點，以及他的思想中所起的整個變化的時候，他就微笑了。

「我是在睡覺，同時也是在做夢！一個人很自然地做起夢來，而同時又知道這是一場夢──這該是多麼稀奇的事情啊！我希望明天醒來以後，還能把這一切記得清清楚楚。我有一種少有的愉快的感覺。我現在什麼東西都看得清楚！我覺得自己的頭腦非常清醒！不過，我知道，明天如果我能記得某些情景的話，我一定會覺得這是幻想；但是我已經親身體驗過，一切聰明和美麗的東西，正如妖精藏在地底下的錢一樣，人們只能在夢中聽到和談到。當一個人得到這些東西的時候，他是豪華和富貴的；不過在陽光下檢查一下，它們就只是石頭和乾枯的葉子罷了。啊！」

他嘆了一口氣，頗有點牢騷的情緒。他把在樹枝間跳躍著的、唱著歌的幾隻小鳥凝望了一陣，說：

「它們比我幸福得多。飛翔是一種愉快的藝術。那些生來就

能飛的動物眞是幸運！是的，如果我會變成任何東西的話，我就
希望變成這樣一隻百靈鳥！」

　　不一會兒他的上衣後襬和袖子就連到一起，變成一雙翅膀
了。他的衣服變成了羽毛，套鞋變成了雀爪。他親眼看到這變化
的過程，他內心裡不禁大笑起來。「唔，我現在知道了，我是在
做夢，不過以前我從來沒有夢得這麼荒唐。」於是他飛到那些綠
枝間去，唱起歌來。但是他的歌聲中沒有詩，因爲他詩人的氣質
現在已經沒有了。這雙套鞋，像一個辦事徹底的人一樣，在一個
固定的時間裡只做一件事情。他希望做一個詩人，他就成了一個
詩人了。現在他希望做一隻小鳥；但是既然成了一隻鳥，他以前
的特點就完全消失了。

　　「這也眞夠滑稽！」他說。「白天我坐在警察署的枯燥乏味
的公文堆裡，夜間我就夢見自己在飛來飛去，成了佛列得里克斯
堡公園裡的一隻百靈鳥。一個人倒眞可以把這故事寫成一部通
俗的喜劇呢。」

　　現在他飛到草地上來了。他把頭轉向四邊望，同時用嘴啄著
一根柔軟的草梗。草梗與他的身體相比，似乎和北非洲棕櫚樹枝
的長短差不多。

　　這一切不過是曇花一現而已。他的四周馬上又變成了漆黑
的夜。他似乎覺得有一件巨大的物體落到頭上來——這是水手
住宅區的一個孩子向這隻百靈鳥頭上拋過來的一頂大帽子。一
隻手伸進帽子裡來，把錄事的背和翅膀抓住，弄得他不得不唧唧
喳喳地叫起來。他感到一陣驚恐的時候，大聲地叫道：

　　「你這個無禮的混蛋！我是警察署的錄事呀！」

可是這聲音在孩子的耳中聽來只不過是一陣「啁啁！喳喳！」罷了。他在鳥兒的嘴上敲了兩下，帶著他走了。

在一個小巷裡小孩碰見另外兩個孩子。這兩個人，就出身說，是屬於受過敎養的那個階段；可是就能力講，他們是屬於學校中最劣的一等。他們花了八個銀毫把這隻小鳥買走了。因此這位錄事就被帶回到哥本哈根，住進哥得街上的一個人家裡去。

「幸好我是在做夢，」錄事說，「否則我就眞要生氣了。起先我是一個詩人，現在我卻成了一隻百靈鳥！是的，這一定是詩人的氣質使我轉變成爲這隻小動物的。這也眞算是最倒楣的了，尤其當一個人落入小孩子手中去的時候。我倒希望知道這會得到一個什麼結果呢。」

孩子把他帶到一個非常漂亮的房間裡去。一個微笑著的胖太太向他們走來。她把這隻百靈鳥叫成一隻普通的田野小鳥，不過當她看到他們把它帶來的時候，她並不感到太高興。她只讓這小鳥在這兒待一天，而且他們還得把它關進窗子旁的那只空籠子裡去。

「也許它能逗波貝高興一下吧，」她繼續說，望著一隻大綠鸚鵡笑了一下。這鸚鵡站在一個漂亮銅籠子裡的環子上，洋洋得意地蕩來蕩去。

「今天是波貝的生日，」她天眞地說，「因此應該有一個普通的田野小鳥來祝賀它。」

波貝一句話也不回答；他只是驕傲地蕩來蕩去。不過一隻美麗的金絲鳥——它是去年夏天從它溫暖芬芳的祖國被帶到這兒來的——開始高聲地唱起來。

「多嘴的！」太太說，馬上把一條白手帕蒙在籠子上。

「唧唧！吱吱！」金絲鳥嘆了一口氣；「她又在大發雷霆。」嘆了這口氣以後，它就不再做聲了。

錄事——或者引用太太的話，一隻田野的小鳥——是關在靠近金絲鳥的一個鳥籠裡，離鸚鵡也不遠。波貝所會說的唯一的人話——而且這話聽起來也很滑稽——是：「來吧，讓我們像一個人吧。」它所講的其他的話語，正如金絲鳥的歌聲一樣，誰也聽不懂。只有變成了一隻小鳥的這位錄事，才能完全聽懂它的朋友的話語。

「我在青翠的棕櫚樹下飛，我在盛開的杏樹下飛！」金絲鳥唱著。「我和我的兄弟姐妹們在美麗的花朵上飛，在風平浪靜的海上飛——那兒有植物在海的深處波動。我也看見許多可愛的鸚鵡，它們講出許多那麼長、那麼有趣的故事。」

「這都是一些野鳥，」鸚鵡回答說。「他們沒有受過教育。來吧，讓我們像一個人吧——為什麼不笑呢？如果太太和所有的客人們都能發笑，你也應該能發笑呀。對於幽默的事情不能領會，這是一個很大的缺點。來吧，讓我們像一個人吧。」

「你記得那些美麗的少女在花樹下的帳篷裡跳舞嗎？你記得那些野生植物的甜果子和清涼的果汁嗎？」

「啊，對了！」鸚鵡說；「不過我在這兒要快樂得多。我吃得很好，得到親熱的友情。我知道自己有一個很好的頭腦，我再也不需要什麼別的東西了。讓我們像一個人吧！你是人們所謂的一個富有詩意的人，但是我有高深的學問和幽默感。你有天才，可是沒有理智。你唱著你那一套自發的高調，弄得人頭昏腦

脹，難怪人家要打你。人家卻不會這樣對待我，因爲他們付出了
更高的代價才得到我呀。我可以用我的尖嘴引起他們的重視，唱
出一個『味茲！味茲！味茲！』的調子！來吧，現在讓我們像一
個人吧！」

「呵，我溫暖的、多花的祖國呵！」金絲鳥唱著。「我歌頌
你的青翠的樹林，我歌頌你的安靜的海灣——那兒的樹枝吻著
平滑如鏡的水面。我歌頌我的一些光彩的兄弟和姊妹的歡樂
——它們所在的地方長著『沙漠的泉水』⑳！」

「請你不要再唱這套倒霉的調子吧！」鸚鵡說。「唱一點能
夠叫人發笑的東西呀！笑聲是智力發達的最高表現。你看看一
隻狗或一匹馬會不會笑！不：它們只會哭；只有人才會笑。
哈！哈！哈！」波貝笑起來，同時又說了一句老話：「讓我們像
一個人吧！」

「你這隻灰色的丹麥小雀子，」金絲鳥說；「你也成了一個
俘虜！你的森林固然是很寒冷的，但那裡面究竟還有自由呀。快
飛走吧！他們剛好忘記關你的籠子；上面的窗子還是開著的
呀。飛走吧！飛走吧！」

錄事就這樣做了，他馬上飛出籠子。在這同時，隔壁房間半
掩著的門嘎吱地響了一下，一隻家貓目光閃閃地偷偷走了進
來，在他後面追趕。金絲鳥在籠裡激動地跳著，鸚鵡拍著翅膀，
同時叫著：「讓我們像一個人吧。」錄事嚇得要死，趕快從窗子
飛出去，飛過一些屋子和許多街道。最後他不得不休息一會兒。

對面的一幢房子他似乎很面熟。它有一個窗子是開著的，所
以他就飛進去了。這正是他自己的房間，便在桌子上棲息下來。

「讓我們像一個人吧！」他不知不覺地仿著鸚鵡的口氣這樣說了。在這同時，他恢復到他錄事的原形。不過他是坐在桌子上的。

「我的天老爺！」他叫了一聲。「我怎麼到這兒來了，睡得這麼糊塗？我做的這場夢也真夠混亂。這全部經過真是荒唐透頂！」

6.幸運的套鞋所帶來的最好的東西

第二天大清早，當錄事還躺在床上的時候，有人在他的門上輕輕地敲了幾下。這是住在同一層樓上的一位鄰居。他是一個研究神學的學生。他走進來了。

「把你的套鞋借給我穿穿好嗎？」他說。「花園裡很潮濕，但是太陽卻照得非常美麗，我想在那兒抽幾口煙。」

他穿上了套鞋，馬上就到花園裡去了。這兒只長著一棵李樹和一棵梨樹。就是這樣一個小花園，在哥本哈根也是一件了不起的東西。

學生在小徑上走來走去。這正是六點鐘的時候。街上已經響起了郵差的號角聲。

「啊，遊歷！遊歷！」他叫出聲來。「這是世界上一件最快樂的事情！這也是我的最高願望，我的一些煩惱的感覺，也就可以沒有了。可是要遊歷必須走得很遠！我很想去看看美麗的瑞士，到義大利去旅行一下，和——」

是的，很幸運，套鞋馬上就發生了效力，否則他可能還想得更遠，也使我們想得更遠。他現在在旅行了。他和其他八位旅客

緊緊地偎在一輛馬車裡，到達了瑞士的中部。他有點兒頭痛，脖子也有點兒酸，腳也在發麻，因為套鞋把兩隻腳弄得又腫又痛。他是處在一個半睡半醒的狀態之中。他右邊的衣袋裡裝著旅行支票，左邊的衣袋裡放有護照，胸前掛著一個小袋，裡面緊緊地縫著一些金法郎，他每次睡著的時候，就夢見這三樣財產之中有一件被人扒走了。於是他就像在發熱似地驚醒過來：他的第一個動作是用手做了一個三角形的姿勢：從左摸到右，再摸到他的胸前，看看他的這些財產是不是還存在。雨傘、帽子和手杖在他頭頂上的行李網裡搖來搖去，幾乎把人們的注意力從那些動人的風景吸引走了。他望著窗外的風景，心裡唱出至少一位我們認識的詩人曾經在瑞士唱過的、但是還沒有發表過的歌來：

> 這風景很優美，正合我的心願，
> 在這座可愛的白朗峰㉑的面前。
> 待在這兒欣賞欣賞，很是痛快，
> 假如你帶著足夠的錢到這兒來。

周圍的大自然是偉大、莊嚴、深沉的。杉樹林看起來像長在深入雲霄的石崖上的石楠花簇。現在開始下雪了，風吹得很冷。

「噢！」他嘆了一口氣，「如果我們在阿爾卑斯山的另一邊，氣候就應該是夏天了，同時我也可以把我的旅行支票兌出錢來了；我老是為這張紙擔憂，弄得我不能享受瑞士的風景。啊，我希望我現在是在山的另一邊！」

他馬上就在山的另一邊的義大利境內了──在佛羅倫斯和

羅馬之間。夕陽照耀下的特拉西門涅湖㉒，看起來像是青翠的群山中一泓金色的溶液。漢尼拔在這兒打敗了佛拉米尼烏斯，葡萄藤在這兒伸出綠枝，安靜地互相擁抱著；路旁一叢芬芳的桂樹下有一群可愛的、半裸著的孩子在放牧一群黑炭一般的豬。假如我們能把這風景描繪出來，大家一定要歡呼：「美麗的義大利！」但是這位神學學生和馬車裡的任何客人都沒有說出這句話。

有毒的蒼蠅和蚊蚋成千成萬地向車裡飛來。他們用桃金娘的枝椏在空中亂打了一陣，但蒼蠅照舊叮著他們。車裡沒有一個人的臉不發腫，不被咬得流血。那幾匹可憐的馬兒，看起來簡直像死屍。蒼蠅蜂擁似地叮著它們。只有當車夫走下來、把這些蟲子趕掉以後，情況才好轉了幾分鐘。

現在太陽落下來了。一陣短促的、可是冰涼的寒氣透過了整個的大自然。這一點並不使人感到痛快，不過四周的山丘和雲塊這時染上了一層最美麗的綠色，既清爽，又光潔——是的，你親眼去看一下吧，這會比讀遊記要好得多！這真是美，旅行的人也都體會到這一點，不過——大家的肚皮都空了，身體也倦了，每一顆心只希望找一個夜宿的地方。但怎樣才能達到這個目的呢？大家心思都花在這個問題上，而沒有去看這美麗的大自然。

路伸向一個橄欖樹林：這使人覺得好像是在家鄉多結的柳樹之間經過似的。就在這塊地方有一座孤零零的旅店。有一打左右的殘廢的乞丐守在它面前。他們之中最活潑的一位看起來很像飢餓之神的、已經成年的長子。其餘的不是瞎子就是跛子，所

以他們得用手來爬行。另外有些人手臂發育不全,手上連手指也沒有。這真是一群穿上了襤褸衣服的窮人的化身。

「老爺,可憐可憐窮人吧!」他們嘆息著,同時伸出殘廢的手來。

旅店的老闆娘,打著一雙赤腳,頭髮亂蓬蓬的,只穿著一件很髒的緊身上衣,來接待這些客人進來。門是用繩子繫住的;房間的地上鋪著磚,可是有一半已經被翻起來了。蝙蝠在屋頂下面飛,而且還有一股氣味——

「好吧,請在馬廄裡開飯吧!」旅客中有一位說。「那兒人們起碼可以知道他所呼吸的是什麼東西。」

窗子都大開著,好讓新鮮空氣流進來,不過,比空氣還要快的是伸進來的一些殘廢的手臂和一個老不變的聲音:「老爺,可憐可憐窮人吧!」牆上有許多題詞,但一半以上是對「美麗的義大利」不利的。

晚飯開動了。這是一碗清水淡湯,加了一點調味的胡椒和發臭的油。涼拌生菜裡也是這同樣的油。發霉的雞蛋和烤雞冠算是兩樣最好的菜。就連酒都有一種怪味——它是一種可怕的混合物。

晚間大家搬來一堆箱子放在門後擋著門,並且選出一個人來打更,好使其餘的人能睡覺。那位神學學生就成了更夫。啊,這兒是多麼沉悶啊!熱氣在威逼著人,蚊蚋在嗡嗡地叫,在刺著人。外邊的窮人們在夢中哭泣。

「是的,遊歷是很愉快的,」神學學生嘆了一口氣說;「我只希望一個人沒有身軀!我希望身軀能躺著不動,讓心靈去遨

遊！無論我到什麼地方去，我總覺得缺乏一件什麼東西，使我心不快——我所希望的是一件比此刻還要好的什麼東西。是的，某種更美好的東西——最好的東西。不過這在什麼地方呢？這究竟是什麼呢？在我心裡，我知道我要的是什麼東西：我想要達到一個幸運的目的——一個最幸運的目的！」

　　他一說完這話，就回到自己的家裡來了。長長的白窗帘掛在窗上，屋子中央停著一具漆黑的棺材。他是在死的睡眠中，在這棺材裡面，他的願望達到了，他的身軀在休息，他的精神在遨遊。索龍㉓曾說過：任何人在還沒有進棺材以前，不能算是快樂的。這句話現在又重新得到了證實。

　　每具屍體是一個不滅的斯芬克斯㉔。現在躺在我們面前這個黑棺材裡的斯芬克斯所能講的也不外乎活人在兩天前所寫下的這段話：

　　　　堅強的死神呵！您的沉默引起我們害怕，
　　　　教堂墓地的墳墓是您留下的唯一記號。
　　　　難道我的靈魂已經從雅各的梯子跌下，
　　　　只能在死神的花園㉕裡變成荒草？

　　　　世人看不見我們最大的悲淒！
　　　　啊你！你是孤獨的，一直到最後。
　　　　這顆心在世上所受到的壓力，
　　　　超過堆在你的棺材上的泥土！

　　這屋子裡有兩個人影在活動。她們兩人我們都認識：一位
是憂慮的女神，一位是幸運的使者。他們在死人身上彎下腰來察
看。

　　「你看到沒有？」憂慮的女神說。「你的套鞋帶給了人間什
麼幸福？」

　　「最少它把一項持久的好處帶給在這兒睡著的人，」幸運的
使者說。

　　「哦，你錯了！」憂慮的女神說。「他是自動去的，死神並
沒有召他去。他還沒有足夠的精神力量去完成他命中注定要完
成的任務！我現在要幫他一點忙。」

　　於是她把他腳上的那雙套鞋拉下來。死亡的睡眠因而也就
中止了。這位復甦的人站起來。憂慮的女神走了，那雙套鞋也不
見了；無疑地，她認為這雙套鞋是她自己的財產。〔1838 年〕

　　這是 1838 年 5 月安徒生出版的名為《三篇富有詩意的故
事》中的一篇。故事雖不富有詩意，卻充滿了苦惱和麻煩。所謂
「富有詩意」，實際上是一個「諷刺語」，諷刺我們在日常生活中
頭腦裡所閃現過的許多幻想──人就是這樣一種奇特的動物：
他表面上的舉止言行看起來非常有理智，有邏輯，但他頭腦中有
時所閃現過的思想，卻是非常荒唐。而〈幸運的套鞋〉就讓他體
驗一下這些閃念。體驗以後只能得出這樣一個結論：我們應該

認真對待的就是生活現實。「他（司法官）不禁衷心地稱讚幸福
的現實——我們所處的這個時代。我們這個時代雖然缺點不
少，比起他剛才進入的那個時代，究竟好的多。」這個故事中的
情節都是來自安徒生本人和他一些相識的人的生活表面的和經
驗記憶的體現。這也可以說是一篇具有哲理的、當代一些高尚神
奇的作家所謂的「現代派」的作品。從這一點講，這篇作品也具
有極爲深刻的現實意義。

【註釋】

①這是哥本哈根市中心的一個大廣場，非常熱鬧。

②漢斯(Hans, 1455～1513)是丹麥的國王，1481 年兼做瑞典的國王。

③丹麥全國分做三大區，西蘭(Sjaelland)是其中的一區。

④石勒蘇益格——荷爾斯泰因(Schieswig-Holstein)是德國北部的一個州。荷爾斯泰因
　的前房是一種寬大的房間，裡面的陳設全是些粗大的家具、箱子和櫃子等。

⑤拉丁文，「謙虛」的意思。

⑥拉丁文，「不以爲然」的意思。

⑦拉丁文，「判斷」的意思。

⑧尤蘭(Jutland)是丹麥的一個省份。

⑨拉丁文，「文教地區」的意思。

⑩《每日故事集》(Hverdagshistorierne)是丹麥作家 Gyllembourg Ehrensvürd 的第
　一部小說。

⑪亞瑟王的圓桌騎士是在歐洲流傳很廣的關於一群騎士的冒險故事。這兒是指丹麥
　國王漢斯與他的一個喜歡讀這故事的朝臣奧托·路德的一段對話。國王漢斯說：
　「這本書裡所描寫的伊文和哥甸先生真是了不起的騎士，像這樣的騎士現在再也

找不到了！」奧托‧路德回答說：「如果還有像亞瑟王那樣的國王，當然可以找到像伊文和哥甸那樣的騎士的！」（見丹麥作家荷爾堡著《丹麥王國史》）

⑫這是漢斯王朝的丹麥第一個印刷匠。他在 1495 年出版的《丹麥詩韵》(Den Danske Rimkronike)是第一部用丹麥文印的書。

⑬「德洛西基」(droshky)是俄國過去一種馬車。

⑭這是中、南美洲所產的一種動物。它的舉動遲鈍，常常待在樹上不動。

⑮麥特勒(Johan Heinrich von Mädler，1794～1874)是德國的一位天文學家。

⑯這篇故事裡關於月球上的事情是出於想像的，其實月球上沒有水和空氣，也沒有生物和居民。

⑰這是守夜人用的一種木棒，它的頭上有一顆木雕的晨星。

⑱這首打油詩的標題是說姨媽(Moster)的眼鏡，但詩中卻又說是祖母(Bedstemoder)的眼鏡。大概安徒生信手寫來，把主題忘記了。

⑲在歐洲封建時代，巫婆被認為是魔鬼的使者，常常被放在柴堆上燒死。這兒是說，祖母太聰明了，會被人認為是巫婆。

⑳指「仙人掌」。

㉑白朗峰(Mont-Blane)是歐洲南部的阿爾卑斯山脈的主峰，在法國和義大利之間，高達 4807 米。

㉒特拉西門涅湖(SΦen Tracymenes)是義大利中部的一個大湖，公元 217 年，原來駐紮在西班牙的迦太基軍隊，在漢尼拔將軍領導下，在這裡打敗了羅馬帝國的大將佛拉米尼烏斯(Fllaminius)。

㉓索龍 (Solon，公元前 633-前 559) 是古代希臘七大智者之一。

㉔斯芬克斯是指希臘神話中的一個怪物。它的頭像女人，身體像獅子，還有兩個翅膀。它對路過的人總是問一個富有哲學意味的謎語，猜不出的人就被它吞掉。

㉕指墓地。

鸛鳥

在一個小城市最末端的一座屋子上，築有一個鸛鳥巢。

鸛鳥媽媽和她的四個小孩子坐在裡面。他們伸出小小的頭和小小的黑嘴——因為他們的嘴還沒有變紅。在屋脊上不遠的地方，鸛鳥爸爸直直地站著。他把一隻腳縮回去，為的是要讓自己嘗點站崗的艱苦。他站得多麼直，人們很容易以為他是木頭雕成的。他想「我太太巢旁邊有一個站崗的，她可有面子了。誰也不會知道，我就是她的丈夫。人們一定以為我是奉命站在這兒

的。這可眞是漂亮！」於是他就繼續用一隻腿站下去。

　　在下邊街上，有一群小孩子在玩耍。當他們一看到鸛鳥的時候，他們中間最大膽的一個孩子——不一會所有的孩子——就唱出一支關於鸛鳥的古老的歌。不過他們只唱著他們所能記得的那一段：

　　鸛鳥，鸛鳥，快些飛走；
　　去呀，今天是你待在家裡的時候。
　　你的老婆在巢裡睡覺，
　　懷中抱著四個小寶寶。
　　老大，他將會被吊死，
　　老二將會被打死，
　　老三將會被燒死，
　　老四將會落下來跌死！

　　「請聽這些孩子唱的什麼東西！」小鸛鳥們說。「他們說我們會被吊死和燒死！」

　　「你們不要管這些事兒！」鸛鳥媽媽說。「你們只要不理會，什麼事也不會有的！」

　　小孩子繼續唱著，同時用手指著鸛鳥。只有一位名字叫彼得的孩子說譏笑動物是一樁罪過，因此他不願意參加。

　　鸛鳥媽媽也安慰著她的孩子。「你們不要去理會這類事兒，」她說；「你們應該看看爸爸站得多麼穩，而且他還是用一條腿站著！」

「我們非常害怕，」小鸛鳥們齊聲說，同時把頭深深地縮進巢裡去。

第二天孩子們又出來玩耍，又看到了這些鸛鳥。他們開始唱道：

老大將會被吊死，

老二將會被打死——

「我們會被吊死和燒死嗎？」小鸛鳥們說。

「不會，當然不會的，」媽媽說。「你們將要學飛了；我來教你們練習吧。這樣我們就可以飛到草地上去，拜訪拜訪青蛙；他們將會在水裡對我們敬禮，唱著歌：『呱！——呱！呱——呱！』然後我們就把他們吃掉，那才夠痛快呢！」

「那以後呢？」小鸛鳥們問。

「以後所有的鸛鳥——這國家裡所有的鸛鳥——將全體集合起來，於是秋天的大演習就開始了。這時大家就好好地飛，這是非常重要的。誰飛得不好，將軍就會用嘴啄死他。所以演習一開始，他們就要好好地學習。」

「到那時候，像小孩子們唱的一樣，我們就會被打死了：——聽吧，他們又在唱了。」

「你們要聽我的話，不要聽他們的話，」鸛鳥媽媽說。「在這次大演習以後，我們就要飛到溫暖的國度裡去，遠遠地從這兒飛走，飛過高山和樹林。我們將飛到埃及去。那兒有三角的石頭房子——這些房子的頂是尖的，高高地伸到雲層裡去。它們名叫

金字塔，它們的年齡比鸛鳥所能想像的還要老。這個國度裡有一條河。有時它溢出了河床，弄得整個國家全是泥巴。這時我們就可以在泥巴上走，找青蛙吃。」

「哦！」所有的小鸛鳥齊聲說。

「是的！那地方真舒服！人們整天什麼事情都不必做，只是吃喝。當我們在那兒享福的時候，這兒的樹上連一片綠葉子也沒有。這兒的天氣是那麼冷，連雲塊都凍成了小片，落下來像些稀爛的白布片！」

她的意思是指雪，不過她沒有辦法表達清楚。

「頑皮的孩子也會凍成小片麼？」小鸛鳥們問。

「不，他們不會凍成小片的；不過跟那也差不多了。他們得待在黑房間裡，愁眉苦臉。相反地，你們卻飛到外國去，那兒有花香，有溫暖的太陽光！」

這次以後，有一段時間過去了。小鳥已經長得很大，可以在巢裡站起來，並且遠遠地向四周眺望。鸛鳥爸爸每天飛回來時總是帶著好吃的青蛙、小蛇以及他所能尋找到鸛鳥吃的山珍海味。啊！當他在他們面前玩些小花樣的時候，他們是多麼高興啊！他把頭一直彎向尾巴上去，把嘴弄得啪啪地響，像一個小拍板。接著他就講故事給他們聽——全是關於沼澤地的故事。

「聽著，現在你們得學飛了！」有一天鸛鳥媽媽說。四隻小鸛鳥也得走出巢來，到屋脊上去。啊，他們走得多麼不穩啊！他們把翅膀張開來保持平衡。雖然如此，還是幾乎摔下來了。

「請看著我！」媽媽說。「你們要這樣把頭翹起來！你們要這樣把腳伸開！一、二！一、二！你要想在這世界上活下去就得

這樣！」

於是她飛行了短短的一段距離。這些小鸛鳥笨拙地跳了一下。砰！——他們落下來了。因為他們的身體太重了。

「我不要飛了！」一隻小鸛鳥說，同時鑽進巢裡去；「飛不到溫暖的國度裡去我也不在乎！」

「當冬天來了的時候，你想在這兒凍死嗎？你想讓那些小孩子來把你吊死，燒死，烤焦嗎？我現在可要叫他們來啦！」

「哦，不要叫吧！」這隻小鸛鳥說，同時像別的小鸛鳥一樣，又跳到屋頂上來了。到第三天他們能夠真正飛一點了。於是他們就以為他們可以在空中坐著，在空中休息了。他們試了一下，可是——砰！——他們翻下來了，所以他們又得趕忙拍著翅膀。現在小孩子們又走到街上來了。他們唱著歌：

　　鸛鳥，鸛鳥，快些飛走！

「我們飛下去把他們的眼珠啄出來好嗎？」小鸛鳥們問。

「不可以，」媽媽說，「讓他們去吧！聽我的話——這是更重要的事情！一、二、三！——現在我們可以向右飛！一、二、三！——現在我們可以向左繞著煙囪飛！看，這樣飛好多了！你們的翅膀最後拍的那一下子非常好，非常俐落，明天我可以准許你們和我一道到沼澤地去！有好幾個可愛的鸛鳥家庭帶著孩子到那兒去，讓我看看，我的孩子最漂亮。把頭昂起來，這樣才好看，這樣才能得到別人的欽佩！」

「不過，對那幾個頑皮的孩子，我們不報復他們一下嗎？」

小鸛鳥們問。

「他們要怎樣叫就讓他們怎樣叫吧。當他們凍得發抖的時候，當他們連一片綠葉子或一個甜蘋果也沒有的時候，你們將遠走高飛，飛到金字塔的國度裡去。」

「是的，我們要報復一下！」他們互相私語著，於是他們又開始練習。

在街上的這些頑皮孩子中，最糟糕的是那個最喜歡唱挖苦人的歌的孩子。歌就是他帶頭唱起來的，而且他還是一個非常小的孩子哩。他還不到六歲。小鸛鳥們無疑地相信他有一百歲，因為他比鸛鳥爸爸和媽媽不知要大多少。事實上他們怎麼會知道小孩子和大人的歲數呢？他們要在這個孩子身上報仇，因為帶頭唱歌的就是他，而且他一直在唱。小鸛鳥們非常生氣。他們越長大，就越不能忍受這種歌。最後媽媽只好答應准許他們報仇，但是必須等到他們住在這國家的最後一天才能行動。

「我們得先看一看你們在這次大演習中的表現怎樣？如果你們的成績很壞，弄得將軍不得不用嘴啄你們的前胸，那麼那些小孩子說的話就是對的了，至少在某一方面是如此！我們看吧！」

「是的，你看吧！」小鸛鳥們齊聲說。於是他們把一切氣力都拿出來。他們每天練習，飛得那麼整齊和輕鬆，即使看看他們一眼都是快樂的事情。

現在秋天到來了。所有的鸛鳥開始集合，準備在我們過冬的時候，向溫暖的國度飛去。這是一次演習！他們得飛過樹林和村子，試試他們究竟能飛得多好。它們知道這是一次大規模的飛

行。這些年輕的鸛鳥們獲得了很好的成績，得到了「善於捉青蛙和小蛇」的評語。這要算是最高的分數了。他們可以吃掉青蛙和小蛇，實際上他們也這樣做了。

「現在我們要報仇了！」他們說。

「是的，一點也不錯！」鸛鳥媽媽說。「我現在想出了一個最好的主意！我知道有一個水池，裡面睡著許多嬰孩。他們在等待鸛鳥來把他們送到他們的父母那兒去①。這些美麗的嬰孩在睡夢中做些甜蜜的夢——做了些他們今後不會再做到的甜蜜的夢。所有的父母都希望能得到一個這樣的孩子，而所有的孩子都希望有一個姊妹或兄弟。現在我們可以飛到那個池子裡去，送給那些沒有唱過討厭的歌或譏笑過鸛鳥的孩子每人一個弟弟或妹妹。那些唱過的孩子一個也不給！」

「不過那個開頭唱的孩子——那個頑皮的醜孩子！」小鸛鳥們都叫出聲來，「我們應該對他怎麼辦？」

「那個池子裡還有一個死孩子——一個做夢做死了的孩子。我們就把這個孩子送給他吧。那麼他就會哭，因為我們帶給他一個死了的小弟弟，不過那個好孩子——你們還沒有忘記過他吧——他說過：『譏笑動物是一樁罪過！』我們將特地送給他一個弟弟或妹妹。因為他的名字叫做彼得，你們大家也叫彼得吧！」

她所說的這句話大家都遵從了。所有的鸛鳥都叫彼得，他們現在還叫這個名字哩。〔1839 年〕

鸛　　鳥

　　丹麥民間流行許多關於鸛鳥的故事，因爲這種鳥生活在炎熱的尼羅河畔，只有夏天才飛來北歐避暑，它們在人們的屋頂上做巢，生兒育女，正如燕子在人們的屋裡做巢一樣。因此，它們令北歐人引起許多幻想，但同時也獲得了北歐人對它們的特殊好感。安徒生在這裡生動地描述了丹麥人對鸛鳥的情感。

【註釋】

①根據在丹麥流行的一個傳說，嬰孩都是鸛鳥在母親分娩時送來的。

樅樹

外邊的大樹林裡長著一株非常可愛的小樅樹。它生長的地點很好，能得到太陽光和充分的新鮮空氣，周圍還有許多大朋友——松樹和別的樅樹。不過這株小樅樹急著要長大，它一點也不理睬溫暖的太陽和新鮮的空氣。當農家的小孩子出來找草莓和覆盆子、走來走去、閒散地聊天的時候，它也不理會他們。有時他們帶著滿缽子的、或用草穿起來的長串的莓子到來，他們坐在小樅樹旁邊，說：「嗨，這個小東西是多麼可愛啊！」而這株樹

一點也不願意聽這話。

　　一年以後它長高了一節；再過一年它又長高一節。因此你只要看樅樹有多少節，就知道它長了多少年。

　　「啊，我希望我像別的樹一樣，是一棵大樹！」小樅樹嘆了一口氣說，「那麼我就可以把我的樹枝向四周伸展開來，我的頭頂就可以看看這個廣大的世界！那麼鳥兒就可以在我的樹枝上做巢；當風吹起來的時候，我就可以像別的樹一樣，煞有介事般地點點頭了。」

　　它對於太陽、鳥雀，對於在早晨和晚間飄過去的紅雲，一點也不感到興趣。

　　現在是多天了，四周的積雪發出白亮的光。有時一隻兔子跑過來，在小樅樹身上跳過去。……啊！這才叫它生氣呢！不過兩個冬天又過去了。當第三個冬天到來的時候，小樅樹已經長得很大了，兔子只好繞著它走過去。

　　啊！生長，生長，長成為大樹，然後變老，只有這才是世界上最快樂的事情！小樅樹這樣想。

　　在多天，伐木工人照例到來了，砍下幾棵最大的樹。這類事情每年總有一次。這株年輕的樅樹現在已經長得相當大了；它有點顫抖起來，因為那些堂皇的大樹轟然一聲倒到地上了。它們的樹枝被砍掉，全身光溜，又長又瘦——人們簡直沒有辦法認出它們來，但是它們被搬上車子，馬兒把它們拉出樹林。

　　它們到什麼地方去了呢？它們會變成什麼呢？

　　在春天，當燕子和鸛鳥飛來的時候，樅樹就問它們：「你們知道人們把它們拖到什麼地方去了嗎？你們碰到過它們沒

有？」

　　燕子什麼也不知道。不過鸛鳥很像在想一件事情，連連點著頭，說：

　　「是的，我想是的！當我從埃及飛出來的時候，我碰到過許多新船。這些船上有許多美麗的桅桿；我想它們就是那些樹。它們發出樅樹的氣味。我看見過許多次；它們昂著頭！它們昂著頭。」

　　「啊，我多麼希望我也能長大得足夠在大海上航行！海究竟是怎樣的呢？它是什麼樣兒呢？」

　　「嗨，要解釋起來，那可是不簡單！」鸛鳥說著便走開了。

　　「享受你的青春吧，」太陽光說：「享受你蓬勃的生長，享受你身體裡新鮮的生命力吧！」

　　風兒吻著這株樹，露珠在它身上滴著眼淚。但是這株樹一點也不懂得這些事情。

　　當聖誕節到來的時候，有許多很年輕的樹被砍掉了①。有的既不像樅樹那樣老，也不像它那樣大，更不像它那樣性急，老想跑開。這些年輕的樹兒正是一些最美麗的樹兒，所以它們都保持住它們的枝葉。它們被搬上車子，馬兒把它們拉出了樹林。

　　「它們到什麼地方去呢？」樅樹問。「它們並不比我更大。是的，有一株比我還小得多呢。為什麼它們要保留住枝葉呢？它們被送到什麼地方去呢？」

　　「我們知道！我們知道！」麻雀唧唧喳喳地說。「我們在城裡朝窗玻璃裡面瞧過！我們知道它們到什麼地方去！哦！它們要到最富麗堂皇的地方去！我們朝窗子裡瞧過。我們看到它們

被放在一個溫暖房間的中央，身上裝飾著許多最美麗的東西
——塗了金的蘋果啦，蜂蜜做的糕餅啦，玩具啦，以及成千成百
的蠟燭啦！」

　　「後來呢？」樅樹問；它所有的樹枝都顫動起來了。「後來
呢？後來怎樣一個結果呢？」

　　「唔，以後的事我們沒有看見。不過那眞是美極了！」

　　「也許有一天我也不得不走上這條光榮的大道吧！」樅樹高
興地說。「這比在海上航行要好得多！我眞等得不耐煩了！我
但願現在就是聖誕節！現在我已經長大了，成人了，像去年被運
走的那些樹一樣！啊，我希望我高高地坐在車子上！我希望我
就在那個溫暖的房間裡，全身打扮得漂漂亮亮！那麼，以後呢？
是的，以後更好、更美的事情就會到來，不然他們爲什麼要把我
打扮得這樣漂亮呢？一定會有更偉大、更美麗的事情到來的。不
過什麼事情呢？啊，我眞痛苦！我眞渴望！我自己也不知道爲
什麼要這樣？」

　　「請你跟我們一道享受你的生活吧！」空氣和太陽光說。
「請你在自由中享受你新鮮的青春吧！」

　　不過樅樹什麼也不能享受。它一直在生長，生長。在冬天和
夏天，它老是立在那兒，發綠——蔭深的綠。看過它的人說：「這
是一棵美麗的樹！」到了聖誕節的時候，它是最先被砍掉的一
棵。斧頭深深地砍進樹心裡去，於是它嘆了一口氣就倒到地上
了：它感到一種痛楚，一陣昏厥，它完全想不起有什麼快樂。離
開了自己的家，離開自己根生土長的這塊地方，究竟是很悲慘
的。它知道自己將永遠也見不到那些親愛的老朋友，周圍那些小

灌木林和花叢了——也許連鳥兒也不會再見到呢，別離真不是什麼愉快的事情。

當這樹跟許多別的樹在院子裡一齊被卸下來的時候，它才清醒過來。它聽到一個人說：

「這是一棵很好看的樹兒；我們只要這一棵！」

兩位穿得很整齊的僕人走來了，把這樅樹抬到一間漂亮的大客廳裡。四邊牆上掛著許多畫像，在一個大瓷磚砌的火爐旁邊立著高大的中國花瓶——蓋子上雕塑著獅子。這兒還有搖椅、綢沙發、堆滿了畫冊的大桌子和價值幾千幾萬元的玩具——至少小孩子們是這樣講的。樅樹被放進裝滿了沙子的大盆裡。不過誰也不知道這是一個盆，因為它外面圍著一層布，並且立在一張寬大的雜色地毯上。啊，樅樹抖得多厲害啊！現在會有什麼事情發生呢？僕人和小姐們都來打扮它。他們把花紙剪的小網袋掛在它的枝椏上，每個小網袋裡都裝滿了糖果；塗成金色的蘋果和胡桃核也掛在上面，好像它們原來就是生長在上面似的。此外，枝椏上還安有一百多根紅色、白色和藍色的小蠟燭。跟活人一模一樣的玩偶在樹葉間蕩來蕩去，樅樹從來沒有看過這種東西。樹頂上還安有一顆銀紙做的星星。這真是漂亮，分外地漂亮。

「今晚，」大家說，「今晚它將要放出光明。」

「啊，」樅樹想，「我希望現在就已經是夜晚了！啊，我希望蠟燭馬上點起來！還有什麼會到來呢？也許樹林裡的樹兒會出來看我吧？麻雀會在窗玻璃面前飛過吧？也許我會在這兒生下根來，在夏天和冬天都有這樣的打扮吧？」

是的，它所知道的就只這些。它的不安使它得到一種經常皮

痛的毛病，而這種皮痛病，對於樹說來，糟糕的程度比得上我們的頭痛。

最後，蠟燭亮起來了。多麼光輝，多麼華麗啊！樅樹的每根枝椏都在發抖，弄得一根蠟燭燒著了一根小綠枝。這才真叫它痛啦。

「願上帝保佑我們！」年輕的姑娘們都叫起來。她們急忙把火滅掉了。

樅樹現在可不敢再發抖了。啊，這真是可怕呀！它非常害怕失掉任何一件裝飾品，它們射出的光輝把它弄得頭昏目眩。現在那兩扇門推開了，許多小孩子湧進來，好像他們要把整棵樹都弄倒似的。年紀大的人鎮定地跟著他們走進來。這些小傢伙站著，保持肅靜。不過這只有一分鐘的光景。接著他們就歡呼起來，弄出一片亂糟糟的聲音。他們圍著這株樹跳舞，同時把掛在它上面的禮物一件接一件地取走了。

「他們打算怎麼辦呢？」樅樹想。「有什麼事情會發生呢？」

蠟燭燒到枝椏上來了。當它們快要燒完的時候，它們便被撲滅了，這時孩子便得到准許來擄掠這株樹。啊！他們向它衝過來，所有的枝椏都發出折裂聲。要不是樹頂和頂上的一顆金星被繫到天花板上，恐怕它早就倒下來了。

孩子們拿起美麗的玩具在周圍跳舞。誰也不想再看這棵樹了，只有那位老保姆在樹枝間東張西望了一下，而她只不過想知道是不是還有棗子或蘋果沒有被拿走。

「講一個故事！講一個故事！」孩子們嘟囔著，同時把一位小胖子拖到樹這邊來。他坐在樹底下──「因為這樣我們就算是

在綠樹林裡面了，」他說。「樹兒聽聽我的故事也是很好的。不過我只能講一個故事。你們喜歡聽關於依維德•亞維德的故事呢，還是聽關於那位滾下了樓梯、但是卻坐上了王位、得到了公主的泥巴球②呢？」

「講依維德•亞維德的故事！」有幾個孩子喊著。「講泥巴球的故事！」另外幾個孩子喊著。這時鬧聲和叫聲混做一團。只有樅樹默默地不說一句話。它在想：「我不能參加進來嗎？我不能做一點事兒嗎？」不過它已經參加了進來，它應該做的事已經做了。

胖子講著泥巴球的故事——「他滾下樓梯，又坐上了王位，並且得到了公主。」孩子們都拍著手！叫道：「講下去吧！講下去吧！」因爲他們想聽依維德•亞維德的故事，但是他們卻只聽到了泥巴球的故事。樅樹立著一聲不響，只是沉思著。樹林裡的鳥兒從來沒有講過這樣的故事。泥巴球滾下了樓梯，結果仍然得到了公主！「是的，世界上的事情就是這樣！」樅樹想，並且以爲這完全是眞的，因爲講這故事的人是一位那麼可愛的人物。「是的，是的，誰能知道呢？可能我有一天也會滾下樓梯，結果卻得到一位公主！」於是它很愉快地盼望在第二天晚上又被打扮一番，戴上蠟燭、玩具、金紙和水果。

「明天我絕不再顫動了！」它想。「我將要盡情爲我華麗的外表而得意。明天我將要再聽泥巴球的故事，可能還聽到依維德•亞維德的故事呢。」

於是樅樹一聲不響，想了一整夜。

早晨，僕人和保姆都進來了。

「現在我又要漂亮起來了！」樅樹想。不過他們把它拖出屋子，沿著樓梯一直拖到頂樓上去。他們把它放在一個黑暗的角落裡，這兒沒有一點陽光可以射進來。

「這是什麼意思？」樅樹想。「我在這兒幹嘛呢？我在這兒能聽到什麼東西呢？」

它靠牆站著，思索起來。它現在有的是時間思索；白天和晚間在不停地過去，誰也不來看它。最後有一個人到來，但是他的目的只不過是要搬幾個空箱子放在牆角裡罷了。樅樹完全被擋住了，人們也似乎把它忘記得一乾二淨了。

「現在外邊是冬天了！」樅樹想。「土地是硬的，蓋上了雪花，人們也不能把我栽下了；因此我才在這兒被藏起來，等待春天的到來！人們想得多麼周到啊！人類真是善良！我只希望這裡不是太黑暗、太孤寂得可怕！——連一隻小兔子也沒有！樹林裡現在一定是很愉快的地方，雪落得很厚，兔子在跳來跳去；是的，就是它在我頭上跳過去也很好——雖然我那時不大喜歡這種舉動。這兒現在真是寂寞得可怕呀！」

「吱！吱！」這時一隻小老鼠說，同時跳出來。不一會兒另外一隻小老鼠又跳出來了。它們在樅樹身上嗅了一下，於是便鑽進枝枒裡面去。

「真是冷得怕人！」兩隻小老鼠說。「否則待在這兒倒是蠻舒服的。老樅樹，你說對不對？」

「我一點也不老，」樅樹說。「比我年紀大的樹多著呢！」

「你是從什麼地方來的？」老鼠問。「你知道什麼東西？」它們現在可好奇起來了。「請告訴我們一點關於世界上最美的

地方的事情吧！你到那兒去過嗎？你到儲藏室去過嗎？那兒的架子上放著許多乳餅，天花板下面掛著許多火腿；那兒，我們在蠟燭上跳舞；那兒，我們走進去的時候瘦，出來的時候胖。」

「這個我可不知道，」樅樹說。「不過我對於樹林很熟悉——那兒太陽照著，鳥兒唱著歌。」

於是它講了一些關於它的少年時代的故事。小老鼠們從來沒有聽過這類事情，它們靜靜聽著，說：

「嗨，你看到過的東西真多！你曾經是多麼幸福啊！」

「我嗎？」樅樹說，同時把自己講過的話想了一下，「是的，那的確是非常幸福的一個時期！」於是它敘述聖誕節前夕的故事——那時它身上掛滿了糖果和蠟燭。

「啊，」小老鼠說，「你曾經是多麼幸福啊，你這棵老樅樹！」

「我並不老呀！」樅樹說。「我不過是今年冬天才離開樹林的。我是一個青壯年呀，雖然此刻我已經不再生長了！」

「你的故事講得多美啊！」小老鼠說。

第二天夜裡，它們帶來另外四個小耗子聽樅樹講故事。它越講得多，就越清楚地回憶起過去的一切。於是它想：「那的確是非常幸福的一個時期！但是它會再回來！它會再回來！泥巴球滾下了樓梯，結果得到了公主。可能我也會得到一位公主哩！」這時樅樹想起了長在樹林裡的一株可愛的小赤楊：對於樅樹說來，這株赤楊真算得是一位美麗的公主。

「誰是那位泥巴球？」小老鼠問。

樅樹把整個故事講了一遍，每一個字它都能記得清清楚楚。這些小老鼠樂得想在這棵樹的頂上翻翻筋斗。第二天晚上有

更多的小老鼠來了，在禮拜天那天，甚至還有兩隻大老鼠出現了。不過它們認爲這個故事並不好聽；小老鼠們也覺得很惋惜，因爲它們對這故事的興趣也淡下來了。

「你只會講這個故事嗎？」大老鼠問。

「只會這一個！」樅樹回答說。「這故事是我在生活中最幸福的一個晚上聽到的。那時我並不覺得我是多麼幸福！」

「這是一個很蹩腳的故事！你不會講一個關於臘肉和蠟燭的故事麼？不會講一個關於儲藏室的故事麼？」

「不會！」樅樹說。

「那麼謝謝你！」大老鼠回答說，於是它們就走開了。

最後小老鼠們也走開了。樅樹嘆了一口氣，說：

「當這些快樂小老鼠坐在我身旁、聽我講故事的時候，一切倒是蠻好的。現在什麼都完了！不過當人們再把我搬出去的時候，我將要記住什麼叫做快樂！」

不過結果是怎樣呢？嗨，有一天早晨人們來收拾這個頂樓：箱子都被挪開了，樅樹被拖出來了——人們粗暴地把它扔到地板上，不過一個傭人馬上把它拖到樓梯邊去。陽光在這兒照著。

「生活現在又可以開始了！」樅樹想。

它感覺到新鮮空氣和早晨的太陽光。它現在是躺在院子裡。一切過得這樣快，樅樹也忘記看自己一下——周圍值得看的東西真是太多了。院子是在一個花園的附近；這兒所有的花都開了。玫瑰懸在小小的柵欄上，又嫩又香。菩提樹也正在開著花。燕子們飛來飛去，說「吱爾——微爾——微特！我們的愛人

回來了！」不過它們所指的並不是這棵樅樹。

「現在我要生活了！」樅樹興高采烈地說，同時把它的枝椏展開。但是，唉！這些枝椏都枯了，黃了。它現在是躺在一個生滿了荊棘和荒草的牆角邊。銀紙做的星星還掛在它的頂上，而且還在明朗的太陽光中發亮呢。

院子裡有幾個快樂的小孩子在玩耍。他們在聖誕節的時候，曾繞著這樹跳過舞，和它一起高興過。最年輕的一個小孩子跑過來，摘下一顆金星。

「你們看，這棵奇醜的老樅樹身上掛著什麼東西！」這孩子說。他用靴子踩著枝椏，直到枝椏發出斷裂聲。

樅樹把花園裡盛開的花和華麗的景色看了一眼，又看了一下自己。它希望自己現在仍然待在頂樓的一個黑暗的角落裡。它想起了自己在樹林裡新鮮的青春時代，想起了那快樂的聖誕節前夕，想起了那些高興地聽著它講關於泥巴球的故事的小老鼠們。

「完了！完了！」可憐的樅樹說。「當我能夠快樂的時候，我應該快樂一下才對！完了！完了！」

僕人走來了，把這棵樹砍成碎片。它成了一大捆柴，它在一個大酒鍋底下熊熊地燃著。它深深地嘆著氣；每一個嘆息聲就像一個小小的槍聲。在那兒玩耍著的小孩子們跑過來，坐在火邊，朝它裡面望，同時叫著：「燒呀！燒呀！」每一個爆裂聲是一個深深的嘆息。在它發出每一聲嘆息的時候，它就回想起了在樹林裡的夏天，和星星照耀著的冬夜；它回憶起了聖誕節的前夕和它所聽到過的和會講的唯一的故事──泥巴球的故事。這

時候樅樹已經全被燒成灰了。

　　孩子們都在院子裡玩耍。最小的那個孩子把這樹曾經在它最幸福的一個晚上所戴過的那顆金星掛在自己的胸前。現在一切都完了，樅樹的生命也完了，這故事也完了；完了！完了！——一切故事都是這樣。〔1845 年〕

　　這篇故事收集在《新的童話》第二部。樅樹從「太陽照著，鳥兒唱著歌」的青翠樹林中，被遷到「一間漂亮大客廳裡，」做爲聖誕樹，身上掛滿了閃耀的銀絲，藍色、白色的蠟燭和小禮品袋，經歷很不平凡，也很光榮，它可說達到了它生命的頂峰，但它卻很害怕，享受不了這意想不到的光榮和幸福。待聖誕節一過，它的作用終了，它就被扔到廢物堆裡了，最後被當做柴火燒掉了。「當我能夠快樂的時候我應該快樂一下才對！完了！完了！」它醒悟過來時，已經來不及了。這也是我們人生中常見的現象。

　　安徒生寫這篇故事據說不是想說明這個問題，而是在洩露在他進入中年期間——他發表這篇故事時正好是四十歲——靈魂的不安。由於什麼而不安？他沒有做出回答。只是從這時開始，他的寫作風格進入了一個轉折點：由充滿了浪漫主義的幻想和詩情，轉向冷靜而略帶一點哀愁的，有關人生的現實主義描繪。

【註釋】

①在西方信奉基督教的國家，每年聖誕節時就要弄來一株樅樹，豎在堂屋裡，樹上掛
　滿小蠟燭和小袋子，袋裡裝一些禮物，在聖誕節那天送給孩子們，象徵性地把這當
　做聖誕老人帶給孩子們的禮物。

②原文是 Klumpe-dumpe，照字面直譯就是「滾著的泥塊」。

香腸栓熬的湯①

1.香腸栓熬的湯

「昨天有一個出色的宴會！」一隻年老的女老鼠對一個沒有
參加這盛會的老鼠說。「我在離老老鼠王的第二十一個座位上
坐著，所以我的座位也不算太壞！你要不要聽聽菜單？出菜的
次序安排得非常好——發霉的麵包、臘肉皮、蠟蠋頭、香腸
——接著同樣的菜又從頭到尾再上一次。這簡直等於兩次連續

的宴會。大家的心情很歡樂，閒聊了一些愉快的話，像跟自己家
裡的人在一起一樣。什麼都吃光了，只剩下香腸尾巴上的香腸
栓。我們於是就談起香腸栓來，接著就談起『香腸栓熬的湯』這
個問題。的確，每個人都聽過這件事，但是誰也沒有嘗過這種
湯，更談不上知道怎樣去熬它。大家提議：誰發明這種湯，就爲
他乾一杯，因爲這樣的人配做一個救濟院的院長！這句話不是
很風趣嗎？老老鼠王站起來說，誰能把這種湯做得最好吃，他就
把她立爲皇后。研究時間爲一年。」

「這倒很不壞！」另一隻老鼠說；「不過這種湯的做法是怎
樣呢？」

「是的，怎樣做法呢？」這正是所有女老鼠──年輕的和年
老的──所要問的一個問題。她們都想當皇后，但是她們卻怕麻
煩，不願意跑到廣大的世界裡去學習做這種湯；而她們卻非這
樣辦不可！不過每隻老鼠都沒有離開家和那些自己所熟悉的角
落的本事。在外面誰也不能找到乳餅殼或者臭臘肉皮吃。不，誰
也會挨餓，可能還會被貓活活地吃掉呢。

無疑地，這種思想把大部分的老鼠都嚇住了，不敢到外面去
求得知識。只有四隻老鼠站出來說，她們願意出去。她們是年輕
活潑的，可是很窮。世界有四個方向，她們每位想出一個方向；
問題是誰的運氣最好。每位帶著一根香腸栓，爲的是不要忘記這
次旅行的目的。她們把它當做旅行的手杖。

她們是在五月初出發的。到第二年五月開始的時候，她們才
回來。不過她們只有三位報到，第四位不見了，也沒有送來任何
關於她的消息，而現在已經是決賽的日期了。

「最愉快的事情也總不免有悲哀的成分！」老鼠王說。但是他下了一道命令，把周圍幾里路以內的老鼠都請來。她們將在廚房裡集合。那三位旅行過的老鼠將單獨站在一排；至於那個失蹤的第四隻老鼠，大家豎了一個香腸栓，上面掛著一塊黑紗做爲紀念。在那三隻老鼠沒有發言以前，在老鼠王沒有做補充講話以前，誰也不能發表意見。

現在我們聽吧！

2. 第一隻小老鼠的旅行見聞

「當我走到茫茫的大世界裡去的時候，」小老鼠說，「像許多與我年紀相同的老鼠一樣，我以爲我已經知道了所有的東西。不過實際情況不是這樣。一個人要花許多年的工夫才能達到這種目的。我立刻動身航海去。我坐在一條開往北方的船上。我聽說，在海上當廚子的人要知道怎樣隨機應變。不過如果一個人有許多臘肉、整桶的醃肉和發霉的麵粉的時候，隨機應變也就夠容易了。人們吃得很講究！但是人們卻沒有辦法學會用香腸栓做湯。我們航行了許多天和許多夜。船簸動得很厲害，我們身上都打濕了。當我們最後到達了我們要去的地方的時候，我就離開了船。那是在遙遠的北方。

「離開自己家裡的一個角落遠行，眞是一件快事。坐在船上，這當然也算是一種角落。但是忽然間你卻來到數百里以外的地方，住在外國。那裡有許多原始森林，長滿了赤楊。它們發出的香氣是太強烈了！我不太喜歡！這些原始植物發出辛辣的氣味，弄得我打起噴嚏來，同時也想起香腸來。那兒還有許多湖。

我走近一看，水是非常清亮的；不過在遠處看來，湖水都是像墨一般地黑。白色的天鵝浮在湖水上面，起初我以爲天鵝是泡沫。它們一動也不動。不過當我看到它們飛和走動的時候，我就認出它們了。它們屬於鵝這個家族，從它們走路的樣子就可以看得出來。誰也隱藏不住自己的家族外貌！我總是跟我的族人在一起。我總是跟松鼠和田鼠來往。它們無知得可怕，特別是關於烹調的事情——我出國去旅行也是爲了這個問題。我們認爲香腸栓可以做湯的這種想法，在他們看來，簡直是驚人的思想。所以這件事立刻就傳遍了整個森林。不過他們認爲這件事是無論如何也做不到的。我也沒有想到，就在這兒，在這天晚上，我居然探求到做這湯的祕訣。這時正是炎熱的夏天，因此——它們說——樹林才發出這樣強烈的氣味，草才會那麼香，湖水才會那麼黑而亮，上面還浮著白色的天鵝。

「在樹林的邊緣上，在四五座房屋之間，豎著一根竿子。它和船的主桅差不多一般高，頂上懸著花環和緞帶。這就是大家所謂的五月柱。年輕女子和男子圍著它跳舞，配合著提琴手所奏出的提琴調子，高聲唱歌。太陽下山以後，他們還在月光中盡情地歡樂了一番，不過一個小老鼠跟一個森林舞會有什麼關係呢？我坐在柔軟的青苔上，緊緊地揑著我的香腸栓。月亮特別照著一塊地方。這兒有一株樹，這兒的青苔長得眞嫩——的確，我相信比得上老鼠王的皮膚。不過它的顏色是綠的；這對於眼睛來說，是非常舒服的。

「忽然間，一群最可愛的小人物大步地走出來了。他們的身材只能達到我的膝蓋。他們的樣子像人，不過他們的身材長得很

相稱。他們把自己叫做山精；他們穿著用花瓣做的漂亮衣服，邊緣上還飾著蒼蠅和蚊蚋的翅膀，很好看。他們一出現就好像是要找什麼東西——我不知道是什麼。不過他們有幾位終於向我走來；他們的首領指著我的香腸栓，說：『這正是我們所要的那件東西！——它是尖的——它再好也沒有了！』他越看我的旅行杖，他就越感到高興。

「『你們可以把它借去，』我說，『但是不能不還！』」

「『不能不還！』」他們重複著說。於是他們就把香腸栓拿去了。我也只好讓他們拿去。他們拿著它跳舞，一直跳到長滿了嫩青苔的那塊地方。他們把木栓插在這兒的綠地上，他們也想有他們自己的五月柱，而他們現在所得到的一根似乎正合他們的心意。他們把它裝飾了一番。這真值得一看！

「小小的蜘蛛們在它上面織出一些金絲，然後在它上面掛起飄揚的面紗和旗幟。它們織得那麼細緻，在月光裡被漂得那麼雪白，把我的眼睛都弄花了。他們從蝴蝶翅膀上攝取顏色，把這些顏色撒在白紗上，而白紗上又閃著花朵和珍珠，弄得我再也認不出我的香腸栓了。像這樣的五月柱，世界上再也找不出第二根。現在那一大隊的山精先到場。他們什麼衣服也沒有穿，然而他們是再文雅不過了。他們請我也去參加這個盛會，但是我得保持相當的距離，因為對他們說來，我的體積是太大了。

「現在音樂也開始了！這簡直像幾千隻鈴兒在響，聲音又圓潤又響亮。我真以為這是天鵝在唱歌呢。的確，我也覺得我可以聽到了杜鵑和畫眉的聲音。最後，整個的樹林似乎都奏起音樂來了。我聽到孩子的說話聲，鈴的鏗鏘聲和鳥兒的歌唱聲。這都是

最美的旋律，而且都是從山精的五月柱上發出來的。這全是鐘聲
的合奏，而這是從我的香腸栓上發出來的。我從來也沒有想過，
它會奏出這麼多的音調，不過這要看它落到了什麼人的手中。我
非常感動；我快樂得哭起來，像一個小老鼠那樣哭。

　　「夜是太短了！不過在這個季節裡，它是不能再長了。風在
天剛亮的時候就吹起來，樹林裡一平如鏡的湖面上出現了一層
細細的波紋，飄蕩著的幔紗和旗幟都飛到空中去了。蜘蛛網所形
成的波浪形的花圈，吊橋和欄杆以及諸如此類的東西，從這片葉
子飛到那片葉子上，都化爲烏有。六個山精把我的香腸栓扛回送
還給我，同時問我有沒有什麼要求，他們可以讓我滿足。因此我
就請他們告訴我怎樣用香腸栓做出湯來。

　　「『我們怎樣做？』山精們的首領帶笑地說。『嗨，你剛才已
經親眼看到過了！你再也認不出你的香腸栓吧？』

　　「『你說得倒輕鬆！』我回答說。於是我就直截了當地把我
旅行的目的告訴他，並且也告訴他，家裡的人對於我這次旅行所
抱的希望。『我在這兒所看到的這種歡樂景象，』我問，『對我們
老鼠王和對我們整個強大的國家，有什麼用呢？我不能夠把這
香腸栓搖一搖，說：看呀，香腸栓就在這兒，湯馬上就出來了！
恐怕這種菜只有當客人吃飽了飯以後才能拿出來！』

　　「山精於是把他的小指頭按進一朵藍色的羅蘭花裡去，同時
對我說：

　　「『請看吧！我要在你的旅行杖上擦點油；當你回到老鼠王
的宮殿裡去的時候，你只須把這手杖朝他溫暖的胸口頂一下，手
杖上就會開滿了紫羅蘭花，甚至在最冷的多天也是這樣。所以你

總算帶了一點什麼東西回去——恐怕還不止一點什麼東西
呢！』」不過在這小老鼠還沒有說明這個「一點什麼東西」以前，
她就把旅行杖伸到老鼠王的胸口上去。眞的，一束最美的紫羅蘭
花開出來了。花兒的香氣非常強烈，老鼠王馬上下一道命令，要
那些站得離煙囪最近的老鼠把尾巴伸進火裡去，以便燒出一點
焦味來，因爲紫羅蘭的香味使他吃不消；這完全不是他所喜歡
的那種氣味。

「不過你剛才說的『一個什麼東西』究竟是什麼呢？」老鼠
王問。

「哎，」小老鼠說，「我想這就是人們所謂的『效果』吧！」
於是她就把這旅行杖掉轉過來，它上面馬上一朵花也沒有了。她
手中只是握著一根光禿禿的棍子。她把它舉起來，像一根樂隊指
揮棒。

「『紫羅蘭花是爲視覺、嗅覺和感覺而開出來的，』那個山
精告訴過我，「因此它還沒有滿足聽覺和味覺的要求。」」

於是小老鼠開始打拍子，於是音樂奏出來了——不是樹林
中山精歡樂會的那種音樂；不是的，是我們在廚房中所聽到的
那種音樂。乖乖！這才熱鬧呢！這聲音是忽然而來，好像風灌進
了每個煙囪管似的；鍋兒和罐兒沸騰得不可開交；大鏟子在黃
銅壺上亂敲；接著，在不經意之間，一切又忽然變得沉寂。人們
聽到茶壺發出低沉的聲音。說來也奇怪，誰也不知道，它究竟是
快要結束呢，還是剛剛開始唱。小罐子在滾滾地沸騰著，大罐子
也在滾滾地沸騰著；它們誰也不關心誰，好像罐子都失去了理
智似的。小老鼠揮動著她的指揮棒，越揮越激烈；罐子發出泡

沫，冒出大泡，沸騰得不可開交；風兒在號，煙囪在叫。哎呀！
這眞是可怕，弄得小老鼠自己把指揮棒也扔掉了。

「這種湯可不輕鬆！」老老鼠王說。「現在是不是要把它拿
出來吃呢？」

「這就是湯呀！」小老鼠說，同時一鞠躬。

「這就是嗎？好吧，我們聽聽第二位能講些什麼吧。」老鼠
王說。

3. 第二隻小老鼠講的故事

「我是在宮裡的圖書館裡出生的，」第二隻老鼠說。「我和
我家裡其他的人從來沒有福氣到餐廳裡去過，更談不上到食物
儲藏室裡去。只有在旅途中和今天的這種場合，我才第一次看到
一個廚房。我們在圖書館裡，的確常常在挨餓，但是我們卻得到
不少的知識。我們聽到一個謠傳，說誰能夠在香腸栓上做出湯
來，誰就可以獲得皇家的獎金。我的老祖母因此就拉出一卷手稿
來，她當然是不會念的，但是她卻聽到別人念過。那上面寫道：
『凡是能寫詩的人，都能在香腸栓上做出湯來。』她問我是不是
一個詩人。我說我對於此道一竅不通。她說我得想辦法做一個詩
人。於是我問做詩人的條件是什麼，因爲這對於我說來是跟做湯
一樣困難。不過祖母聽到許多人念過。她說，這必須具有三個主
要的條件：『理解、想像和感覺！如果你能夠使你具備這幾樣
東西，你就會成爲一個詩人，那麼香腸栓這類事兒也就自然很容
易了。』

「於是我就出去了，向西方走，到茫茫的大世界裡去，爲的

是要成為一個詩人。

「我知道，最重要的東西是理解。其餘的兩件東西不會得到同樣的重視！因此我第一件事就是去追求理解。是的，理解住在什麼地方呢？到螞蟻那兒去，就可以得到智慧！猶太人的偉大國王這樣說過②。我是從圖書館中知道這事情的。在我來到第一個大蟻山以前，我一直沒有停步。我待在這兒觀察，希望變得聰明。

「螞蟻是一個非常值得尊敬的種族。他們本身就是『理解』。他們所做的每件事情，像計算好了的數學題一樣，總是正確的。他們說，工作和生蛋的意義就是為現在生活，為將來做準備，而他們就是照這個宗旨行事的。他們把自己分成為清潔的和骯髒的兩種螞蟻。他們的等級是用一個數目來代表的；螞蟻皇后的數目是第一號。她的見解是唯一正確的見解，因為她已經吸收了所有的智慧。認識這一點，對我來是很重要的。

「她的話說得很多，而且說得都很聰明，讓我聽起來很像廢話。她說她的蟻山是世界上最高大的東西，但是蟻山旁邊就有一棵樹，而且比起它來，不消說要高大得多──這是不可否認的事實，因此關於這樹她就一字不提。一天晚上，有一隻螞蟻在這樹上失蹤了。他沿著樹幹爬上去，但並沒有爬到樹頂上去──只是爬到別的螞蟻還沒有爬到過的高度。當他回到家來的時候，他談論起他所發現的比蟻山還要高的東西。但是別的螞蟻都認為他的這番話對於整個螞蟻社會是一種侮辱，因此這隻螞蟻就受到懲罰，戴上了一個口罩，並且永遠被隔離開來。

「不久以後，另一隻螞蟻爬到樹上去了。他做了同樣的旅

行，而且發現了同樣的東西。不過這隻螞蟻談論這件事情的時候，採取一種大家所謂的冷靜和模糊的態度，此外他是一隻有身分的螞蟻，而且是純種，因此大家就都相信他的話。當他死了以後，大家就用螞蟻蛋爲他立了一個紀念碑，表示他們都尊敬科學。」

小老鼠繼續說：「我看到螞蟻老是背著他們的蛋跑來跑去，他們有一位把蛋滑掉了；他費了很大的氣力想把它撿起來，但是沒有成功。這時另外兩隻螞蟻來了，盡他們最大的努力來幫助他，結果他們自己背著的蛋也幾乎弄得滾下來了。所以他們就立刻不管了。因爲人們得先考慮自己——而且螞蟻皇后也談過這樣的問題，說這種做法既可表示出同情心，同時又可表示出理智。這兩個方面『使我們螞蟻在一切有理智的動物中占最高的位置。理智應該是、而且一定是最主要的東西，而我在這方面恰恰最突出！』於是她就用她的後腿站起來，好使得人們一眼就可以看清她……我再也不會弄錯了；我一口把她吃掉。到蟻群中去，學習智慧吧！我都裝進肚皮裡去了！

「我現在向剛才說的那棵大樹走去。它是一棵櫟樹，有很高的軀幹和濃密的樹頂；它的年紀也很老。我知道這兒住著一個生物！一個女人——人們叫她樹精：她跟樹一起生下來，也跟樹一起死去。這件事是我在圖書館裡聽到的；現在我算是看到這樣一棵樹和這樣一個櫟樹精了。當她看到我走得很近的時候，她就發出一個可怕的尖叫聲來。像所有的女人一樣，她非常害怕老鼠。比起別人來，她更有害怕的理由，因爲我可以把樹咬斷，她沒有樹就沒有生命。我以一種和藹和熱誠的態度和她談

話，給她勇氣。她把我拿到她柔嫩的手裡。當她知道了我旅行到
這個茫茫大世界裡來的目的時，她答應我說，可能就在這天晚
上，我會得到我所追求的兩件寶物之一。

　　「她告訴我說，幻想是她最好的朋友，他是像愛情一樣美
麗，他常常到這樹枝的濃葉中來休息──這時樹枝就在他們兩
人頭上搖得更起勁。她說：他把她叫做樹精，而這樹就是他的
樹，因為這棵瘤疤很多的老櫟樹是他所喜愛的一棵樹，它的根深
深地鑽進土裡，它的軀幹和簇頂高高地伸到新鮮的空氣中去，它
對於飄著的雪、銳利的風和暖和的太陽，知道得比任何人都清
楚。是的，她這樣說過，『鳥兒在那上面唱著歌，講著一些關於
異國的故事！』在那唯一的死枝上鶴鳥築了一個與樹兒非常相
稱的巢，人們可以從它們那裡聽到一些關於金字塔國度的事
情，幻想非常喜歡這類的事情，但是這還不能滿足他。我還把這
樹在我小時的生活告訴他；那時這樹很嫩，連一棵蕁麻都可以
把它掩蓋住──我得一直講到這樹怎麼長得現在這樣粗大為
止。請你在車葉草下面坐著，注意看吧。當幻想到來的時候，我
將要找一個機會來捻住他的翅膀，扯下他的一根小羽毛來。把這
羽毛拿去吧──任何詩人都不能得到比這更好的東西──你有
這就夠了！

　　「當幻想到來的時候，羽毛就被拔下一根來了。我趕快把它
搶過來，」小老鼠說。「我把它揑著放在水裡，使它變得柔軟！
把它吃下去是很不容易的，但我卻把它啃掉了！現在我已經有
了兩件東西：幻想和理解。通過這兩件東西，我知道第三件就可
以在圖書館裡找得到了。一位偉人曾經寫過和說過：有些長篇

小說唯一的功用是它們能夠減輕人們多餘的眼淚，因爲它們像
海綿一樣，能把情感吸收進去。我記起一兩本這類的書；我覺得
它們很合人的胃口；它們不知被人翻過多少次，油膩得很，無疑
地它們已經吸收了許多人們的感情。

　　「我回到那個圖書館裡去，生吞活剝地啃掉了一整部長篇小
說──這也就是說，啃掉了它柔軟的部分，它的精華，它的書皮
和裝訂我一點也沒有動。我把它消化了，接著又啃掉了一本。這
時我已經感覺它們在身體內動起來，於是我又把第三本咬了幾
口。這樣我就成了一個詩人了。我對我自己這樣講，對別人也這
樣講。我有點頭痛，有點胃痛，還有我講不出來的一些別的痛。
我開始思索那些與香腸栓聯繫起來的故事。於是我心中就想起
了許多香腸栓，這一定是因爲那位螞蟻皇后有特別細緻的理智
的緣故。我記得有一個人把一根白色的木栓塞進嘴裡去，於是他
那根木栓都變得看不見了。我想到浸在陳年啤酒裡的木栓、墊東
西的木栓、塞東西的木栓和釘棺材的木栓。我所有的思想都環繞
著木栓而活動！當一個人是詩人的時候，他就可以用詩把這表
達出來；而我是一個詩人，因爲我費了很大的氣力來做一個詩
人！因此每星期，每一天，我都可以用一個栓──一個故事
──來侍候你。是的，這就是我的湯。」

　　「我們聽聽第三位有什麼話講吧！」老鼠王說。

　　「吱！吱！」這是廚房門旁發出的一個聲音。於是一隻小老
鼠──她就是大家認爲死去了的第四隻老鼠──跳出來了。她
絆倒了那根繫著黑紗的香腸栓。她一直日夜都在跑，只要她有機
會，她不惜在鐵路上坐著貨車走，雖然如此，她幾乎還是要遲到

了。她一口氣衝進來，全身的毛非常亂。她已經失去了她的香腸栓，可是卻沒有失去她的聲音，因此她就立刻發言，好像大家只是在等著她、等著聽她講話，除此以外，世界上再沒有別的重要事情似的。她立刻發言，把她所要講的話全都講了出來。她來得這麼突然，當她在講話的時候，誰也沒有時間來反對她或她的說辭。現在我們且聽聽吧！

4.第四隻老鼠在第三隻老鼠 沒有發言以前所講的故事

「我立刻就到一個最大的城市裡去，」她說。「這城的名字我可記不起來了──我老是記不住名字。我乘著載滿沒收物資的大車到市政府去。然後我跑到監獄看守那裡去。他談起他的犯人，特別談到一個講了許多魯莽話的犯人。這些話引起另外許多話，而這另外許多話被討論了一番，受到了批評。

「『這完全是一套香腸栓熬的湯，』他說：『但這湯可能弄得他掉腦袋！』

「這引起了我對於那個犯人的興趣，」小老鼠說，「於是我就找到一個機會，溜到他那兒去──因為在鎖著的門後面總會有一個老鼠洞的！他面色慘白，滿臉都是鬍子，睜著一對大眼睛。燈在冒著煙，不過牆壁早已習慣於這煙了，所以它並不顯得比煙更黑。這犯人在黑色的牆上畫出了一些白色的圖畫和詩句，不過我讀不懂。我想他一定感到很無聊，而歡迎我這個客人的。他用麵包屑，用口哨和一些友善的字眼來誘惑我；他很高興看到我，而我也只好信任他；因此我們就成了朋友。

「他把他的麵包和水分給我吃；他還送給我乳餅和香腸。我生活得很闊綽。我得承認，主要是因爲這樣好的交情我才在那兒住下來。他讓我在他的手中，在他的臂上亂跑；讓我鑽進他的袖子裡去，讓我在他的鬍子裡爬；他還把我叫做他的親愛的朋友。我的確非常喜歡他，因爲我們應該禮尙往來！我忘記了我在這個廣大世界裡旅行的任務，我忘記了放在地板縫裡的香腸栓——它還藏在那兒。我希望住下來，因爲如果我離開了，這位可憐的犯人就沒有什麼朋友了——像這樣活在世界上就太沒有意義了！我待下來了，可是他卻沒有待下來。在最後的一次，他跟我說得很傷心，給了我比平時多一倍的麵包和乳餅皮，用他的手對我飛吻。他離去了，再也沒有回來。我不知道他的結果。

「『香腸栓熬的湯！』看守說——我現在到他那兒去了，但是我不能信任他。的確，他也把我放在他的手裡，不過他卻把我關進一個籠子裡——一部踏車裡去了。這眞可怕！你在裡面轉來轉去，一步也不能向前走，只是讓大家笑你！

「看守的孫女是一個可愛的小東西。她的鬈髮是那麼金黃，她的眼睛是那麼快樂，她的小嘴老是在笑。

「『你這個可憐的小老鼠！』他說，同時偷偷地向我的這個醜惡的籠子裡看。她把那根鐵插梢抽掉了，於是我就跳到窗板上，然後從那兒再跳到屋頂的水管裡去。自由了！自由了！我只能想這件事情，我旅行的目的現在顧不到了。

「天很黑，夜到來了。我藏進一座古老的塔裡面去。這兒住著一個守塔人和一隻貓頭鷹。這兩位我誰也不能信任，特別是那隻貓頭鷹。這傢伙很像貓，有一個喜歡吃老鼠的大缺點。不過人

們很容易看不清眞相，我就是這樣。這傢伙是一個非常有禮貌、非常有教養的老貓頭鷹。她的知識跟我一樣豐富，比那個守塔人還要豐富。一些年輕的貓頭鷹對於什麼事情都是大驚小怪；但她只是說『不要弄什麼香腸栓熬湯吧！』她是那麼疼愛她的家庭，她所說的最厲害的話也不過是如此。我對她是那麼信任，我從我躲藏的小洞裡叫了一聲：『吱！』我對她的信任使她非常高興。她答應保護我，不准任何生物傷害我。她要把我留下來，留待糧食不足的多天給她自己享用。

「無論從哪方面講，她可算是聰明人。她證明給我看，說守塔人只能『吹幾下』掛在他身邊的那個號角，「他因此就覺得了不起，以爲他就是塔上的貓頭鷹！他想要做大事情，但是他卻是一個小人物──香腸栓熬的湯！』

「我要求貓頭鷹給我做這湯的食譜。於是她就解釋給我聽。

「『香腸栓熬的湯，』她說，『只不過是人間的一個成語罷了。每人對它有自己不同的體會：各人總以爲自己體會最恰當，不過事實上這整個的事兒沒有絲毫意義！』

「『沒有絲毫意義！』我說。這使我大吃一驚！眞理並不是老使人高興的事情，但是眞理高於一切。老貓頭鷹也是這樣說的。我想了一想，我覺得，如果我把『高於一切的東西』帶回的話，那麼我倒是帶回了一件價值比香腸栓湯要高得多的東西呢。因此我就趕快離開，好使我能早點回家，帶回最高、最好的東西──眞理。老鼠是一個開明的種族，而老鼠王則是他們之中最開明的。爲了尊重眞理，他是可能立我爲皇后的。」

「你的眞理卻是謊言！」那隻還沒有發言的老鼠說。「我能

做這湯，而且我說得到就做得到！」

5.湯是怎樣熬的

「我並沒有去旅行，」第四隻老鼠說。「我留在國內——這樣做是正確的！我們沒有旅行的必要。我們在這兒同樣可以得到好的東西。我沒有走！我的知識並不是從神怪的生物那兒得來的，也不是狼吞虎嚥地啃來的，也不是跟貓頭鷹說話學來的。我是從自己的思索中得來的。請你們把水壺拿來，裝滿水吧！請把水壺下面的火點起來吧！讓水煮開吧——它得滾開！好，請把栓放進去！現在請國王陛下把尾巴伸進開水裡去攪幾下！陛下攪得越久，湯就熬得越滾。它並不花費什麼東西！它並不需要別的什麼材料——只須攪它就得了！」

「是不是別的老鼠可以做這事情呢？」國王問。

「不行，」老鼠說。「只有老鼠王的尾巴有這種威力。」

水在沸騰著。老鼠王站在水壺旁邊——這可算說是一種危險的事兒。他把他的尾巴伸出來，好像別的老鼠在牛奶房的那副樣兒——它們用尾巴挑起盤子裡的乳皮，然後再去舔這尾巴。不過他把他的尾巴伸進滾水裡沒有多久就趕快跳開了。

「不成問題——你是我的皇后了！」他說。「我們等到我們金婚節的時候再來熬這湯吧，這樣我們窮苦的子民就可以快樂一番——大大地快樂一番！」

於是他們馬上就舉行了婚禮。不過許多老鼠回到家來的時候說：「我們不能把這叫做香腸栓熬的湯：它應該叫做老鼠尾

巴做的湯才對！」他們說，故事中有些地方講得很好；可是整個
的事兒不一定要這樣講。

「我就會如此這般地講，不會那樣講！——」

這是批評家說的話。他們總是事後聰明的。

這個故事傳遍了全世界。關於它的意見很多，不過這個故事
本身保持了它的原樣。不管大事也好，小事也好，能做到這種地
步就要算是最好的了，香腸栓做的湯也是如此。不過要想因此而
得到感激可就錯了！〔1858 年〕

在 1858～1872 年間，安徒生把他寫的童話作品以《新的童
話和故事》的書名出版。這篇作品收集在 1858 年 3 月 2 日出版
這本書的第一卷第一部裡。

安徒生在他的手記中寫道：「在我們的諺語和成語中，有時
就蘊藏著一個故事的種子。我曾經討論過這個問題，我就寫了
〈香腸栓熬的湯〉這篇故事作為證明。」這個故事的篇名是丹麥
的一個成語，意思是：「閒扯大半天，都是廢話！」這篇故事確
實有點像閒扯，但不無寓意：「我留在國內——這樣做是正確
的！……我在這兒同樣可以得到好的東西。我沒有走！我的知
識並不是從神怪生物那兒得來的……我是從自己的思索中得來
的。」人云亦云，隨波逐流，自己不用頭腦，花了一大堆氣力，
結果倒要真像「香腸栓熬的湯」了。

【註釋】

①香腸的末稍打著結，這個結總是連在一個木栓上，以便於掛起來，這叫香腸栓。「香腸栓熬的湯」是丹麥的一個成語，意思是：「閒扯大半天，都是廢話！」

②這句話源出於所羅門所作的《箴言集》。原文是：「懶惰人哪，你去察看螞蟻的動作，就可得智慧。」見《聖經‧舊約‧箴言》第六章第六節。

牧羊女和掃煙囪的人

你曾經看過一個老木碗櫃沒有？它老得有些發黑了。它上面刻著許多蔓藤花紋和葉子。客廳裡正立著這麼一個碗櫃。它是從曾祖母繼承下來的；它從上到下都刻滿了玫瑰和鬱金香。它上面有許多奇奇怪怪的蔓藤花紋，在這些花紋中間露出一隻小雄鹿的頭，頭上有許多花角。在碗櫃的中央雕刻了一個人的全身像。他看起來的確有些好笑，他露出牙齒——你不能認爲這就是笑。他生有公羊的腿，額上長出一些小角，而且留了一把長鬍

鬚。

房間裡的孩子們總是把他叫做「公山羊腿——中將和少將——作戰司令——中士」。這是一個很難念的名字，而得到這種頭銜的人也並不多。不過把他雕刻出來倒也是一件不太輕鬆的工作。

他現在就立在那兒！他老是瞧著鏡子下面的那張桌子，因為桌子上有一個可愛的瓷做的小牧羊女。她穿著一雙鍍了金的鞋子；它的長衣服用一朵紅玫瑰紮起來，顯得很入時。她還有一頂金帽子和一根木杖。她真是動人！

緊靠近她的身旁，立著一個小小的掃煙囪的人。他像炭一樣黑，但是也是瓷做的。他的乾淨和整齊賽得過任何人。他是一個「掃煙囪的人」——這只不過是一個假設而已。做瓷器的人也可能把他捏成一個王子。如果他們有這種心情的話！

他拿著梯子，站在那兒怪瀟洒的。他的面孔有點兒發白，又有點兒發紅，很像一個姑娘。這的確要算是一個缺點，因為他應該有點發黑才對。他站得離牧羊女非常近；他們兩人是被安放在這樣的一個地位上的。但是他們現在既然處在這個地位上，他們就訂婚了。他們配得很好。兩個人都很年輕，都是用同樣的瓷做的，而且也是同樣的脆弱。

緊貼近他們有另一個人物。這人的身材比他們大三倍。他是一個年老的中國人。他會點頭。他也是瓷做的；他說他是小牧羊女的祖父，不過他卻提不出證明。他堅持說他有權管她，因此就對那位向小牧羊女求婚的「公山羊腿——中將和少將——作戰司令——中士」點過頭。

「現在你可以有一個丈夫了！」年老的中國人說，「這人我相信是桃花心木做的。他可以使你成為一位『公山羊腿——中將和少將——作戰司令——中士』夫人。他除了有許多祕藏的東西以外，還有整整一碗櫃的銀盤子。」

「我不願意到那個黑暗的碗櫃裡去！」小牧羊女說。「我聽說過，他在那兒藏有十一個瓷姨太太。」

「那麼你就可以成為第十二個呀，」中國人說。「今天晚上，當那個老碗櫃開始嘎嘎地響起來的時候，你就算是結婚了，一點也不差，正如我是一個中國人一樣！」於是他就點點頭，睡著了。

不過小牧羊女雙眼望著她最心愛的瓷製的掃煙囪的人兒，哭起來了。

「我要懇求你，」她說，「我要懇求你帶著我到外面廣大的世界裡去，在這兒我是不會感到快樂的。」

她的愛人安慰著她，同時教她怎樣把小腳踏著雕花的桌角和貼金的葉子，沿著桌腿爬下來。他還把他的梯子也拿來幫助她。不一會兒，他們就走到地上來。不過當他們抬頭來瞧瞧那個老碗櫃時，卻聽到裡面起了一陣大的騷動聲；所有的雕鹿都伸出頭來，翹起花角，同時把脖子轉過來。「公山羊腿——中將和少將——作戰司令——中士」向空中暴跳，同時喊著對面的那個年老的中國人，說：

「他們現在私奔了！他們現在私奔了！」

他們有點害怕起來，所以就急忙跳到窗台下面的一個抽屜裡去了。

這兒有三四副不完整的撲克牌，還有一座小小的木偶劇場——總算在可能的條件下搭得還像個樣子。戲正在上演，所有的女士們——方塊、梅花、紅桃和黑桃①都坐在前一排揮動著鬱金香做的扇子。所有的「傑克」都站在她們後面，表示他們上下都有一個頭，正如在普通的撲克牌中一樣。這齣戲描寫兩個年輕人沒有辦法結成夫婦。小牧羊女哭起來，因爲這跟她自己的身世有相似之處。

「我看不下去了，」她說。「我非走出這個抽屜不可！」

不過當他們來到地上、朝桌上看一下的時候，那個年老的中國人已經醒了，而且全身在發抖——因爲他的下半部是一個塊狀。

「老中國人來了！」小牧羊女尖叫一聲。她的瓷做的膝蓋彎到地上，因爲她是那麼地驚惶。

「我想到一個辦法，」掃煙囪的人說。「我們鑽到牆腳邊的那個大混合花瓶②裡去好不好？我們可以躺在玫瑰花和薰衣草裡面。如果他找來的話，我們就撒一把鹽到他的眼睛裡去。」

「那不會有什麼用處，」她說。「而且我知道老中國人曾經跟混合花瓶訂過婚。他們既然有過這樣一段關係，他們之間總會存著某種感情的。不行，現在我們沒有其他的辦法，只有逃到外面廣大的世界裡去了。」

「你眞的有勇氣跟我一塊兒跑到外邊廣大的世界裡去嗎？」掃煙囪的人問。「你可曾想過外邊的世界有多大，我們一去就不能再回到這兒來嗎？」

「我想過。」她回答說。

掃煙囪的人直瞪瞪地望著她，於是他說：

「我的道路是通過煙囪。你真的有勇氣跟我一起爬進爐子、鑽出爐身和通風管嗎？只有這樣，我們才能走進煙囪。到了那裡，我就知道怎樣辦了。我們可以爬得很高，他們怎樣也追不到我們。在那頂上有一個洞口通到外面的那個廣大世界。」

於是他就領著她到爐門口那兒去。

「它裡面看起來真夠黑！」她說。但是她仍然跟著他走進去，走過爐身和通風管——這裡面簡直是漆黑的夜。

「現在我們到煙囪裡面了，」他說。「瞧吧，瞧吧！上面那顆美麗的星星照得多麼亮！」

那是天上一顆真正的星。它正照著他們，好像是要為他們帶路似的。他們爬著，他們摸著前進。這是一條可怕的路——它懸得那麼高，非常之高。不過他拉著她，牽著她向上爬去。他扶著她，指導她在哪兒放下一雙小瓷腳最安全。於是他們就爬到了煙囪口的邊緣坐下來，因為他們感到非常疲倦——也應該如此。

佈滿了星星的天空高高地懸著；城裡所有的屋頂羅列在他們的下面。他們遠遠地向四周望了望——遠遠地向這廣大的世界望去。這個可憐的牧羊女從來沒有想像到世界就是這個樣子；她把她的小腦袋靠在掃煙囪的人身上，哭得可憐而又傷心，弄得緞帶上的金色都被眼淚洗掉了。

「這真是太糟糕了，」她說。「我吃不消。這世界是太廣大了！我但願重新回到鏡子下面那個桌子上去！在我沒有回到那兒去以前，我是永遠也不會快樂的。現在我既然跟著你跑到這個茫茫的世界裡來了，如果你對我有點愛情的話，你還得陪著我回

去！」

　　掃煙囪的人用理智的話語勸她，並且故意提到那個中國老
頭兒和「公山羊腿──中將和少將──作戰司令──中士」。但
是她抽噎得那麼傷心，並且吻著這位掃煙囪的人，結果他只好聽
從她了──雖然這是很不聰明的。

　　所以他們又費了很大的力氣爬下煙囪。他們爬下通風管和
爐身。這一點也不愉快。他們站在這個黑暗的火爐裡面，靜靜地
在門後聽，想要知道屋子裡面的情況到底怎樣。屋子裡是一片靜
寂，他們偷偷地露出頭來看。──哎呀！那個老中國人正躺在地
中央！這是因為他在追趕他們的時候，從桌子上跌下來了。現在
他躺在那兒，跌成了三片。他的背跌落了，成為一片；他的頭滾
到一個牆角裡去了。那位「公山羊腿──中將和少將──作戰司
令──中士」仍然站在他原來的地方，腦子裡彷彿在考慮什麼問
題。

　　「這真可怕！」小牧羊女說。「老祖父跌成了碎片。這完全
是我們的過錯。我再也活不下去了！」於是她悲慟地扭著一雙小
巧的手。

　　「他可以補好的！」掃煙囪的人說，「他完全可以補好的！
請不要過度地激動吧。只消把他的背粘在一起，再在他頸子上釘
一個釘子，就可以仍然像新的一樣，仍然可以對我們講些不愉快
的話了。」

　　「你真的這樣想嗎？」她問。

　　於是他們又爬上桌子，回到他們原來的地方去。

　　「你看，我們白白地兜了一個圈子，」掃煙囪的人說。「我

們大可不必找這許多的麻煩！」

「我只希望老祖父被修好了！」牧羊女說。「這需要花很多的錢嗎？」

他眞的被修好了。這家人設法把他的背粘好了，在他的頸子上釘了一根結實的釘子。他像新的一樣了，只是不能再點頭罷了。

「自從你跌碎了以後，你倒顯得自傲自大起來，」「公山羊腿——中將和少將——作戰司令——中士」說。「我看你沒有任何理由可以擺出這副架子。我到底跟她結婚呢，還是不跟她結婚？」

掃煙囪的人和牧羊女望著這位老中國人，樣子很可憐，因爲他們害怕他會點頭答應。但是他現在不能點頭了，他同時又覺得怪不好意思告訴一個生人，說自己頸子裡牢牢地釘著一根釘子。因此這一對瓷人就成爲眷屬了。他們祝福老祖父的那根釘子；他們相親相愛，直到他們碎裂爲止。〔1845 年〕

這篇故事發表於 1845 年，是安徒生童話創作最旺盛時期。那時他的幻想特別豐富，浪漫主義氣息最濃。這裡面有個中國老人，情節不多，但是老人的特點鮮明。作者本人並沒有來過中國，因而這個老人也是他浪漫主義幻想的產物，但却眞實地代表了老一代和年輕一代（他的孫女和孫女的男朋友）在感情和思想

上的矛盾：他要求孫女嚴守家規，在愛情問題上遵從他的意旨，而那年輕的一對則要求自由，也採取了行動，逃到外面廣闊的天地裡去。但現實究竟與幻想有距離，在幻想變成了失望以後，他們只好又回到現實中來。然而這不一定是悲劇，只說明幻想的天眞可笑──也正是這一點，表現出了青春的美麗和可愛。

　　安徒生是把這個故事當做一首詩、一個樂章來寫的。他取得了這個效果。小孩子讀到這篇故事會感到有趣，成年人，特別是老人，讀到它的時候則會聯想到自己青年時代類似的天眞可笑，感到一點辛酸，但也會感到一點留戀。

【註釋】

①這些都是撲克牌上的花色的名稱。

②混合花瓶(Potpourri Krukken)是舊時歐洲的一種室內裝飾品，裡邊一般盛著乾玫瑰花瓣和其他的花瓣，使室內經常保持一種香氣。爲了使這些花瓣不致腐爛，瓶裡經常放有一些鹽。

亞麻

一棵亞麻開滿了花。它開滿了非常美麗的藍花。花朵柔軟得像飛蛾的翅膀，甚至比那還要柔軟。太陽照在亞麻身上，雨霧潤澤著它。這正好像孩子被洗了一番以後，又從媽媽那裡得到了一個吻一樣——使他們變得更可愛。亞麻也是這樣。

「人們說，我長得太好了，」亞麻說，「並且還說我又美又長，將來可以織成很好看的布。嗨，我是多麼幸運啊！我將來一定是最幸運的人！太陽光使人多麼快樂！雨的味道是多麼好，

多麼使人感到新鮮！我是分外地幸運；我是一切東西之中最幸運的！」

「對，對，對！」籬笆樁說。「你不了解這個世界，但是我們了解，因爲我們身上長得有節！」於是它們就悲觀地發出吱吱格格的聲音來：

吱——格——噓，
拍——呼——吁，
歌兒完了。

「沒有，歌兒並沒有完了呀！」亞麻說。「明天早晨太陽就會出來，雨就會使人愉快。我能聽見我在生長的聲音，我能覺得我在開花！我是一切生物中最幸運的！」

不過有一天，人們走過來揑著亞麻的頭，把它連根從土裡拔出來。它受了傷。它被放在水裡，好像人們要把它淹死似的。然後它又被放在火上，好像人們要把它烤死似的。這眞是可怕！

「一個人不能永遠過著幸福的時光！」亞麻說。「一個人應該吃點苦，才能懂得一些事情。」

不過更糟糕的時候到來了。亞麻被折斷了，撕碎了，揉打了和梳理了一番。是的，它自己也不知道這是一套什麼玩藝兒。它被裝在一架紡車上——吱格！吱格！吱格——這使得它頭昏腦脹，連思考都不可能了。

「我有個時候曾經是非常幸運的！」它在痛苦中做這樣的回憶。「一個人在幸福的時候應該知道快樂！快樂！快樂！啊！」

當它被裝到織布機上去的時候，它仍然在說這樣的話。於是它被織成了一大塊美麗的布。所有的亞麻，每一根亞麻，都被織成了這塊布。

「不過，這眞是出人意料之外！我以前絕不會相信的！嗨！我是多麼幸福啊！是的，籬笆椿這樣唱是有道理的。

　　吱——格——噓，
　　拍——呼——吁，

歌兒一點也不算是完了！它現在還不過是剛剛開始呢！這眞是意想不到！如果說我吃了一點苦頭，總算沒有白吃。我是一切東西中最幸福的！我是多麼結實、多麼柔和、多麼白、多麼長啊！我原不過只是一株植物——哪怕還開著花；和從前比起來，我現在完全是兩樣！從前沒有誰照料我，只有在天下雨的時候我才得到一點水。現在卻有人來照料我了！女僕人每天早上把我翻一翻，每天晚上我在水盆裡洗一個淋水浴。是的，牧師的太太甚至還做了一次關於我的演講，說我是整個敎區裡最好的一塊布。我不能比這更幸福了！」

現在這塊布來到屋子裡面，被一把剪刀裁剪著。人們是在怎樣剪它，在怎樣裁它，在怎樣用針刺它啊！人們就是這樣對付它，而這並不是太愉快的事情。它被裁成一件衣服的十二個沒有名字、但是缺一不可的部分——恰恰是一打！

「嗨，現在我總算得到一點結果！這就是我的命運！是的，這才是眞正的幸福呢！我現在算是對世界有點用處了，而這也

是應該的——這才是真正的快樂！我們變成了十二件東西，但同時我們又是一個整體。我們是一打，這是稀有的幸運！」

許多年過去了。它們再無法守在一起了。

「有一天總會完了，」每一個部分說。「我倒希望我們能在一起待得久一點，不過你不能指望不可能的事情呀！」

它們現在被撕成了爛布片。它們以為現在一切都完了，因為它們被剁細了，並且被水煮了。是的，它們自己也不知道它們是什麼。最後它們變成了美麗的白紙。

「哎唷，這真是奇事，一件可愛的奇事！」紙說，「我現在比以前更美麗，人們將在我身上寫出字來！這真是絕頂的好運氣！」

它上面寫了字——寫了最美麗的故事。人們聽著這些寫下來的故事——這都是些聰明和美好的事情，聽了能夠使人變得更聰明和更美好。這些寫在紙上的字是最大的幸福。

「這比我是一朵田野裡的小藍花時所能夢想到的東西要美妙得多。我怎能想到我能在人類中間散佈快樂和知識呢？我連自己都不懂得這道理！不過事實確是如此。上帝知道，除了我微弱的力量為了保存自己所能做到的一點事情以外，我什麼本事也沒有！然而祂卻不停地給我快樂和光榮。每次當我一想到『歌兒完了』的時候，歌兒卻以更高貴、更美好的方式重新開始。現在無疑地我將要被送到世界各地去旅行，好使人人都能讀到我。這種事情是很可能的！從前我有藍花兒，現在每一朵花兒都變成了最美麗的思想！我在一切東西中是最幸福的！」

不過紙並沒有去旅行，卻到一個印刷所裡去了。它上面所寫

的東西都被排成了書，也可以說幾千幾百本的書，因爲這樣才可以使無數的人得到快樂和好處。這比起寫在紙上、周遊世界不到半路就毀壞了的這種情況來，要好得多。

「是的，這的確是一個最聰明的辦法！」寫上了字的紙想。「我確實沒有想到這一點！我將待在家裡，受人尊敬，像一位老祖父一樣！文章是寫在我的身上；字句從筆尖直接流到我的身體裡面去。我沒有動，而是書本在各處旅行。我現在的確能夠做點事情！我是多麼高興，我是多麼幸福啊！」

於是紙被捲成一個小卷，放到書架上去了。

「工作過後休息一陣是很好的，」紙說。「讓思想集中一下，想想自己肚皮裡有些什麼東西——這是對的。現在我第一次知道我有些什麼本事——認識自己就是進步。我還會變成什麼呢？我仍然會前進；我永遠是前進的！」

有一天紙被放在爐子上要燒掉，因爲它不能賣給雜貨店裡去包奶油和紅糖。屋裡的孩子們都圍做一團；他們要看看它燒起來，他們要看看火灰裡的那些紅火星——這些火星很快就一個接著一個地不見了，熄滅了。這很像放了學的孩子。最後的一顆火星簡直像老師：大家總以爲他早走了，但是他卻在別人的後面走出來。

所有的紙被捲成一卷，放在火上。噢！它燒得才快呢。「噢！」它說，同時變成了一朵明亮的火花。火花升得很高，亞麻從來沒有能夠把它的小藍花開得這樣高過。它發出白麻布從來發不出的閃光。它上面寫的字一忽兒全都變紅了；那些詞句和思想都成了火焰。

「現在我要直接升向太陽了！」火焰中有一個聲音說。這好像一千個聲音在合唱。火花通過煙囪一直跑到外面去。在那兒，比火花還要細微的、人眼所看不見的、微小的生物在浮動著，數目之多，比得上亞麻所開的花朵。它們比產生它們的火焰還要輕。當火焰熄滅了、當紙只剩下一撮黑灰的時候，它們還在灰上跳了一次舞。它們在它們所接觸過的地方都留下了痕跡──許多小小的紅火星。孩子們都從學校裡走出來，老師總是跟在最後！看看這情形真好玩！家裡的孩子站在死灰的周圍，唱出一支歌──

吱──格──嘘，
拍──呼──吁！
歌兒完了！

不過那些細小的、看不見的小生物都說：

「歌兒是永遠不會完的！這是一切歌中最好的一支歌！我知道這一點，因此我是最幸福的！」

但是孩子們既聽不見，也不懂這話；事實上他們也不應該懂，因為孩子不應該什麼東西都知道呀。〔1849 年〕

這篇故事，最初收集在哥本哈根出版的《祖國》一書中。「一

個人在幸福的時候應該知道快樂！快樂！快樂！啊！」當亞麻被裝到織布機上時，亞麻說了這樣的話。亞麻也具有「阿Ｑ精神」，當它成了爛布片，被剝細了，被水煮了，變成白紙，成爲寫了字的紙，排成書的紙，而最後又被燒掉時，它可能還覺得很快樂。

天上落下來的一片葉子

在　稀薄的、清爽的空氣中，有一個天使拿著天上花園中的一朵花在高高地飛。當她在吻著這朵花的時候，有一小片花瓣落到樹林中潮濕的地上。這花瓣馬上就生了根，並且在許多別的植物中間冒出芽來。

「這真是一個很滑稽的插枝。」別的植物說。薊和蕁麻都不認識它。

「這一定是花園裡長的一種植物！」他們說，並且還發出一

聲冷笑。它們認爲它是花園裡的一種植物而開它的玩笑。但是它跟別的植物不同；它在不停地生長，它把長枝椏向四面伸開來。

「你要伸到什麼地方去呢？」高大的薊說。它的每片葉子都長滿了刺。「你占的地方太多！這眞是豈有此理！我們可不能扶持你呀！」

冬天來了；雪把植物蓋住了。不過雲層上發出光，好像有太陽從底下照上來似的。在春天的時候，這棵植物開出花來；它比樹林裡的任何植物都要美麗。

這時來了一位植物學教授，他有許多學位來說明他的身分。他對這棵植物望了一眼，檢驗了一番；但是他發現他的植物體系內沒有這種東西。他簡直沒有辦法把它分類。

「它是一種變種！」他說。「我不認識它，它不屬於任何一科！」

「不屬於任何一科！」薊和蕁麻說。

周圍的許多大樹都聽到了這些話。它們也看出來了，這種植物不屬於它們的系統。但是它們什麼話也不說——不說壞話，也不說好話。對於傻子說來，這是種最聰明的辦法。

這時有一個貧苦的天眞女孩子走過樹林。她的心很純潔；因爲她有信心，所以她的理解力很強。她全部的財產只是一部很舊的《聖經》，不過她在每頁書上都聽見上帝的聲音：如果有人想對你做壞事，你要記住約瑟的故事——「他們在心裡想著壞事情，但是上帝把它變成最好的東西。」如果你受到委屈，被人誤解或者被人侮辱，你只須記住上帝：他是一個最純潔、最善良的

人。他爲那些譏笑他和把他釘上十字架的人祈禱：「天父，請原諒他們吧，他們不知道他們自己在做什麼事情！」

　　女孩子站在這棵稀奇的植物面前——它的綠葉發出甜蜜和清新的香氣，它的花朵在太陽光中射出五光十色的火焰般的光彩。每朵花發出一種音樂，好像它裡面有一股音樂的泉水，幾千年也流不盡。女孩子懷著虔誠的心情，望著造物主的這些美麗的創造。她順手把一根枝椏拉過來，細看它上面的花朵，聞一聞這些花朵的香氣。她心裡輕鬆起來，感到一種愉快。她很想摘下一朵花，但是她不忍把它折斷，因爲這樣花就會凋謝了。她只是摘下一片綠葉。她把它帶回家來，夾在《聖經》裡，葉子在這本書裡永遠保持新鮮，從來沒有凋謝。

　　葉子就這樣藏在《聖經》裡，幾個星期以後，當這女孩子躺在棺材裡的時候，《聖經》就放在她的頭底下。她安靜的臉上露出了一種莊嚴的、死後的虔誠的表情，好像她的這個塵世的軀殼，就說明她現在已經是在上帝面前。

　　但是那棵奇異的植物仍然在樹林裡開著花。它很快就要長成一棵樹了。許多候鳥，特別是鸛鳥和燕子，都飛到這兒來，在它面前低頭致敬。

　　「這東西已經有點洋派頭了！」薊和牛蒡說。「我們這些本鄉生長的植物從來沒有這副樣子！」

　　黑蝸牛實際上已經在這植物身上吐黏液了。

　　這時有一個豬倌①來了。他正在採集蕁麻和蔓藤，目的是要把它們燒出一點灰來。這棵奇異的植物也被連根拔起來了，紮在一個柴捆裡。「也叫它能夠有點用處！」他說，同時他也就這

樣做了。

　　但是這個國家的君主多少年以一直害著很重的憂鬱病。他
是非常忙碌和勤儉，但是這對他的病卻沒有什麼幫助。人們念些
深奧的書給他聽，或念世上最輕鬆的讀物給他聽，但這對他的病
也沒有什麼好處。人們請教世界上一個最聰明的人，這人派來一
個信使。信使對大家說，要減輕和治好國王的病，現在只有一種
藥方。「在國王的領土裡，有一個樹林裡長著一棵來自天上的植
物。它的形狀是如此這般，人們絕不會弄錯。」這兒還附帶有一
張關於這棵植物的圖解，誰一看就可以認得出來。「它不論在多
天或夏天都是綠的。人們只須每天晚上摘下一片新鮮的葉子，把
它放在國王的額上，那麼國王的頭腦就會變得清新，他夜間就會
做一個美麗的夢，第二天也就會有精神了。」

　　這個說明已經夠清楚了。所有的醫生和那位植物學教授都
到樹林裡去———是的，不過這棵植物在什麼地方呢？

　　「我想我已經把它紮進柴捆裡去了！」豬倌說，「它早就已
經燒成灰了。別的事情我不知道！」

　　「你不知道！」大家齊聲說。「啊，愚蠢啊！愚蠢啊！你是
多麼偉大啊！」

　　豬倌聽到這話可能感到非常難過，因為這是專講給他一人
聽的。

　　他們連一片葉子也沒有找到。那唯一的葉子是藏在那個死
女孩的棺材裡，而這事情誰也不知道。

　　於是國王在極度的憂鬱中親自走到樹林中的那塊地方去。

　　「那棵植物曾經在這兒生長過！」他說。「這是一塊神聖的

地方！」

　　於是這塊地的周圍就豎起了一道金欄杆。有一個哨兵日夜在這兒站崗。

　　植物學教授寫了一篇關於這棵天上植物的論文。他憑這篇論文得到了勛章。這對他說來是一件很愉快的事情，而且對於他和他的家庭也非常相稱。事實上這是這整個故事最有趣的一段，因爲這棵植物不見了。國王仍然是憂鬱和沮喪的。「不過他一直就是這樣。」哨兵說。〔1855 年〕

　　這篇作品首先發表在 1855 年出版的新版《故事集》裡。它是安徒生有所感而寫的，而且主要牽涉到他自己；他的作品一直被某些人忽視，沒有能得到應當的評價，正如「天上落下的一片葉子」。但這片葉子卻得到了一個女孩的喜愛，珍藏在《聖經》裡，死時還帶進她的棺材，但是「誰也不知道」。這裡安徒生是在諷刺當時的一些「評論家」──他們並不懂得眞正藝術作品的價值。

【註釋】

①校訂者註：看管、照顧豬隻的人，叫「豬倌」。

惡毒的王子

〈一個傳說〉

從前有一個惡毒而傲慢的王子，他的全部野心是想要征服世界上所有的國家，使人一聽到他的名字就害怕。他帶著火和劍出征；他的兵士踐踏著田野裡的麥子，放火焚燒農民的房屋。鮮紅的火焰燒著樹上的葉子，把果子燒毀，掛在焦黑的樹枝上。許多可憐的母親，抱著赤裸的、仍然在吃奶的孩子藏到那些冒著煙的牆後面去。兵士搜尋著她們。如果找到了她們和孩子，那麼他們的惡作劇就開始了。惡魔都做不出像他們那樣壞的事情，但是

這位王子卻認爲他們的行爲很好。他的威力一天一天地增大；大家一提起他的名字就害怕；他做什麼事情都得到成功。他從被征服的城市中搜刮來許多金子和大量財富。他在京城裡積蓄的財富，比什麼地方都多。他下令建立起許多輝煌的宮殿、教堂和拱廊。凡是見過這些華麗場面的人都說：「多麼偉大的王子啊！」他們沒有想到他在別的國家裡造成的災難，他們沒有聽到從那些燒毀城市的廢墟中發出的呻吟和嘆息聲。

這位王子瞧瞧他的金子，瞧瞧他那些雄偉的建築物，也不禁有與衆人同樣的想法：

「多麼偉大的王子啊！不過，我還要有更多、更多的東西！我不准世上有任何其他的威力趕上我，更不用說超過我！」

於是他對所有的鄰國掀起戰爭，並且征服了她們。當他乘著車子在街道上走過的時候，他就把那些俘擄來的國王套上金鏈條，繫在他的車上。吃飯的時候，他強迫這些國王跪在他和他的朝臣們的腳下，同時從餐桌上扔下麵包屑，要他們吃。

現在王子下令要把他的雕像豎在所有的廣場上和宮殿裡，甚至還想豎在教堂神龕面前呢。不過祭司們說：

「你的確是威力不小，不過上帝的威力比你的要大得多。我們不敢做這樣的事情。」

「那麼好吧，」惡毒的王子說，「我要征服上帝！」

他心裡充滿了傲慢和愚蠢。他下令要建造一隻巧妙的船，他要坐上這條船在空中航行。這條船必須像孔雀尾巴一樣色彩鮮艷，必須像是嵌著幾千隻眼睛——但是每隻眼睛卻是一個炮孔。王子只須坐在船的中央，按一下羽毛就有一千顆子彈向四面

射出，同時這些槍就立刻又自動地裝上子彈。船的前面套著幾百
隻大鷹——他就這樣向太陽飛去。

　　大地低低地橫在下面。地上的大山和森林，第一眼看來就像
加工過的田野；綠苗從它犁過了的草皮裡冒出來。不一會兒就
像一張平整的地圖；最後它就完全在雲霧中不見了。這些鷹在
空中越飛越高。這時上帝從他無數的天使當中，先派遣了一位天
使。這個邪惡的王子就馬上向他射出幾千發子彈；不過子彈像
冰電一樣，都被天使光耀的翅膀撞回來了。有一滴血——唯一的
一滴血——從那雪白的翅膀上的羽毛上落下來，落在這位王子
乘坐的船上。血在船裡燒起來，像五百多噸重的鉛，擊碎了這條
船，同時把這條船沉沉地壓下來。那些鷹的堅強的羽毛都斷了。
風在王子的頭上呼嘯。那焚燒著的船發出的煙霧在他周圍集結
成駭人的形狀，像一些向他伸著尖銳前爪的龐大的螃蟹，也像一
些滾動著的石堆和噴火的巨龍。王子在船裡，嚇得半死。這條船
最後落在一個濃密的森林上面。

　　「我要戰勝上帝！」他說。「既然起了這個誓言，我的意志
必須實現！」

　　他花了七年的工夫製造出一些能在空中航行的、精巧的
船。他用最堅固的鋼製造出閃電來，因為他希望攻破天上的堡
壘。他在他的領土裡招募了一支強大的軍隊。當這些軍隊排列成
隊形的時候，他們可以鋪滿地上許多面積。他們爬上這些船，王
子也走進他的那條船，這時上帝送來一群蚊蚋——只是一小群
蚊蚋。這些小蟲子在王子的周圍嗡嗡地叫，叮著他的臉和手。他
一生氣就抽出劍來，但是他只刺著不可捉摸的空氣，刺不著蚊

蚋。於是他命令他的部下拿最貴重的帷幔把他包起來，使得蚊蚋叮不著他。他的部下執行了他的命令。不過帷幔裡面貼著一隻小蚊蚋。它鑽進王子的耳朵裡，在那裡面叮他。它叮得像火燒一樣，它的毒穿進他的腦子。他把帷幔從他的身上撕掉，把衣服也撕掉。他在那些粗魯、野蠻的兵士面前一絲不掛地跳起舞來。這些兵士現在都譏笑著這個瘋了的王子——這個想向上帝進攻、而自己卻被一隻小蚊蚋征服了的王子。〔1840 年〕

　　這篇小故事最初發表於 1840 年 10 月在哥本哈根出版的《沙龍》雜誌上。安徒生在他的手記中說，這是一個在民間口頭上流傳的故事，他記得很清楚。於是，就寫成一篇童話，把這個故事的內涵意義表達出來：一個貌似兇猛、不可一世的暴君——即現代所謂的獨裁者——往往會在一些渺小的人物手上栽筋斗，導致他的「偉大事業徹底失敗」。這個故事中的王子做夢也沒有想到，他會被一個鑽進他耳朵裡的小蚊蚋弄得發瘋了。

演木偶戲的人

輪船上有一個年紀相當大的演木偶戲的人。他有一副愉快的面孔，如果他這個面孔的表情是代表實際情況的話，那麼他就要算是人世間一個最幸福的人了。他說他正是這樣的一個人，而且是我聽他親口這樣說的。他是我的同胞───一個丹麥人；他同時也是一個旅行劇團的導演。他的整個班子裝在一個大匣子裡，因為他是一個演木偶戲的人。他說他有一種天生的愉快心情，而且這種心情還被一個工藝學校的學生「洗滌」過一次。這

次實驗的結果使他成爲一個完全幸福的人。我起初並沒有馬上
懂得其中的道理，不過他把整個的經過都解釋給我聽。下面是全
部的經過：

「事情發生在斯拉格爾斯，」他說。「我正在一個郵局的院
子裡演木偶戲。觀衆非常擁擠——除了兩個老太婆以外，全是小
孩子。這時有一個學生模樣的人，穿著一身黑衣服，走了進來。
他坐下來，在適當的時候發笑，在適當的時候鼓掌。他是一個很
不平常的觀衆！我倒很想知道，他究竟是什麼樣的人。我聽說他
是工藝學校的一個學生。這次是特別被派到鄉下來教育老百姓
的。

「我的演出在八點鐘就結束了，因爲孩子們必須早點上床去
睡覺——我不能不考慮觀衆的習慣。在九點鐘的時候，這個學生
開始演講和實驗。這時我也成爲他的聽衆之一。又聽又看，這眞
是一樁痛苦的事情。像俗話所說的，大部分的東西在我的頭上滑
過而鑽進牧師的腦袋裡去了。不過我還是不免起了一點感想：
如果我們凡人能夠想出這麼多東西，我們一定是打算活得很久
——比我們在人世間的這點生命終歸要久一點。他所實驗的這
些東西可算是一些小小的奇蹟，都做得恰到好處，非常自然。像
這樣的一個工藝學校學生，在摩西和預言家的時代，一定可以成
爲國家的一個聖人①；但是假如在中世紀，他無疑地會被燒死
②。

「我一整夜都沒有睡。第二天晚上，當我做第二次演出的時
候，這位學生又來了；這時我的心情變得非常好。我曾經從一個
演戲的人聽到一個故事；據說當他演一個情人的角色時，他頭

腦中總是想看觀眾中的一個女觀眾。他只是為她而表演，其餘的
人他都忘得乾乾淨淨。現在這位工藝學校的學生就是我的
『她』，我的唯一觀眾，我真的是為『她』而演戲。等這場戲演
完了、所有的木偶都出來謝幕以後，這位工藝學校的學生就請我
到他房裡去喝一杯酒。他談起我的戲，我談起他的科學。我相信
我們兩方面都感到非常滿意。不過我還得有些保留，因為他雖然
實驗了許多東西，但是卻說不出一個道理。比如說吧，有一片鐵
一溜出螺旋形的器具就有了磁性。這是什麼道理呢？鐵忽然獲
得了一種精氣，但這種精氣是從什麼地方來的呢？我想這和現
實世界裡的人差不多：上帝讓人在時間的螺旋器具裡亂撞，於
是精氣附在人身上，於是我們便有了一個拿破崙，一個路德，或
者類似的人物。

「『整個的世界是一系列的奇蹟，』學生說，『不過我們已經
非常習慣於這些東西，所以我們只是把它們叫做日常事件。』

「於是他侃侃而談，做了許多解釋，直到後來我忽然覺得好
像我的頭蓋骨一下子被揭開了。老實說，要不是現在我已經老
了，我馬上就要到工藝學校去學習研究這個世界的辦法，雖然我
現在已經是一個最幸福的人了。

「『一個最幸福的人！』他說；他似乎對我的這句話頗感興
味。『你是幸福的嗎？』

「『是，』我說，『我和我的班子無論到什麼城市裡去，都受
到歡迎。當然，我也有一個希望。這個希望常常像一個妖精
——一個惡夢——似地來到我心裡，把我的好心境打亂。這個希
望是：我希望能成為一個真人戲班子的老闆，一個真人男演員

和女演員的導演。』

「『你希望你的木偶都有生命；你希望它們都變成活生生的演員，』他說。『你真的相信，你一旦成了他們的導演，你就會變得絕對幸福嗎？』

「他不相信有這個可能，但是我卻相信。我們把這個問題從各個方面暢談了一通，談來談去總得不到一致的意見。雖然如此，我們仍然碰了杯——酒真是好極了。酒裡一定有某種魔力，否則我就應該醉了。但事實不是這樣；我的腦筋非常清楚。房間裡好像有太陽光——而這太陽光是從這位工藝學校學生的臉上射出來的。這使我想起了古時候的一些神仙，他們永遠年輕，周遊世界。我把這個意思告訴他，他微笑了一下。我可以發誓，他一定是一個古代的神仙下凡，或者神仙一類的人物。他一定是這樣的一個人物：我最高的希望將會得到滿足，木偶們將會獲得生命，我將成爲真人演員的導演。

「我們爲這事而乾杯。他把我的木偶都裝進一個木匣子，把這匣子綁在我的背上，然後讓我鑽進一個螺旋形的器具裡去。我現在還可以聽得見，我是怎樣滾出來、躺在地板上的。這是千真萬確的事情；全班的戲子從匣子裡跳出來。我們身上全有精氣附體了。所有的木偶現在都成了有名的藝術家——這是他們自己講的；而我自己則成了導演。現在一切都齊備，可以登台表演了。整個的戲班子都想和我談談。觀衆也是一樣。

「女舞蹈家說，如果她不用一隻腿立著表演，整個的劇院就會關門；她是整個戲班子的女主角，同時也希望大家用這個標準來對待她。扮演皇后這個角色的女演員希望在下了舞台以後

大家仍然把她當做皇后看待，否則她的藝術就要生疏了。那位專門充當送信人的演員，也好像一個初次戀愛的人一樣，做出一副不可一世的樣子，因爲他說，從藝術的完整性來講，小人物跟大人物是同樣重要的。男主角要求只演退場的那些場面，因爲這些場面會叫觀衆鼓掌。女主角只願意在紅色燈光下表演，因爲只有這種燈光才適合她——她不願意在藍色的燈光下表演。

「他們簡直像關在瓶子裡的一堆蒼蠅，而我卻不得不跟他們一起擠在這個瓶子裡，因爲我是他們的導演。我的呼吸停止了，我的頭腦暈了，世上再沒有什麽人像我這樣可憐。我現在是生活在一群新的人種中間。我希望能把他們再裝進匣子裡，我希望我從來沒有當過他們的導演。我老老實實地告訴他們說，他們不過是木偶而已。於是他們就把我打得要死。

「我躺在我自己房間裡的床上。我是怎樣離開那個工藝學校學生的，大概他知道；我自己是不知道的。月光照在地板上；木匣子躺在月光照著的地方，已經翻轉過來了；大大小小的木偶躺在它的附近，滾做一團。但是我再也不能耽誤時間了。我馬上從床上跳下來。把它們統統撈進去，有的頭朝下，有的用腿站著。我趕快把蓋子蓋上，在匣子上坐下來。這副樣兒是值得畫下來的。你能想像出這副樣兒嗎？我是能的。

「『現在要請你們待在裡面了，』我說，『我再也不能讓你們變得有血有肉了！』

「我感到全身輕鬆了一大截，心情又好起來。我是一個最幸福的人了。這個工藝學校學生算是把我的頭腦洗滌一番了。我幸福地坐著，當場就在匣子上睡去了。第二天早晨——事實上是中

午，因爲這天早晨我意外地睡得很久──我仍然坐在匣子上，非常快樂，同時也體會到我以前的那種希望眞是太傻。我去打聽那個工藝學校的學生，但是他已經像希臘和羅馬的神仙一樣不見了。從那時起，我一直是一個最幸福的人。

「我是一個幸福的導演，我的演員也不再發牢騷了，我的觀衆也很滿意──因爲他們盡情地欣賞我的演出。我可以隨便安排我的節目。我可以隨便把劇本中最好的部分選出來演，誰也不會因此對我生氣。那些三十年前許多人搶著要看，而且看得流出眼淚的劇本，我現在都演出來了，雖然現在的一些大戲院都瞧不起它們。我把它們演給小孩子們看，小孩子們流起眼淚來，跟爸爸和媽媽沒有什麼兩樣。我演出《約翰妮‧蒙特法康》和《杜威克》，不過都是節本，因爲小孩子不願意看拖得太長的戀愛故事。他們喜歡簡短和感傷的東西。

「我在丹麥各地都旅行過。我認識所有的人，所有的人也認識我。現在我要到瑞典去了。如果我在那裡的運氣好、能夠賺很多的錢，我就做一個眞正的北歐人──否則我就不做了。因爲你是我的同鄉，所以我才把這話告訴你。」

而我呢，做爲他的同胞，自然要把這話馬上傳達出來──完全沒有其他的意思。〔1851 年〕

這個小故事原是 1851 年哥本哈根出版的安徒生的遊記《在

瑞典》一書的第九章。故事的寓意是想通過一個木偶戲班子說明
「人事關係」的複雜。

　　當木偶們沒有獲得生命之前，戲班子的老板可以很順利地
處理一切演出事務。但當這些木偶獲得了人的生命以後，各自覺
得不可一世，自命為主要演員。「他們（演員）簡直像關在瓶子
裡的一堆蒼蠅，而我（老闆）卻不得不跟他們一起擠在這個瓶子
裡，因為我是他們的導演。我的呼吸停止了，我的頭腦暈了，世
界上再沒有什麼人像我這樣可憐。我現在是生活在一群新的人
種中間。我希望能把他們再裝進匣子裡，我希望我從來沒有當過
他們的導演。」果然，夜裡當木偶正在睡覺的時候，「我把它們
統統撈進去，有的頭朝下，有的用腿站著。我趕快把蓋子蓋上，
在匣子上坐下來。」他的「人事關係」問題就這樣解決了。當然
在實際生活中事情不會是如此簡單。

【註釋】

①摩西和預言家都是基督教《聖經·舊約》裡的人物，生活在大約紀元前一千二百年
　　間。在這時代希伯來人因為遷居不定，須得經常想出許多辦法來解決生活上的問
　　題。因此有新思想的人受到尊崇。
②在歐洲中世紀教會統治下，凡是有新奇思想的人都被視為異端，當做魔鬼的使者被
　　燒死。

舞吧，舞吧，我的玩偶

「是的，這就是一支唱給很小的孩子聽的歌！」瑪勒姑媽肯定地說。「儘管我不反對它，我卻不懂這套『舞吧，舞吧，我的玩偶』的意思！」

但是小小的愛美莉卻懂得。她只有三歲，她跟玩偶一道玩耍，而且把它們養得跟瑪勒姑媽一樣聰明。

有一個學生常常到她家裡來；他教她的哥哥做功課。他和小愛美莉和她的玩偶講了許多話，而且講得跟所有的人都不

同。這位小姑娘覺得他非常好玩，雖然姑媽說過他不懂得應該怎樣跟孩子講話——小小的頭腦是裝不進那麼多的閒聊的。但是小愛美莉的頭腦可裝得進。她甚至把學生教給她的這支歌都全部記住了：「舞吧，舞吧，我的玩偶！」她還把它唱給她的三個玩偶聽呢——兩個是新的：一個是男孩，一個是姑娘；第三個是舊的，名叫麗莎。她也聽這支歌，甚至她就在歌裡面呢。

> 舞吧，舞吧，我的玩偶！
> 啊，姑娘正是美的時候！
> 年輕紳士也是同樣美好，
> 戴著禮帽，也戴著手套，
> 穿著白褲子和藍色短襖，
> 大腳趾上長一個雞眼包。
> 他和她正是在美的時候。
> 舞吧，舞吧，我的玩偶！
>
> 這兒是年老的媽媽麗莎！
> 從去年起她就來到這家；
> 她的頭髮換上新的亞麻，
> 她的臉用奶油擦了幾下：
> 她又美得像年輕的時候，
> 請過來吧，我的老朋友！
> 請你們三個人旋舞幾圈。
> 看一看這光景就很值錢。

舞吧，舞吧，我的玩偶！
步子必須跳得合乎節奏！
伸出一隻腳，請你站好，
樣子要顯得可愛和苗條！
一彎，一扭，向後一轉，
這就使你變得非常康健！
這個樣兒眞是極端美麗。
你們三個人全都很甜蜜！

　　玩偶們都懂得這支歌；小愛美莉也懂得。學生也懂得
——因爲這支歌是他自己編的。他還說這支歌眞是好極了。只有
瑪勒姑媽不懂得。不過她已經跳過了兒童時代的這道柵欄。「一
支無聊的歌！」她說。小愛美莉可不認爲是這樣。她唱著這支
歌。

　　我們就是從她那裡聽來的。〔1871 年〕

　　這篇很風趣的作品最初發表在 1871 年 11 月 15 日哥本哈
根出版的《兒童畫報》。這是安徒生所寫的最後幾篇童話之一。
這也說明雖然安徒生已經接近他生命的尾聲，他的「童心」仍未
衰。「只有瑪勒姑媽不懂得」它（這支歌），「不過她已經跳過了
兒童時代的這道柵欄。」但安徒生的心卻永遠留在兒童時代。

安妮・莉斯貝

安妮·莉斯貝像牛奶和血，又年輕，又快樂，樣子真是可愛。她的牙齒白得發光，她的眼睛非常明亮，她的腳跳起舞來非常輕鬆，而她的性情也很輕鬆。這一切會結出怎樣的果子呢？……「一個討厭的孩子！……」的確，孩子一點也不好看，因此他被送到一個挖溝工人的老婆家裡去撫養。

安妮·莉斯貝本人則搬進一位伯爵的公館裡去住。她穿著絲綢和天鵝絨做的衣服，坐在華貴的房間裡，一絲兒風也不能吹到

她身上，誰也不能對她說一句不客氣的話，因爲這會使她難過，
而難過是她所受不了的。她撫養伯爵的孩子。這孩子清秀得像一
個王子，美麗得像一個天使。她是多麼愛這孩子啊！

　　至於她自己的孩子呢，是的，他是在家裡，在那個挖溝工人
的家裡。在這個家裡，鍋開的時候少，嘴開的時候多。此外，家
裡常常沒有人。孩子哭起來。不過，旣然沒有人聽到他哭，因此
也就沒有人爲他難過。他哭得慢慢地睡著了。在睡夢中，他旣不
覺得餓，也不覺得渴。睡眠是一種多麼好的發明啊！

　　許多年過去了。是的，正如俗話說的，時間一久，野草也就
長起來了。安妮・莉斯貝的孩子也長大了。大家都說他發育不
全，但是他現在已經完全成爲他所寄住的這一家的成員。這一家
得到了一筆撫養他的錢，安妮・莉斯貝也就算從此把他脫手了。
她自己成了一個都市婦人，住得非常舒服；當她出門的時候，她
還戴一頂帽子呢。但是她卻從來不到那個挖溝工人的家裡去，因
爲那兒離城太遠。事實上，她去也沒有什麼事情可做。孩子是別
人的；而且他們說，孩子現在自己可以找飯吃了。他應該找個職
業來糊口，因此他就爲馬茲・演生看一頭紅毛母牛。他已經可以
牧牛，做點有用的事情了。

　　在一個貴族公館的洗衣池旁邊，有一隻看家狗坐在狗屋頂
上曬太陽。隨便什麼人走過去，它都要叫幾聲。如果天下雨，它
就鑽進它的屋子裡去，在乾燥和舒服的地上睡覺。安妮・莉斯貝
的孩子坐在溝沿上一面曬太陽，一面削著栓牛的木樁子。在春天
他看見三株草莓開花了；他唯一高興的想法是：這些花將會結
出果子，可是果子卻沒有結出來。他坐在風雨中，全身給淋得透

濕，後來強勁的風又把他的衣服吹乾。當他回到家裡時，一些男人和女人不是推他，就是拉他，因為他醜得出奇。誰也不愛他——他已經習慣於這類事情了！

安妮·莉斯貝的孩子怎樣活下去呢？他怎麼活下去呢？他的命運是：誰也不愛他。

他從陸地上被推到船上去。他乘著一條破爛的船去航海。當船老闆在喝酒的時候，他就坐著掌舵。他是既寒冷，又饑餓。人們可能以為他從來就沒有吃過一頓飽飯呢。事實上也是如此。

這正是晚秋的天氣：寒冷，多風，多雨。冷風甚至能透進最厚的衣服——特別是在海上。這條破爛的船正在海上航行；船上只有兩個人——事實上也可以說只有一個半人：船老闆和他的助手。整天都是陰沉沉的，現在變得更黑了。天氣是刺人地寒冷。船老闆喝了一德蘭的酒，可以把他的身體溫暖一下。酒瓶是很舊的，酒杯更是如此——它的上半部分是完整的，但它的下半部分已經碎了，因此現在是擱在一塊上了漆的藍色木座子上。船老闆說：「一德蘭的酒使我感到舒服，兩德蘭使我感到更愉快。」這孩子坐在舵旁，用他一雙油污的手緊緊地握著舵。他是醜陋的，他的頭髮挺直，他的樣子衰老，顯得發育不全。他是一個勞動人家的孩子——雖然在教堂的出生登記簿上他是安妮·莉斯貝的兒子。

風吹著船，船破著浪！船帆鼓滿了風，船在向前挺進。前後左右，上上下下，都是暴風雨；但是更糟糕的事情還在後頭呢。停住！什麼？什麼裂開了？什麼碰到了船？船在急轉！難道這是龍吸水嗎？難道海在沸騰嗎？坐在舵旁的這個孩子高聲地

喊：「上帝啊，救我吧！」船觸到了海底的一個巨大的礁石，接
著它就像池塘裡的一隻破鞋似地沉到水面下去了——正如俗話
所說的，「連人帶老鼠都沉下去了」。是的，船上有的是老鼠，不
過人只有一個半：船主人和這個挖溝工人的孩子。

　　只有尖叫的海鷗看到了這情景；此外還有下面的一些魚，
不過它們也沒有看清楚，因爲當水湧進船裡和船在下沉的時
候，它們已經嚇得跑開了。船沉到水底將近有一尺深，於是他們
兩人就完了。他們死了，也被遺忘了！只有那個安在藍色木座子
上的酒杯沒有沉，因爲木座子把它托起來了。它順水漂流，隨時
可能撞碎，漂到岸上去。但是漂到哪邊的岸上去呢？什麼時候
呢？是的，這並沒有什麼了不起的！它已經完成了它的任務，它
已經被人愛過——但是安妮‧莉斯貝的孩子卻沒有被人愛過！
然而在天國裡，任何靈魂都不能說：「沒有被人愛過！」

　　安妮‧莉斯貝住在城市裡已經有許多年了。人們把她稱爲
「太太」。當她談起舊時的記憶，談起跟伯爵在一起的時候，她
特別感到驕傲。那時她坐在馬車裡，可以跟伯爵夫人和男爵夫人
交談。她那位甜蜜的小伯爵是上帝的最美麗的天使，是一個最親
愛的人物。他喜歡她，她也喜歡他。他們彼此吻著，彼此擁抱著。
他是她的幸福，她的半個生命。現在他已經長得很高大了。他十
四歲了，有學問，有好看的外表。自從她把他抱在懷裡的那個時
候起，她已經有很久沒有看見過他了。她已經有好多年沒有到伯
爵的公館裡去了，因爲到那兒去的旅程的確不簡單。

　　「我一定要設法去一趟！」安妮‧莉斯貝說。「我要去看看

我的寶貝，我的親愛的小伯爵。是的，他一定也很想看到我的；他一定也很想念我，愛我，像他從前用他天使的手臂摟著我的脖子時一樣。那時他總是喊：『安・莉斯！』那聲音簡直像提琴！我一定要要想辦法再去看他一次。」

她坐著一輛牛車走了一陣子，然後又步行了一陣子，最後她來到了伯爵的公館。公館像從前一樣，仍然是很莊嚴和華麗的；它外面的花園也是像從前一樣。不過屋子裡面的人卻完全是陌生的。誰也不認識安妮・莉斯貝。他們不知道她有什麼了不起的事情要到這兒來。當然，伯爵夫人會告訴他們的，她親愛的孩子也會告訴他們的。她是多麼想念他們啊！

安妮・莉斯貝在等著。她等了很久，而且時間似乎越等越長！她在主人用飯以前被喊進去了。主人跟她很客氣地應酬了幾句。至於她的親愛的孩子，她只有吃完了飯以後才能見到──那時她將會再一次被喊進去。

他長得多麼大，多麼高，多麼瘦啊！但是他仍然有美麗的眼睛和天使般的嘴！他望著她，但是一句話也不講。顯然他不認識她。他掉轉身，想要走開，但是她捧住他的手，把它貼到自己的嘴上。

「好吧，這已經夠了！」他說。接著他就走開了──他是她心中念念不忘的人；是她最愛的人；是她在人世間一提起就感到驕傲的人。

安妮・莉斯貝走出了這座公館，來到廣闊的大路上。她感到非常傷心。他對她是那麼冷漠，一點也不想她，連一句感謝的話也不說。曾經有段時間，她日夜都抱著他──她現在在夢裡還抱

著他。

一隻大黑烏鴉飛下來，落在她面前的路上，不停地發出尖銳的叫聲。

「哎呀！」她說，「你是一隻多麼不吉利的鳥兒啊！」

她在那個挖溝工人的茅屋旁邊走過。茅屋的女主人正站在門口。她們交談起來。

「你眞是有福氣的樣子！」挖溝工人的老婆說。「你長得又肥又胖，是一副發財相！」

「還不壞！」安妮・莉斯貝說。

「船帶著他們一起沉了！」挖溝工人的老婆說。「船老板和助手都淹死了。一切都完了。我起初還以爲這孩子將來會賺幾塊錢，補貼我的家用。安妮・莉斯貝，他再也不會讓你花錢了。」

「他們淹死了？」安妮・莉斯貝問。她們沒有再在這個問題上談下去。

安妮・莉斯貝感到非常難過，因爲她的小伯爵不喜歡和她講話。她曾經是那樣愛他，現在她還特別走這麼遠的路來看他——這段旅程也費錢呀，雖然她並沒有從它得到什麼愉快。不過關於這事她一個字也不提，因爲把這事講給挖溝工人的老婆聽也不會使她的心情好轉。這只會引起後者猜疑她在伯爵家裡不受歡迎。這時那隻黑烏鴉又在她頭上尖叫了幾聲。

「這個黑鬼，」安妮・莉斯貝說，「它今天使我害怕起來！」

她帶來了一點咖啡豆和菊苣①。她覺得這對於挖溝工人的老婆說來是一件施捨，可以使她煮一杯咖啡喝；同時她自己也可以喝一杯。挖溝工人的老妻子煮咖啡去了；這時安妮・莉斯貝

就坐在椅子上睡著了。她做了一個從來沒有做過的夢。說來也很奇怪，她夢見了自己的孩子：他在這個工人的茅屋裡餓得哭叫，誰也不管他；現在他躺在海底——只有上帝知道他在什麼地方，她夢見自己坐在這茅屋裡，挖溝工人的老婆在煮咖啡，她可以聞到咖啡豆的香味，這時門口出現了一個可愛的人形——這人形跟那位小伯爵一樣好看。他說：

「世界快要滅亡了！緊跟著我來吧，因為你是我的媽媽呀！你有一個天使在天國裡呀！緊跟著我來吧。」

他伸出手來拉她，不過這時有一個可怕的爆裂聲響起來了。這無疑是世界在爆裂，這時天使升上來，緊緊地抓住她的襯衫袖子；她似乎覺得自己從地上被托起來了。不過她的腳上似乎繫著一件沉重的東西，把她向下拖，好像有幾百個女人在緊抓住她，說：

「假使你要得救，我們也要得救！抓緊！抓緊！」

她們都一起抓著她；她們的人數真多。「嘶！嘶！」她的襯衫袖子被撕碎了，安妮・莉斯貝在恐怖中跌落下來了，同時也醒了。的確，她幾乎跟她坐著的那張椅子一齊倒下來，她嚇得頭腦發暈，她甚至記不清楚自己夢見了什麼東西。不過她知道那是一個惡夢。

她們一起喝咖啡，聊聊天。然後她就走到附近的一個鎮上去，因為她要到那兒去找那個趕車的人，以便在天黑以前能夠回到家裡去。不過當她找到這個趕車人的時候，他說他們要等到第二天天黑以前才能動身，她開始考慮住下來的費用，同時也把里程考慮了一下。她想，如果沿著海岸走，可以比坐車子少走八九

里路。這時天氣晴朗,月亮正圓,因此安妮‧莉斯貝決計步行;
她第二天就可以回到家裡了。

太陽已經下沉;暮鐘仍然在敲著。不過,這不是鐘聲,而是
貝得爾‧奧克斯的靑蛙在沼澤地裡的叫聲 ②。現在它們靜下來
了,四周是一片沉寂,連一聲鳥叫也沒有,因爲它們都睡著了,
甚至貓頭鷹都不見了。樹林裡和她正在走著的海岸上一點聲音
也沒有。她聽到自己在沙上走著的腳步聲。海上也沒有浪花在衝
擊;遙遠的深水裡也是鴉雀無聲。水底有生命和無生命的東
西,都是默默地沒有聲響。

安妮‧莉斯貝只顧向前走,像俗話所說的,什麼也不想。不
過思想並沒有離開她,因爲思想是永遠不會離開我們的。它只不
過是在睡覺罷了。那些活躍著、但現在正在休息著的思想,和那
些還沒有被掀起來的思想,都是這個樣子。不過思想會冒出頭
來,有時在心裡活動,有時在我們的腦袋裡活動,或者從上面向
我們襲來。

「善有善報,」書上這樣寫著。「罪過裡藏著死機!」書上
寫著的東西不少,講過的東西也不少,但是人們卻不知道,也想
不起。安妮‧莉斯貝就是這個樣子。不過有時人們心裡會露出一
線光明──這完全是可能的!

一切罪惡和一切美德都藏在我們的心裡──藏在你的心裡
和我的心裡!它們像看不見的小種子似地藏著。一絲太陽光從
外面射進來,一隻罪惡的手摸觸一下,你在街角向左邊拐或向右
邊拐──是的,這就夠決定問題了。於是這顆小小的種子就活躍
起來,開始脹大和冒出新芽。它把它的汁液散布到你的血管裡

去，這樣你的行動就開始受到影響。一個人正迷糊地走路的時候，是不會感覺到那種使人苦惱的思想的，但是這種思想卻在心裡醞釀。安妮‧莉斯貝就是這樣半睡似地走著路，但是她的思想正要開始活動。

從第一年的聖燭節③到第二年的聖燭節，心裡記載著的事情可是不少———一年所發生的事情，有許多已經被忘記了，比如對上帝、對我們的鄰居和對我們自己的良心，在言語上和思想上所做過的罪惡行為。我們想不到這些事情，安妮‧莉斯貝也沒有想到這些事情。她知道，她並沒有做出任何不好的事情來破壞這國家的法律，她是一個善良、誠實和被人看得起的人，她自己知道這一點。

現在她沿著海邊走。那裡有一件什麼東西呢？她停下來。那是一件什麼東西漂了上來呢？那是一頂男子的舊帽子。它是從什麼地方漂來的呢？她走過去，停下來仔細看了一眼。哎呀！這是一件什麼東西呢？她害怕起來。但是這並不值得害怕：這不過是些海草和燈芯草罷了，它纏在一塊長長的石頭上，樣子像一個人的身軀。這只是些燈芯草和海草，但是她卻害怕起來。她繼續向前走，心中想起兒時所聽到的更多的迷信故事：「海鬼」——漂到荒涼的海灘上沒有人埋葬的屍體。屍體本身是不傷害任何人的，不過它的魂魄——「海鬼」——會追著孤獨的旅人，緊抓著他，要求他把它送進教堂，埋在基督徒的墓地裡。

「抓緊！抓緊！」有一個聲音這樣喊。當安妮‧莉斯貝想起這幾句話的時候，她做過的夢馬上又生動地回到記憶中來了——那些母親們怎樣抓著她，喊著：「抓緊！抓緊！」她腳底下

的地面怎樣向下沉，她的衣袖怎樣被撕碎，在這最後審判的時刻，她的孩子怎樣托著她，她又怎樣從孩子的手中掉下來。她的孩子，她自己親生的孩子，她從來沒有愛過他，也從來沒有想過他。這個孩子現在正躺在海底。他永遠也不會像一個海鬼似地爬起來，叫著：「抓緊！抓緊！把我送到基督徒的墓地上去呀！」當她想著這事情的時候，恐懼刺激著她的腳，使她加快了步子。

恐怖像一隻冰冷潮濕的手，按在她的心上；她幾乎要昏過去了。當她朝海上望去的時候，那兒正慢慢地變得昏暗。一層濃霧從海上升起來，彌漫到灌木林和樹上，形成各種各樣的奇形怪狀。她掉轉身向背後的月亮望了一眼。月亮像一面沒有光輝的、淡白色的圓鏡。她的四肢似乎被某種沉重的東西壓住了：抓緊！抓緊！她這樣想。當她再掉轉身看看月亮的時候，似乎覺得月亮的白面孔就貼著她的身子，而濃霧就像一件屍衣似地披在她的肩上。「抓緊！把我送到基督徒的墓地裡去吧！」她聽到這樣一個空洞的聲音。這不是沼澤地上的青蛙，或大渡鴉和烏鴉發出來的，因為她並沒有看到這些東西。「把我埋葬掉吧，把我埋葬掉吧！」這聲音說。

是的，這是「海鬼」——躺在海底的她的孩子的魂魄。這魂魄是不會安息的，除非有人把它送到教堂的墓地裡去，除非有人在基督教的土地上為它砌一個墳墓。她得向那兒走去，她得到那兒去挖一個墳墓。她朝教堂的那個方向走去，於是她就覺得她的負擔輕了許多——甚至變得沒有了。這時她又打算掉轉身，沿著那條最短的路走回家去，立刻那個擔子又壓到她身上來了：抓緊！抓緊！這好像青蛙的叫聲，又好像鳥兒的哀鳴，她聽得非常

清楚。「為我挖一個墳墓吧！為我挖一個墳墓吧！」

　　霧是又冷又潮濕；她的手和面孔也由於恐怖而變得又冷又潮濕。周圍的壓力向她壓過來，但是她心裡的思想卻在無限地膨脹。這是她從來沒有經驗過的一種感覺。

　　在北國，山毛欅可以在一個春天的晚上就冒出芽，第二天一見到太陽就現出它幸福的春青美。同樣，在我們的心裡，藏在我們過去生活中的罪惡種子，也會在一瞬間通過思想、言語和行動冒出芽來。當良心一覺醒的時候，這種子只需一瞬間的工夫就會長大和發育。這是上帝在我們最想不到的時刻使它起這樣的變化的。什麼辯解都不需要了，因為事實擺在面前，做為見證。思想變成了語言，而語言是在世界什麼地方都可以聽見的。我們一想到我們身中藏著的東西，一想到我們還沒有能消滅我們在無意和驕傲中種下的種子，我們就不禁要恐怖起來。心中可以藏著一切美德，也可以藏著罪惡。它們甚至在最貧瘠的土地上也可以繁殖起來。

　　安妮・莉斯貝的心裡深深地體會到我們剛才所講的這些話。她感到極度地不安，她倒到地上，只能向前爬幾步。一個聲音說：「請埋葬我吧！請埋葬我吧！」只要能在墳墓裡把一切都忘記，她倒很想把自己埋葬掉。這是她充滿恐懼和驚惶的、醒覺的時刻。迷信使她的血一會兒變冷，一會兒變熱。有許多她不願意講的事情，現在都集中到她的心裡來了。

　　一個她從前聽人講過的幻象，像明朗月光下面的雲彩，靜寂地在她面前出現：四匹嘶鳴的馬兒在她身邊馳過去了。它們的眼睛裡和鼻孔裡射出火花，拉著一輛火紅的車子，裡面坐著一個

在這地區橫行了一百多年的壞人。據說他每天半夜要跑進自己家裡一次，然後再跑出來。他的外貌並不像一般人所描述的死人那樣，慘白得毫無血色，而是像熄滅了的炭一樣漆黑。他對安妮‧莉斯貝點點頭，招招手：

「抓緊！抓緊！你可以在伯爵的車子上再坐一次，把你的孩子忘掉！」

她急忙避開，走進教堂的墓地裡去。但是黑十字架和大渡鴉在她的眼前混做一團。大渡鴉在叫——像她白天所看到的那樣叫。不過現在她懂得它們所叫的是什麼東西。它們說：「我是大渡鴉媽媽！我是大渡鴉媽媽！」每一隻都這樣說。安妮‧莉斯貝知道，她也會變成這樣的一隻黑鳥。如果她不挖出一個墳墓來，她將永遠也要像它們那樣叫。

她伏到地上，用手在堅硬的土上挖一個墳墓，她的手指流出血來。

「把我埋葬掉吧！把我埋葬掉吧！」這聲音在喊。她害怕在她的工作沒有做完以前雞會叫起來，東方會放出彩霞，因為如果這樣，她就沒有希望了。

雞終於叫了，東方也現出亮光。她挖的墳墓只完成了一半。一隻冰冷的手從她的頭上和臉上一直摸到她的心窩。「只挖出半個墳墓！」一個聲音哀嘆著，接著就漸漸地沉到海底。是的，這就是「海鬼」！安妮‧莉斯貝昏倒在地上。她不能思想，失去了知覺。

她醒過來的時候，已經是明朗的白天了。有兩個人把她扶起來。她並沒有躺在教堂的墓地裡，而是躺在海灘上。她在沙上挖

了一個深洞。她的手指被一個破玻璃杯割破了，流出血來。這杯子底部的腳是安在一個塗了藍漆的木座子上的。

安妮‧莉斯貝病了。良心和迷信糾纏在一起，她也分辨不清，結果她相信她現在只有半個靈魂，另外半個靈魂則被她的孩子帶到海裡去了。她將永遠也不能飛上天國，接受慈悲，除非她能夠收回深藏在水底的另一半靈魂。

安妮‧莉斯貝回到家裡去，她已經不再是原來的那個樣子了。她的思想像一團亂麻一樣。她只能抽出一根線索來，那就是她得把這個「海鬼」運到教堂的墓地裡去，為他挖一個墳墓——這樣她才能招回她整個的靈魂。

有許多晚上她不在家裡。人們老是看見她在海灘上等待那個「海鬼」。這樣的日子她挨過了一整年。於是有一天晚上她又不見了，人們再也找不到她。第二天大家找了一整天，也沒有結果。

黃昏的時候，牧師到教堂裡來敲晚鐘。這時他看見安妮‧莉斯貝跪在祭壇的腳下。她從大清早起就在這兒，已經沒有一點力氣了，但是她的眼睛仍然射出光彩，臉上仍然現出紅光。太陽最後的晚霞照著她，射在攤開在祭壇上的《聖經》的銀扣子上④。《聖經》攤開的地方顯露出先知約珥的幾句話：「你們要撕裂心腸，不撕裂衣服，歸向上帝⑤！」

「這完全是碰巧，」人們說，「有許多事情就是偶然發生的。」

安妮‧莉斯貝的臉上，在太陽光中，露出一種和平和安靜的表情。她說她感到非常愉快。她現在重新獲得了靈魂。昨天晚上那個「海鬼」——她的兒子——和她在一起。這幽靈對她說：

「你只爲我挖好了半個墳墓，但是在整整一年中你卻在你的心中爲我砌好了一個完整的墳墓。這是一個媽媽能埋葬她的孩子的最好的地方。」

於是他把她失去了的那半個靈魂還給她，同時把她領到這個教堂裡來。

「現在我是在上帝的屋子裡，」她說，「在這個屋子裡我們全都感到快樂！」

太陽落下去的時候，安妮·莉斯貝的靈魂就升到另一個境界裡去了。當人們在人世間做過一番奮鬥以後，來到這個境界是不會感到痛苦的；而安妮·莉斯貝是做過一番奮鬥的。〔1859 年〕

這個故事最初發表在 1859 年哥本哈根出版的《新的童話和故事集》第一卷第三部。安徒生在他的手記中寫道：「在《安妮·莉斯貝》中，我想說明一切良好的願望都藏在人的心中，而且通過曲折的道路一定會發芽生長。在這裡，母親的愛在恐慌和顫抖的氣氛中也可以產生生命和力量。」

一個母親爲了虛榮，甘願到一個貴族家去當乳母而拋棄了自己的親生孩子，使孩子最後慘遭不幸。這樣的母親是不可原諒的。按照基督教的教義這是「罪過」。但安徒生引用上帝的「愛」，通過她本人的悔恨和思想轉變，終於取得了「諒解」而獲得圓滿的結局：「安妮·莉斯貝的臉上，在太陽光中，露出一

種和平和安靜的表情。她說她感到非常愉快。她現在重新獲得了
靈魂。昨天晚上那個『海鬼』——她的兒子——和她在一起。」
這是安徒生善良和人道主義精神的體現。關於安妮‧莉斯貝內心
奮鬥的描寫，很細緻，也是安徒生力圖「創新」的一個方面。

【註釋】

①菊苣(cichoric)是一種植物，它的根可以當咖啡代用品。

②安徒生寫到這裡，大概是想到了他同時代的丹麥詩人蒂勒(J.M.Thiele)的詩句：
  「如果貝得爾‧奧克斯的青蛙晚上在沼澤地裡叫，第二天的太陽會很明朗，對著玫
  瑰花微笑。」

③聖燭節(Kyndelmisse)是在二月二日，即聖母馬利亞產後四十天帶著耶穌往耶路
  撒冷去祈禱的紀念日。又稱「聖母行潔淨禮日」、「獻主節」等。

④古時的《聖經》像一個小匣子，不讀時可以用扣子扣上。

⑤見《聖經‧舊約全書‧約珥書》第二章第十三節。最後「歸向上帝」這句話應該是
  「歸向耶和華你們的神」，和安徒生在這裡引用的略有不同。

素琪①

天亮的時分，有一顆星———一顆最明亮的晨星———在玫瑰
色的空中發出閃耀的光彩。它的光線在白色的牆上顫動著，好像
要把它所知道的東西和數千年來在我們這個轉動著的地球上各
處看到的東西，都在那牆上寫下來。

我們現在來聽它講的一個故事吧：

不久以前，———這顆星兒所謂的「不久以前」就等於我們人
間的「幾個世紀以前」———我的光輝跟著一個藝術家走。那是在

教皇住的城裡②，在世界的城市羅馬裡面。在時間的過程中，那兒有許多東西改變了，可是這些改變並沒有像童年到老年這段時間的改變來得那麼快。那時羅馬皇帝們的宮殿，像現在一樣，已經是一堆廢墟。在倒下的大理石圓柱之間，在殘破的、但是牆上的鍍金仍然沒有完全褪色的浴室之間，生長著無花果樹和月桂樹。「訶里生」③也是一堆廢墟。教堂的鐘聲響著；四處彌漫著的香煙，高舉著明亮的蠟燭和華蓋的信徒的行列，在大街上遊行過去。人們都虔誠地信仰宗教，藝術受到尊崇和敬仰。在羅馬住著世界上最偉大的畫家拉斐爾④；這兒也住著雕刻家的始祖米開朗基羅⑤。甚至教皇都推崇這兩個人而特別去拜訪他們一次；人們理解藝術，尊崇藝術，同時也給它物質的獎勵！不過，雖然如此，並不是每件偉大和成熟的東西都會被人看見和知道的。

　　在一條狹小的巷子裡有一幢古老的房子。它曾經是一座神廟；這裡面現在住著一個年輕的藝術家。他很貧窮，也沒有什麼名氣。當然他也有些藝術家的朋友。他們都很年輕——在精神方面，在希望和思想方面，都很年輕。他們都告訴他，說他有很高的才氣和能力，但也說他很傻，對於自己的才能沒有信心。他老是把自己用黏土雕塑出來的東西打得粉碎，他老是不滿意，從來不曾完成一件作品；而他卻應該完成他的作品，假如他希望他的作品能被人看見和換取錢財的話。

　　「你是一個夢想家！」他們對他說，「而這正是你的不幸！這裡面的原因是：你還沒有生活過，沒有嚐到過生活，沒有狼吞虎嚥地去享受過生活——而生活卻是應該這樣去享受的。一個

人在年輕的時候，可以，而且應該投身到生活中去，和生活融成一片。請看那位偉大的巨匠拉斐爾吧。教皇尊崇他，世人景仰他；他既能吃麵包，也能喝酒。」

「甚至麵包店的老板娘──那位美麗的艾爾納莉娜──他都津津有味地把她畫下來呢！」一個最愉快的年輕朋友安吉羅說。

是的，他們講了許多這類與他們的年齡和知識相稱的話語。他們想把這個年輕的藝術家一塊拉到快樂的生活中去──也可以說是拉到放蕩的瘋狂生活中去吧。有些時候，他也想陪陪他們。他的血是熱的，想像是強烈的。他也能加入愉快的聊天，跟大家一樣大聲地狂笑。不過他們所謂的「拉斐爾的歡樂的生活」在他面前像一層蒸氣似地消散了；他只看到這位偉大的巨匠的作品散射出來的光芒。他站在梵蒂岡城內，站在數千年來許多大師雕刻的那些大理石像的前面。他胸中起了一種雄渾的感覺，感到身體裡有某種崇高、神聖、高超、偉大和善良的東西。於是他也希望能從大理石中創造出和雕刻出同樣的形象。他希望能從自己心中所感覺著的、向那永恆無際的空間飛躍著的那種感覺，創造出一種形象來。不過是怎麼樣的一種形象呢？柔軟的黏土被他的手指塑成了美的形象；不過第二天他照例又把他所創造的東西毀掉了。

有一天他走過一個華麗的宮殿──這樣的建築物在羅馬是很多的。他在一個敞開的大門面前停下來，看到了一個掛滿了美麗畫幅的長廊。這個長廊圍繞著一個小小的花園。花園裡面開滿了最美麗的玫瑰花。大朵的、雪白的、長著水汪汪綠葉子的百合

花，從噴著清泉的大理石池子裡開出來。這時有一個人影從旁邊
輕盈地走過去。這是一個年輕的姑娘，這座王府家裡的女兒。她
是那麼優雅，那麼嬌柔，那麼美麗！的確，他從來沒有見過這樣
一個女性，──她是拉斐爾畫出來的，做為素琪的形象繪在羅馬
的一個宮殿裡的。是的，她是畫在那裡；但是她現在卻在這兒活
生生地走過。

　　她在他的思想和心中活下來了。他回到他那間簡陋的房間
裡去，用黏土塑造了一個素琪的形象。這就是那位華麗的、年輕
的羅馬姑娘，那位高貴的小姐。這也是他第一次對自己的作品感
到滿意。這件作品對他具有一種意義，因為它代表她。他所有的
朋友，一看到這件作品，就快樂地歡呼起來。這件作品顯示出他
的藝術天才。他們早就看出了這一點，現在全世界也要看到它
了。

　　這個黏土的塑像真是栩栩如生，但是它沒有大理石所具有
的潔白和持久性。這個素琪的生命應該用大理石雕刻出來，而且
他已經有一塊貴重的大理石。那是他的父母的財產，擱在院子裡
已經有許多年了。玻璃瓶碎片、茴香梢子和朝鮮薊的殘莖堆在它
的四周，玷污了它的潔白；不過它的內部仍然潔白得像山上的
積雪。素琪將要從這塊石頭中獲得生命。

　　這樣的事情就在某一天發生了──那顆明亮的星兒一點也
沒有講出來，也沒有看到，但是我們卻看到了。一群羅馬的貴客
走進這個狹小而寒酸的巷子。他們的車子在一個不遠的地方停
下來，然後這群客人就來參觀這個年輕藝術家的作品，因為他們
曾經偶然聽到別人談起他。這些高貴的拜訪者是誰呢？可憐的

年輕人！他也可說是一個非常不幸的年輕人吧。那位年輕的姑
娘現在就親自站在他的房間裡。當她的父親對她說「這簡直是你
的一個縮影」的時候，她笑得多麼美啊！這個微笑是無法模擬出
來的，正如她的視線是無法模擬的一樣──那道朝這青年藝術
家一瞥的、奇異的視線。這是一個崇高、高貴、同時也具有摧毀
力的視線。

「這個素琪一定要用大理石雕刻出來！」那位富有的貴族
說。

這對於那沒有生命的黏土和沉重的大理石說來，是一句富
有生命的話，對於這位神往的青年藝術家說來，也是一句富有生
命的話。

「這件作品一完成，我就要買下。」這位貴族說。

一個新的時代似乎在這間簡陋的工作室裡開始了。生命和
快樂在這兒發出光輝，辛勤的勞動在這兒進行著。那顆明亮的晨
星看到了這件工作的進展。黏土也似乎自從她到這兒來過以後
就獲得了靈感；它以高度的美感把自己變成一個難忘的面貌。

「現在我知道生命是什麼了！」這位藝術家快樂地高呼著；
「生命就是愛！生命就是『壯麗』的昇華，『美』的陶醉！朋友
們所謂的生命和享受不過是稍縱即逝的幻影，發酵的渣滓中所
冒出的泡沫，而不是那賦予生命的神聖祭壇上的純酒。」

大理石立起來了。鑿子從它上面鑿下大片的碎塊。它被量過
了，點和線都被劃出來，技術的部分都完成了，直到這塊石頭漸
漸成為一個軀體，一個「美」的形態，最後變成素琪──美麗得
像一個反映出上帝形象的少女。這塊沉重的石頭現在成了個活

潑、輕盈、縹緲、迷人的素琪；她的嘴唇上飄著一絲神聖的、天
真無邪的微笑——那個深深地映在這位年輕雕刻家心裡的微
笑。

　　當他正忙著工作、把上帝給他的靈感變成具體形象時，那顆
晨星在玫瑰色的晨曦中看到了這情景，也了解到這年輕人心裡
的激動，同時也認出了他臉上顏色的變幻，以及在他眼睛中閃耀
著光彩的意義。

　　「你是一個大師，像古希臘的那些大師一樣！」他高興的朋
友們說，「不久全世界就要對你的素琪感到驚奇了。」

　　「我的素琪！」他重複著這個名詞，「我的！是的，她應該
是我的！像過去那些偉大的巨匠一樣，我也是一個藝術家！上
天賜給我這種恩典，把我提高到與貴人同等的地位。」

　　於是他跪下來，向上帝流出感謝的眼淚，接著由於她——那
座用石頭雕出的形象，那座像是用雪花砌成的、在晨曦中泛出紅
光的素琪的形象——他又忘記了上帝。

　　事實上，他應該看看她——那個活著的、輕盈的聲音像音樂
似的她。他可以送一個消息到那間豪華公館去，說那個大理石的
素琪已經完工了。他現在就向那兒走去；走過寬廣的庭院
——這兒，在大理石的池子裡，有海豚在噴著水，百合在開著
花，新鮮的玫瑰花苞在開放。他走過一間高闊的大廳——牆上和
天花板上塗著的彩色、紋章和圖案射出燦爛的光輝。穿著華麗服
裝的僕人——他們像拉雪橇的馬兒似地戴著許多叮噹的小鈴
——在高視闊步地走來走去。有幾位還安全地、傲慢地躺在木雕
的椅子上，好像他們就是這家的主人似的。

他把他的來意告訴他們。於是他被帶到大理石砌的樓梯上去；樓梯上鋪有柔軟的地毯，兩邊有許多石像。他走過許多富麗的房間；牆上掛著許多圖畫，地上鑲著由種種不同顏色的石塊拼成的花紋。這種琳瑯滿目的景象使他感到呼吸沉重；但是不一會兒他就感到一陣輕鬆，因為這家高貴的老主人對他非常謙和，幾乎可說是很熱烈。他們談完話以後，他在告別時還叫他去看一看小姐，因為她也希望看到他。僕人們領著他走過富麗的大廳和小室，一直到她的房間裡去──這裡最華貴的東西就是她。

她和他談話。任何讚美歌、任何禮神頌，都不能像她那樣能融化他的心，昇華他的靈魂。他提起她的手來吻著。沒有什麼玫瑰花比這更柔和；而且這朵玫瑰花還發出火花，火透進他的全身。他感到了昇華。話語從他的舌尖上湧出來──他不知道自己在講什麼東西。火山洞口能知道它在噴出熾熱的熔岩嗎？他對她表示了自己的愛情。她立在他面前，驚呆，憤怒，驕傲。她臉上露出一種藐視，一種好像忽然摸過了一隻黏濕青蛙時的那種表情。她的雙頰紅起來了，嘴唇發白，眼睛冒火──雖然這對眼睛像黑夜一般烏黑。

「你瘋了！」她說。「走開吧！滾開吧！」

於是她掉轉身不理他。她美麗的面孔所現出的表情，跟那個滿頭盤著蛇的、臉像石頭一般的表情⑥差不多。

像一個失掉了知覺的人一樣，他搖搖欲倒地走到街上來。像一個夢遊者一樣，他摸回自己的家裡來。這時他忽然驚醒，陷入一種瘋狂和痛苦中。他拿起錘子，高高地舉向空中，要把這尊大

理石像打得粉碎。可是在痛苦中，他沒有注意到，他的朋友安吉羅就在他的旁邊。安吉羅一把抓住他的手臂，說：

「你瘋了嗎？你在做什麼？」

他們兩人扭做一團。安吉羅的力氣比他大。這位年輕的藝術家，深深地嘆了一口氣，就倒到椅子上去了。

「出了什麼事情呢？」安吉羅問。「放鎮定些吧。說呀！」

可是他能夠說什麼呢？他怎麼能夠解釋呢？安吉羅在他的話裡找不到什麼線索，所以也就不再問了。

「你天天在做夢，弄得你的血液都要停滯了。像我們大家一樣，做一個現實的人吧，不要老是生活在想像中，弄得理智失常呀！好好地醉一次，那麼你就可以舒服地睡一覺！讓一位漂亮的姑娘來做你的醫生吧！平原上⑦的姑娘也是很美麗的，並不亞於大理石宮裡的公主。她們都是夏娃的女兒，在天國裡沒有絲毫分別。跟著你的安吉羅來吧！我就是你的天使，活生生的天使！有一天你會衰老，你的筋骨會萎縮；於是在某個晴朗的日子你就會躺下來，當一切在歡笑和快樂的時候，你就會像凋零的草兒一樣，再也生長不了。我不相信牧師說的話，認為在墳墓的後面還有一種生活——這只不過是一種美麗的想像，一種講給孩子聽的童話罷了；只有當你能夠想像它的時候，它才能引起興趣。我不是在夢中生活，我是在現實中生活。跟我一塊兒來吧，做一個現實的人吧！」

於是他就把他拉走了。此時此刻，他能做到這一點，因為這個年輕藝術家的血液裡正燃著火，他的靈魂在起變化。他有一種迫切的要求，要把自己從陳舊的、惰性的生活中解脫出來，要把

自己從舊我中解脫出來。因此這一天他就跟著安吉羅走出去。

　　在羅馬郊區有一個酒店；藝術家們常常到那兒去。它建築在古代浴池的廢墟中間。金黃色的大佛手柑在深厚的、有光澤的葉子間懸著，同時掩蓋了那些古老的、深褐色牆壁的一部分。這個酒店是由一個高大的拱道形成的，在廢墟中間差不多像一個洞。這兒有一盞燈在聖母馬利亞的像前點著。一股熊熊的大火正在爐裡焚燒，上面還烤煮著東西。在外邊的圓佛手柑樹和月桂花樹下，陳列著幾張鋪好桌巾的桌子。

　　朋友們歡呼著把這兩個藝術家迎接進去。他們吃得很少，可是酒喝得很多；造成一種歡樂的氣氛。他們唱著歌，彈著吉他；「薩爾塔茱洛」⑧奏起來了，歡樂的跳舞也開始了。經常為這些藝術家做模特兒的兩個年輕的羅馬姑娘加入他們的跳舞，加入他們的歡樂。她們是兩個迷人的巴克斯⑨的信徒！是的，她們沒有素琪的形態，不是嬌柔美麗的玫瑰花，但她們卻是新鮮的、熱情的、通紅的荷蘭石竹花。

　　那天是多麼熱啊！甚至在太陽落下去以後，天還是熱的！血液裡流著火，空氣中燃著火，視線裡射出火！空中浮著金子和玫瑰，生命也是金子和玫瑰。

　　「你到底跟我們在一起了！現在讓你內在的和周圍的波濤把你托起來吧！」

　　「我從來沒有感到像現在這樣健康和愉快過！」這位年輕的藝術家說。「你們是對的，你們都是對的。我是一個傻瓜，一個夢想家──人是屬於現實的，不是屬於幻想的。」

　　在這星光普照的晚上，這群年輕人在歌聲和吉他聲中，通過

那些狹小的街道，從酒店回到家裡來；那兩朵通紅的荷蘭石竹花——坎帕尼亞地區的兩個女兒——和他們一起回來了。

在安吉羅的房間裡面，在一些雜亂的速寫、隨意的練習和鮮艷奪目的畫幅中，他們的聲音變得柔和了一些，但是並沒有減低火熱的情緒。地上攤著許多畫頁；這些畫頁裡的素描，生動有力的美方面很像坎帕尼亞的那兩個姑娘，不過真人還是比她們的畫像美麗得多。一盞有六個燈口的燈，從每個燈口上吐出火焰和閃光；在這些燈光中，形形色色的人形，像神祇似的，也顯露出來了。

「阿波羅！丘比特！⑩我昇華到了你們的天國，到你們光華燦爛的境界！我覺得生命的花這時在我的心中開放了。」

是的，花兒開了，裂了，又謝了。一股麻醉性的邪氣從那裡面升起來，蒙住了視線，毒害了思想，滅掉了感官的火花，四周是一片黑暗。

他回到了他自己家裡來，坐在自己的床上，整理自己的思想。

「呸！」這是從他心的深處，通過他的嘴發出的字眼。「可憐的人啊，走開吧，滾開吧！」於是他發出一種痛苦的嘆息。

「走開吧！滾開吧！」這是她的話，一個活著的素琪的話。這話在他的心裡縈繞著，終於從他的嘴裡衝出來。他把頭埋在枕頭裡，他的思緒很混亂，於是就睡去了。

天亮的時候，他跳下床來。重新整理他的思想。發生過什麼事情呢？難道這全都是一場夢嗎？到她家去的拜訪，在酒店裡的狂歡，那天晚上跟坎帕尼亞那對紫紅色荷蘭石竹花的集會

──難道這都是夢嗎？不，這一切都是真的──是他從來沒有體驗過的真實生活。

那顆明亮的星在紫紅色的空中閃耀著；它的光輝照在他身上，照在那尊大理石雕的素琪身上。當他看到這個不朽形象時，就顫抖起來，他似乎覺得自己的視線不純潔。他用布把她蓋起來。在他要揭開的時候，他摸了她一次，但是再也沒有力氣看自己的作品了。

他坐在那兒愁眉不展，一言不發，墮入深思中去；他坐了一整天，聽不見周圍發生的一切事情。誰也猜不出這個人的心裡究竟在想著什麼東西。

許多日子、許多星期過去了。黑夜是最長的。有一天早晨，那顆閃亮的星兒看見他，他的面孔發白，全身因為發熱而顫抖，他走向那座大理石像，把那塊覆蓋著的布拉向一邊，以悲痛的眼光，凝望了好久。最後他把這座石像拖到花園裡；它的重量幾乎把他壓倒了。這兒有一口頹敗的枯井，除了一個洞口以外什麼也沒有。他就把這個素琪推到裡面去，然後用土蓋住，最後他用枝條和蕁麻掩住了這個洞口。

「走開吧，滾開吧！」這是他的簡短送葬辭。

那顆星兒在清晨玫瑰色的天空中看到了這幅情景；它的光在這年輕人慘白的面孔上兩顆沉重的眼淚裡顫動著。他在發燒，病得很重，人們說他快要斷氣了。

修道士依洛納提烏斯以一個朋友和醫生的身分來看他，帶給他宗教上安慰的話語，談起宗教中的和平與快樂、人類的罪過，和從上帝所能得到的慈悲與安息。

　　這番話像溫暖的太陽光，照在肥沃的土壤上。土壤冒著水蒸汽，升起一層霧，形成一系列的思想圖畫，而這些圖畫是有現實的基礎的。從這些浮著的島上，他遙想下邊人類的生活：這生活充滿了錯誤和失望——而他自己的生活也是如此。藝術是一個女術士，把我們帶進虛榮和人世間的情欲中去。我們對自己虛偽，對朋友虛偽，對上帝也虛偽。那條蛇老是不停地在我們的心裡說：「吃吧，你將會像上帝一樣⑪。」

　　他覺得他現在第一次認識了自己，找到了眞理和和平的道路。教會就是上帝的光和光明——在修道士的靜修室內他將找到安靜，在安靜中人生的樹將可以永恆地生長下去。

　　師兄依洛納提烏斯支持他的信心；他的決心變得更加堅定。人間的兒子現在變成了教會的一個僕人——這個年輕藝術家捨棄了人世，到修道院裡去隱居起來。

　　師兄師弟們是多麼熱情地歡迎他啊！他加入教會，成了一個節日。在他看來，上帝就生活在教會的太陽光裡，從那些神聖的畫像和明亮的十字架上對他射出光來。在黃昏，當太陽落下去的時候，他在靜修室裡打開窗子，向古老的羅馬，向那些殘破的廟宇和那莊嚴的、毀滅了的「訶里生」眺望。他在春天裡看到這一切；這時槐樹正開滿了花，長春藤正現出新鮮的綠色，玫瑰花在遍地舒展著花瓣，圓佛手柑和橙子在發著光，棕櫚樹在搖動著枝葉；這時他感到一種他從來沒有感受過的、激動著他的感覺。那片廣闊的、安靜的坎帕尼亞向那藍色的、蓋滿積雪的高山展開去，好像它是被畫在空中似的。它們都相互融成一個整體，呈現出和平和美的氣息；它們在一種夢境中飄浮著，這全部都

是一個夢！

是的，這個世界是一個夢。這個夢可以一連做許多鐘頭，做完了又繼續做下去。但是修道院的生活是經年累月的生活——是無窮盡的歲月的生活。

內心可以產生許多不潔的東西。他得承認這個事實！在他心裡有時偶爾燃燒起來的那種火焰究竟是什麼呢？那種違反他的志願的、不停地流著的罪惡的泉水，究竟是什麼呢？他責備著他的軀體，但是罪惡卻是從他的內心裡流出來的。他的精神裡有一部分東西，像蛇一樣柔軟，捲做一團，和他的良心一道在博愛的外衣下隱藏起來，同時這樣來安慰自己：那些聖者在為我們祈禱，聖母也在為我們祈禱，耶穌甚至還為我們流血——這究竟是什麼呢？難道這是孩子氣或青年人的輕浮習氣在做怪，把自己置於上帝仁慈之下，以為自己就因此得到昇華，高出一切世人之上嗎？

許多年以後，有一天他遇到了還能認出他的安吉羅。

「人！」他說，「不錯，就是你，你現在很快樂嗎？你違反了上帝的意志而犯了罪，你捨棄了他賜給你的才能——你忽略了你在人世間要完成的任務！請你讀讀關於那個藏錢的寓言吧！大師作的這個寓言，就是真理呀！你得到了什麼呢？你找到了什麼呢？你不是在創造一個夢的生活嗎？你不是也像大多數人一樣，根據你自己的一套想法，為你自己創造了一個宗教嗎？好像一切就是一個夢、一個幻想似的！多荒唐的思想呀！」

「魔鬼啊，請你走開吧！」這位修道士說。於是他從安吉羅身邊走開。

「這是一個魔鬼，一個現身說法的魔鬼！今天我算是親眼看到他了！」這位修道士低聲說。「只要向他伸出一根手指，他就會抓住我整個的手。但是不行，」他嘆了一口氣，「罪惡是在我自己的身體裡面，罪惡也是在這個人的身體裡面。但是他卻沒有被罪惡壓倒；他昂起頭，自由自在地，享受著自己的快樂，而我卻在宗教的安慰中去追求我的愉快。假如說這只不過是一個安慰而已呢？假如說，這兒的一切，像我捨棄了的人世那樣，只不過是些美麗的夢想罷了？只不過像紅色的暮雲那樣美的、像遠山那樣淡藍的幻覺，而當你一走進這些東西的時候，他們卻完全不是那麼一回事呢？永恆啊！你像一個龐大的、無邊的風平浪靜的海洋，你向我們招手，向我們呼喊，使我們充滿了期望——而當我們向你追求的時候，我們就下沉、消逝、滅亡，失去了存在！幻想啊！走開吧！滾開吧！」

他坐在堅硬的臥榻上沒有眼淚可流，他沉浸在苦思之中，他跪下來——跪在誰的面前呢？跪在牆邊那個石雕的十字架面前嗎？——不是的，是習慣使身軀這樣彎下來。

他越陷入深思，就越感到黑暗。「內心是空的，外面也是空的！這一生算是浪費掉了！」這個思想的雪球在滾動著，越滾越大，把他壓碎——把他消滅了。

「我無法把那個咬嚙著我內心的毛蟲講給任何人聽！我的秘密就是在我手中的囚徒。如果我釋放他，那麼我就會被他所掌握！」

上帝的力量在他身體內笑著，掙扎著。

「上帝啊！上帝啊！」他在失望中呼號著，「請發慈悲，給

我信心吧！你的賜予，我已經捨棄掉了；我放棄了我在世界上
應該完成的任務。我缺乏力量，而你並沒有賜給我力量。『不朽』
啊——我胸中的素琪……走開吧！滾開吧！……它將像我生命
中最好的一顆珠寶——那另一個素琪一樣，要被埋葬掉了。它將
永遠也不能再從墳墓裡升起來了！」

　　那顆星在玫瑰色的空中亮著；那顆星總有一天會熄滅，會
消逝的；但人類的靈魂將會活下來，發出光輝。它顫抖的光輝照
在白色的牆上，但是它沒有寫下上帝的榮光、慈悲、博愛和在這
個信徒的心裡所激動著的東西。

　　「我心裡的素琪是永遠不會死亡的……她在意識中存在
嗎？世上會有不可測度的存在嗎？是的，是的，我自己就是不可
測度的。啊，上帝啊！他也是不可測度的。你的整個世界是不可
測度的……是一個具有力量的奇異的作品，是光榮，是愛！」

　　他的眼睛閃出光來，他的眼睛破裂了。教堂的喪鐘是在他身
上、他這個死人的身上的最後的聲音。人們把他埋葬了，用從耶
路撒冷帶來的土把他蓋住了——土中混雜著虔誠聖者的骨灰。

　　許多年以後，像在他以前逝世的僧人一樣，他的骸骨也被挖
了出來；它被穿上了棕色的僧衣，手上掛了一串念珠。他的遺骨
——在這修道院的墳墓裡所能找到的遺骨——全都被陳列在遺
骨龕裡。太陽在外面照著，香煙在裡面飄蕩，人們正在望彌撒。

　　許多年過去了。

　　那些骸骨都倒下來了，混雜在一起。骷髏堆積起來，沿著教
堂形成一座外牆。他的頭也躺在灼熱的太陽光中。這兒的死者真
是不知有多少。誰也不知道他們的姓名；也沒有人知道他的姓

名。看啊，在太陽光中，那兩隻空洞的眼窩裡有某種東西在轉動！這是什麼呢？有一條雜色的蜥蜴在這個骷髏的洞裡活動，在那兩個空洞的大眼窩裡滑溜。這個腦袋裡現在有了生命——這個腦袋，在某個時候，曾經產生過偉大的思想、光明的夢、對於藝術和「美」的愛；曾經流過兩行熱淚，曾經做過「不朽」的希望。蜥蜴逃走了，不見了；骷髏跌成了碎片，成了塵土中的塵土。

許多世紀過去了，那顆明亮的星仍然在照著，又大又亮，一點也沒有改變，像它數千年以前照著的一樣。空氣散射出紅光，像玫瑰一樣鮮艷，像血一樣深紅。

在那曾經是一條狹窄的小巷和一個神廟廢墟的地方，面對著一個廣場，現在建立起了一座女修道院。

在女修道院的花園裡，人們挖了一個墳坑，因為有一個年輕的修女死了，要在這天早晨下葬。鏟子觸到了一塊石頭，它發著雪亮的光。不一會兒，一塊大理石雕的肩膀出現了，接著更多的部分露出來。這時人們就更當心地使著鏟子；一個女子的頭露出來了，接著是一對蝴蝶的翅膀⑫。在這個要埋葬一位年輕修女的墳坑裡，人們在一個粉紅色的早晨，挖出了一個用雪白大理石雕刻的素琪雕像。

「它是多美，多完整啊！它是一件最興盛的時代的藝術品！」人們說。

它的雕刻師可能是誰呢？誰也不知道，除了那顆照耀了數千年的星兒以外，誰也記不起他。只有這顆星看過他在人間一生的經歷，他的考驗，他的弱點，他的概念：「只是一個人！……

不過這個人已經死了，消滅了，正如灰塵是要消滅的一樣。但是
他最高尚的奮鬥和最光榮的創作的成果表現出他生存的神聖一
面——這個永遠不滅的、比他具有更悠久生命的素琪。這個凡人
所發出的光輝，這個他所遺下的成果，現在被人觀看、欣賞、景
仰和愛慕。」

那顆明亮的晨星在玫瑰色的空中對這素琪灑下它的光輝
——也對觀眾的愉快面孔灑下它的光輝。這些觀眾正在用驚奇
的眼光瞻仰這尊大理石雕刻的靈魂形象。

人世間的東西會逝去和被遺忘——只有在廣闊的天空中的
那顆星知道這一點。至美的東西會照著後世；等後世一代一代
地過去了以後，素琪仍然還會充滿著生命！〔1862 年〕

　　這篇故事發表在 1862 年哥本哈根出版的《新的童話和故事
集》第二卷第二部裡。故事雖然是描寫一個藝術家在他的創作過
程中靈魂的顫動不安和苦悶，但事實上它也涉及到一切嚴肅的
創作家——作家和詩人。這位藝術家站在梵蒂岡城內，站在數千
年來許多大師雕刻的那些大理石像的面前。他胸中起了一種雄
渾的感覺，感到身體內有某種崇高、神聖、高超、偉大和善良的
東西。於是，他也希望從大理石中創造和雕刻出同樣的形象。他
希望能從自己心中所感覺著的，向那永恆無際的空間飛躍著的
那種感覺，創造出一種形象來。不過這是怎麼樣的一種形象呢？

在許多年的靈魂掙扎、幻想、失望及至藝術家本人滅亡，被世人遺忘以後，「在一個要埋葬一位年輕修女的墳坑裡，人們在一個粉紅色的早晨，挖出了一個用雪白大理石雕刻的素琪雕像。」「它是多美，多完整啊！它是一件最興盛的時代的藝術品！」梵谷的畫，莫扎特的音樂及創作者也幾乎都是同樣的遭遇。

　　關於這篇故事的寫作過程，安徒生在 1861 年的日記中寫道，故事於這年他在羅馬的時候動筆。那時他記起了 1833～1834 年他在羅馬的時候，想起了要寫這樣一篇故事。當時有一個年輕人死了。人們在為他掘墳墓的時候，發現了希臘神話中酒神的一尊雕像。他回到哥本哈根以後，把他寫好的這篇故事念給朋友們聽，又在 1861 年 9 月 11 日重寫了一次，最後完成。

【註釋】

① 素琪(Psychen)原是希臘神話裡一個國王的美麗女兒。美和愛情之女神阿芙羅狄蒂(Aphrodite)嫉妒她非凡的美貌，特別令愛神丘比特(請參看本書第二一三頁〈頑皮的孩子〉)在素琪心中注入一種愛情，使她只愛最下賤的男人。丘比特一見到她卻愛上了她。他每夜在黑暗中偷偷地來看她。她嫉妒的姊妹們告訴她，說她每天晚上所擁抱的那個戀人是一個怪物。因此有一天晚上，當丘比特正熟睡的時候，她偷偷地點起燈來看他。一滴燈油落到他的臉上，把他驚醒。他責備她，說她不應該不信任他。然後他就失蹤了。她走遍天涯去找他，經過不知多少苦難和考驗，終於使丘比特回心轉意，與她結成夫婦。她因此從一個凡人的女兒變成了神。這故事代表古代的人對於人類靈魂的一種看法，認為靈魂通過受難和痛苦的洗煉以後，才能達

到極樂的境界。

②指梵蒂岡。

③這是古代羅馬一個有名的大戲院。它是公元 75 年韋斯巴蕪(Titus　Flavius　Ve-
spasianus，9〜79)大帝時開工，80 年狄托（一譯第度，Titus Vespasianus，39〜81)
大帝時完成的。

④拉斐爾(Santi Raphael，1483〜1520)是義大利羅馬學派的一個偉大畫家，他的作
品在歐洲一直到現在還影響著許多畫家。

⑤米開朗基羅(Michelangelo Buonarroti，1475〜1564)是義大利的名雕刻師，畫家，
建築師和詩人。他的雕刻散見於義大利的許多偉大的建築物中，陳列在歐洲的大博
物館內。

⑥大概是指美杜莎(Medusa)。據希臘神話，她本來是一個凡人的女兒，因爲與海神
波塞東(Poseidon)私通，女神雅典娜(Athenae)就把她變成一個怪物：她的頭髮
是一堆盤著的蛇，誰看見她就會變成石頭。後來藝術家常把她當做一個美麗的女怪
而做爲創作的主題。

⑦指羅馬附近的坎帕尼亞(Campagna di Roma)地區。坎帕尼亞在義大利南部，多山
地、丘陵與山間盆地。沿海平原是主要農業區。

⑧這是古代流行於羅馬附近坎帕尼亞地區的一種舞曲 Saltarello，意思是「跳躍」。後
來許多作曲家用這種舞的節奏寫成音樂，如德國作曲家孟德爾頌(Felix Mendels-
sohn，1809〜1847)的《義大利交響樂》第九十號最後一章。

⑨巴克斯(Bacchus)是古代羅馬神話中的酒神和快樂之神。這兒是「及時行樂者」的
意思。

⑩阿波羅(Apollo)是希臘神話中藝術和一切藝術活動之神；丘比特(Jupiter)是希臘
神話中的上帝。

⑪指《聖經・舊約全書・創世記》第三章，第四、五節中蛇對夏娃說的一段話：「蛇

對女人說……因爲神知道，你們吃的日子眼睛就明亮了，你們便如神能知道善惡。」

⑫據古希臘人的想像，素琪長著一對蝴蝶的翅膀。古人認爲靈魂會飛，因此對於代表靈魂的素琪，有了這樣的假想。

藏著並不等於遺忘

從前有一座古老的房子；它的四周環繞著一條泥濘的壕
溝，溝上有一座吊橋，這座橋吊著的時候比放下的時候多，因為
平時來訪的客人並沒有多少算得上是貴客。屋簷下有許多專為
開槍用的槍眼——如果敵人走得很近的話，也可以從這些槍眼
裡把開水或白熱的鉛淋到他們頭上去。屋子裡的樑都很高；這
是很好的，因為爐子裡燒著粗大而潮濕的木頭，這樣就可以使爐
子裡的煙有地方可去。牆上掛著的是一些身穿鎧甲的男人畫

像，以及莊嚴的、衣著繁複的仕女畫像。不過他們之中最尊貴的一位仍然住在這裡。她叫做美特・莫根斯。她是這個公館裡的女主人。

有一天晚上來了一群強盜。他們打死了她家裡的三個人，還加上一條看家狗。接著他們就用拴狗的鏈子把美特太太套在狗屋上；他們自己則在客廳裡坐下來，喝著從她酒窖裡取出來的酒──都是非常好的麥芽酒。

美特太太被狗鏈子套著，但是她卻不能發出狗吠聲來。

強盜的小嘍囉走到她身邊來。他躡手躡腳地走，因爲他絕不能讓別人看見，否則別人就會打死他。

「美特・莫根斯太太！」小嘍囉說，「妳記不記得，妳丈夫活著的時候，我的父親得騎上木馬①？那時妳替他求情，但是沒有結果。他只好騎，一直騎到他變成殘廢。但是妳偷偷地走過來，像我現在一樣；妳親手在他的腳下墊兩塊石頭，使他能夠得到休息。誰也沒有看見這件事情，或者人們看見了也裝做沒看見。妳那時是一個年輕的仁慈的太太。這件事情是我的父親告訴我的。我沒有對任何人說過，但是我並沒有忘記！美特・莫根斯太太，現在我要釋放妳！」

他們兩人從馬廐裡牽出馬來，在風雨中飛馳而去，並且得到了人們善意的幫助。

「我爲那個老人幫的一點小忙，現在所得到的報酬倒是不少！」美特・莫根斯說。

「不說並不等於忘記！」小嘍囉說。

強盜們後來都得到了絞刑的懲罰。

另外還有一座老房子；它現在仍然存在。它不是屬於美特・莫根斯太太的，而是屬於另外一個貴族家庭。

事情發生在我們的這個時代裡。太陽照著塔上的金頂，長滿了樹的小島浮在水上像一些花束，野天鵝在這些島的周圍游來游去。花園裡長著許多玫瑰。屋子的女主人本身就是一朵最美麗的玫瑰，它在快樂中──在與人為善的快樂中──射出光輝。她所做的好事並不表現在世人的眼中，而是藏在人的心裡──藏著並不等於忘記。

她現在從這屋子走到田野上一個孤獨的小茅棚子裡去。茅棚裡住著一個窮困的、癱瘓的女子。小房間裡的窗子是向北開的，太陽光照不進來。她只能看見被一道很高的溝沿隔斷的一小片田野。可是今天有太陽光射進來。她的房間裡有上帝溫暖、快樂的陽光射進來。陽光是從南邊的窗子射進來的，而南邊起初有一堵牆。

這個癱瘓病患者坐在溫暖的太陽光裡，望著樹林和海岸。世界現在變得這樣廣濶和美麗，而這只需那幢房子裡的好太太說一句話就可以辦得到。

「說那一句話是那麼容易，幫那一點忙是多麼輕鬆！」她說，「可是我所得到的快樂是無邊的偉大和幸福！」

正因為如此，她才做了那麼多的好事，關心窮人屋子裡和富人屋子裡的一切人們──因為富人的屋子裡也有痛苦的人。她的善行沒有人看見，是隱藏著的，但是上帝並沒有忘記。

　　還有一棟老房子；它是坐落在一個熱鬧的大城市裡。這幢房子裡有房間和客廳，不過我們卻不必進去；我們只需去看看廚房就可以了。它裡面是既溫暖又明朗，既乾淨又整齊。銅製的器皿閃著光，桌子很亮，洗碗槽像剛剛擦過的案板一樣乾淨。這一切是一個什麼都做的女傭人做的，但是她還騰出時間把自己打扮一番，好像她是要到教堂裡去做禮拜似的。她的帽子上有一個蝴蝶結———一個黑蝴蝶結。這說明她在服喪。但是她並沒有要哀悼的人，因為她既沒有父親，也沒有母親；既沒有親戚，也沒有戀人；她是一個貧寒的女子。她只有一次跟一個窮苦的年輕人訂過婚。他們彼此相親相愛。有一次他來看她。

　　「我們兩人什麼也沒有！」他說。「對面的那個寡婦對我說過熱情的話語。她將使我富有，但是我心裡只有你。你覺得我怎麼辦才好?!」

　　「你覺得怎樣能使你幸福就怎樣辦吧！」女子說。「請你對她和善些，親愛些；不過請你記住，從我們分手的這個時刻起，我們兩個人就不能再常常見面了！」

　　轉眼過了好幾年。她在街上遇見她從前的朋友和戀人。他顯出一副又病又愁苦的樣子。她的心中很難過，忍不住地問了一聲：「你近來怎麼樣？」

　　「各方面都好！」他說。「我的妻子是一個正直和善良的人，但是我的心中只想著你。我跟自己做過反抗，這反抗現在已快要結束。我們只有在上帝面前再見了。」

　　一個星期過去了。這天早晨報紙上有一個消息，說他已經去世；因此她現在服喪。她的戀人死了；報上說他留下一個妻子

和前夫的三個孩子。銅鐘發出的聲音很嘈雜，但是銅的質地是純
淨的。

　　她的黑蝴蝶結表示哀悼的意思，但是這個女子的面孔顯得
更悲哀。這悲哀藏在心裡，但永遠不會遺忘。

　　嗨，現在有三個故事了──一根梗子上的三片花瓣。你還希
望有更多這樣的苜蓿花瓣嗎？在心的書上有的是：它們被藏
著，但並沒有被遺忘。[1866 年]

　　這篇小品，發表在 1866 年 12 月 11 日哥本哈根出版的《新
的童話和故事集》第二卷第四部。人在一生中可以在無意間做過
一些好事或者經歷過某些重大感情的起伏。這些情況有的為人
所知，有的完全被忘掉，有的只是隱藏在個人內心深處。但「藏
著並不等於遺忘」。在「心的書上」寫下的東西，哪怕是極偶然
也是永遠不會消滅的。關於這篇小品的背景，安徒生在他的手記
中寫道：「這裡面有三個故事。一個是來源於蒂勒（丹麥著名詩
人）編的《丹麥民間故事集》。故事中寫一位夫人被強盜綁在狗
屋上，至於她被釋放的情節則是我編的。第二個是我們當代的一
則故事。第三個的情節也屬於現代，是從一個正在哭泣的女子親
口告訴我的。」

【註釋】

①騎木馬（Traehest）是古時的一種刑罰。犯人被綁在一條木凳子上，腳不落地，非常
痛苦。

誰是最幸運的

「多麼美麗的玫瑰花啊！」太陽光說。「每一朵花苞將會開出來，而且將會是同樣的美麗。它們都是我的孩子！我吻它們，使它們獲得生命！」

「它們是我的孩子！」露水說。「是我用眼淚把它們撫養大的。」

「我要認爲我是它們的母親！」玫瑰籬笆說。「你們只是一些乾爸爸和乾媽媽。你們不過憑你們的能力和好意，在它們取名

時送了一點禮物罷了。」

「我美麗的玫瑰孩子！」他們三位齊聲說,同時祝福每朵花
獲得最大的幸運。不過最大的幸運只能一個人有,而同時也必定
還有一個人只得到最小的幸運;但是,是它們中間的哪一個
呢?

「這個我倒要了解一下!」風兒說。「我什麼地方都去,連
最小的隙縫也要鑽進去。什麼事情的裡裡外外我都知道。」

每朵盛開的玫瑰花聽到了這話,每一個要開的花苞也聽到
了這話。

這時有一個悲愁的、慈愛的、穿著黑色喪服的母親走到花園
裡來了。她摘下一朵玫瑰。這朵花正半開著,既新鮮,又豐滿。
在她看來,它似乎是玫瑰花中最美麗的一朵。她把這朵花拿到一
個清靜無聲的房間裡去──在這兒,幾天以前還有一個快樂年
輕的女兒在蹦蹦跳跳著,但是現在她卻僵直地躺在一具黑棺材
裡,像一個睡著了的大理石像。母親吻了一下這死去的孩子,又
吻了一下這半開的玫瑰花,然後把花兒放在這年輕女孩子的胸
膛上,好像這朵花的香氣和母親的吻就可以使得她的心再跳動
起來似的。

這朵玫瑰花似乎正在開放。它的每一片花瓣因為一種幸福
感而顫抖著,它想:「人們現在給了我一種愛情的使命!我好像
成了一個人間的孩子,得到了一個母親的吻和祝福。我將走進一
個未知的國度裡去,在死者的胸膛上做著夢!無疑地,在我的姊
妹之中我要算是最幸運的了!」

在長著這株玫瑰樹的花園裡,那個為花鋤草的老女人走過

來了。她也注意到這株樹的美；她的雙眼凝視著一大朵盛開的
花。再有一次露水，再有一天的溫暖，它的花瓣就會凋落了。老
女人看到了這一點。所以她就覺得，它既然完成了美的任務，它
現在也應該有點實際的用處了。因此她就把它摘下來，包在一張
報紙裡。她把它帶回家來，和一些其他沒有葉兒的玫瑰花放在一
起，成為「混合花」被保存下來；於是它又和一些叫薰衣草的「藍
小孩」混在一起，用鹽永遠保藏下來！只有玫瑰花和國王才能這
樣①。

「我是最光榮的！」當鋤草的女人拿著它時，玫瑰花說。「我
是最幸運的！我將被保藏下來！」

有兩個年輕人到這花園裡來，一個是畫家，一個是詩人。他
們每人摘下了一朵最好看的玫瑰花。

畫家把這朵盛開的玫瑰花畫在畫布上，讓這花以為自己正
在照著鏡子。

「這樣一來，」畫家說，「它就可以活好幾代了，在這期間
將不知有幾百朵玫瑰會萎謝，會死掉了！」

「我是最得寵的！」這玫瑰花說，「我得到了最大的幸福！」

詩人把他的那朵玫瑰花看了一下，寫了一首歌頌它的詩
──歌頌他在這朵玫瑰的每片花瓣上所能讀到的神祕：〈愛的
畫册〉──這是一首不朽的詩。

「我跟這首詩永垂不朽了，」玫瑰花說。「我是最幸運的！」

在這一叢美麗的玫瑰花中，有一朵幾乎被別的花埋沒了。很
偶然地，也可能算是很幸運地，這朵花有一個缺點──它不能直
直地立在它的莖子上，而且它這一邊的葉子跟那一邊的葉子不

相稱：在這朵花的正中央長有一片畸形的小綠葉。這種現象在玫瑰花中也是免不了會發生的！

「可憐的孩子！」風兒說，同時在它的臉上吻了一下。

這朵玫瑰以爲這是一種祝賀，一種稱讚的表示。它有一種感覺，覺得自己與衆不同，而它的正中心長出一片綠葉，正表現出它的奇特。一雙蝴蝶飛到它上面來，吻了它的葉子。這是一個求婚者；它讓他飛走了。後來有一隻粗暴的大蚱蜢到來了；他四平八穩地坐在另一朵玫瑰花上，同時自作多情地把自己的脛骨擦了幾下——這是蚱蜢表示愛情的一種方式。被他坐著的那朵玫瑰花不懂得這道理；可是這朵與衆不同的、有一片小綠葉的玫瑰花懂得，因爲蚱蜢在看它——他的眼色似乎在說：「我可以愛得把你一口氣吃掉！」不管怎麼熱烈的愛情也超過不了這種程度；愛得被吸收到愛人的身體裡去！可是這朵玫瑰倒不願被吸收到這隻蚱蜢的身體裡去。

夜鶯在一個滿天星斗的夜裡唱著。

「這是爲我而唱的！」那朵有缺點、或者那朵與衆不同的玫瑰花說。「爲什麼我在各方面都要比我的姊妹們特別一些呢？爲什麼我得到了這個特點，使我成爲最幸運的花呢？」

兩位抽著雪茄的紳士走到花園裡來。他們談論著玫瑰花和煙草：據說玫瑰禁不起煙薰；它們馬上會失掉光彩，變成綠色；這倒值得試一試。他們不願意試那些最漂亮的玫瑰。他們卻要試試這朵有缺點的玫瑰。

「這是一種新的尊榮！」它說，「我真是分外的幸運，非常的幸運！」

於是它在自滿和煙霧中變成了綠色。

有一朵含苞未放的玫瑰——可能是玫瑰樹上最漂亮的一朵
——在園丁紮得很精緻的一個花束裡占了一個首要的位置。它
被送給這家那個驕傲的年輕主人，它跟他一起乘著馬車，做為一
朵美麗的花兒，坐在別的花兒和綠葉中間。它參加五光十色的聚
會：這些男人和女人打扮得花枝招展，在無數的燈光中射出光
彩。音樂奏起來了。這是在照耀得像白晝一般的戲院裡面。在暴
風雨般的掌聲中，一位有名的年輕舞蹈家跳出舞台，一連串的花
束，像花的雨點似地向她的腳下拋來。紮著那朵像珍珠一樣美麗
的玫瑰花束也落下來了；這朵玫瑰感到說不出的幸運，感到它
在向光榮和美麗飛去。當它一接觸到舞台面時，它就舞起來，跳
起來，在舞台上滾。它跌斷了它的莖子。它沒有到達它所崇拜的
那個人手中，而卻滾到幕後去了。道具員把它撿起來，看到它是
那麼美麗，那麼芬芳，只可惜它沒有莖子。他把它放在衣袋裡。
當他晚間回到家來的時候，他就把它放進一個小酒杯裡；它在
水裡浸了一整夜。大清早，它被放到祖母的面前。又老又衰弱的
她坐在一張靠椅裡，望著這朵美麗的、殘破的玫瑰花，非常欣賞
它和它的香氣。

「是的，你沒有走到有錢的、漂亮的小姐桌子旁邊去；你倒
是到一個窮苦的老太婆身邊來了。你在我身邊就好像一整株玫
瑰花樹呢！你是多麼可愛啊！」

於是她懷著孩子般快樂的心情來望著這朵花。當然，她同時
也想起了她消逝了很久的那個青春時代。

「窗玻璃上有一個小孔，」風兒說，「我很輕鬆地鑽進去了。

我看到了這個老太婆散發出青春光彩的眼睛；我也看到了浸在酒杯裡的那朵美麗的、殘破的玫瑰花。它是一切花中最幸運的一朵！我知道這一點！我敢這樣說！」

　　花園裡玫瑰樹上的玫瑰花都有它自己的歷史。每朵玫瑰花都相信，同時也認爲自己是最幸運的，而這種信心也使得它們幸福。不過最後的那朵玫瑰花認爲自己是最幸運的。

　　「我比大家活得更久！我是最後的、唯一的、媽媽最喜愛的孩子！」

　　「而我卻是這些孩子的媽媽！」玫瑰籬笆說。

　　「我是它們的媽媽！」太陽光說。

　　「我是的！」風兒和天氣說。

　　「每個人都有份！」風兒說，「而且每個人將從它們那裡得到自己的一份！」於是風兒就使葉子在籬笆上散開，讓露水滴著，讓太陽照著。「我也要得到我的一份，」風兒說。「我得到了所有玫瑰花的故事；我將把這些故事在這個廣大的世界裡傳播出去！請告訴我，它們之中誰是最幸運的？是的，你們說呀；我已經說得不少了！」〔1868 年〕

　　這篇小品，最初發表在 1868 年 1 月 26 日哥本哈根出版的《新聞畫報》上。「誰是最幸運的？」安徒生提出這個問題。他在答案中否定了這個「最」字。「每個人都有份，而且每個人將

從它們那裡得到自己的一份。」這也是安徒生所具有的民主主義精神的一種表現。

【註釋】

①古代的國王，特別是埃及的國王，死後總是用香膏和防腐劑製成木乃伊被保藏下來。

鐘　聲

黃昏的時候，太陽正在下沉，煙囪上飄著的雲塊泛出一片金黃的光彩；這時在一個大城市的小巷裡，一忽兒這個人，一忽兒那個人，全都聽到類似教堂鐘聲的奇異聲音。不過聲音每次持續的時間非常短。因為街上隆隆的車聲和嘈雜的人聲總是把它打斷了。

「晚鐘響起來了！」人們說，「太陽落下去了！」

城外的房子彼此之間的距離比較遠，而且都有花園和草

坪；因此城外的人就可以看出天還是很亮的，所以也能更清楚
地聽到這個鐘聲。它似乎是從一個藏在靜寂而清香的森林裡的
教堂發出來的。大家朝這聲音飄來的方向望，不禁起了種莊嚴的
感覺。

　　過了好長一段時間，人們開始互相傳說：「我不知道，樹林
裡會不會有一個教堂？鐘聲的調子是那麼奇怪和美麗，我們不
妨去仔細瞧一瞧。」

　　於是富人坐著車子去，窮人步行去；不過路似乎怎樣也走
不完。當他們來到森林外面的柳樹林跟前的時候，就坐下來。他
們望著長長的柳樹枝，以為真的已經走進森林。城裡賣糕餅的人
也搬到這兒來，並且搭起帳篷。接著又來了一個賣糖果的人，這
人在自己的帳篷上掛起一口鐘；這口鐘上還塗了一層防雨的瀝
青，不過它裡面卻沒有鐘舌。

　　大家回到家裡以後，都說這事情很新奇，比他們吃過一次茶
還要新奇得多。有三個人說，他們把整個的樹林都走完了，一直
走到樹林的盡頭；他們老是聽到這個奇怪的鐘聲，不過那時它
似乎是從城裡飄來的。有一位甚至還編了一支歌，把鐘聲比成一
個母親對一個親愛的好孩子唱的歌——什麼音樂也沒有這種鐘
聲好聽。

　　這個國家的皇帝也聽到了這件事情。他下一道聖旨，說無論
什麼人，只要能找出鐘聲的發源地，就可以被封為「世界的敲鐘
人」——哪怕他所發現的不是鐘也沒有關係。

　　這麼一來，許多人為了名利，就到樹林裡去尋找鐘。不過在
回來的人當中只有一個人能說出一點道理。誰也沒有深入樹

林，這人當然也沒有，可是他卻說聲音是住在一棵空心樹裡的大貓頭鷹發出來的。這貓頭鷹的腦袋裡裝的全是智慧。它不停地把頭撞著樹。不過這聲音是從它的腦袋裡發出來的呢，還是從空心樹幹裡發出來的呢，他可沒有把握下個判斷。他總算得到了「世界的敲鐘人」這個職位，因此他每年寫一篇關於貓頭鷹的短論。不過大家並沒有因為讀了他的論文而變得比以前更聰明。

在舉行堅信禮的那一天，牧師發表了一次漂亮而動人的演說。受堅信禮的孩子們都受到極大的感動，因為這是他們生命中極重要的一天。他們在這一天從孩子變為成年人。他們稚氣的靈魂也要變成更有理智的成年人的靈魂。當這些受了堅信禮的人走出城外時，處處照著燦爛的太陽光，樹林裡那口神祕的大鐘發出非常洪亮的聲音。他們想立刻就去找這個鐘聲；因此他們全都去了，只有三個人例外。一個要回家去試試她參加舞會的禮服，因為她這次來受堅信禮完全是為了這件禮服和舞會，否則她是絕不會來的。第二個是一位勞苦的孩子。他受堅信禮穿的衣服和靴子是從主人的少爺那兒借來的；他必須在指定的時間內歸還。第三個說，在他沒有得到父母的同意以前，絕不到一個陌生的地方去。他一直是一個聽話的孩子，即使受了堅信禮，仍然是如此。人們不應該笑他！──但是人們卻仍然笑他。

因此這三個人就不去了，別的人都連蹦帶跳地走了。太陽在照耀著，鳥兒在唱著，這些剛剛受了堅信禮的人也在唱著。他們彼此手挽著手，因為他們還沒得到什麼不同的職位，而且在受堅信禮的這天大家在我們的上帝面前都是平等的。

不過他們之中有兩個最小的孩子馬上就感到膩煩了，所以

他們兩個人就回到城裡去。另外還有兩個小女孩坐下來紮花環，也不願意去。當其餘的孩子走到那個糕餅販子所在的柳樹林裡的時候，他們說：「好，我們算是到了。鐘連影子都沒有，這完全是一個幻想！」

正在這時候，一個柔和而莊嚴的鐘聲在樹林的深處響起來；有四五個孩子決定再向樹林裡走去。樹很密，葉子又多，要向前走真是不太容易。車葉草和秋牡丹長得非常高，盛開的旋花和黑莓像長花環似地從這棵樹牽到那棵樹。夜鶯在這些樹上唱歌，太陽光在這些樹上嬉戲。啊，這地方真是美麗得很，不過這條路卻不是女孩子可以走的，因為她們在這兒很容易撕破自己的衣服。這兒有長滿各色青苔的石塊，有潺潺流著的新鮮泉水，發出一種「骨碌，骨碌」的怪聲音。

「這不會是那口鐘吧？」孩子中有一個問。於是他就躺下來靜靜地聽。「我倒要研究一下！」

他一個人留下來，讓別的孩子向前走。

他們找到一座用樹皮和樹枝蓋的房子。房子上有一棵結滿了蘋果的大樹。看樣子它好像是把所有的幸福都搖到這個開滿玫瑰花的屋頂上似的，它的長枝條盤在房子的三角牆上，而這牆上正掛著一口小小的鐘。難道大家聽到的鐘聲就是從這裡發出來的嗎？是的，他們都有這種看法，只有一個人例外。這人說，這口鐘太小，太精緻，絕不會叫他們在很遠的地方還聽得見！此外，他們聽過的鐘聲跟這鐘聲完全不同，因為它能打動人的心。說這話的人是國王的兒子。因此別人都說：「這種人總是想裝得比別人聰明一點。」

鐘　　聲

　　這樣，大家就讓他一個人向前走。他越向前走，他的心裡就越充滿了一種森林中特有的靜寂之感。不過他仍聽見大家所欣賞的那陣小小的鐘聲。有時風把那個糕餅店裡的聲音吹來，於是他就聽到大家在一面喝茶，一面唱歌。不過洪亮的鐘聲比這些聲音還要大，好像有風琴在伴奏似的。這聲音是從左邊來的——從心所在的那一邊來的。

　　有一個沙沙的聲音從一個灌木叢中飄出來。王子面前出現了一個男孩子。這孩子穿著一雙木鞋和一件非常短的上衣——短得連他的手肘也蓋不住。他們彼此都認識，因為這個孩子也是在這天參加過堅信禮的。他沒有能跟大家一起來，因為他得回去把衣服和靴子還給老闆的少爺。他辦完了這件事以後，就穿著木鞋和寒酸的上衣獨自一人走來，因為鐘聲是那麼洪亮和深沉，他非來不可。

　　「我們一塊兒走吧！」王子說。

　　這個穿著木鞋的孩子感到非常尷尬。他把上衣的短袖子拉了一下，說他恐怕不能走得像王子那樣快；此外，他認為鐘聲一定是從右邊來的，因為右邊的景象很莊嚴美麗。

　　「這樣一來，我們就碰不到頭了！」王子說，對這窮苦的孩子點了點頭。孩子向這樹林最深最密的地方走去。荊棘把他寒酸的衣服鉤破了，把他的臉、手和腳劃得流出血來。王子身上也有好幾處傷痕，不過他所走的路卻充滿了太陽光。我們現在就要注意他的行程，因為他是一個聰明的孩子。

　　「即使我走到世界的盡頭，」他說，「我也要找到這口鐘！」

　　難看的猴子高高地坐在樹上做怪臉，露出牙齒。「我們往他

身上扔些東西吧！」它們說，「我們打他吧，因爲他是一個國王的兒子！」

不過他不怕困難，他一步一步地向樹林的深處走。那兒長著許多奇異的花：含有紅蕊的、像星星一樣的百合花，在微風中射出光彩的、天藍色鬱金香，果實像大肥皂泡一樣發亮的蘋果樹。你想想看，這些樹木在太陽光中該是多麼光彩奪目啊！

四周是一片非常美麗的綠草原。草上有公鹿和母鹿在嬉戲，而且還有茂盛的櫟樹和山毛櫸。草和藤本植物從樹縫裡長出來。這一大片林木中還有靜靜的湖，湖裡還有游水的白天鵝，它們在拍著翅膀。王子站著靜靜地聽。他常常覺得鐘聲是從深沉的湖裡飄上來的；不過他馬上就注意到，鐘聲並不是從湖裡來的，而是從森林的深處來的。

太陽現在下沉了，天空像火一樣地發紅，森林裡是一片靜寂。這時他就跪下來，唱了黃昏的讚美歌，於是他說：

「我將永遠看不到我所追尋的東西！現在太陽已經下沉了，夜——漆黑的夜——已經到來。也許在圓圓的紅太陽沒有消逝以前，我還能夠看到它一眼吧！我要爬到崖石上去，因爲它比最高的樹還要高！」

他攀著樹根和藤蔓在潮濕的石壁上爬。壁上盤著水蛇，有些癩蛤蟆也似乎在對他狂叫。不過，在太陽沒有落下去以前，他已經爬上去了。他在這塊高處仍然可以看見太陽。啊，這是多麼美麗的景象啊！海，他的眼前展開一片美麗的茫茫大海，洶湧的海濤向岸上襲來。太陽懸在海天相連的那條線上，像一座發光的大祭壇。一切融化成爲一片鮮紅的色彩。樹林在唱著歌，大海在唱

著歌，他的心也跟它們一起在唱著歌。整個大自然成了一個偉大的、神聖的教堂：樹木和浮雲就是它的圓柱，花朵和綠葉就是它的柔軟的地毯，天空就是它的廣闊的圓頂。正在這時候，那個穿著短袖上衣和木鞋的窮苦孩子從右邊走來了。他是沿著他自己的道路，在同一個時候到來的。他們急忙走到一起，在這大自然和詩的教堂中緊緊地握著雙手。那口看不見的、神聖的鐘在他們的上空發出聲音。幸福的精靈在教堂的周圍跳舞，唱著歡樂的頌歌！〔1845 年〕

這是一篇具有象徵性的童話，最初發表在《兒童月刊》1845年 5 月號上。「鐘聲」究竟代表什麼，居然能吸引那麼多人？王子和貧民都去追尋它。「那個穿著短袖上衣和木鞋的窮苦孩子從右邊走來了。他是沿著自己的道路，在同一個時候到來的。他們急忙走到一起，在這大自然和詩的教堂中緊緊地握著雙手。那口看不見的、神聖的鐘在他們的上空發出聲音。」這「聲音」也許就是象徵「文學創作」吧！它能同樣感召王子和貧民的靈魂。

安徒生在他的手記中說：「〈鐘聲〉這個故事，實際上像我以後寫的一些故事一樣，完全是我自己的創造。它們像種子似的潛藏在我的思想中。只需一陣雨、一片陽光和一點土壤就可以開出花來。我越來越清楚地感覺到什麼都可以透過童話表現出來。隨著時間的推移，我更清楚地認識到了我的筆力，但同時也

理解到了自己的局限。」這是安徒生的一段創作自白。

頑皮的孩子

從前有一個老詩人——一位非常和善的老詩人。有一天晚上，他坐在家裡，外面起了一陣可怕的風暴。雨在傾盆地下著；不過這位老詩人坐在爐旁，又溫暖，又舒適。火在熊熊地燒著，蘋果烤得嗞嗞地發響。

「這樣的天氣，外面的窮苦人身上恐怕沒有一根紗是乾的了。」他說，因為他是一位心腸非常好的老詩人。

「啊，請開門！我非常冷，衣服也全濕透了。」外面有一個

孩子在叫。他哭起來，敲著門。這時雨正傾盆地下著，風把所有的窗扉吹得呼呼地響。

「你這個可憐的小傢伙！」老詩人說；他走過去把門開了。門口站著一個小孩子。他全身沒有穿衣服，雨水從他長長的金髮上滾下來。他凍得發抖；如果他沒有走進來的話，一定會在這樣的暴風雨中凍死的。

「你這個可憐的小傢伙！」老詩人說，同時拉著他的手。「到我這兒來吧，我可以使你溫暖起來。我可以給你喝一點酒，吃一顆蘋果，因為你是一個美麗的孩子。」

他的確是很美麗的。他的眼睛亮得像兩顆明亮的星星，他的金髮雖然有水滴下來，可是卷卷曲曲的，非常好看。他像一個小天使，不過他凍得慘白，全身發抖。他手裡拿著一把漂亮的弓，但是雨水已經把它弄壞了。塗在那些美麗箭上的色彩全都被雨淋得模糊不清。

老詩人坐在爐旁，把這小孩抱到膝上，把雨水從他的鬈髮裡擠出來，把他的手放到自己的手裡暖著，同時為他熱了一些甜酒。這孩子的精神馬上就恢復過來了，他的雙頰也變得紅潤起來了。他跳到地上，圍著這位老詩人跳舞。

「你是一個快樂的孩子！」老詩人說。「你叫什麼名字？」

「我叫阿穆爾①，」他回答說；「你不認識我嗎？我的弓就在這兒。你知道，我就是用這把弓射箭哪！看啊，外面天晴了，月亮也出來了。」

「不過你的弓已經壞了。」老詩人說。

「這倒是很可惜的，」小孩子回答說，同時把弓拿起來，看

了一看。「哎，它還很乾呢，並沒有受到什麼損害。弦還很緊
——我倒要試它一試！」於是他把弓一拉，挿上一支箭，對準了
目標，向這位和善的老詩人心中射去。「請你現在看看究竟我的
弓損壞了沒有！」他說，大笑一聲，就跑掉了。這小孩子該是多
麼頑皮啊！他居然向這位老詩人射了一箭，而這一位老詩人還
把他請進溫暖的房間裡來，對他非常和善，給他喝最好的酒，吃
最好的蘋果呢！

　　這位和善的老詩人躺在地上，哭起來了；他的心中了一
箭，他說：「嗨，這個阿穆爾眞是一個頑皮的孩子！我要把這事
情告訴所有的好孩子們，叫他們當心，不要跟他一起玩耍，因爲
他會跟他們搗蛋！」

　　所有的好孩子們——女孩子和男孩子們——聽到了他講的
這個故事，都對這個頑皮的孩子有了戒心；然而他還是騙過了
他們，因爲他非常地伶俐。當大學生聽完了課走出來時，他就穿
著一件黑上衣，腋下夾著一本書，在他們的旁邊走，他們一點也
沒有看出他來。於是他們就挽著他的手，以爲他也是一個學生
呢！這時他就把一支箭射進他們的心裡去。當女孩子們到教堂
去受「堅信禮」②的時候，他也在後面跟著她們。是的，他老是
在跟著人！他坐在戲院裡的蠟燭台上，光耀奪目，讓人們把他當
做一盞明燈。可是不久大家就知道完全不是這麼一回事。他在御
花園裡，在散步場上跑來跑去。是的，他從前有過一次射中了你
爸爸和媽媽的心啦！你只需問問他們。你就可以聽到一段故
事。咳，這個阿穆爾眞是一個壞孩子；你們絕不能跟他有任何來
往！他在跟著每一個人。你想想看，有一次他居然把一支箭射進

老祖母的心裡去啦——不過這是很久以前的事了。那個創傷早已經治好了，但是老祖母一直忘不了它。呸，那個惡作劇的阿穆爾！不過你現在認識他了！你知道他是一個多麼頑皮的孩子。

［1835 年］

這實際上是首散文詩，發表於 1835 年，它的調子是輕鬆愉快的。它借希臘神話中愛情之神的故事，說明愛情無所不在，在老年人和年輕人中都無例外。由於愛情的存在，人生才變得豐富多彩，充滿了生氣和希望，當然也含有喜怒與哀愁。它也是文學和藝術創造的動力之一。因此作者在這篇作品中選出一位老詩人中了這愛情的一箭。

【註釋】

①阿穆爾(Amor)即希臘神話中的丘比特，是羅馬神話中愛情之神。他是一個頑皮和快樂的孩子，經常帶著弓和箭。當他的箭射到一個人的心裡去的時候，這支箭就燃起愛情的火焰。

②在基督教裡面，小孩子受到洗禮以後，到了青春發育期間，一般都要再受一次「堅信禮」，以加強和鞏固他對宗教的信心。受「堅信禮」是進入成人階段的標記。

識字課本

有一個人替《識字課本》寫了一些新詩。像在那些老《識字課本》裡一樣，他也在每個字母下面寫兩行。他認爲大家應該讀點新的東西，因爲那些舊詩都已經太陳腐了。此外，他還覺得自己是一個了不起的人。這本新的《識字課本》還不過是一部原稿。它跟那本舊的一起立在書架上——書架上還有許多深奧和有趣的書。可是那本舊的卻不願跟這部新的做鄰居，因此它就從書架上跳下來，同時把那部新的一推，使得它也滾到地板上來，

把原稿紙撒得遍地都是。

　　舊《識字課本》的第一頁是敞開著的。這是最重要的一頁，因爲所有大大小小的字母都印在它上面。一切其他書籍不可缺少的東西，這一頁上全有：字母啦、字啦——事實上它們統治著整個的世界，它們的威力眞是可怕得很！問題在於你怎樣把它們安放在恰當的位置上。它們可以叫人活，叫人死，叫人高興，叫人痛苦。你把它們一拆開，它們就什麼意義也沒有。不過假如你把它們排成隊——是的，當我們的上帝用它們來表達他的思想的時候，我們從它們所得到的知識才多啦：我們簡直沒有力量把這些知識背起來，我們的腰被壓彎，但是字母卻有力量扛起來。

　　這兩部躺著的書都是面朝上。在大楷字母Ａ裡的公鷄①炫耀著它紅色、綠色和藍色的羽毛。他挺起他的胸脯，因爲他知道字母的意義，同時也知道他自己是字母裡唯一有生命的東西。

　　當老《識字課本》跌到地上的時候，他拍著他的翅膀，飛起來了。他落到書架的邊緣上，理了理自己的羽毛，提高嗓子叫了一聲，引起一片尖銳的回音。書架裡的書在沒有人用它們的時候，日夜老是站著不動，好像是在睡覺似的。現在這些書可聽到啼聲了。於是這隻公鷄就高聲地、毫不含糊地把人們對於那部老《識字課本》所做的不公平事情都講出來。

　　「什麼東西都要新奇，都要不同！」他說，「什麼東西都要跑到前面一步！孩子們都要那麼聰明，在沒有識字以前就要會讀書。『他們應該學點新的東西，』寫那本躺在地上的新識字課本的詩人說。我知道那是些什麼詩！我不只十次聽到他讀給自

己聽！他讀得津津有味。不行，我要求有我自己的那套詩，那套
很好的舊詩——X項下就是 Xanthus！我還要求有跟這詩在一
起的那些圖畫。我要為這些東西而奮鬥，為這些東西而啼叫！書
架上所有的書都認識它們。現在我要把這些新寫的詩讀一下
——當然是平心靜氣地讀！這樣，我們就可以取得一致的意
見，認為他們不值一文！」

    A   保姆②
    一個保姆穿著漂亮的衣服，
    別人家的孩子由她來看護。
    B   種田人③
    一個種田人從前受過許多悶氣，
    不過現在他卻覺得非常了不起。

  「這幾句詩我覺得太平淡了，」公雞說，「但是我還是唸下
去吧！」

    C   哥倫布④
    哥倫布橫渡過了大海，
    兩倍大的陸地現出來。
    D   丹麥⑤
    關於丹麥王國有這樣一個故事：
    據說上帝親自伸手來把他扶持。

  「有許多人一定以為這詩很美！」公雞說，「但是我不同

意！我在這裡看不出任何一點美來！我們唸下去吧！」

E　象⑥
一隻象走起路來笨重得很，
但是他有一顆很年輕的心。

F　月蝕⑦
月亮戴著帽子不停地走，
月蝕才是她休息的時候。

G　公豬⑧
公豬即使鼻頭上戴一個鐵環，
叫他學好禮貌還是非常困難。

H　萬歲⑨
「萬歲！」在我們這個人間，
常常是被亂用的字眼。

「一個孩子怎麼能讀懂這樣的詩呢？」公雞說。「封面上寫得清清楚楚：『大小孩子適用的課本』。大孩子有別的書看，不需讀《識字課本》，而小孩子卻讀不懂！什麼東西都有一個限度呀！我們唸下去吧！」

J　大地⑩
我們的母親是我們遼闊的大地，
我們最後仍然要回到她的懷裡。

「這種說法太粗魯！」公雞說。

　　K　母牛，小牛⑪

　　母牛是牛群中的老大娘，

　　小牛也能變得跟她一樣。

「一個人怎樣能對孩子解釋她們之間的關係呢？」

　　L　獅子　眼鏡⑫

　　野獅子沒有夾鼻眼鏡可以戴上，

　　包廂裡的家獅子卻戴得很像樣。

　　M　早晨的太陽光⑬

　　金色的太陽光高高地照著，

　　並不是因爲公雞剛剛啼過。

　　「我現在可要生氣了！」公雞說。「不過人們倒是把我描寫成爲和好朋友在一起──跟太陽在一起！唸下去吧！」

　　N　黑人⑭

　　黑人是永遠那麼漆黑，

　　他怎樣洗也不能變白。

　　O　橄欖樹葉⑮

　　你知道什麼樣的樹葉最好？

　　白鴿銜來的那片價值最高。

　　P　腦袋⑯

　　人類的腦袋裡常常裝著許多東西，

時間空間的容量都不能跟它相比。

Q　牲口⑰

牲口是有用的好東西，

即使很小也沒有關係。

R　圓塔⑱

一個人可以像圓塔那樣沉重，

但他並不因此就能顯得光榮。

S　豬⑲

你切不要顯出驕傲的神氣，

雖然你有許多豬在樹林裡。

「現在讓我啼一聲吧！」公雞說，「唸這麼多的詩可吃力啦！一個人也得換一口氣呀！」於是他啼了一聲，簡直像一支黃銅喇叭在吹。這讓人聽到怪舒服的——當然這只是就公雞而言。「唸下去吧！」

T　燒水壺，茶壺⑳

燒水壺雖然住在廚房，

但是它只對茶壺歌唱。

U　鐘㉑

鐘雖然不停地敲，不停地走，

人卻是在「永恒」之中立足。

「這話說得太深奧了，」公雞說，「深得我達不到底！」

V 浣熊㉒

浣熊把東西洗得太久,

洗到後來什麼也沒有。

X 桑第普㉓

「他現在再玩不出什麼新花樣了!」

夫妻生活的海中有一個暗礁,

桑第普特別指給蘇格拉底瞧。

「他不得不把桑第普找出來湊數!事實上桑都斯要好得
多!」

Y 烏德拉西樹㉔

神仙們都住在烏德拉西樹下面,

樹死了以後神仙們也一齊完蛋。

Z 和風㉕

西風在丹麥算得是「和風」,

它能透過皮衣吹進身體中。

Æ 驢㉖

驢子究竟還是一頭驢,

哪怕它有漂亮的身軀。

ф 牡蠣㉗

牡蠣對世界沒有任何信心,

因爲人一口吃掉它的全身。

「就是這麼一回事兒，不過事兒還沒有完結！它要被印出來，還要被人閱讀！它將要代替我那些有價值的老字母詩而流傳出去！各位朋友們——深奧和淺顯的書，單行本和全集，你們有什麼意見？書架有什麼意見？我的話已經說完了，大家可以行動呀！」

書沒有動，書架也沒有動。但是公雞仍飛到大楷字母Ａ裡面去，向他的周圍驕傲地望了一眼。

「我說得很好，我也啼得很好！這本新的《識字課本》可比不上我！它一定會滅亡！它已經滅亡了！因為它裡面沒有公雞！」[1858 年]

這也是一篇童話式的雜文，透過公雞這個形象，諷刺了人間（也包括公雞自己）的某些弱點，但說得很含蓄，充滿了風趣，而且簡潔。這種形式也是一種創造。此文最先發表在《新的童話和故事集》第一卷第一部。

【註釋】

①歐洲書籍裝幀設計的習慣常常是把每一本書的開頭一個字母加一番裝飾。一般是在這個字母周圍繪一朵花或一隻動物。在丹麥的識字課本裡，Ａ這個字母裡照例是畫一隻公雞。

②原文是 Ammo。

③原文是 Bonde。

④原文是 Columbus。

⑤原文是 Danmark。

⑥原文是 Elephant。

⑦原文是 Formørkelse。

⑧原文是 Galten。

⑨原文是 Hurra。

⑩原文是 Jord。

⑪原文是 KO, Kalv。

⑫原文是 Løve, Lorgnet。「包廂裡的家獅子」是指作成作福的要人們。這種人氣焰大，丹麥人把他們稱為「獅子」。

⑬原文是 Morgensol。

⑭原文是 Neger。

⑮原文是 Olieblad。「白鴿銜來的那片」葉子是指《聖經・舊約・創世記》第五章到第九章中的那個人類逃避洪水的故事。上帝發洪水要淹死邪惡的人類。善人諾亞是一個唯一被保留下來的人。他在方舟裡等待洪水退落⋯⋯」他又等了七天，再把鴿子從方舟放出去。到了晚上，鴿子回到他那兒，嘴裡叼著一片新撣下來的橄欖葉子，諾亞就知道地上的水退了。」見〈創世紀〉第八章第十節。因此鴿子象徵和平。

⑯原文是 Pande。

⑰原文是 Qvaeg。

⑱原文是 Rundetaarfn；這兒特別是指哥本哈根那個有名的圓塔，它現在是一個天文台。

⑲原文是 Sviin。

⑳原文是 Theekjedel, Theemaskine。

㉑原文是 Unret。

㉒原文是 Vaskebiφrn。浣熊是美洲的一種動物。它總是把東西洗很久才吃。

㉓原文是 Xanthipe。她是希臘哲學家蘇格拉底的妻子，一個有名的潑婦。

㉔原文是 Ygdrasil。這是北歐神話中的一種常青樹，在它下面據說住著掌握人類死生
的命運之女神（Norn）。

㉕原文是 Zephyr。

㉖原文是 Æsel。

㉗原文是 φsters。牡蠣在歐洲是一種貴菜，普通是生食，不加烹調一口吃下去。

老約翰妮講的故事

風兒在老柳樹間呼嘯。

這聽起來像一支歌，風兒唱出它的調子，樹兒講出它的故事。如果你不懂得它的話，那麼請你去問住在救濟院裡的約翰妮吧！她知道，因為她是在這一帶出生的。

多少年以前，當這地方還有一條公路時，這棵樹已經很大、很引人注目了。它現在仍然立在那個老地方——在裁縫那座年久失修的木屋子外面，在那個水池的旁邊。那時候池子很大，家

畜常常在池子裡洗澡；在炎熱的夏天，農家的孩子常常光著身子，在池子裡拍來拍去。柳樹底下有一個里程碑。它現在已經倒了，上面長滿了黑莓子。

在一個富有的農人的農莊的另一邊，現在築起了一條新公路。那條老公路已經成了一條田埂，那個池子成了一個長滿了浮萍的水坑。一隻青蛙跳下去，浮萍就散開了，於是人們就可以看到黑色的死水。它的周圍生長著一些香蒲、蘆葦和金黃的鳶尾花，而且還在不斷地增多。

裁縫的房子又舊又歪；它的屋頂是青苔和石蓮花的溫床。鴿舍塌了，歐椋鳥築起自己的巢來。山形牆和屋頂下掛著的是一連串燕子巢，好像這兒是一個幸運的住所似的。

這是某個時候的情形；但是現在它是孤獨和沉寂的。「孤獨的、無能的、可憐的拉斯木斯」——大家這樣叫他——住在這兒。他是在這兒出生的。他在這兒玩耍過，在這兒的田野和籬笆上跳躍過。他小時候在這個池子裡戲過水，在這棵老樹上爬過。

樹上曾經長出過美麗的粗枝綠葉，它現在也仍然是這樣。不過大風已經把它的軀幹吹得有點兒彎了，而時間在它身上刻出了一道裂口。風把泥土吹到裂口裡去。現在它裡面長出了草和綠色植物。是的，它裡面甚至還長出了一棵小山梨。

燕子在春天飛來，在樹上和屋頂上盤旋，修補它們的舊巢。但是可憐的拉斯木斯卻讓自己的巢自生自滅；他既不修補它，也不扶持它。「那有什麼用呢？」這就是他的格言，也是他父親的格言。

他待在家裡。燕子——忠誠的鳥兒——從這兒飛走了，又回

到這兒來。歐椋鳥飛走了，但是也飛回來，唱著歌。有個時候，拉斯木斯也會唱，並且跟它比賽。現在他既不會唱，也不會吹。

風兒在這棵老柳樹上呼嘯——它仍然在呼嘯，這聽起來像一支歌：風兒唱著它的調子，樹兒講著它的故事。如果你聽不懂，可以去問住在救濟院裡的約翰妮。她知道，她知道許多過去的事情，她像一本寫滿了字和回憶的記錄。

當這是完好的新房子的時候——村裡的裁縫依瓦爾・奧爾塞和他的妻子瑪倫一起遷進去住過。他們是兩個勤儉、誠實的人。年老的約翰妮那時還不過是一個孩子，她是這附近最窮的人——一個木鞋匠的女兒。瑪倫從來不缺飯吃；約翰妮從她那裡得到過不少奶油麵包。瑪倫跟地主太太的關係很好，永遠是滿面笑容，一副高興的樣子。她從來不悲觀。她的嘴很能幹，手也很能幹。她善於使針，正如她善於耍嘴皮子一樣。她會料理家務，也會料理孩子——她一共有十二個孩子，第十二個已經不在了。

「窮人家老是有一大窩孩子！」地主牢騷地說。「如果他們能把孩子像小貓似地淹死，只留下一兩個身體最強壯的，那麼他們也就不至於窮困到這種地步了！」

「願上帝保佑我！」裁縫的妻子說。「孩子是上帝送來的；他們是家庭的幸福；每一個孩子都是上帝送來的禮物！如果生活苦，吃飯的嘴巴多，一個人就更應該努力，更應該想盡辦法，老實地活下去。只要我們自己不鬆懈，上帝一定會幫助我們的！」

地主太太同意她這種看法，和善地對她點點頭，摸摸瑪倫的

臉：這樣的事情她做過許多次，甚至還吻過瑪倫，不過這是她小時候的事，那時瑪倫是她的奶媽。她們那時彼此都喜愛；她們現在仍然是這樣。

每年聖誕節，總有些多天的糧食從地主的公館送到裁縫的家裡來：一桶牛奶，一隻豬，兩隻鵝，十多磅奶油，乾奶酪和蘋果。這大大地改善了他們的伙食情況。依瓦爾·奧爾塞那時感到非常滿意，不過他的那套老格言馬上又來了：「這有什麼用呢？」

他屋子裡的一切東西，窗簾、荷蘭石竹和鳳仙花，都是很乾淨和整齊的。畫框裡鑲著一幅繡著名字的刺繡，它的旁邊是一篇有韻的「情詩」。這是瑪倫·奧爾塞自己寫的。她知道詩應該怎樣押韻。她對於自己的名字感到很驕傲，因為在丹麥文裡，它和「包爾塞」（香腸）這個字是同韻的。「與眾不同一些總是好的！」她說，同時大笑起來。她的心情老是很好，她從來不像她的丈夫那樣，說：「有什麼用呢？」她的格言是：「依靠自己，依靠上帝！」她照這個信念辦事，把家庭維繫在一起。孩子們長得很大，很健康，旅行到遙遠的地方去，發展也不壞。拉斯木斯是最小的一個孩子。他是那麼可愛，城裡一個最偉大的藝術家曾經有一次請他去當模特兒。他那時什麼衣服也沒有穿，像他初生到這個世界上來的時候一樣。這幅畫現在掛在國王的宮殿裡。地主太太曾經在那兒看到過，而且還認得出小拉斯木斯，雖然他沒有穿衣服。

可是現在困難的日子到來了。裁縫的兩隻手生了關節炎，而且長出了很大的瘤。醫生一點辦法也沒有，甚至會「治病」的那

位「半仙」斯娣妮也想不出辦法來。

「不要害怕！」瑪倫說。「垂頭喪氣是沒有用的！現在爸爸的一雙手既然沒有用，那麼我就要多使用我的一雙手了。小拉斯木斯也可以使針了！」

他已經坐在工作枱旁邊工作，一面吹著口哨，一面唱著歌。他是一個快樂的孩子。

媽媽說他不能老是整天坐著。這對於孩子是一椿罪過。他應該活動和玩耍。

他最好的玩伴是木鞋匠的那個小女兒約翰妮。她家比拉斯木斯家更窮。她長得並不漂亮；她露著光腳，穿著破爛的衣服。沒有誰來替她補，她自己也不會做。她是一個孩子，快樂得像我們上帝的陽光中的一隻小鳥。

拉斯木斯和約翰妮在那個里程碑和大柳樹旁邊玩耍。

他有偉大的志向。他要做一個能幹的裁縫，搬進城裡去住——他聽到爸爸說過，城裡的老闆能雇用十來個師傅。他想當一個伙計；將來再當一個老闆。約翰妮可以來拜訪他。如果她會做飯，她可以為大伙兒燒飯。他將給她一間大房間住。

約翰妮不敢相信這類事情。不過拉斯木斯相信這會成為事實。

他們這樣坐在那棵老樹底下，風在葉子和枝椏之間吹：風兒彷彿是在唱歌，樹兒彷彿是在講話。

在秋天，每片葉子都落下來了，雨點從光禿禿的枝椏上滴下來。

「它會又變綠的！」奧爾塞媽媽說。

「有什麼用呢？」丈夫說。「新的一年只會帶來新的憂愁！」

「廚房裡裝滿了食物呀！」妻子說。「爲了這，我們要感謝我們的女主人。我很健康，精力旺盛。我們發牢騷是不對的！」

地主一家人住在鄉下別墅裡過聖誕節。可是在新年過後的那一週，他們就搬進城裡去了。他們在城裡過多，享受著愉快和幸福的生活：他們參加跳舞會，甚至還參加國王在場的宴會。

女主人從法國買來了兩件華貴的時裝。在質量、式樣和縫製藝術方面講，裁縫的妻子瑪倫以前從來沒有看過這樣漂亮的東西。她請求太太說，能不能把丈夫帶到她家裡來看看這兩件衣服。她說，一個鄉下裁縫從來沒有機會看到這樣的東西。

他看到了；在他回家以前，他什麼意見也沒有表示。他所說的只不過是老一套：「這有什麼用呢？」這一次他說對了。

主人到了城裡。跳舞和歡樂的季節已經開始；不過在這種快樂的時候，老爺忽然死了。太太不能穿那樣美麗的時裝。她感到悲痛，她從頭到腳都穿上了黑色的喪服；連一條白色的緞帶都沒有。所有的僕人也都穿上了黑衣。甚至他們的大馬車也蒙上了黑色的細紗。

這是一個寒冷、冰凍的夜。雪發出晶瑩的光，星星在眨眼。沉重的柩車裝著屍體從城裡開到家庭的教堂裡來；屍體就要埋葬在家庭的墓窖裡。管家和教區的小吏騎在馬上，拿著火把，在教堂門口守候。教堂的光照得很亮，牧師站在教堂敞開的門口迎接屍體。棺材被抬到唱詩班裡去；所有的人都在後面跟著。牧師發表了一篇演說，大家唱了一首聖詩。太太也在教堂裡；她是坐在蒙著黑紗的轎車裡來的。它的裡裡外外全是一片黑色；人們

在這個教區裡從來沒有看見過這樣的情景。

整個冬天大家都在談論著這位老爺的葬禮。「這才算得上是一位老爺的入葬啊！」

「人們可以看出這個人是多麼重要！」教區的人說。「他生出來很高貴，埋葬時也很高貴！」

「這又有什麼用呢？」裁縫說。「他現在既沒有了生命，也沒有了財產。這兩樣東西中我們起碼還有一樣！」

「請不要這樣講吧！」瑪倫說，「他在天國裡永遠是有生命的！」

「誰告訴你這話，瑪倫？」裁縫說。「死屍只不過是很好的肥料罷了！不過這人太高貴了。連對泥土也沒有什麼用，所以只好讓他躺在一個教堂的墓窖裡！」

「不要說這種不信神的話吧！」瑪倫說。「我再對你講一次，他是會得永生的！」

「誰告訴你這話，瑪倫？」裁縫重複說。

瑪倫把她的圍裙包在小拉斯木斯頭上，不讓他聽到這番話。

她哭起來，把他抱到柴草房裡去。

「親愛的拉斯木斯，你聽到的話不是你爸爸講的。那是一個魔鬼，在屋子裡走過，借你爸爸的聲音講的！禱告上帝吧！我們一起來禱告吧！」她把這孩子的手合起來。

「現在我放心了！」她說。「要依靠你自己，要依靠我們的上帝！」

一年的守喪期結束了。寡婦現在只戴著半孝。她的心裡很快

樂。

　　外面有些謠傳，說她已經有了一個求婚者，並且想要結婚。瑪倫知道一點線索，而牧師知道的更多。

　　在棕枝主日①那天，做完禮拜以後，寡婦和她愛人的結婚預告就公布出來了。他是一個雕匠或一個刻匠，他這行職業的名稱還不大有人知道。在那個時候，多瓦爾生和他的藝術還不是每個人所談論的題材。這個新的主人並不是出自望族，但他是一個非常高貴的人。大家說，他這個人不是一般人所能理解的。他雕刻出人像來，手藝非常巧；他是一個貌美的年輕人。

　　「這有什麼用呢？」裁縫奧爾塞說。

　　在棕枝主日那天，結婚預告在牧師的講道台上宣布出來了。接著大家就唱聖詩和領聖餐。裁縫和她的妻子和小拉斯木斯都在教堂裡；爸爸和媽媽去領聖餐。拉斯木斯坐在座位上──他還沒有受過堅信禮。裁縫的家裡有一段時間沒有衣服穿。他們所有的幾件舊衣服已經被翻改過好幾次，補了又補。現在他們三個人都穿著新衣服，不過顏色都是黑的，好像他們要去送葬似的，因為這些衣服是用蓋著柩車的那塊黑布縫的。丈夫用它做了一件上衣和褲子，瑪倫做了一件高領的袍子，拉斯木斯做了一套可以一直穿到受堅信禮時的衣服。柩車的蓋布和裡布他們全都利用了。誰也不知道，這布過去是做什麼用的，不過人們很快就知道了。那個「半仙」斯娣妮和一些同樣聰明、但不靠「道法」吃飯的人，都說這衣服給這一家人帶來災害和疾病。「一個人除非是要走進墳墓，決不能穿蒙柩車的布的。」

　　木鞋匠女兒約翰妮聽到這話就哭起來。事有湊巧，從那天

起，那個裁縫的情況變得一天不如一天，人們不難看出誰會倒楣。

事情擺得很明白了。

在三一主日②後的那個禮拜天，裁縫奧爾塞死了。現在只有瑪倫一個人來維持這個家庭。她堅持要這樣做；她依靠自己，依靠我們的上帝。

第二年拉斯木斯受了堅信禮。這時他到城裡去，跟一個大裁縫當學徒。這個裁縫的工作枱上沒有十二個伙計做活；他只有一個。而小拉斯木斯只算半個。他很高興，很滿意，不過小小的約翰妮哭起來了。她愛他的程度超過了她自己的想像。裁縫的未亡人留守在老家，繼續做她的工作。

這時有一條新的公路開闢出來。柳樹後邊和裁縫的房子旁邊的那條公路，現在成了田埂；那個水池變成了一潭死水，長滿浮萍。那個里程碑倒下來了——它現在什麼也不能代表；不過那棵樹還是活的，既強壯，又好看。風兒在它的葉子和枝椏中間發出蕭蕭聲。

燕子飛走了，歐椋鳥也飛走了；不過它們在春天又飛回來。當它們第四次飛回來時，拉斯木斯也回來了。他的學徒期已結束。他雖然很瘦削，但是卻是一個漂亮的年輕人。他現在想背上背包，旅行到外國去。這就是他的心情。可是他的母親留住他不放，家鄉究竟是最好的地方呀，別的幾個孩子都星散了，他是最年輕的，他應該待在家裡。只要他留在這個區域裡，他的工作一定會做不完。他可以成為一個流動的裁縫，在這個田莊裡做兩週，在那個田莊裡留半個月就可以。這也是旅行呀！拉斯木斯遵

從了母親的勸告。

他又在他故鄉的屋子裡睡覺了，他又坐在那棵老柳樹底下，聽它呼嘯。

他是一個外貌很好看的人。他能夠像一隻鳥兒似地吹口哨，唱出新的和舊的歌。他在所有的大田莊上都受到歡迎，特別是在克勞斯·漢生的田莊上。這人是這區域裡第二大富有的農夫。

他的女兒愛爾茜像一朵最可愛的鮮花。她老是笑著。有些不懷好意的人說，她笑是爲了要露出美麗的牙齒。她隨時都會笑，而且隨時有心情開玩笑。這是她的性格。

她愛上了拉斯木斯，他也愛上了她。但是他們沒有用語言表達出來。

事情就是這樣；他心中變得沉重起來。他的性格很像他父親，而不大像母親。只有當愛爾茜來的時候，他的心情才活躍起來。他們兩人在一起笑，講風趣話，開玩笑。不過，雖然適當的機會倒是不少，他卻從來沒有私下吐出一個字眼來表達他的愛情。「這有什麼用呢？」他想。「她的父親爲她找有錢的人，而我沒有錢。最好的辦法是離開此地！」然而他不能從這個田莊離開，彷彿愛爾茜用一根線把他牽住了似的。在她面前他好像是一隻受過訓練的鳥兒：他爲了她的快樂和遵照她的意志而唱歌，吹口哨。

木鞋匠的女兒約翰妮就在這個田莊上當傭人，做一些普通的粗活。她趕著奶車到田野裡去，和別的女孩子們一起擠奶。在必要的時候，她還要運糞呢！她從來不走到大廳裡去，因此也就

不常看到拉斯木斯或愛爾茜，不過她聽到別人說過，他們兩人的關係幾乎說得上是戀人。

「拉斯木斯眞是運氣好，」她說。「我不能嫉妒他！」於是她的眼睛就濕潤了，雖然她沒有什麼理由要哭。

這是城裡趕集的日子。克勞斯‧漢生駕著車子去趕集，拉斯木斯也跟他一起去。他坐在愛爾茜的身旁——去時和回來時都是一樣。他深深地愛她，但是卻一個字也不吐露出來。

「關於這件事，他可以對我表示一點意見呀！」這位姑娘想，而且她想得有道理。「如果他不開口的話，我就得嚇他一下！」

不久在農莊上就流傳著一個謠言，說附近有一個最富有的農夫在向愛爾茜求愛。他的確表示過了，但是她對他做什麼回答，暫時還沒有誰知道。

拉斯木斯的思想裡起了一陣波動。

有一天晚上，愛爾茜的手指戴上了一只金戒指，同時問拉斯木斯這是什麼意思。

「訂婚了！」他說。

「你知道跟誰訂婚了嗎？」她問。

「是不是跟一個有錢的農夫？」他說。

「你猜對了！」她說，點了一下頭，於是就溜走了。

但是他也溜走了。他回到媽媽的家裡，像一個瘋子。他整理好背包，要向茫茫的世界走去。母親哭起來，但是也沒有辦法。

他從那棵老柳樹上砍下一根手杖；他吹起口哨來，好像很高興的樣子。他要出去見見世面。

「這對於我是一件很難過的事情！」母親說。「不過對於你說來，最好的辦法當然是離開。所以我也只得聽從你了。依靠你自己和我們的上帝吧，我希望再看到你的時候，你又是那樣快樂和高興！」

他沿著新的公路走。他在這兒看見約翰妮趕著一大車糞。她沒有注意到他，而他也不願意被她看見，因此他就坐在一排籬笆的後面，躲藏起來。約翰妮趕著車子走過去了。

他向茫茫的世界走去。誰也不知道他走向什麼地方。他的母親以為他在年終以前就會回來的：「他現在有些新的東西要看，新的事情要考慮。但是他會回到舊路上來的，他不會把一切記憶都一筆勾銷的。在氣質方面，他太像他的父親。可憐的孩子！我倒很希望他有我的性格呢！但是他會回家來的。他不會拋掉我和這間老屋子的。」

母親等了許多年。愛爾茜只等了一個月。她偷偷地去拜訪那個「半仙」──麥得的女兒斯娣妮。這個女人會「治病」，會用紙牌和咖啡算命，而且還會唸〈主禱文〉和許多其他的東西。她還知道拉斯木斯在什麼地方。這是她從咖啡的沉澱中看出來的。他住在一個外國的城市裡，但是她研究不出它的名字。這個城市裡有士兵和美麗的姑娘。他正在考慮去當兵或者娶一個姑娘。

愛爾茜聽到這話，難過到極點。她願意拿出她所有的儲蓄，把他救出來，可是她不希望別人知道她在做這件事情。

老斯娣妮說，他一定會回來的。她可以做一套法事──一套對於有關的人說來很危險的法事，不過這是一個不得已的辦

法。她要爲他熬一鍋東西，使他不得不離開他所在的那個地方。鍋在什麼地方熬，他就得回到什麼地方來——回到他最親愛的人正在等著他的地方來。可能他要在好幾個月以後才能回來，但是如果他還活著的話，他一定會回來的。

他一定是在日夜不停地、翻山涉水地旅行，不管天氣是溫和還是嚴寒，不管他是怎樣勞累。他應該回家來，他一定要回家來。

月亮正是上弦。老斯娣妮說，這正是做法事的時候。這是暴風雨的天氣，那棵老柳樹裂開了：斯娣妮砍下一根枝椏，把它挽成一個結——它可以把拉斯木斯引回到他母親的家裡來。她把屋頂上的青苔和石蓮花都採下來，放進火上熬著的鍋裡去。這時愛爾茜得從《聖詩集》上扯下一頁來。她偶然扯下了印著勘誤表的最後一頁。「這也同樣有用！」斯娣妮說，於是便把它放進鍋裡去了。

湯裡面必須有種種不同的東西，得不停地熬，一直熬到拉斯木斯回到家裡來爲止。斯娣妮房間裡的那隻黑公雞的冠子也得割下來，放進湯裡去。愛爾茜的那隻大金戒指也得放進去，而且斯娣妮預先告訴她，放進去以後就永遠不能收回。她，斯娣妮，真是聰明。許多我們不知其名的東西也被放進鍋裡去了。鍋一直放在火上、發光的炭火或者滾熱的炭上。只有她和愛爾茜知道這件事情。

月亮盈了，月亮虧了。愛爾茜常常跑來問：「你看到他回來沒有？」

「我知道的事情很多！」斯娣妮說，「我看得見的事情很

多！不過他走的那條路有多長，我卻看不見。他一會兒在走過高山！一會兒在海上遇見惡劣的天氣！穿過那個大森林的路是很長的，他的腳上起了泡，他的身體在發熱，但是他得繼續向前走！」

「不行！不行！」愛爾茜說，「這叫我感到難過！」

「他現在停不下來了！因爲如果我們讓他停下來的話，他就會倒在大路上死掉了！」

許多年又過去了！月亮又圓又大，風兒在那棵老樹裡呼嘯，天上的月光中有一條長虹出現。

「這是一個證實的信號！」斯娣妮說。「拉斯木斯要回來了。」

可是他並沒有回來。

「還需要等待很長的時間！」斯娣妮說。

「現在我等得膩了！」愛爾茜說。她不再常來看斯娣妮，也不再帶禮物給她了。

她的心略微輕鬆了一些。在一個晴朗的早晨，區裡的人都知道愛爾茜對那個最有錢的農夫表示了「同意」。

她去看了一下農莊和田地，家畜和器具。一切都布置好了。現在再也沒有什麼東西可以延遲他們的婚禮。

盛大的慶祝一連舉行三天。大家跟著笛子和提琴的節拍跳舞。附近的人都被請來了。奧爾塞媽媽也到來了。這場歡樂結束的時候，客人道謝致意，樂師都離去，她帶了些宴會上剩下來的東西回家。

她只是用了一根插梢把門扣住。插梢現在卻被拉開了，門也

敞開了，拉斯木斯坐在屋子裡面。他回到家裡來了，正在這個時候回到家裡來了。天哪，請看他的那副樣子！他只剩下一層皮包骨，又黃又瘦！

「拉斯木斯！」母親說，「我看到的就是你嗎？你的樣子多麼難看啊！但是我從心眼裡感到高興，你又回到我身邊來了！」

她把她從那個宴會帶回來的好食物給他吃——一塊牛排，一塊結婚的果餡餅。

他說，他在最近一個時期裡常常想起母親、家園和那棵老柳樹。說來也真奇怪，他還常常在夢中看見這棵樹和光著腿的約翰妮。

至於愛爾茜，他連名字也沒有提一下。他現在病了，非躺在床上不可。但是我們不相信，這是由於那鍋湯的緣故，或者這鍋湯在他身上產生了什麼魔力。只有老斯娣妮和愛爾茜才相信這一套，但是她們對誰也不提起這事情。

拉斯木斯躺在床上發熱。他的病是帶有傳染性的，因此除了那個木鞋匠的女兒約翰妮以外，誰也不到這個裁縫的家裡來。她看到拉斯木斯這副可憐的樣子時，就哭起來了。

醫生為他開了一個藥方。但是他不願意吃藥。他說：「這有什麼用呢？」

「有用的，吃了藥你就會好的！」母親說。「依靠你自己和我們的上帝吧！如果我再能看到你身上長起肉來，再能聽到你吹口哨和唱歌，叫我捨棄我自己的生命都可以！」

拉斯木斯漸漸克服了疾病；但是他的母親卻患病了。我們的上帝沒有把他召去，卻把她叫去了。

　　這個家是很寂寞的，而且越變越窮。「他已經拖垮了，」附近的人說。「可憐的拉斯木斯！」

　　他在旅行中所過的那種辛苦的生活——不是熬著湯的那口鍋——耗盡了他的精力，拖垮了他的身體。他的頭髮變得稀少和灰白了；什麼事情他也沒有心情好好地去做。「這又有什麼用呢？」他說。他寧願到酒店裡去，而不願上教堂。

　　在一個秋天的晚上，他走出酒店，在風吹雨打中，在一條泥濘的路上，搖搖擺擺地向家裡走去。他的母親早已經去世了，躺在墳墓裡。那些忠誠的動物——燕子和歐椋鳥——也飛走了。只有木鞋匠的女兒約翰妮還沒有走。她在路上趕上他，陪著他走了一程。

　　「鼓起勇氣來呀，拉斯木斯！」

　　「這有什麼用呢？」他說。

　　「你說這句老話是沒有出息啊！」她說。「請記住你母親的話吧：『依靠你自己和我們的上帝！』拉斯木斯，你沒有這樣做！一個人應該這樣做，一個人必須這樣做呀！切不要說『有什麼用呢？』這樣，你就連做事的心情都沒有了。」

　　她陪他走到他屋子的門口才離開。但他沒有走進去；他走到那棵老柳樹下，在那塊倒下的里程碑上坐下來。

　　風兒在樹枝間呼號著，像是在唱歌；又像在講話。拉斯木斯回答它。他高聲地講，但是除了樹和呼嘯的風兒之外，誰也聽不見他。

　　「我感到冷極了！現在該是上床去睡的時候。睡吧！睡吧！」

於是他就去睡了；他沒有走進屋子，而是走向水池——他在那兒搖晃了一下，倒地不起。雨在傾盆地下著，風吹得像冰一樣冷，但是他沒有去理它。當太陽升起的時候，烏鴉在水池的蘆葦上飛。他醒來時已經是半死了。如果他的頭倒到他的腳那邊，他將永遠不會起來，浮萍將會成為他的屍衣。

這天約翰妮到這個裁縫的家裡來。她是他的救星；她把他送到醫院去。

「我們從小時候就是朋友，」她說；「你的母親給過我吃的和喝的，我永遠也報答不完！你將會恢復健康的，你將會活下去！」

我們的上帝要他活下去，但是他的身體和心靈卻受到許多波折。

燕子和歐椋鳥飛來了，飛走了，又飛回來了。拉斯木斯已經是未老先衰。他孤獨地坐在屋子裡，而屋子卻一天比一天殘破了。他很窮，他現在比約翰妮還要窮。

「你沒有信心，」她說，「如果我們沒有了上帝，那麼我們還會有什麼呢？你應該去領取聖餐！」她說。「你自從受了堅信禮以後，就一直沒有去過。」

「唔，這又有什麼用呢？」他說。

「如果你要這樣講、而且相信這句話，那麼就讓它去吧！上帝是不願看到不樂意的客人坐在他的桌子旁的。不過請你想想你的母親和你小時候的那些日子吧！你那時是一個虔誠的、可愛的孩子。我唸一首聖詩給你聽好嗎？」

「這又有什麼用呢？」他說。

「它給我安慰。」她說。

「約翰妮，你簡直成了一個神聖的人！」他用沉重和困倦的眼睛望著她。

於是約翰妮唸著聖詩。她不是從書本上唸，因為她沒有書，她是在背誦。

「這都是漂亮的話！」他說，「但是我不能全部聽懂。我的頭是那麼沉重！」

拉斯木斯已經成了一個老人；但是愛爾茜也不年輕了，如果我們要提起她的話——拉斯木斯從來不提。她已經是一個祖母。她的孫女是一個頑皮的小女孩。這個小姑娘跟村子裡別的孩子在一起玩耍。拉斯木斯拄著手杖走過來，站著不動，看著這些孩子玩耍，對他們微笑——於是過去的歲月就回到他的記憶中來。愛爾茜的孫女指著他，大聲說：「可憐的拉斯木斯！」別的孩子也學著她的樣兒，大聲說：「可憐的拉斯木斯！」同時跟在這個老頭兒後面尖聲叫喊。

那是灰色、陰沉的一天；一連好幾天都是這個樣子。不過在灰色的、陰沉的日子後面跟著來的就是充滿了陽光的日子。

這是一個聖靈降臨節的美麗早晨。教堂裡裝飾著綠色的赤楊枝，人們可以在裡面聞到一種山林氣息。陽光在教堂的座位上照著。祭台上的大蠟燭點起來了，大家在領聖餐。約翰妮跪在許多人中間，可是拉斯木斯卻不在場。正在這天早晨，我們的上帝來召喚他了。

在上帝身邊，他可以得到慈悲和憐憫。

自此以後，許多年過去了。裁縫的房子仍然在那兒，可是那

裡面沒有任何人居住；只要夜裡的暴風雨打來，它就會坍塌。水池上蓋滿了蘆葦和蒲草。風兒在那棵古樹裡呼嘯，聽起來好像是在唱一支歌。風兒在唱著它的調子，樹兒講著它的故事。如果你不懂得，那麼請你去問救濟院裡的約翰妮吧！

　　她住在那兒，唱著聖詩——她曾經爲拉斯木斯唱過那首詩。她在想他，她——虔誠的人——在我們的上帝面前爲他祈禱。她能夠講出在那棵古樹中吟唱著的過去的日子，過去的記憶。[1872 年]

　　這篇作品發表在 1872 年，收集在哥本哈根出版的《新的童話和故事集》第三卷第二部裡。這是這個集子的最後一部，出版的具體日期是 1872 年 3 月 30 日，離安徒生去世只有三年。安徒生的創作活動已經進入尾聲。這是安徒生最後寫的一篇有關童年時代開始的愛情故事。像他寫的所有的這類故事一樣，它的結尾照例是悲劇。他在晚年寫出這樣一篇故事，他的心態是怎樣，我們無從推測。人老了忘性大，但兒童時代及青年時代的事情總記得很清楚，常常回到記憶中來。這個故事是否與安徒生本人的回憶有關，我們也無從推測。

　　不過安徒生這樣解釋他寫這個故事的背景：「我兒時在奧登塞的時候看見過一個人，骨瘦如柴，很像骷髏，瘦弱不堪。一個年老的婦人——她常常講些童話故事給我聽——告訴我說，

這人非常不幸。」看來，那個「熱鍋」在他居留在國外的時候，就沒有停止熬煮過。據說一個年輕人不管離開家多麼遠，愛他的人可以強迫他回來，辦法是找一個巫婆把鍋放在火上，把各種稀奇古怪的束西放進去，讓它日夜熬煮。當一個年輕人回到家來的時候，他只會剩下皮包骨，樣子極爲可憐──是的，一般是直到他離開人世。這篇故事實際上寫於 1872 年 9 月 16～24 日，安徒生寫完這篇童話後，就再也沒有能提起筆來。

【註釋】

①棕枝主日(Palme-Sondag)是基督敎節日，在復活節前的一個禮拜日舉行。據《聖經·新約全書·約翰福音》第十二章第十二至十五節記載，耶穌在受難前，曾騎驢最後一次來到耶路撒冷，受到群衆手執棕枝踴躍歡迎。

②三一主日是基督敎節日，在聖靈降臨後的第一個禮拜日舉行，以恭敬上帝的「三位一體」。

老墓碑

在一個小鄉鎮裡，有一個人自己擁有一幢房子。有一天晚上，他全家的人圍坐在一起。這正是人們所常說的「夜長」的季節。這種時刻既溫暖，又舒適。燈亮了；長長的窗簾拉下來了。窗子上擺著許多花盆；外面是一片美麗的月光。不過他們並不是在談論這件事。他們是在談論著一塊古老的大石頭。這塊石頭躺在院子裡、緊靠著廚房門旁邊。女傭人常常把擦過了的銅製用具放在上面曬；孩子們也喜歡在上面玩耍。事實上它是一個古

老的墓碑。

「是的，」房子的主人說，「我相信它是從那個被拆除的老
修道院搬來的。人們把裡面的宣講台、紀念牌和墓碑全都賣了！
我去世了的父親買了好幾塊墓石，每塊都打斷了，當做鋪道石
用，不過這塊墓石留下來，一直躺在院子那兒沒有動。」

「人們一眼就可以看出，這是一塊墓石，」最大的一個孩子
說，「我們仍然可以看出它上面刻有一個滴漏①和一個天使的片
斷。不過它上面的字差不多全都模糊了，只剩下卜列本這個名字
和後邊的一個大字母 S，以及離此更遠一點的『瑪爾塔』！此外
什麼東西也看不見了。只有在下了雨，或者當我們把它洗淨了以
後，我們才能看得清楚。」

「天哪，這就是卜列本・斯萬尼和他妻子的墓石！」一個老
人插進來說。他是那麼老，簡直可以做爲這所房子裡所有人的祖
父。「是的，他們是最後埋在這個老修道院墓地裡的一對夫婦。
他們從我小時起就是一對老好人。大家都認識他們，大家都喜歡
他們。他們是這小城裡的一對元老。大家都說他們所有的金子一
個桶也裝不完。但是他們穿的衣服卻非常樸素，總是粗料子做
的；不過他們的桌巾、被單等總是雪白的。他們——卜列本和瑪
爾塔——是一對可愛的夫婦！當他們坐在屋子面前那個很高的
石階上的一條凳子上時，老菩提樹就把枝椏罩在他們頭上；他
們和善地、溫柔地對你點著頭——這使你感到愉快。他們對窮人
非常好，給他們飯吃，給他們衣服穿。他們的慈善行爲充分地表
示出他們的善意和基督精神。

「太太先去世！那一天我記得清清楚楚。我那時是一個很小

的孩子，跟著爸爸一起到老卜列本家裡去，那時她剛剛闔上眼
睛，這老頭兒非常難過，哭得像一個孩子。她的屍體還放在臥房
裡，離我們現在坐的這地方不遠。他那時對我的爸爸和幾個鄰人
說，他此後將會多麼孤獨，她曾經多麼好，他們曾經怎樣在一起
生活了多少年，他們是怎樣先認識的，然後又怎樣相愛起來。我
已經說過，我那時很小，只能站在旁邊聽。我聽到這老人講話，
我也注意到，當他一講起他們的訂婚經過、她是怎樣的美麗、他
怎樣找出許多天真的藉口去會見她的時候，他就活潑起來，他的
雙頰就漸漸紅潤起來；這時我就感到非常驚奇。於是他就談起
他結婚的那個日子；他的眼睛這時也發出閃光來。他似乎又回
到那個快樂的年代裡去了。但是她———一個老女人——卻躺在
隔壁房間裡，死去了。他自己也是一個老頭兒，談論著過去那些
充滿了希望的日子！是的，是的，世事就是這樣！

　　「那時候我還不過是一個小孩子，不過現在我也老了，老了
——像卜列本・斯萬尼一樣。時間過去了，一切事情都已改變！
我記得她入葬那天的情景：卜列本・斯萬尼緊跟在棺材後邊。好
幾年以前，這對夫婦就準備好他們的墓碑，在那上面刻了他們的
名字和碑文——只是沒填上死亡的年月日。在一天晚間，這墓碑
被抬到教堂的墓地裡去，放在墳上。一年以後，它又被揭開了，
老卜列本在他妻子的身邊躺下去了。

　　「他們不像人們所想像的和所講的那樣，身後並沒有留下許
多錢財。剩下的一點東西都送給了遠房親戚——直到那時人們
才知道有這些親戚。那座木房子——和它的台階頂上菩提樹下
的一條凳子——已經被市政府拆除了，因為它太腐朽，不能再讓

它存留下去，後來那個修道院也遭受到同樣的命運：那個墓地也鏟平了，卜列本和瑪爾塔的墓碑，像別的墓碑一樣，也賣給任何願意買它的人了。現在事又湊巧，這塊墓石居然沒有被打碎，給人用掉；它卻仍然躺在這院子裡，做為女傭人放廚房用具和孩子們玩耍的地方。在卜列本和他的妻子安息的地上現在鋪出了一條街道。誰也不再記起他們了。」

講這故事的老人悲哀地搖搖頭。

「被遺忘了！一切東西都會被遺忘了！」他說。

於是他們在這房間裡談起別的事情來。不過那個最小的孩子——那個有一雙嚴肅大眼睛的孩子——爬到窗簾後邊的一張椅子上去，朝院子裡眺望。月光明亮地正照在這塊大墓石上——對他說來，這一直是一塊空洞和單調的石頭。不過它現在躺在那兒像一整部歷史中的一頁。這孩子所聽到的關於老卜列本和他妻子的故事似乎就寫在它上面。他望了望它，然後又望了望那輪潔白的月亮，那個明朗高闊的天空。這很像造物主的面孔，向整個的世界微笑。

「被遺忘了，一切東西都會被遺忘了！」這是房間裡的人所說的一句話。這時候，有一個看不見的天使飛進來，吻了這孩子的前額，同時低聲地對他說：「好好地保管著這顆藏在你身體內的種子吧，一直到它成熟的時候！透過你，我的孩子，那塊老墓石上模糊的碑文，它的每個字，將會射出金光，傳到後代！那對老夫婦將會手挽著手，又在古老的街上走過，微笑著，現出他們新鮮和健康的面孔，在菩提樹下，在那個高台階上的椅子上坐著，對過往的人點頭——不論是貧或是富。從這時開始，這顆種

子，到了適當的時候，將會成熟，開出花來，成為一首詩。美的和善的東西是永遠不會給遺忘的；它在傳說和歌謠中將會獲得永恆的生命。」〔1852 年〕

　　這是一首散文詩，最初用德文發表在《巴伐利亞曆書》上，後來才在丹麥的刊物《學校與家庭》上發表。「墓碑」代表一對老夫婦所度過的一生，很平凡，但也充滿了美和善。墓碑雖然流落到他方，做為鋪路石之用，但這並不說明「一切東西都會被遺忘了！」同樣，人生將會在新的一代傳續下去，被永遠地記憶著。「美和善的東西是永遠不會給遺忘的；它在傳說和歌謠中將獲得永恆的生命。」

【註釋】

①這是古代一種最原始的鐘。它是由上下兩個玻璃球做成的，由一個小頸聯在一起。上面的球裝滿沙子或水銀，通過這小頸流到下面的一個球裡去。這個過程所花的時間，一般是一小時。時刻就以這流盡的過程為單位計算。古代教堂裡常用這種鐘。

姑媽

你應該認識姑媽！她這個人才可愛呢！這也就是說，她的可愛並不像我們平時所說的那種可愛。她和藹可親，有自己的一種滑稽味兒。如果一個人想聊聊閒天、開開什麼人的玩笑，那麼她就可以成爲談笑的資料。她可以成爲戲裡的角色；這是因爲她只是爲戲院和與戲院有關的一切而活著的緣故。她是一位非常有身分的人。但是經紀人法布——姑媽把他唸做佛拉布——卻說她是一個「戲迷」。

「戲院就是我的學校，」她說，「是我知識的源泉。我在這兒重新溫習《聖經》的歷史：摩西啦，約瑟和他的弟兄們啦，都成了歌劇！我在戲院裡學到世界史、地理和關於人類的知識！我從法國戲中知道了巴黎的生活——很不正經，但是非常有趣！我爲《李格堡家庭》這齣戲流了不知多少眼淚：想想看，一個丈夫爲了使他的妻子得到她年輕的愛人，居然喝酒喝到醉死了！是的，這五十年來我成了戲院的一個老主顧；在這期間，我不知流過多少眼淚！」

姑媽知道每齣戲、每一場情節、每一個要出場或已經出過場的人物。她只是爲那演戲的九個月而活著。夏天是沒有戲上演的——這段時間使她變得衰老。晚間的戲如果能演到半夜以後，那就等於是把她的生命延長。她不像別人那樣說：「春天來了，鸛鳥來了！」或者：「報上說草莓已經上市了！」相反地，關於秋天的到來，她總喜歡說：「你沒有看到戲院開始賣票了嗎？戲快要上演了呀！」

在她看來，一幢房子是否有價值，完全要看它離戲院的遠近而定。當她不得不從戲院後邊的一個小巷子遷到一條比較遠一點的大街上，住進一幢對面沒有街坊的房子裡去時，她真是難過極了。

「我的窗子就應該是我的包廂！你不能老是在家裡坐著想自己的事情呀！你應該看看人。不過我現在的生活就好像我是住在老遠的鄉下似的。如果我要想看看人，我就得走進廚房，爬到洗碗槽上去。只有這樣我才能看到對面的鄰居。當我還住在我那個小巷子裡時，我可以直接望見那個賣麻商人店裡的情景，而

且只需走三百步路就可以到戲院。現在我可得走三千大步了。」

姑媽有時也生病。但是不管她怎樣不舒服,她絕不會不看戲的。她的醫生開了一個單子,叫她晚上在腳上敷些藥。她遵照醫生的話辦了,但是她卻招車子到戲院去,帶著她腳上敷的藥坐在那兒看戲。如果她坐在那兒死掉了,那對她來說倒是很幸福的呢!多瓦爾生①就是在戲院裡去世的——她把這叫做「幸福之死」。

天國裡如果沒有戲院,對她說來是不可想像的。我們當然是不會走進天國的。但是我們可以想像得到,過去死去了的名男演員和女演員,一定還是在那裡繼續他們的事業。

姑媽在她的房間裡安了一條私人電線,直通到戲院。她在每天喝咖啡的時候就接到一個「電報」。她的電線就是舞台裝置部的西凡爾生先生。凡是搭新布景或撤銷布景,幕啓或幕落,都是由此人來發號施令的。

她從他那裡打聽到每齣戲的簡要情節。她把莎士比亞的《暴風雨》叫做「討厭的作品,因為它的布景太複雜,而且頭一場一開始就有水!」她的意思是說,洶湧的波濤這個布景在舞台上太突出了。相反地,假如同樣一個室內布景在五幕中都不變換一下,那麼她就要認為這個劇本寫得很聰明和完整,是一齣安靜的戲,因為它不需要什麼布景就能自動地演起來。

在古時候——也就是姑媽所謂的三十多年以前——她和剛才所說的西凡爾生先生還很年輕。他那時已經在裝置部裡工作,而且正如她所說的,已經是她的一個「恩人」。在那個時候,城裡只有一個獨一無二的大戲院。在演晚場時,許多顧客總是坐

在台頂上的布景間裡。每一個後台的木匠都可以自由處理一兩個位子。這些位子經常坐滿了客人，而且都是名流：據說不是將軍的太太，就是市府參議員的夫人。從幕後看戲，而且當幕落以後，知道演員怎樣站著和怎樣動作──這都是非常有趣的。

姑媽有好幾次在這種位子上看悲劇和芭蕾舞，因為需要大批演員上台的戲只有從台頂上的布景間裡才看得最有味。你在黑暗中坐著，而且這兒大多數的人都隨身帶有晚餐。有一次三顆蘋果和一片夾著香腸的奶油麵包掉到監獄裡去了，而獄中的烏果里諾②卻在這時快要餓死。這引起觀眾哄堂大笑。後來戲院的經理不准人坐在台頂的布景間裡看戲，主要就是為了香腸的緣故。

「不過我到那上面去過三十七次，」姑媽說。「西凡爾生先生，我永遠也忘不了這件事。」

當布景間最後一次為觀眾開放時，《所羅門的審判》這齣戲正在上演。姑媽記得清清楚楚。她透過她的恩人西凡爾生先生為經紀人法布弄到了一張門票，雖然他不配得到一張，因為他老是跟戲院開玩笑，而且也常因此諷刺她。不過她總算為他弄到了一個位子。他要「倒看」舞台上的表演。姑媽說：這個詞兒是他親口說出來的──真能代表他的個性。

因此他就從上面「倒看」《所羅門的審判》，同時也就睡著了。你很可能以為他事先赴過宴會，乾了好多杯酒。他陷入沉睡，而且因此被鎖在裡面。他在戲院裡的這一覺，睡過了整個黑夜。睡醒以後，他把全部經過都講了出來，但是姑媽卻不相信他的話。經紀人說：「《所羅門的審判》演完，所有的燈和亮光都

滅了，樓上和樓下的人都走光了；但是眞正的戲——所謂『餘
興』——還不過是剛剛開始呢！」經紀人說：「這才是最好的戲
呢！道具都活起來了。它們不是在演《所羅門的審判》；不是
的，它們是在演《戲院的審判日》。」這一套話，經紀人法布居
然膽敢叫姑媽相信！這就是她爲他弄到一張台頂票所得到的感
謝！

　　經紀人所講的話，聽起來確實很滑稽，不過骨子裡卻是包含
著惡意和諷刺。

　　「那上面眞是漆黑一團，」經紀人說，「不過只有在這種情
景下，偉大的妖術演出《戲院的審判日》才能開始。收票人站在
門口。每個看戲的人都要交出品行證明書，看他要不要戴著手
銬，或是要不要戴著口罩走進去。在戲開演後到達的上流社會人
士，或者故意在外面浪費時間的年輕人，都被拴在外面。除了戴
上口罩以外，他們的腳還得套上毯底鞋，待到下一幕開演時才能
走進去。這樣，《戲院的審判日》就開始了。」

　　「這簡直是我們上帝從來沒有聽過的胡說！」姑媽說。

　　布景畫家如果想上天，他就得爬著他自己畫的梯子，但是這
樣的梯子是任何人也爬不上的。這可以說是犯了違反透視規則
的錯誤。舞台木工如果想上天，他就得把他費了許多氣力放錯了
地方的那些房子和樹木搬回到正確的地方，而且必須在鷄叫以
前就搬好。法布先生如果想上天，也得留神。至於他所形容的那
些悲劇和喜劇中的演員，歌唱和舞蹈的演員，他們簡直糟糕得
很。法布先生！佛拉布先生！他眞不配坐在台頂上。姑媽永遠不
願意把他的話傳達給任何人聽。但是佛拉布這傢伙，居然說他已

經把這些話都寫下來了，而且還要印出來──不過這要在他死了以後，不在他死去以前，因為他怕人家活剝他的皮。

姑媽只有一次在她幸福的神廟──戲院──裡感到恐慌和苦惱。那是在冬天──那種一天只有兩個鐘頭稀薄陽光的日子裡。這時天氣又冷又下雪，但是姑媽不得不到戲院裡去。除了一個小型歌劇和一個大型芭蕾舞、一段開場白和一段收場白以外，主戲是《赫爾曼‧馮‧翁那》，這齣戲一直可以演到深夜。姑媽非去不可。她的房客借給她一雙裡外都有毛的滑雪靴。她連小腿都伸進靴子裡去了。

她走進戲院，在包廂裡坐下來。靴子是很暖和的，因此她沒有脫下來。忽然間，有一個喊「起火」的聲音叫起來了。煙從舞台邊廂和頂樓上冒出來了，這時立刻起了一陣可怕的騷動。大家都向外亂跑。姑媽坐在離門最遠的一個包廂裡。「布景從第二層樓的左邊看最好，」她這樣說過，「因為它是專為皇家包廂裡的人欣賞而設計的。」姑媽想走出去，但是她前面的人已經在驚懼中無意地把門關上了。姑媽坐在那裡面，既不能出，也不能進──這也就是說，進不到隔壁的一個包廂裡去，因為隔板太高了。

她大叫起來，誰也聽不見。她朝下面的一層樓望。那兒已經空了。這層樓很低，而且隔她不遠。姑媽在驚恐中忽然覺得自己變得年輕和活潑起來。她想跳下去。她一隻腿跨過了欄杆，另一隻腿還抵在座位上。她就是這樣像騎馬似地坐著，穿著漂亮的衣服和花裙子，一條長腿懸在外面──一條穿著龐大滑雪靴的腿。這副樣兒才值得一看呢！她當真被人看見了，因此她的求救

聲也被人聽見了。她被人從火中救出來，因爲戲院到底還是沒有被燒掉。

她說這是她一生中最值得紀念的一晚。她很高興她當時沒有辦法看見自己的全貌，否則她簡直要羞死了。

她的恩人──舞台裝置部的西凡爾生先生──經常在禮拜天來看她。不過從這個禮拜天到下個禮拜天是很長的一段時間。因此近來一些時日裡，在每個星期三前後，她就找一個小女孩來吃「剩飯」──這就是說，把每天午飯後剩下的東西給這女孩子當晚飯吃。

這個女孩子是一個芭蕾舞班子裡的一員；她的確需要東西吃。她每天在舞台上扮演一個小妖精。她最難演的一個角色是當《魔笛》③中那隻獅子的後腿。不過她慢慢長大了，可以演獅子的前腿。演這個角色，她只能得到三毛錢；而演後腿的時候，她卻能得到一塊錢──在這種情形下，她得彎下腰，而且呼吸不到新鮮空氣。姑媽覺得能了解到這種內幕也是滿有趣的事情。

她的確值得有跟戲院同樣長久的壽命，但是她卻活不了那麼久。她也沒有在戲院裡死去，她是在她自己的床上安靜地、莊嚴地過世的。她臨終的一句話是非常有意義的。她問：「明天有什麼戲上演？」

她死後大概留下了五百塊錢。這件事我們是從她所得到的利息推斷出來的──二十元。姑媽把這筆錢做爲遺產留給一位沒有家的、正派的老小姐。這筆錢是專爲每年買一張二層樓上左邊位子的票而用的，而且是星期六的一張票，因爲最好的戲都是在這天上演的；同時她每星期六在戲院的時候必須默念一下躺

在墳墓裡的姑媽。

　　這就是姑媽的宗敎。[1866 年]

　　這篇小品首先發表在 1866 年哥本哈根出版的《新的童話和故事集》第二卷第四部。安徒生在他的手記中說：「『姑媽』這個人物是我從好幾個人中認識的。這些人現在都在墳墓中安息。」「姑媽」這種人物不僅在「好幾個人中」存在，而且在無數的人中存在，在古代和當代人中，在資本主義和社會主義制度中都存在，不過表現方式不同罷了。這種人生活有一定的保障，還有點文化，可能還是某種「才子」，能發表一點對國家大事和文化藝術的看法，在「姑媽」那個時代是「戲迷」──這不是有點文化的表現，但在當代則是「麻將迷」或「吃喝迷」──毫無文化。

【註釋】

① 多瓦爾生(Bertel Thorvaldsen, 1768～1844)是丹麥名雕刻家。

② 烏果里諾(Ugolino)是義大利十三世紀的政治家。他晚年被人出賣，餓死在獄中。
　　這裡所談的是關於他坐牢的一齣戲。

③ 這是奧地利音樂家莫扎特(Mozart, 1756～1791)的一齣歌劇。

墓裡的孩子

屋子裡充滿了悲哀,每一顆心都充滿了悲哀。一個四歲的孩子死了。他是爸爸媽媽唯一的兒子,是他們的歡樂和未來的希望。他的爸爸媽媽還有兩個較大的女兒,最大的那一個這一年就要受堅信禮了。她們都是可愛的好孩子,但是死去的孩子總是最心疼的孩子,何況他還是一個較小的獨生兒子呢?這真是一場大災難。兩個姊姊幼小的心靈已經悲哀到極點;父親的悲痛更使她們感到特別難過。父親的腰已經彎了,媽媽也被這種空前的

悲哀壓倒了。她曾經日日夜夜忙著看護這個生病的孩子，照料他，抱著他，摟著他，覺得他已經成了她身體的一部分。她簡直不能想像他已經死了，快要躺進棺材，被埋葬到墳墓裡去。她認為上帝不可能把這個孩子從她的手中搶走。但事情居然發生了，而且成為千真萬確的事實，所以她在劇烈的痛苦中說：

「上帝不知道這件事！他的那些在世上的僕人，有的真是沒有一點良心；這些人隨便處理事情，簡直不聽母親們的禱告。」

她在痛苦中捨棄了上帝。她的心中湧現了陰暗的思想——她想到了死，永恒的死。她覺得人不過是塵土中的塵土，她這一生是完了。這種思想使她覺得自己無所倚靠；她陷入失望的無底深淵中了。

當她苦痛到了極點的時候，連哭都哭不出來。她沒有想到她還有年幼的女兒。她丈夫的眼淚滴到她的額上，但是她沒有看他。她一直在想那個死去了的孩子。她的整個生命和存在都沉浸在回憶中：回憶她的孩子，回憶他所講過的每一句天真幼稚的話。

入葬的那一天終於到來了。在這以前她有許多夜晚沒有睡過覺；但是天明的時候，她疲倦到了極點，所以就迷迷糊糊地睡著了。棺材就在這時候被抬到一間僻靜的房子裡。棺材蓋就是在那兒釘上的，為的是怕她聽見錘子的聲音。

她一醒，就立刻爬起來，要去看孩子。她的丈夫含著眼淚說：

「我們已經把棺材釘上了——事情非這樣辦不可！」

「上帝既然對我這樣殘酷，」她大聲說，「人們對我怎麼會

更好呢？」於是她嗚咽地哭起來。

棺材被抬到墓地裡去了。這個無限悲痛的母親跟她的兩個女兒坐在一起。她望著她們，但是她的眼睛卻沒有看見她們，因為她的意識中已經再沒有什麼家庭了。悲哀控制了她整個的存在。悲哀沖擊著她，正如大海沖擊著一艘失去羅盤和舵的船一樣。入葬的那一天就是這樣過去的，接著是一長串同樣單調和沉痛的日子。這悲哀的一家用濕潤的眼睛和愁苦的目光望著她；她完全聽不進他們安慰的話語。的確，他們自己也悲痛極了，還有什麼話好說呢？

她似乎不再知道睡眠是什麼東西了。這時誰要能夠使她的身體恢復過來，使她的靈魂得到休息，誰就可以說是她最好的朋友。大家勸她在床上躺一躺，她一動不動地躺在那兒，好像睡著了似的。有一天晚上，她的丈夫靜聽著她的呼吸，深信她已經得到了休息和安慰。因此他就合著雙手祈禱；於是漸漸地他自己就墜入昏沉的睡夢中去了。他沒有注意到她已經起了床，穿上了衣服，並且輕輕地走出了屋子。她逕直向她日夜思念著的那個地方──埋葬著她孩子的那座墳墓──走去。她走過住宅的花園，走過田野──這兒有一條小路通向城外，她順著這條小路一直走到教堂的墓地。誰也沒有看到她，她也沒有看到任何人。

這是一個美麗的、滿天星斗的夜晚。空氣仍然是溫和的──這是九月初的天氣。她走進教堂的墓地，一直走到一個小墳墓的近旁。這墳墓很像一個大花叢，正在散發著香氣。她坐下來，對著墳墓低下頭，她的眼光好像可以透過緊密的土層，看到心愛的孩子似的。她還能活生生地記起這孩子的微笑：她永遠

忘記不了孩子眼中那種親切的表情——甚至當他躺在病床上的時候，眼睛裡還露出這種表情。每當她彎下腰去，托起他那隻無力舉起的小手的時候，他的眼光好像在對她吐露無限的心事。她現在坐在他的墳旁，正如坐在他的搖籃邊一樣。不過她現在是在不停地流著眼淚。這些淚珠都落到了墳上。

「你是想到你的孩子那兒去吧！」她身旁有一個聲音說。這是一個響亮而低沉的聲音，直接打進了她的心坎。她抬起頭來，看到旁邊站著一個人。這人穿著一件寬大的喪服，頭上低低地戴著一頂帽子；但是她能望見帽子下面的面孔。這是一張莊嚴的、但是足夠使人信任的面孔。他的眼睛射出青春的光芒。

「到我的孩子那兒去？」她重複著這人的話。她的聲音裡流露出一種迫切祈求的調子。

「你敢跟著我去麼？」這人影說。「我就是死神！」

她點了點頭，表示同意。於是她馬上覺得上面的星星好像都射出了滿月那樣的光輝。她看到墳上有各式各樣的花朵。土層像一塊輕飄的布幕一樣慢慢地、輕柔地向兩邊分開。她沉下去了，幽靈用他的黑喪服把她蓋住。這是夜，死神的夜。她越沉越深，比教堂看守人的鏟子所能挖到的地方還要深。教堂的墓地現在好像是蓋在她頭上的屋頂。

喪服有一邊掀開了；她出現在一個莊嚴的大廳裡面。這大廳向四面展開，呈現著一種歡迎的氣氛。周圍是一片黃昏的景色，但是正在這時候，她的孩子在她面前出現了。她緊緊地把他摟住，貼著自己的心口。他對她微笑，一個從來沒有的這樣美麗的微笑。她發出一聲尖叫，但是沒有人能聽見，因為這時響起了

一片悅耳的、響亮的音樂，一忽兒近，一忽兒遠，一忽兒又像在她的身邊。這樣幸福的調子她的耳朵從來沒有聽到過。它來自那張大黑門簾的外邊──那張把這個大廳和那偉大、永恒的國度隔開的門簾。

「我親愛的媽媽！生我養我的媽媽！」她聽到她的孩子這樣叫。

這聲音是那麼熟悉，那麼親熱。她在無限的幸福中把他吻了又吻。孩子指著那個黑色的門簾。

「人世間不可能這樣美麗！媽媽，你瞧！妳仔細地瞧瞧這一切吧！這就是幸福呀！」

但母親什麼也沒有看見。孩子所指的那塊地方，除了黑夜以外，什麼也沒有。她用人間的眼睛，看不見這個被上帝親自召去的孩子所能看見的東西。她只能聽見音樂的聲調，但是分辨不出其中的字句──她應該相信的字句。

「媽媽，現在我可以飛了！」孩子說，「我要跟其他許多幸福的孩子一起飛到上帝那兒去。我急於想飛走，但是，當妳哭著的時候，當妳像現在這樣哭泣時，我就沒有辦法離開你了。我是多麼想飛啊！我可以不可以飛走呢？親愛的媽媽，不久妳也可以到我這兒來了！」

「啊，不要飛吧！啊，不要飛吧！」她說。「待一會兒吧！我要再看你一次，再吻你一次，再一次把你擁抱在我懷裡！」

於是她吻著他，緊緊地擁抱著他。這時上面有一個聲音在喊著她的名字──這是一個哀悼的聲音。這是什麼意思呢？

「你聽到沒有？」孩子問。「那是爸爸在喊你。」

　　過了一會兒，又有一個深沉的嘆息聲飄來了，一個像是哭泣的孩子發出來的嘆息聲。

　　「這是姊姊們的聲音！」孩子說。「媽媽，妳還沒有忘記她們吧？」

　　於是她記起了她留在家裡的那些孩子。她心裡起了一陣恐怖。她向前面凝望。有許多人影飄浮過去，其中有幾個她似乎很熟悉。他們飄過死神的大廳，飄向那黑色的門帘，於是便不見了。難道她的丈夫、她的女兒也在這群幽靈中間嗎？不，他們的喊聲，他們的嘆息，仍然是從上面飄來的：她為了死去的孩子幾乎把他們忘記了。

　　「媽媽，天上的鐘聲已經響起來！」孩子說。「媽媽，太陽要出來了！」

　　這時有一道強烈的光向她射來。孩子不見了，她被托到空中，周圍是一片寒氣。她抬起頭來，發現自己是在教堂墓地裡，兒子的墳墓邊。當她做夢時，上帝來撫慰她，使她的理智發出光輝。她跪下來，祈禱著說：

　　「我的上帝！請原諒我曾經想制止一個不滅的靈魂飛走，曾經忘掉了您留給我對活人的責任！」

　　她說完這些話，心裡似乎覺得輕鬆了許多。太陽出來了，一隻小鳥在她的頭上唱著歌，教堂的鐘聲正在召喚人們去做早禱。她的周圍有一種神聖的氣氛，她的心裡也有一種神聖的感覺！她認識了上帝，她認識了她的責任，懷著渴望的心情急忙趕回家去。她向丈夫彎下腰，用溫暖的、熱烈的吻把他弄醒。他們談著知心和熱情的話。她現在又變得堅強和溫柔起來——像一

個主婦所能做到的那樣。她心中現在有一種充滿信心的力量。

「上帝的意旨總是最好的!」

她的丈夫問她:「妳從什麼地方得到這種力量──這種恬靜的心情?」

她吻了他,還吻了她的孩子。

「我透過墓裡的孩子,從上帝那兒得來的。」〔1859 年〕

這是一篇散文詩,首次發表在斯德哥爾摩 1859 年 12 月出版的《新北歐詩歌和芬蘭、丹麥及瑞典作家剪影集》(*Nya Nordiska Dikter Og Skildruigar af finska, danska Och Svenska Författare*)上。安徒生在他的手記中說:「〈墓裡的孩子〉像〈母親的故事〉一樣,所給予我的愉快,比我的任何作品都多,因為許多深切悲哀的母親從中獲得了安慰和力量。」這個故事表面上歌頌了上帝的「愛」和善良的意旨,但真正描寫的是母親的偉大:她既要鍾愛死去的孩子,也要保護活著的親人,她得在「愛」和「人生的責任」之間掙扎,保持平衡。安徒生無法解決這個問題,只好又求助於「上帝」──這表明一個作家是如何經常在進行靈魂的奮鬥。

老路燈

你聽過那盞老路燈的故事嗎？它並不是怎麼特別有趣，不過聽它一次也沒有關係。

這是一盞非常和善的老路燈。它服務了許多許多年，但是現在沒有人要它了。現在是它的待在桿子上的最後一晚，照著這條街。它的心情很像一個跳芭蕾舞的老舞女：現在是她最後一晚登台，她知道明天她就要回到頂樓 ① 裡去了。這個「明天」引起路燈的恐懼，因為它知道它將第一次要在市政府出現，被「三

十六位先生」②審查一番，看它是不是還能繼續服務。

那時就要決定：要不要把它送去照亮一座橋，還是送到鄉下的一個工廠裡去，也可能直接送到一個煉鐵廠去被熔掉。在這種情形下，它可能被改造成爲任何東西。不過，它不知道，它是不是還能記得它曾經一度做過路燈──這問題使它感到非常煩惱。

不管情形怎樣，它將會跟那個守夜人和他的妻子分開──它一直把他們當做自己的家屬。它當路燈的時候也正是他當守夜人的時候。那時他的老婆頗有點自負。她只有在晚上走過路燈的時候，才瞧它一眼；在白天她是不睬它的。不過最近幾年間，他們三個人──守夜人、老婆和路燈──都老了；這位太太也來照料它，洗擦它，在它裡面加加油。這對夫婦是非常誠實的；他們從來不揩路燈的一滴油。

現在是路燈在街上的最後一晚了；明天它就得到市政府去。這兩件事情它一想起就難過！人們不難想像，它現在點燃的勁頭不大。不過它的腦子裡面也起了許多別的感想。它該是看過多少東西，該是照過多少東西啊，可能它看過的東西還比得上那「三十六位先生」呢。不過它不願意講出來，因爲它是一盞和善的老路燈。它不願意觸怒任何人，更不願意觸怒那些當權的人。它想起許多事情；偶爾之間，它的亮光就閃一下，好像它有這樣的感覺：

「是的，人們也會記得我！曾經有一位美貌的年輕人──是的，那是很久很久以前的事了！他拿著一封信走來──一封寫在有金邊的、粉紅色紙上的信，它的字跡是那麼美麗，像是一位

小姐的手筆。他把它讀了兩次，吻了它一下，然後抬起頭來看著我，他的眼睛在說：『我是一個最幸福的人！』只有他和我知道他戀人的第一封信所寫的是什麼東西。我還記起了另一對眼睛。說來也真妙，我們的思想會那麼漫無邊際！街上有一個盛大的送葬行列。有一個年輕美麗的少婦躺在一具棺材裡。棺材擱在鋪滿了天鵝絨的、蓋滿了花朵和花圈的柩車上。許多火炬幾乎把我的眼睛都弄昏了。整個人行道上都擠滿了人，他們都跟在柩車後面。不過當火炬看不見了的時候，我向周圍望一眼：還有一個人倚著路燈桿子在哭泣呢。我永遠也忘記不了那雙望著我的悲傷眼睛！」

許多這類的回憶在老路燈的思想中閃過——這盞今晚最後一次照亮的老路燈。

一個要下班的哨兵最低限度會知道誰來接他的班，還可以和接班的人交代幾句話。但是路燈卻不知道它的繼承人；它可能提供一點關於雨和霧這類事情的情況，關於月亮在人行道上能照多遠、風兒多半會從哪方吹來的這類材料。

有三個東西站在排水溝的橋上，它們把自己介紹給路燈，因為它們以為路燈可以讓位給它們。一個是青魚的頭——它在黑暗中可以發出亮光。它覺得如果有它待在路燈桿子上，人們可以節省許多油。另一個是一塊朽木——它也可以發出閃光。它對自己說，它的光起碼比魚頭的光要亮一點；何況它還是森林中一棵最漂亮的樹的最後遺體。第三個是螢火蟲。這一位是什麼地方來的，路燈想像不出來。但是它卻居然來了，而且還在發著光。不過朽木和青魚頭發誓說，螢火蟲只能在一定的時刻內發光，因

此不能考慮它。

老路燈說它們哪個也發不出足夠的光，來完成一盞路燈的任務。但是它們都不相信這話。當它們聽說老路燈自己不能把位置讓給別人時，它們很高興，覺得這是因爲路燈老糊塗了，不會選擇繼承人。

在這同時，風兒從街角那邊走來，向老路燈的通風口裡吹，並且說：

「我剛才聽到的這些話是什麼意思呢？難道你明天就要離開了嗎？難道這就是我看到你的最後一晚嗎？那麼我送給你一件禮物吧！我將用一種特殊的方式向你的腦蓋骨裡吹，使你不僅能清楚地記得你看見過或聽到過的一切東西，同時還要使你有一個清醒的頭腦，使你能看到人們在你面前談到或講到的事情。」

「好的，那眞是太好了！」老路燈說。「我感謝你，只要我不會被熔掉！」

「大概還不會的，」風兒說。「現在我將吹起你的記憶。如果你能多有幾件這樣的禮物，你的老年就可以過得很愉快了！」

「只要我不會被熔掉！」路燈說。「也許，即使如此，你還能保證我有記憶吧！」

「老路燈，請放理智些吧！」風兒說。於是風就吹起來。這時月亮露臉了。

「你將送點什麼禮物呢？」風兒問。

「我什麼也不送，」月亮說。「我快要缺口了。燈兒從來不借光給我。相反地，我倒常常借光給它。」

說完這話以後，月亮就又鑽到雲塊後面去了，它不願意人們來麻煩它。

有一滴水從通風口裡落進來。這滴水好像是從屋頂上滴下來的。不過它說它是從烏雲上滴下來的，而且還是一件禮物——可能是一件最好的禮物。

「我將浸潤你的全身，使得你——如果你願意的話——獲得一種力量，叫你一夜就把全身鏽掉，化成灰塵。」

不過路燈認為這是一件很不好的禮物；風兒也同意這種看法。

「再沒有更好的嗎？再沒有更好的嗎？」風呼呼地使勁吹著。

這時一顆明亮的流星落下來了，形成一條長長的光帶。

「那是什麼？」青魚頭大聲說。「不是一顆星落下來了嗎？我以為它落到路燈裡去了！如果地位這樣高的人物也來要他的位置，那麼我們最好還是回去睡覺的好！」

它這樣做了，其餘的兩位也這樣做了！不過老路燈忽然發出一道強烈的光來。

「這是一件可愛的禮物，」它說。「我一直非常喜愛這些明星，他們發出那麼美麗的光，不管我怎樣努力和爭取，我自己是怎麼也做不到的；他們居然注意起我這盞寒酸的老路燈來，派一顆星送一件禮物給我，使我有一種機能把我所記得的和看見的東西也讓我所喜歡的人能夠看到。這才是真正的快樂哩。因為凡是我們不能跟別人共享的快樂，只能算是一半的快樂。」

「這是一種值得尊敬的想法！」風兒說。「不過你不知道，

爲了達到這種目的，蠟燭是必要的。如果你的身體裡沒有燃著一
支蠟燭，別人也不會看見你的任何東西。星星沒有想到這一點，
他們以爲凡是發光的東西，身體裡都有一根蠟燭。但是我現在睏
了！」風兒說，「我要睡了！」於是風就睡著了。

　　第二天——是的，我們可以把第二天跳過去。第二天晚上，
路燈躺在一張椅子上。這是什麼地方呢？在那個老守夜人的屋
子裡。他曾經請求過那「三十六位先生」，准許他保留住這盞燈，
做爲他長期忠實服務的一種報酬。他們對他的要求大笑了一
場；他們把這路燈送給了他。現在這燈就躺在一個溫暖的火爐
旁的靠椅上。路燈彷彿比以前長得更大了，因爲它幾乎把整張椅
子都塞滿了。

　　這對老夫婦正在坐著吃晚飯，同時用溫柔的眼光望著這盞
老路燈。他們倒很想讓它坐上飯桌呢。

　　他們住的地方事實上是一個地窖，比地面要低兩碼。要走進
這房間裡去，人們得通過一個鋪著石子的過道。不過這裡是很舒
適的；門上貼著許多布條，一切東西都顯得清潔和整齊；床的
周圍和小窗上都掛著帘子。窗台上放著兩個奇怪的花盆——是
水手克利斯仙從東印度或西印度帶回來的。那是用泥土燒成的
兩隻象。這兩隻動物都沒有背；不過代替背的是人們放在它們
身軀中的土，土裡還開出了花：一隻象裡長出美麗的青蔥
——這是這對老年人的菜園；另一隻象裡長出一棵大天竺葵
——這是他們的花園。牆上掛著一張大幅的彩色畫，描寫維也納
會議③的情景。你一眼就可以看到所有的國王和皇帝。那架有
沉重鉛擺的波爾霍爾姆鐘④在「滴答！滴答！」地走著，而它

老是走得太快。不過這對老年人說來，這比走得慢要好得多。

他們吃著晚飯。這盞路燈，正如剛才說過了的，是躺在火爐旁邊的一個靠椅上。對路燈說來，這就好像整個世界翻了一個面。不過這個老守夜人望著它，談起他們兩人在雨和霧中，在短短的明亮夏夜裡，在那雪花紛飛、使人想要回到地窖裡的家去的那些生活經歷，這時候，老路燈的頭腦就又變得清醒起來。那些生活又清清楚楚地在它面前出現。是的，風兒把它弄得亮起來了。

這對老人是很樸素和勤儉的。他們沒有浪費過一分鐘。在星期日下午他們總是拿出一兩本書來讀———一般說來，總是遊記一類的讀物。老頭兒高聲地讀著關於非洲、關於藏有大森林和野象的故事。老太太總是注意地聽著，同時偷偷地看著那對做為花盆的泥象。

「我幾乎像是親眼看到過一樣！」她說。

這時路燈特別希望它身體裡能有一根蠟燭在燃燒著，好叫這個老太太像它一樣能把一切東西都看得清清楚楚：那些枝椏交叉在一起的高大樹木啦，騎在馬上的裸體黑人啦，用又寬又笨的腳在蘆葦和灌木上踩過去的一群一群的象啦！

「如果我沒有蠟燭，那麼我的機能又有什麼用呢？」路燈嘆了一口氣。「他們只有清油和牛油燭，這個不夠！」

有一天，地窖裡有了一紮蠟燭頭，較大的那幾根被點著了；最小的那幾根老太太要在做針線時用來擦線。這樣一來，蠟燭倒是有了，但是沒有人想起放一小根到路燈裡面去。

「我現在和我稀有的機能全在這兒！」路燈想。「我身體裡

面什麼都有，但是我沒有辦法讓他們來分享！他們不知道，我能在這白色的牆上變出最美麗的壁毯、豐茂的森林，和他們所能希望看到的一切東西。」

但是路燈待在牆角裡，被擦得乾乾淨淨，弄得整整齊齊，引起所有的眼睛的注意。人們說它是一件老廢料；不過那對老年夫婦倒不在乎，仍然愛這路燈。

有一天老守夜人的生日到來了。老太太走近這盞燈，溫和地微笑了一下，說：

「我今晚要為他把燈點一下！」

路燈把它的鐵蓋嘎嘎地響了一下，因為它想：「現在我要為他們亮起來了。」但是它裡面只是加進了油，而沒有放蠟燭。路燈點了一整晚，只有現在它才懂得，星星所送給它的禮物的──一切禮物之中最好的一件禮物──恐怕只能算是它餘生中一件專用的「祕寶」了。這時它做了一個夢──凡是一個有稀有機能的人，做夢是不太難的。它夢見這對老夫婦都死了，它自己則被送進一個鐵鋪裡熔掉了。它驚恐的程度，跟它那天要到市政府去、要被那「三十六位先生」檢查時差不多。雖然假如它願意的話，它有一種能力可以使自己生鏽和化為灰塵，但是它並不這樣做。它卻走進熔爐裡去，被鑄成了一架可以插蠟燭的最漂亮的燭台。它的形狀是一個抱著花束的天使；而蠟燭就插在這個花束的中央。這燭台在一張綠色的寫字枱上占了一個地位。這房間是非常舒適的；房間裡有許多書籍，牆上掛著許多名畫。這是一個詩人的房間。他所想的和寫的東西都在它的周圍展開。這房間有時變成深鬱的森林，有時變成太陽光照著的、有鸛鳥在漫步的

草原，有時變成在波濤洶湧的海上航行著的船。

「我有多麼奇妙的機能啊！」老路燈醒來的時候說。「我幾乎想要熔化了！不行！只要這對老夫婦還活著，我絕不能這樣做！他們因為我是一盞路燈才愛我。我像他們的一個孩子。他們洗擦我，餵我油吃。我現在情況好得像整個維也納會議⑤，這真是一件了不起的事情！」

從那時候起，它享受著內心的平安，而這盞和善的老路燈也應當有這種享受。[1847 年]

───────────────

這個故事最初收集在《新的童話》第二卷第一部裡。1847 年哥本哈根的舊式路燈被燃煤氣的新式路燈所代替，因此安徒生就寫了這篇故事。舊的路燈被淘汰了，成為廢鐵，面臨進熔鐵爐的命運──當然這也不一定是最悲慘的命運：它可能重新被鑄成一架可以插蠟燭的最漂亮燭台。老路燈就在做著這樣的夢。但守夜人與它長期相處，對它產生了感情，把它擦得「乾乾淨淨」，讓它「躺在一個溫暖的火爐邊的靠椅上」，「用溫柔的眼光望著」它，很想「讓它坐上飯桌呢！」老路燈做了那些美妙而荒唐的夢後，最後也不想要熔化了！「不行！只要這對夫婦還活著，我絕不能這樣做！他們因為我是一盞路燈才愛我。我像他們的一個孩子……這真是一件了不起的事情！」但是這種「了不起的事情」，一般講求實際的人恐怕很難理解；更說不上欣賞。

【註釋】

①即屋頂下那間低矮的房間。一般是當做儲藏室使用的。只有窮學生和藝術家住在裡
　面。

②這是丹麥市政府裡參議員的總數。

③維也納會議，是法國拿破崙帝國崩潰的時候，英、俄、普、奧等歐洲國家於
　1814～1815 年在維也納召開的重新瓜分歐洲領土的會議。但這個會議沒有解決什
　麼問題。參加的要人們只是開舞會，舒服了一陣子。

④波爾霍爾姆(Bornholm)是丹麥的一個小島，以製鐘著名。

⑤這裡安徒生說的是一句諷刺的話。

老頭子做事總不會錯

現在我要告訴你一個故事。那是我小時候聽來的。從那時起，我每次一想到它，就似乎覺得它更可愛。故事也跟許多人一樣，年紀越大，就越顯得可愛。這真是有趣極了！

我想你一定到鄉下去過吧？你一定看到過一個老農舍。屋頂是草紮的，上面零亂地長了許多青苔和小植物。屋脊上有一個鸛鳥巢，因為我們沒有鸛鳥是不行的。牆兒都有些傾斜，窗子也都很低，而且只有一扇窗子是可以開的。麵包爐從牆上凸出來，

像一個胖胖的小肚皮。有一棵接骨木樹斜斜地靠著圍籬。這兒有一棵結結疤疤的柳樹，樹下有一個小水池，池裡有一隻母雞和一群小鴨。是的，還有一隻看家狗。它對什麼來客都要叫幾聲。

鄉下就只有這麼一個農舍。這裡面住著一對年老的夫婦──一個莊稼人和他的妻子。不管他們的財產少得多麼可憐，他們總覺得放棄幾件東西沒有什麼關係。比如他們的一匹馬就可以放棄。它依靠路旁溝裡的一些青草活著。老農人到城裡去騎著它，他的鄰居也借它去用，偶爾幫忙這對老夫婦做點活，做為報酬。不過他們覺得最好還是把這匹馬賣掉，或者用它交換些對他們更有用的東西。但是應該換些什麼東西呢？

「老頭子，你知道得最清楚呀，」老太婆說。「今天鎮上是集日，你騎著它到城裡去，把這匹馬賣點錢回來，或者交換一點什麼好東西：你做的事總不會錯的。快到集上去吧！」

於是她替他裹好圍巾，因為她做這件事比他能幹；她把它打成一個雙蝴蝶結，看起來非常漂亮。然後她用她的手掌心擦了幾下他的帽子。同時在他溫暖的嘴上接了一個吻。這樣，他就騎著這匹馬兒走了。他要賣掉它，或者拿它換一件什麼東西。是的，老頭兒知道他應該怎樣來辦事情的。

太陽照得像火一樣，天上見不到一塊烏雲。路上布滿了灰塵，因為有許多去趕集的人不是趕著車子，便是騎著馬，或者步行。太陽是火熱的，路上沒有一塊地方可以找到蔭處。

這時有一個人拖著步子，趕了一隻母牛走來，這隻母牛很漂亮，不比任何母牛差。

「它一定能生產最好的奶！」農人想。「把馬兒換一頭牛吧

——這一定很合算。」

「喂，你牽著一頭牛！」他說。「我們可不可以在一起聊幾句？聽我講吧——我想一匹馬比一頭牛的價值大，不過這點我倒不在乎。一頭牛對於我更有用。你願意跟我交換嗎？」

「當然我願意的！」牽著牛的人說。於是他們就相互交換。

這椿生意就做成了。農人本可以回家去的，因為他所要做的事情已經完成。不過他既然計畫去趕集，所以他就決定去趕集，就是去看一下也好。因此他就牽著他的牛去了。

他很快地向前走，牛也跟著很快地向前走。不一會兒他們趕上了一個趕羊的人。這是一隻很漂亮的羊，非常健壯，毛也好。

「我倒很想有這匹牲口，」農人心裡想。「它可以在我們的溝旁邊找到許多草吃。冬天它可以跟我們一起待在屋子裡。有一頭羊可能比有一頭牛更實際些吧！我們交換好嗎？」

趕羊人當然是很願意的，所以這筆交易馬上就做成了。於是農人就牽著他的一頭羊在大路上繼續往前走。

他在路上一個橫柵欄邊看到另一個人；這人臂下夾著一隻大鵝。

「你夾著一個多麼重的傢伙！」農人說，「它的毛長得多，而且它又很肥！如果把它繫上一根線，放在我們的小池子裡，那倒是蠻好的呢。我的老女人可以收集些蘋果皮給它吃。她說過不知多少次：『我真希望有一隻鵝！』現在她可以有一隻了。——它應該屬於她才是。你願不願意交換？我把我的羊換你的鵝，而且我還要感謝你。」

對方一點也不表示反對。所以他們就交換了；這個農人得

到了一隻鵝。

　　這時他已經走進了城。公路上的人越來越多，人和牲口擠做
一團。他們在路上走，緊貼著溝沿走，一直走到柵欄那兒收稅人
的馬鈴薯田裡去了。這人有一隻母雞，她被繫在田裡，為的是怕
人多把它嚇慌了，弄得它跑掉。這是一隻短尾巴的雞，它不停地
眨著一隻眼睛，看起來倒是滿漂亮的。「咕！咕！」這雞說。它
說這話的時候，究竟心中在想什麼東西，我不能告訴你。不過，
這個種田人一看見，心中就想：「這是我一生所看到的最好的
雞！咳，它甚至比我們牧師的那隻抱雞母還要好。我的天，我倒
很想有這隻雞哩！一隻雞總會找到一些麥粒，自己養活自己
的。我想拿這隻鵝來換這隻雞，一定不會吃虧。」

　　「我們交換好嗎？」他說。

　　「交換！」對方說，「唔，那也不壞！」

　　這樣，他們就交換了。柵欄旁的那個收稅人得到了鵝；這個
莊稼人帶走了雞。

　　他在到市集去的路上已經做了不少的交易了。天氣很熱，他
也感到累，他想吃點東西，喝一杯燒酒。他現在來到一個酒店門
口，他正想要走進去，但店裡一個伙計走出來了；他們恰恰在門
口碰頭。這伙計背著一滿袋子的東西。

　　「你袋子裡裝的是什麼東西？」農人問。

　　「爛蘋果，」伙計說。「一滿袋子餵豬的爛蘋果。」

　　「這堆東西可不少！我倒希望我的老婆能見見這個世面
呢。去年我們炭棚子旁的那棵老蘋果樹只結了一個蘋果。我們把
它保藏起來；它待在碗櫃一直待到裂開為止。『那總算是一筆

財產呀，』我的老婆說。現在她可以看到一大堆財產了！是的，
我希望她能看看。」

「你打算出什麼價錢呢？」伙計問。

「價錢嗎？我想拿我的鷄來交換。」

所以他就拿出那隻鷄來，換得了一袋子爛蘋果，他走進酒
店，一直到酒吧間裡去。他把這袋蘋果放在爐子旁邊靠著，一點
也沒有想到爐子裡正燒著火。房間裡有許多客人──販馬的，販
牲口的，還有兩個英國人：他們非常有錢，他們的衣袋裡都是鼓
得滿滿的。他們還打起賭來呢！關於這事的下文，你且聽吧！

嘶──嘶──嘶！嘶──嘶──嘶！爐子旁邊發出的是什
麼聲音呢？這是蘋果開始正烤爛的聲音。

「那是什麼呢？」

唔，他們不久就知道了。他怎樣把一匹馬換得了一頭牛，以
及隨後一連串的交換，一直到換得爛蘋果爲止的這整個故事，都
由他親自講出來了。

「乖乖！你回到家裡去時，包管你的老婆會結結實實地打你
一頓！」那兩個英國人說。「她一定會跟你吵一架。」

「我將會得到一個吻，而不是一頓痛打，」農人說。「我的
女人將會說：老頭子做的事兒總是對的。」

「我們打一個賭好嗎？」他們說。「我們可以用滿桶的金幣
來打賭──一百鎊對一百一十二鎊！」

「一斗金幣就夠了，」農人回答說。「我只能拿出一斗蘋果
來打賭，但是我可以把我自己和我的老女人加進去──我想這
加起來可以抵得上總數吧！」

「好極了！好極了！」他們說。於是賭注就這麼確定了。

店老闆的車子開出來。那兩個英國人坐上去，農人也坐上去，爛蘋果也坐上去了。不一會兒他們來到了農人的屋子前面。

「晚安，老太太。」

「晚安，老頭子。」

「我已經把東西換來了！」

「是的，你自己做的事你自己知道，」老太婆說。

於是她擁抱著他，把那袋東西和客人們都忘記掉了。

「我把那匹馬換了一頭母牛，」他說。

「感謝老天爺，我們有牛奶吃了，」老太婆說。「現在我們桌上可以有奶做的食物、奶油和乾奶酪了！這眞是一椿最好的交易！」

「是的，不過我把那頭牛換了一隻羊。」

「啊，那更好！」老太婆說。「你眞想得周到：我們有的是給羊吃的草。現在我們可以有羊奶、羊奶酪、羊毛襪子了！是的，還可以有羊毛睡衣！一頭母牛產生不了這麼多的東西！她的毛只會白白地掉落。你眞是一個想得非常周到的丈夫！」

「不過我把羊又換了一隻鵝！」

「親愛的老頭子，那麼我們今年在馬丁節①的時候可以眞正有鵝肉吃了。你老是想種種辦法來使我快樂。這眞是一個美麗的想法！我們可以把這鵝繫住，在馬丁節以前它就可以長肥了。」

「不過我把這隻鵝換了一隻鷄，」丈夫說。

「一隻鷄？這椿交易做得好！」太太說。「鷄會生蛋，蛋可

以孵小雞，那麼我們將要有一大群小雞，將可以養一大院子的雞了！啊，這正是我所希望的一件事情。」

「是的，不過我已經把那隻雞換了一袋子爛蘋果。」

「現在我非得給你一個吻不可，」老太婆說。「謝謝你，我的好丈夫！現在我要告訴你一件事情。你知道，今天你離開以後，我就想今晚要做一點好東西給你吃。我想最好是雞蛋餅加點香菜。我有雞蛋，不過我沒有香菜。所以我到學校老師那兒去──我知道他們種的有香菜。不過老師的太太，那個寶貝婆娘，是一個吝嗇的女人。我請求她借給我一點。『借？』她對我說：『我們的菜園裡什麼也不長，連一個爛蘋果都不結。我甚至連一個蘋果都沒法借給你呢！』不過現在我可以借給她十個，甚至一整袋子爛蘋果呢！老頭子，這真叫人好笑！」

她說完這話後就在他的嘴上接了一個響亮的吻。

「我喜歡看這幅情景！」兩個英國人齊聲說。「老是走下坡路，而卻老是快樂。這件事本身就值錢。」

所以他們就付給這個種田人一百一十二鎊金子，因為他沒有挨打，而是得到了吻。

是的，如果一個太太相信自己丈夫是世上最聰明的人和承認他所做的事總是對的，她一定會得到好處。

請聽著，這是一個故事！這是我在小時候聽到的。現在你也聽到它了，並且知道那個老頭子做的事兒總是對的。[1861 年]

這個故事發表於 1861 年在哥本哈根出版的《新的童話和故事集》第二卷第一部。主角是個典型的農民。他生性善良，勤勞節儉，純眞樸質，熱愛自己的工作和家庭，他考慮問題總是從他家庭的實際出發，儘管他的考慮在一般人看來不免顯得很荒唐。他把價值高的一頭牛換了一頭價值低的羊，但是他很滿意，因爲「它可以在我們的溝旁找到許多草吃。冬天它可以跟我們一起待在屋子裡。」接著他又把羊換了一隻鵝，直到他最後換成一袋子爛蘋果。不管他怎麼吃虧，他總覺得他換的東西對他家有用，可以給他的生活帶來愉快。一般人都認爲他是個蠢材，回到家去一定會受到妻子的痛罵。所以兩個有錢的英國人願意和他打賭。他們不懂得農民的純樸和他們純樸的愛情。那個老農婦的想法完全和丈夫一樣，認爲「老頭子做的事總不會錯。」因此老頭子不但沒有挨打挨罵，「而是得到了吻」，那兩個只考慮眼前利益的英國人所下的賭注也就輸了。

關於這個故事的背景，安徒生在手記中寫道：「這個故事是我小時候聽到的。」1860 年 12 月 4 日，他從瑞士旅行歸來，在日記中寫道：「我換掉了我的金幣，然後我把一個拿破崙（幣名）以十四個先令的價錢賣了，比我買它們的時候價格減少了。」12 月 5 日他又寫道：「晚間在家裡寫關於一個人把馬換成牛的故事。」他當時心情很不愉快，因爲他換金幣上了當。

【註釋】

①馬丁節（Mortensdag）是在十一月十一日舉行，在歐洲的許多國家裡，這個日子說

明冬季的開始,等於我們的「立冬」。丹麥人在這天吃鵝肉。

老房子

街上有一幢很老很老的房子，它幾乎有三百年的歷史，這一
點，人們在它的大樑上就可以看得出來；那上面刻著鬱金香和
牽藤的啤酒花花紋──在這中間刻著的是它興建的年月日。在
那上面人們還可以看到整首用古老的字體刻出來的詩篇。在每
扇窗子的橫木條上還刻著做出譏笑樣子的臉譜。第二層樓比第
一層樓向外突出很多；屋簷下有一個刻著龍頭的鉛水管。雨水
本來應該是從龍的嘴裡流出來的，但它卻從它的肚皮中冒出來

了，因爲水管有一個洞。

　　街上所有的別的房子都是很新、很整齊的；它們的牆很光
滑，窗玻璃很寬，人們可以看得出，它們不願意跟這座老房子有
什麼來往。它們無疑地在想：「那個老垃圾堆做爲街上的一個笑
柄，還能站得住多久呢？它的吊窗凸出牆外太遠，誰也不能從我
們的窗子這邊看到那邊所發生的事情。它的樓梯寬得像宮殿裡
的樓梯，高得像是要通到一個教堂的塔裡面去。它的鐵欄杆像一
個家庭墓窖的門──上面還裝置著黃銅小球。這眞可笑！」

　　它的對面也是整齊的新房子。它們也有同樣的看法。不過這
兒有一個孩子坐在窗子裡面。他有一副紅潤的面孔和一對閃耀
的眼睛。他特別喜歡這幢老房子，不論在太陽光裡或在月光裡都
是這樣。他看到那些泥灰全都脫落了的牆壁，就坐著幻想出許多
奇怪的圖景來──這條街、那些樓梯、吊窗和尖尖的山形牆，在
古時會像一個什麼樣子呢？他可以看到拿著戟的兵士，以及形
狀像龍和鮫的水管。

　　這的確是一幢值得一看的房子！那裡面住著一個老人。他
穿著一條天鵝絨的馬褲，一件有大黃銅扣子的上衣；他還戴著
一副假髮①──人們一眼就可以看出這是眞正的假髮。每天早
晨有一個老僕人爲他打掃房間和跑腿。除此以外，這座老房子裡
就只孤獨地住著這位穿天鵝絨馬褲的老人了。他偶爾來到窗
前，朝外面望一眼。這時這個小孩就對他點點頭，做爲回答。他
們就這樣相互認識了，而且成了朋友，雖然他們從來沒有講過一
句話。不過事實上也沒有這個必要。

　　小孩曾經聽到他的父母說過：「對面的那個老人很富有，不

過他是非常孤獨的！」

　　在下一個星期天，這孩子用一張紙包了一點東西，走到門口。當那個爲這老人跑腿的僕人走過時，他就對他說：

　　「請聽著！你能不能把這東西帶給對面的那個老人呢？我有兩個錫兵②。這是其中的一個；我要送給他，因爲我知道他是非常孤獨的。」

　　老僕人表示出高興的樣子。他點了點頭，於是就把錫兵帶到老房子裡去了。不久他就來問小孩，願意不願意親自去拜訪一次。他的爸爸媽媽准許他去。所以他就去拜訪那老房子了。

　　台階欄杆上的那些銅球比平時要光亮得多；人們很可能以爲這是專門爲了他的拜訪而擦亮的。那些雕刻出來的號手——因爲門上都刻著號手，他們立在鬱金香花裡——都在使勁地吹喇叭！他們的雙頰比以前要圓得多。是的，他們在吹：嗒——嗒——啦——啦！小朋友到來了！嗒——嗒——啦——啦！」於是門便開了。

　　整個走廊裡掛滿了古老的畫像：穿著鎧甲的騎士和穿著絲綢的女子。鎧甲發出響聲，綢衣在窸窸窣窣地顫動。接著就是一個樓梯。它高高地伸向上面去，然後就略微彎下一點。這時你就來到一個陽台上。它的確快要塌了。到處是長長的裂痕和大洞，不過它們裡面卻長出了許多草和葉子。陽台、院子和牆都長滿了那麼多的綠色植物，所以它們整個看起來像一座花園。但這還不過是一個陽台。

　　這兒有些古舊的花盆；它們都有一個面孔和驢耳朵。花兒自由自在地隨處亂長。有一個花盆全被石竹花鋪滿了，這也就是

說：長滿了綠葉子，冒出了許多嫩芽——它們在很清楚地說：
「空氣撫愛著我，太陽吻著我，同時答應讓我在下星期日開出一
朵小花——下星期日開出一朵小花啦！」

於是他走進一個房間。這兒的牆上全都糊滿了豬皮；豬皮
上印著金花。牆兒說：

　　　　鍍金消失得很快，
　　　　但豬皮永遠不壞！

沿牆擺著許多高背靠椅；每張椅子都刻著花紋，而且還有
扶手。

「請坐吧！請坐吧！」它們說。「啊，我的身體真要裂開
了！」像那個老碗櫃一樣，我想我一定得了痛風病！我背上得了
痛風病，噢！」

不一會兒孩子走進一個客廳，那扇吊窗就在這兒，那個老人
也在這兒。

「親愛的小朋友，多謝你送給我的錫兵！」老人說，「多謝
你來看我！」

「謝謝！謝謝！」——也可以說是——「嘎！啪！」這是所
有的家具講的話。它們的數目很多，當它們都來看這孩子的時
候，它們幾乎擠做一團。

牆中央掛著一個美麗女子的畫像。她的樣子很年輕和快
樂，但是卻穿著古時的衣服；她的頭髮和挺直的衣服都撲滿了
粉。她既不說「謝謝」，也不說「啪」；她只是用溫和的眼睛望著

這個小孩子。他當時就問這老人：

「您從什麼地方弄到這張像的？」

「從對面的那個舊貨商人那裡！」老人說。「那兒掛著許多畫像。誰也不認識他們，也不願意去管他們，因為他們早就被埋葬掉了。不過從前我認識這個女子，現在她已經死了，而且死了半個世紀啦！」

在這幅畫下邊，在玻璃的後面，掛著一束枯萎了的花。它們無疑也有半個世紀的歷史，因為它們的樣子很古老。那個大鐘的擺搖來搖去；鐘上的針在轉動。這房間裡每件東西在時時刻刻地變老，但是人們卻不覺得。

小孩子說：「家裡的人說，你一直是非常孤獨的！」

「哎，」老人說，「舊時的回憶以及與回憶相關的事情，都來拜訪，現在你也來拜訪了！我感到非常快樂！」

於是他從書架上取出一本畫冊：那裡面有許多我們現在見不到的華麗的馬車行列、許多打扮得像紙牌上的「傑克」的兵士和揮著旗子的市民。裁縫揮著的旗幟上繪有一把由兩隻獅子抬著的大剪刀；鞋匠揮著的旗子上繪有一隻雙頭鷹——不是靴子，因為鞋匠必須把一切東西安排得使人一看就說：「那是一雙。」是的，就是這樣的一本畫冊！

老人走到另外一個房間去拿一些蜜餞、蘋果和硬殼果來——這個房子裡的一些東西真是可愛。

「我再也忍受不了！」立在五斗櫃上的那個錫兵說。「這兒是那麼寂寞，那麼悲哀。一個慣於過家庭生活的人，在這兒實在住不下去！我再也忍受不了！日子已經夠長了，而晚間卻是更

長！這兒的情形跟他們那兒的情形完全不一樣。你的爸爸和媽
媽總是愉快地在一起聊天，你和其他可愛的孩子也發出高興的
鬧聲。嗨！這個老人，他是多麼寂寞啊！你以為他會得到什麼吻
嗎？你以為會有人溫和地看他一眼嗎？或者他會有一棵聖誕樹
嗎？他什麼也沒有，只有等死！我再也忍受不了！」

　　「你不能老是從悲哀的角度去看事情呀！」小孩子說。「我
覺得這兒什麼東西都可愛！而且舊時的回憶以及與回憶相關的
事情都到這兒來拜訪！」

　　「是的，但是我看不見它們，也不認識它們！」錫兵說。「我
再也忍受不了！」

　　「你要忍受下去，」小孩子說。

　　這時老人帶著一副最愉快的面孔和最甜美的蜜餞、蘋果以
及硬殼果走來了。小孩子便不再想起錫兵了。

　　這個小年輕人，懷著幸福和高興的心情，回到家來。許多日
子、許多星期過去了。和對面那個老房子，又有許多往返不停的
點頭。最後孩子又走過去拜訪了。

　　那些雕刻的號手又吹起：「嗒——啦——啦，嗒——啦
——啦！小朋友又來了！嗒——啦——啦！」接著那些騎士身
上的劍和鎧甲又響起來了，那些綢衣服又沙沙地動起來了。那些
豬皮又講起話來了，那些老椅子的背上又有痛風病了。噢！這跟
第一次來的時候完全一樣，因為在這兒，這一天，這一點鐘完全
跟另一天，另一點鐘是一樣的。

　　「我再也忍受不了！」錫兵說。「我已經哭出了錫眼淚！這
兒是太悲哀了！我寧願上戰場，犧牲掉我的手和腳——這種生

活總算還有點變化。我再也忍受不了！現在我才懂得，回憶以及與回憶相關的事情來拜訪是一種什麼味道！我的回憶也來拜訪了。請相信我，結果並不是太愉快。我幾乎要從五斗櫃上跳下來了。你們在對面房子裡面的情形，我看得清清楚楚，好像你們就在這兒一樣。又是一個禮拜天的早晨──你們都很熟悉的一天！你們孩子圍繞桌子站著，唱你們每天早晨唱的聖詩。你們把手合在一起，莊嚴地站著；爸爸和媽媽也是同樣地莊嚴。於是門開了，小妹妹瑪麗亞被領進來了──她還不到兩歲；無論什麼時候，只要她聽到音樂或歌聲，而且不管什麼音樂或歌聲，她就跳起舞來。她還不大會跳，但是她卻要馬上跳起來，雖然她跳得不合拍子，因為拍子是太長了。她先用一隻腿站著，把頭向前彎，然後又用另一隻腿站著，又把頭向前彎，可是這次卻彎得不好。你們都站著不發一聲，雖然這是很困難的。但是我在心裡卻笑起來了，因此我就從桌上滾下來了，而且還跌出一個包來──這個包現在還在──因為我笑是不對的。但是這一切，以及我所經歷的許多事情，現在又來到我的心裡──這一定就是回憶以及與回憶相關的事情了。請告訴我，你們仍然在禮拜天唱歌嗎？請告訴我一點關於小瑪麗亞的消息好嗎？我的老朋友──那另一個錫兵──現在怎樣了？是的，他一定是很快樂的！──我卻是再也忍受不了！」

「你已經被送給別人了！」小孩子說。「你應該安下心來。這一點你看不出來嗎？」

這時那個老人拿著一個抽屜走進來。抽屜裡有許多東西可看：粉盒、香膏盒、舊撲克牌──它們都很大，還鍍著金，現在

我們是看不到這樣的東西的。他還抽開了許多抽屜，拉開了一架
鋼琴，鋼琴蓋上繪著風景畫。當這老人彈奏時，鋼琴就發出粗啞
的聲音。於是他就哼出一支歌來。

「是的，她也能唱這支歌！」他說。於是他就對這幅從舊貨
商人那兒買來的畫點點頭。老人的眼睛變得明亮起來。

「我要到戰場上去！我要到戰場上去！」錫兵盡量提高嗓子
大叫；接著他就栽到地上去了。

是的，他到什麼地方去了？老人在找，小孩也在找，但是他
不見了，他失蹤了。

「我會找到他的！」老人說。不過他永遠也沒有找到他，因
為地板上有許多洞和裂口。錫兵滾到一個裂口裡去了。他躺在那
裡，好像躺在一個沒有覆土的墳墓裡一樣。

這一天過去了。小孩子回到家裡。一星期又過去了，接著又
有許多星期過去了。窗子上都結了冰，小孩子得坐下來，在窗玻
璃上用嘴哈氣融出一個小視孔來看看那座老房子。雪花飄進那
些刻花和刻字中間去，把整個台階都蓋住了，好像這座老房子裡
沒有住著什麼人似的。的確，這裡現在沒有人，因為那個老人已
經死了！

黃昏的時候，門外停著一輛馬車，人們把他放進棺材，抬上
馬車。他不久就要給埋進他鄉下的墳墓裡，他現在就要被運到那
兒去，可是沒有人來送葬，因為他所有的朋友都已經死了。當棺
材被運走時，小孩子在後面用手對他飛吻。

幾天以後，這座老房子裡舉行一次拍賣。小孩子從他的窗子
裡看到那些古老的騎士和女子、那些有長耳朵的花盆、那些古舊

的椅子和碗櫥，統統都被人搬走了。有的搬到這兒去，有的搬到那兒去。她的畫像——在那個舊貨商店裡找來的——仍然回到那個舊貨商店裡去，而且一直掛在那裡，因爲誰也不認識她，誰也不願意要一張老畫。

　　到了春天，這座房子就被拆掉了，因爲人們說它是一堆爛垃圾。人們可以從街上一眼就看到牆上貼著豬皮的那個房間。這些皮已經被拉下來，並且撕碎了。陽台上那些綠色植物凌亂地在倒下的屋樑間懸著。現在人們要把這塊地方掃清。

　　「這才好啦！」周圍的房子說。

　　一幢漂亮的新房子建起來了；它有寬大的窗子和平整的白牆。不過那座老房子原來所在的地方恰恰成了一個小花園。鄰近的牆長滿了野生的葡萄藤。花園前面有一道鐵欄杆和一個鐵門。它們的樣子很莊嚴。行人在它們前面停下步子，朝裡面望。

　　麻雀成群地棲在葡萄藤上，嘰嘰喳喳地互相叫著。不過它們不是談論關於那幢老房子的事情，因爲它們記不清那些事。許多年已經過去了，那個小孩子已經長大成人，長成了一個像他父母所期望的有能力的人。他剛結婚不久。他要和他的妻子搬進這幢有小花園的房子裡來。當她正在栽一棵她認爲很美麗的野花的時候，他站在她的身邊。她用小巧的手栽著花，用指頭在花周圍緊按上一些泥土。

　　「噢，這是什麼？」她覺得有件什麼東西刺著了她。

　　有一件尖東西在柔軟的泥土裡冒出來了。想想看吧！這就是那個錫兵——在那個老人房間裡跑掉的錫兵。他曾經在爛木

頭和垃圾裡混了很久，最後又在土裡睡了許多年。

　　年輕的妻子先用一片綠葉子，然後又用她美麗的、噴香的手帕把錫兵擦乾淨。錫兵好像是從昏睡中恢復了知覺。

　　「讓我瞧瞧他吧！」年輕人說。於是他笑起來，搖著頭。「啊！這不可能就是他，但是他使我記起了我小時候跟一個錫兵的一段故事！」

　　於是他就對他的妻子講了關於那座老房子、那個老人和錫兵的故事。他把錫兵送給了老人，因爲他是那麼孤獨。他講得那麼仔細，好像是眞事一樣。年輕的妻子不禁爲那座老房子和那個老人流出淚來。

　　「這也許就是那個錫兵！」她說。「讓我把他保存起來，以便記住你所告訴我的這些事情。但是你得把那個老人的墳指給我看！」

　　「我不知道它在什麼地方呀，」他說，「誰也不知道它！他所有的朋友都死了；沒有誰去照料它，而我自己那時還不過是一個小孩子！」

　　「那麼他一定是一個非常孤獨的人了！」她說。

　　「是的，可怕地孤獨！」錫兵說，「不過他居然沒有被人遺忘掉，倒也眞使人高興！」

　　「高興！」旁邊一個聲音喊。但是除了錫兵以外，誰也看不出這就是過去貼在牆上的一塊豬皮。它上面的鍍金已經全沒有了。它的樣子很像潮濕的泥土，但它還是有它的意見。它說：

　　　鍍金消失得很快，

　　但豬皮永遠不壞！

　　不過錫兵不相信這套理論。〔1848 年〕

　　這個故事收集在《新的童話》第二卷第二部裡，主角是一位基本上已經快要走完人生道路的老人和一個剛剛進入人生的小男孩。兩人結成了在一般情況下不可能有的友誼。這是因爲：正如小男孩所說的，「我覺得這兒（老房子）什麼東西都可愛，而且舊時的回憶以及與回憶相關的事情都到這兒來拜訪！」人生就是這樣——平淡無奇的日子中也有使人（甚至對剛進入人世的孩子）留戀和喜愛的東西。寫這篇故事的誘因，安徒生在他的手記中說：「……1847 年詩人莫生（德國人，Julius Mosen，1803～1862）的小兒子在我離開奧登堡（Oldenborg，德國西北部的一個州）時，送給了我一個他的錫兵，爲的是使我不要感到太可怕、太寂寞。作曲家哈特曼（丹麥人，John Peter Hartmann，1805～1900）的兩歲女兒瑪莉日婭，只要一聽到音樂，就想跳舞。當她的哥哥和姊姊們來到房間裡唱聖詩的時候，她就要開始跳舞，但是她的音樂感不讓她做不合拍的動作，她只好站著，先用這隻腳，然後用另一隻，直到她進入聖詩的完滿節奏後開始不知不覺地跳起來。」

【註釋】

①古時歐洲的紳士和富人常常戴著假髮，以掩住禿頭，同時也借此顯得尊嚴一些。

②錫兵，這裡是指用鍍錫鐵皮做成的玩具兵。

天鵝的巢

在波羅的海和北海之間有一個古老的天鵝巢。它名叫丹麥。天鵝就是在它裡面生出來的，過去和現在都是這樣。它們的名字永遠不會被人遺忘。

在遠古的時候，有一群天鵝飛過阿爾卑斯山，在「五月的國度」①裡的綠色平原上落腳。住在這兒是非常幸福的。這一群天鵝叫做「長鬍子人」②。

另外一群天鵝長著發亮的羽毛和誠實的眼睛，飛向南方，在

拜占庭③落腳。它們在皇帝的座位周圍住下來，同時伸開它們的白色大翅膀，保護他的盾牌。這群天鵝叫做瓦林格人④。

法國的海岸上升起一片驚恐的聲音，因為嗜血狂的天鵝，拍著帶有火焰的翅膀，正在從北方飛來。人們祈禱著說：「願上帝把我們從這些野蠻的北歐人手中救出來！」

一隻丹麥的天鵝⑤站在英國碧綠的草原上，站在廣闊的海岸旁邊。他的頭上戴著代表三個王國的皇冠；他把他的權杖伸向這個國家的土地上。

波美爾⑥海岸上的異教徒都在地上跪下來，因為丹麥的天鵝，帶著繪有十字的旗幟和拔出的劍，向這兒飛來了。

那是很久、很久以前的事情！你會這樣說。

不過離我們的時代不遠，還有兩隻強大的天鵝從巢裡飛出來了。

一道光射過天空，射到世界的每個國土上。這隻天鵝拍著他的強大翅膀，撒下一層黃昏的煙霧。接著星空漸漸變得更清楚，好像是快要接近地面似的。這隻天鵝的名字是透卻・布拉赫⑦。

「是的，那是多少年以前的事情！」你可能說，「但是在我們的這個時代呢？」

在我們的這個時代裡，我們曾看見過許多天鵝在美麗地飛翔：有一隻⑧把他的翅膀輕輕地在金豎琴的弦上拂過去。這琴聲響遍了整個的北國：挪威的山似乎在古代的太陽光中增高了不少；松林和赤楊發出沙沙的回音；北國的神仙、英雄和貴婦人在深黑的林中偷偷地露出頭角。

我們看到一隻天鵝在一座大理石山上拍著翅膀⑨，把這座

山弄得崩裂了。被囚禁在這山中的美的形體，現在走到明朗的太
陽光中來。世界各國的人抬起他們的頭來，觀看這些絕美的形
體。

我們看到第三隻天鵝⑩紡著思想的線。這線繞著地球從這
個國家牽到那個國家，好使語言像閃電似地從這個國家傳到那
個國家。

我們的上帝喜歡這個位於波羅的海和北海之間的天鵝巢。
讓那些強暴的鳥兒從空中飛來顛覆它吧！「永遠不准有這類事
情發生！」甚至羽毛還沒有長全的小天鵝都會在這巢的邊緣守
衛——我們已經看到過這樣的事情。他們可以讓他們的柔嫩的
胸脯被啄得流血，但他們會用他們的嘴和爪奮鬥下去。

許多世紀將會過去，但是天鵝將會不斷地從這個巢裡飛出
來。世界上的人將會看見他們，聽見他們。要等人們真正說「這
是最後的一隻天鵝，這是天鵝巢裡發出的一個最後的歌聲」，那
時間還早得很呢！〔1852 年〕

這也是一首散文詩，最初發表在 1852 年 1 月 28 日出版的
《柏林斯克日報》(*Beslingske Tigende*) 上。這是一篇充滿愛國主
義激情的作品。但他所愛的是產生了文中所歌頌的那代表人類
文明和科學高水準成就的四個「天鵝的巢」。「許多世紀將會過
去，但是天鵝將會不斷地從這個巢裡飛出來。世界上的人將會看

見他們，聽見他們」。這個巢就是他的祖國丹麥。

【註釋】

①指義大利倫巴底亞(Lombardia)省的首府米蘭(Milano)。

②原文是 Longobarder，指住在義大利倫巴底亞省的倫巴底人(Lombardo)。

③這是東羅馬帝國的首都。

④原文是 Vaeringer，這是一種北歐人；他們在九世紀時是波羅的海上有名的海盜。
東羅馬帝國的近衛隊，就是由這些海盜組成的。

⑤指丹麥的克努得大帝(Knud, 942～1036)。他征服了英國和挪威，做過這三個國家
的皇帝。

⑥這是波羅的海的一個海灣。

⑦透卻・布拉赫(Tycho Brahè, 1546～1601)是丹麥的名天文學家。

⑧指 Adam Gottlob Oehlensehlägger，1779～1850，丹麥的名詩人。

⑨指多瓦爾生(Bertel Thorvaldsen，1768～1844)，丹麥的名雕刻家。

⑩指奧爾斯德特(Hans Christain Oersted，1777～1851)，丹麥的名電子學家。

創造

從前有一個年輕人，他研究怎樣做一個詩人。他想在復活節就成爲一個詩人，而且要討一個太太，靠寫詩來生活。他知道，寫詩不過是一種創造，而他卻不會創造。他出生得太遲；在他沒有來到這個世界以前，一切東西已經被人創造出來了，一切東西已經被作成了詩，寫出來了。

「一千年以前出生的人啊，你們眞是幸福！」他說。「他們容易成爲不朽的人！即使在幾百年以前出生的人，也是幸福

的，因爲那時他們還可以有些東西來寫成詩。現在全世界的詩都寫完了，我還有什麼詩可寫呢？」

他研究這個問題，結果他生起病來了。可憐的人！沒有什麼醫生可以治他的病！也許巫婆能夠治吧！她住在草場入口旁邊的一個小屋子裡。她專爲那些騎馬和坐車的人開草場的門。她能開的東西還不只門呢！她比醫生還要聰明，因爲醫生只會趕自己的車子和交付他的所得稅。

「我非去拜訪她一下不可！」這位年輕人說。

她所住的房子是旣小巧，又乾淨，可是樣子很可怕。這兒旣沒有樹，也沒有花；門口只有一窩蜜蜂，很有用！還有一小塊種馬鈴薯的地，也很有用！還有一條溝，旁邊有一個野李樹叢──已經開過了花，現在正在結果，而這些果子在沒有下霜以前，只要你嘗一下，就會把你的嘴酸得張不開。

「我在這兒所看到的，正是我們這個毫無詩意的時代的一幅圖畫！」年輕人想。這個在巫婆門口所起的感想可以說是像一粒金子。

「把它寫下來吧！」她說。「麵包屑也是麵包呀！我知道你爲什麼要到這兒來。你的文思乾涸，而你卻想在復活節成爲一個詩人！」

「一切東西早已被人寫完了！」他說；「我們這個時代並不是古代呀！」

「不對！」巫婆說：「古時巫婆總是被人燒死，而詩人總是餓著肚皮，衣袖總是磨穿了洞。現在是一個很好的時代，它是最好的時代！不過你看事情總是不滿意。你的聽覺不銳敏，你在晚

上也不唸《主禱文》。這裡有各色各樣的東西可以寫成詩，講成故事，如果你會講的話，你可以從大地的植物和收穫中汲取題材，你可以從死水和活水中汲取題材，不過你必須了解怎樣攝取陽光。現在請你把我的眼鏡戴上、把我的聽筒安上吧，同時還請你對上帝祈禱，不要老想著你自己吧！」

最後的這件事情最困難，一個巫婆不應該做這樣的要求。

他拿著眼鏡和聽筒；他被帶到一塊種滿了馬鈴薯的地裡去。她給他一個大馬鈴薯捏著。它裡面發出聲音來，它唱出一支歌：有趣的馬鈴薯之歌———一個分做十段的日常故事；十行就夠了。

馬鈴薯到底唱的是什麼呢？

它歌唱它自己和它的家族：馬鈴薯是怎樣到歐洲來的，在它還沒有被人承認比一塊金子還貴重以前，它們遭遇到了一些什麼不幸。

「朝廷命令各城的市政府把我們分配出去。我們有極大的重要性，這在通令上都說明了，不過老百姓還是不相信；他們甚至還不懂怎樣來栽種我們。有人挖了一個洞，把整斗的馬鈴薯都倒進裡面去；有人在這兒埋一個，在那兒埋一個，等待每一個長出一棵樹，然後再從上面搖下馬鈴薯來。人們以爲馬鈴薯會生長，開花，結出水汪汪的果子；但是它卻萎謝了。誰也沒有想到它的根底下長出的東西———人類的幸福：馬鈴薯。是的，我們經驗過生活，受過苦———這當然是指我們的祖先。它們跟我們都是一樣！多麼了不起的歷史啊！」

「好，夠了！」巫婆說。「請看看這個野李樹叢吧！」

　　野李樹說：「在馬鈴薯的故鄉，從它們生長的地方更向北一點，我們也有很近的親族。北歐人從挪威到那兒去。他們乘船在霧和風暴中向西航行，航向一個不知名的國度裡去。在那兒的冰雪下面，他們發現了植物和蔬菜，結著像葡萄一樣藍的漿果的灌木叢──野李子。像我們一樣，這些果子也是經過霜打以後才成熟的。這個國度叫做『酒之國』、『綠國』①、『野梅國』！」

　　「這倒是一個很離奇的故事！」年輕人說。

　　「對。跟我一起來吧！」巫婆說，同時把他帶到蜜蜂窩那兒去。他朝裡面看。多麼活躍的生活啊！蜂窩所有的走廊上都有蜜蜂；它們拍著翅膀，好使這個大工廠裡有新鮮空氣流動：這是它們的任務。現在有許多蜜蜂從外面進來；它們生來腿上就有一個籃子。它們運回花粉。這些花粉被篩好和整理一番後，就被做成蜂蜜和蠟。它們飛出飛進。那位蜂后也想飛，但是大家必得跟著她。這種時候還沒有到來，但是她仍然想要飛，因此大家就把這位女皇的翅膀咬斷了；她也只好待下來。

　　「現在請你到溝沿上來吧！」巫婆說。「請來看看這條公路上的人！」

　　「多大的一堆人啊！」年輕人說。「一個故事接著一個故事！故事在鬧哄哄地響著！我眞有些頭昏！我要回去了！」

　　「不行，向前走吧，」女巫說，「徑直走到人群中去，用你的眼睛去看，用你的耳朵去聽，用你的心去想吧！這樣你才可以創造出東西來！不過在你沒有去以前，請把你的眼鏡和聽筒還給我吧！」於是她就把這兩件東西要回去了。

　　「現在我連最普通的東西也聽不見！」年輕人說，「現在我

什麼也聽不見了！」

　「唔，那麼在復活節以前你就不能成為一個詩人了。」巫婆說。

　「那麼在什麼時候呢？」他問。

　「旣不在復活節，也不在聖靈降臨週！你學不會創造任何東西的。」

　「那麼我將做什麼呢？我將怎樣靠詩來吃飯呢？」

　「這個你在四旬節以前就可以做到了！你可以一棒子把詩人打垮！打擊他們的作品跟打擊他們的身體是一樣的。但是你自己不要害怕，勇敢地去打擊吧，這樣你才可以得到湯團吃，養活你的老婆和你自己！」

　「一個人能創造的東西眞多！」年輕人說。於是他就去打擊每個別的詩人，因為他自己不能成為一個詩人。

　這個故事我們是從那個巫婆那裡聽來的；她知道一個人能創造出什麼東西。[1869 年]

　　　這篇小品首先發表在《青少年河邊雜誌》第三卷上，於 1869 年 10 月出版，接著在同年 12 月 17 日被收進在丹麥出版的《三篇新的童話和故事集》裡。這篇作品是安徒生切身有所感而寫的。他的作品在本國不僅長期沒有得到文藝界的承認——主要是因爲他與一些「哥兒們」的作家和詩人無因緣，還經常受到打

擊。「『一個人能創造的東西眞多！』年輕人説。於是他就去打擊每個別的詩人。因爲他自己不能成爲一個詩人。」這也是中外古今普遍存在的現象。

【註釋】

①指格陵蘭。這個島在丹麥文裡叫「綠國」(Grönland)。

冰姑娘

1.小洛狄

我們現在到瑞士去遊覽一下，去看看這個美麗的山國；那裡峻峭的石壁上都長著樹林。我們走上那耀眼的雪地，再走到下面綠色的草原上去；河流和溪澗在這兒奔馳，好像怕來不及趕到海裡似的，一轉眼就在海中消逝了。太陽熾熱地照在深谷裡，照在深厚的雪堆上；經過了許多世紀，雪堆凝結成閃亮的冰

塊，然後崩裂下來，積成了冰河。在一個叫做格林達瓦爾得的小
小山城旁邊，在警號峯和風雨峯下面的寬廣的山峽裡，就有兩條
這樣的冰河。這兩條冰河眞是一種奇觀；每年夏天，總有許多旅
客從世界各國到此地來遊覽。他們越過積雪的高山；他們走過
幽深的溪谷——經過溪谷的時候，他們得爬好幾個鐘頭的山。他
們爬得越高，這溪谷就顯得越深。他們如果向下俯視，就會覺得
自己好像是坐在氣球上一樣。

　　上面的山峯上籠罩著低垂的雲塊，好像是一層濃厚的煙
幕；下面的溪谷裡有許多棕色的木屋。偶爾有一線陽光射進溪
谷，把一塊葱綠的林地照得好像透明似的。水在浩浩蕩蕩地向下
奔流，發出吼聲；但是上游的水卻只是潺潺地流著，迸出一種鏗
鏘的音調，看上去好似一條從山上飄下來的銀帶。

　　有一條路通向山上；路的兩旁有許多木屋，每座木屋都有
一小塊種馬鈴薯的山地。這塊地是非有不可的，因爲那些木屋裡
有好多張小嘴——屋子裡住著許多孩子，他們消耗一份口糧的
本領是很強的。他們從這些房子裡溜出，向一些步行的或是坐車
的過路旅客圍攏來。這裡的孩子們都在做一種生意。他們兜售一
些木雕的房子——就是我們在這山上所看到的這種房子的模
型。不管晴天或下雨，人們總會看到成群的孩子跑來兜售他們的
商品。

　　二十五年以前，有一個小孩子也常到這兒來，希望做些買
賣；不過他總是離開別的孩子在一旁站著。他的面孔非常嚴
肅，他的雙手緊緊地抱著他的木匣子，好像他怎麼也不願放鬆似
的。他的這副表情和他的這個小樣兒，常常引起人們的注意。因

此旅客有時把他喊過去，一下子就把他的東西買光了，使得他自
己也不知是爲了什麼道理。他的外祖父住在山頂上。這老頭兒會
雕出漂亮的、新奇的小房子。他的房間裡有一個木櫃子，裝的全
是這類的玩意兒：硬果鉗啦、刀子啦、叉啦，刻著美麗的蔓藤花
紋和正在跳躍的羚羊的匣子啦！這些都是孩子們一看就喜歡的
東西。可是洛狄──這就是這個小傢伙的名字──總是滿懷渴
望的心情，睜著一對大眼睛望著掛在樑上的一桿舊槍，他的外祖
父曾經答應過要把這支槍送給他，不過要到他長大了，有了健全
的體格、善於使槍的時候才給。

　　這孩子雖然年紀還很小，卻得看守山羊。如果說，一個會跟
羊一起爬山的人算得上是好牧羊人，那麼洛狄就是一個能幹的
牧羊人了。他爬起山來比山羊還爬得高，而且，還喜歡爬到樹上
去取雀巢。他是一個膽大勇敢的孩子，但是，除了當他站在傾瀉
的瀑布旁邊，或者是聽到狂暴的雪崩的時候，誰也不曾看見他笑
過。他從來不跟別的孩子一起玩；只有當他的外祖父叫他下山
去賣東西的時候，他才跟他們在一起，而這正是他所不喜歡的。
他喜歡獨自一人爬山，或者坐在外祖父身旁，聽這老人講古時候
的故事和關於他的故鄉梅林根的人們的故事。老頭兒說，住在梅
林根的人們並不是原來就在那兒：他們是從北方流浪來的。他
們的祖先住在北方，叫做「瑞典人」。這眞是了不起的知識，而
洛狄現在卻有了。不過他從另外一些朋友那裡又得到了更多的
知識──這些朋友就是屋子裡的家畜。屋裡有一隻叫做阿約拉
的大狗，是洛狄的父親留下的遺產。另外還有一隻公貓，洛狄對
這隻貓特別有感情，因爲它教他爬高的本領。

「跟我一起到屋頂上去吧！」貓對洛狄說，而且說得非常清楚易懂，因為當一個孩子還沒有學會講話時，他是聽得懂雞和鴨、貓和狗的話的。這些動物的話，跟爸爸媽媽的話一樣，很容易懂；但是一個人只有在年紀很小的時候才能聽懂。在小孩子的眼中，祖父的手杖可以變成一匹馬，發出馬的嘶聲，有頭，有腿，也有尾巴。有些孩子在這個階段上要比別的孩子停留得久一些；我們就說這種孩子發育遲慢，說他們長期地停留在孩子的階段。你看，人們能夠說的道理可多呢！

「小洛狄，跟我一起到屋頂上去吧！」這是貓開始說的第一句話，也是洛狄懂得的第一句話。「人們老說跌跤什麼的——這全是胡說。只要你不害怕，你絕不會跌下來的。來吧！這隻爪要這樣爬！那隻爪要那樣爬！要用你的前爪摸！眼睛要看準，四肢要放得靈活些，看見空隙，要跳過去緊緊地抓住，就像我這樣！」

洛狄照它的話做了。結果他就常常爬到屋頂上，跟貓坐在一起。後來他跟它一起坐在樹頂上，最後他甚至爬到連貓都爬不到的懸崖上去。

「再爬高一點！再爬高一點！」樹和灌木說。「你看我們是怎樣爬的！你看我們爬得多高，貼得多緊，就是最高、最窄的石崖我們都可以爬上去！」

洛狄爬上最高的山峯；有時太陽還沒有出來，他已爬上了山嶺，喝著清晨的露水，吸著滋補的新鮮空氣——這些東西只有萬物的創造者才能供給。據食譜上說，這些東西的成分是：山上野草的新鮮香氣和谷裡麝香草以及薄荷的幽香。低垂的雲塊先

把濃厚的香氣吸收進去；然後風再把雲塊吹走，吹到杉樹上。於
是香氣在空氣中散發開來，又清淡又新鮮。這就是洛狄淸晨的飲
料。

太陽的光線——她們是太陽神傳播幸福的女兒——吻著他
的雙頰。昏迷之神隱隱地站在一旁，不敢走近他。住在外祖父家
裡的燕子——它們整整做了七個巢——繞著他和他的羊群飛，
同時唱道：「我們和你們！你們和我們！」①它們把家人的祝福
帶給他，甚至還把那兩隻母雞的祝福也帶給他。這兩隻雞是家裡
唯一的家禽，但是洛狄跟它們怎麼也合不來。

他年紀雖小，卻走過不少路。對於他這麼一個小傢伙說來，
他旅行過的路程也眞不算短。他是在瓦利斯州出生的，但是被人
抱著翻山越嶺，來到這塊地方。不久以前他還步行去拜訪過灰塵
泉一次。這泉從一個白雪皚皚的、叫做少女峯的山上流下來，很
像懸在空中的一條銀帶。他曾經到過格林達瓦爾得的大冰河；
不過這事情說起來是一個悲劇。他的母親就是在那兒去世的。根
據他的外祖母的說法，「洛狄在這兒失去了他兒時的歡樂。」當
他還不到一歲時，他的母親曾經寫道：「他笑的時候比哭的時候
多。」不過自從他到那個雪谷裡去了一趟以後，他的性格完全改
變了。外祖父平時不大談起這件事情，但是山裡的居民全都知道
這個故事。

我們知道，洛狄的父親是個趕郵車的人，現在睡在外祖父屋
裡的那隻大狗就常常跟著他在辛卜龍和日內瓦湖之間旅行。洛
狄父親的親屬現在還住在瓦利斯州的倫河區；他的叔父是個能
幹的羚羊獵人，也是一個有名的嚮導。洛狄在一歲的時候就沒有

父親了。這時母親就非常想帶著孩子回到居住在伯爾尼高地上
的娘家去。她的父親住的地方離格林達瓦爾得不過是幾個鐘頭
的路程。他是一個雕匠；他賺的錢足夠養活他自己。

　　七月裡，她帶著孩子，由兩個羚羊獵人陪伴著，越過介密山
峽，回到在格林達瓦爾得的娘家去。他們已經走完大部分的路
程，已經越過了高峯，到達了雪地。他們已經看到她的娘家所在
的那個山谷和他們所熟知的那些木屋。他們只須再費一點氣
力，爬過一座大雪山的峯頂，就可以到了。這裡剛下過雪，把一
個冰縫蓋住了，那冰縫並沒有裂到流著水的地層，不過也裂得有
一人多深。這個抱著孩子的少婦滑了一跤，墜落下去，便消失不
見。誰也沒有聽見她的叫聲，連嘆息聲也沒有聽見，但是人們卻
聽見了小孩子的哭聲。

　　一個多鐘頭以後，大家才從最近的人家弄來繩子和竹竿，設
法搭救她。大家費了不少氣力，才從這冰縫裡撈出兩具類似屍體
的東西。大家想盡一切辦法急救；結果孩子——而不是母親
——算是又能呼吸了。這樣，老外祖母家裡失去了女兒，卻得到
了一個外孫——一個喜歡笑而不喜歡哭的小傢伙。不過這小傢
伙現在似乎起了一個很大的變化，而這變化似乎是在冰縫裡，在
那個寒冷的、奇異的冰世界裡形成的——根據瑞士農民的說
法，這個冰世界裡關著許多惡人的靈魂，而且這些靈魂直到世界
的末日也不會得到釋放。

　　冰河一望無際地伸展開去。那是一股洶湧的激流凍成的綠
色冰塊，一層一層地堆起來，凝結在一起。在這冰堆下面，融化
了的冰雪悶雷似的轟隆轟隆地向山谷裡沖過來。再下面就是許

多深洞和大裂縫。它們形成一座奇異的水晶宮,冰姑娘——她就是冰河的皇后——就住在這宮裡。她——生命的謀害者和毀壞者——是空氣的孩子,也是冰河的強大統治者。她可以飛到羚羊不能爬到的最高的地方,飛到雪山的最高的峯頂——在這裡,就是最勇敢的登山家也非得挖開冰塊才能落腳。她在洶湧的激流兩旁的細長杉樹枝上飛;她從這個石崖跳到那個石崖;她雪白的長髮和深綠色的衣裳在她的身上飄;她像瑞士最深的湖水那樣發出光彩。

「毀滅和占有!這就是我的權力!」她說。「人們把一個漂亮的男孩子從我的手中偷走了。那是我所吻過的一個孩子,但是我卻沒有把他吻死。他又回到人間去了。他現在在山上看羊。他會爬山,爬得非常高,高到離開了所有其他的人,但是卻離不開我!他是屬於我的。我要占有他!」

於是她吩咐昏迷之神去執行這個任務,因爲這時正是炎熱的夏天,冰姑娘不願意到長著野薄荷的綠樹林中去。昏迷之神飛起來,接著就向下面撲去。這一位撲下去,馬上就有三位也跟著撲下去,因爲昏迷之神有許多姊妹———一大群姊妹。冰姑娘挑選了她們之中最強壯的一位。她們可以在屋裡屋外發揮她們的威力。她們可以坐在樓梯的欄杆上,也可以坐在塔頂的欄杆上。她們可以像松鼠一樣在山谷裡跑,她們可以跳過一切障礙,她們可以像游泳選手踩水那樣踩著空氣。她們可以把她們的犧牲者誘到無底的深淵裡去。這些昏迷之神捉住人的時候,跟珊瑚蟲捉住身邊所有的東西一樣,總是死也不放。現在昏迷之神就想要捉住洛狄。

「捉住他嗎？」昏迷之神說，「我可捉不住他！那隻可惡的貓已經教給他一套本領了！他這個人間的孩子已經學會一種特別的本領，我沒有辦法控制他。當他抓住一根樹枝懸在深淵上時，我簡直沒有辦法捉住這個小鬼。我多麼想搔搔他的腳掌，使他在空中翻幾個筋斗啊！」

「你就想法子這樣做吧，」冰姑娘說。「你不做我就去做！我去做！我去做！」

「不行！不行！」她聽到一個聲音，這聲音好像是教堂的鐘聲在山裡發出的一個回音。然而這是一支歌，一種低語，一個和諧的合唱。它是大自然中別的神靈發出來的──它是太陽的那些溫和、慈愛、善良的女兒發出來的。她們在黃昏的時候化成一個花環，繞著山頂飛，她們張開玫瑰色的翅膀，在太陽下沉的時候，這些翅膀就越變越紅，使得那高大的阿爾卑斯山看上去像在燃燒一般。人們把這景象叫做「阿爾卑斯山之火」。太陽落下以後，她們就回到雪白的山峯上躺下睡去。直到太陽再升起的時候，她們才又露出臉來。她們特別喜歡花、蝴蝶和人類，而在人類之中她們最喜歡洛狄。

「你捉不住他！你無法占有他！」她們說。

「比他更強大和結實的人我都捉到過！」冰姑娘說。

於是太陽的女兒們唱了一曲旅人之歌。歌的內容是：旅人的帽子被一陣旋風瘋狂地吹走了。

「風只能把人的身外之物吹走，但不能把人的身體吹走。你──暴力的孩子──能夠捉住他，但是你無法留住他。人比你還要強大，甚至比我們還要神聖！他能爬得比我們的母親──太

陽——還要高！他有一種神咒可以制服風和水，叫風和水爲他服務，受他支配。你只能使他失去那種拖累著他的沉重壓力，結果他反而會飛得更高。」

這就是那個鐘聲似的合唱所發出的美麗聲音。

每天早晨，陽光射進外祖父房裡唯一的一扇小窗戶，照在這個安靜的孩子身上。太陽的女兒們吻著他：她們想要把冰河的公主印在他臉上的那個冰吻用暖氣融化掉，使它消失。這個吻是他躺在那個在冰縫裡死去的母親的懷裡得到的。而他的復活也眞是一個奇蹟。

2.走向新的家

洛狄現在八歲了。他的叔父住在倫河區高山的另一邊。他想把孩子接回去，讓他受點教育，以便將來能夠自立。外祖父覺得這樣做很有道理，所以就讓這孩子回去了。

洛狄現在要離開了。除了外祖父外，他還得跟許多別的人辭行。他最先跟老狗阿約拉辭行。

「你的父親是一個趕郵車的，而我是一隻郵車狗，」阿約拉說。「我們總是一起來回地旅行；所以我認識山那邊的一些狗和山那邊的一些人。我不習慣於多講話，不過以後我們彼此談話的機會既然不多，我倒可以比平時多講幾句。我告訴你一個故事。它在我心裡藏了很久，我也想了很久。我不大懂得它的意義，你也一定不會懂得，不過這沒有什麼關係。我只懂得這一點：無論就狗來說，或就人來說，世界上的好東西都分配得不太平均。不是所有的狗生下來就有福氣躺在人膝上或是吃牛奶

的。我從來就沒有過這樣的福氣。不過我看見過一隻哈巴狗，他居然坐在一部郵車裡，占著一個人的位置。他的女主人——也可以說他是她的主人吧——帶著一個奶瓶為他餵奶。她還給他糖果吃，但是他卻不喜歡吃，只是用鼻子嗅了幾下，結果她自己把糖果吃掉了。我那時正跟著郵車在泥巴裡跑，餓得簡直沒有辦法。我想來想去，覺得這實在太不公平——但是不公平的事情卻多著呢！我希望你也能坐在人的膝上，在馬車裡旅行一下。可是一個人卻不是想什麼就能做什麼的。我從來就沒有做到過，不管我叫也好，嘷也好。」

　　這就是阿約拉講的話。洛狄緊緊地擁抱著它的頸，吻它的潮濕的鼻子。然後他又把貓抱進懷裡，可是貓卻想要掙脫開去，並且說：

　　「你比我強壯得多，所以我也不想用爪子抓你！爬上山去吧——我已經教你怎樣爬了。你只要記住你不會跌下去，那麼你就會抓得很牢！」

　　貓說完這話就跑開了，因為它不希望洛狄看見它的眼裡露著多麼難過的神情。

　　母雞在地板上走來走去；有一隻已經沒有尾巴了，因為有一位想成為獵人的旅行家以為她是一隻野雞，一槍把她的尾巴打掉。

　　「洛狄又要翻山越嶺了，」一隻母雞說。

　　「他真是個忙人，」另一隻說，「我不願意跟他說再見。」

　　說著她們就走開了。

　　他還要跟山羊告別。它們都叫道：「咩！咩！咩！」這叫聲

使他聽了眞難過。

　　住在附近的兩個勇敢的嚮導也要翻山到介密山峽的另一邊去。洛狄跟著他們一道去，而且是步行去的。對他這樣的一個小傢伙說來，這段路程是夠辛苦的。不過洛狄是一個強壯的孩子，他從來就不怕困難。

　　燕子陪伴著他們飛了一程。它們唱：「我們和你們！你們和我們！」這條路要經過洶湧的路西尼河。這河從格林達瓦爾得冰河的黑坑裡流出來，分散成許多小溪。倒下的樹幹和石堆橫在河上搭成了橋。不久，他們走過赤楊森林，要開始爬山了。冰河在這山的近旁流過去。他們一會兒繞著冰塊走，一會兒立在冰塊上橫渡冰河。洛狄有時爬，有時走。他的眼睛射出愉快的光芒。他穿著有釘的登山靴，使勁地在地上踩著，好像他每走一步都要留下一個痕跡似的。山洪把黑土沖到冰河上，給冰河蒙上了一層黑色；但是深綠色的、玻璃似的冰塊仍然隱隱地顯露出來。這群旅人還得繞過許多由巨大的冰塊圍成的水池。偶然間，他們走過一塊懸在冰谷邊緣的巨石。有時這石會滾下去，在冰谷的深淵裡發出一個空洞的回音。

　　他們就這樣不停地向上爬。冰河也往上伸展，像一條夾在崖石之間的、由冰塊形成的茫茫大江。一時間洛狄想起了他以前聽說過的一件事：他曾和他的母親一起在這樣一個陰森的深淵裡躺過：但是這種回憶不久就從他心裡消逝了。他覺得這件事跟他所聽過的許多其他的故事並沒有什麼兩樣。兩位嚮導偶爾也覺得這樣的路對這小傢伙未免太吃力了，因此就伸出手去拉他一把。但是他一點也不覺得累，他站在光滑的冰上，站得像羚羊

那麼穩。

　　現在他們爬上了石山。他們在光溜的石塊中間走著。不一會
兒他們又走進低矮的松樹林，然後又踏上綠色的草地，這旅程永
遠是那麼變幻無窮，那麼新奇莫測。積雪的高山在他們的周圍屹
立著。孩子們把它們叫做「少女峯」、「僧人峯」和「雞蛋峯」；
因此洛狄也就這樣叫它們。洛狄從來沒有爬得這樣高，也從來沒
有走過這樣茫茫的雪海：海上是一片沒有波動的雪浪，風不時
從雪浪中吹走一些雪片，好像吹走海浪上的泡沫一樣。冰河「手
挽著手」，一個緊接著一個。每條冰河是冰姑娘的一座玻璃宮。
她的權力，意志，就是：捉住和埋葬掉她的犧牲者。

　　太陽溫暖地照著；雪反射出耀眼的光來，好像鋪著一層淡
藍色的、晶亮的鑽石。雪上躺著無數昆蟲——特別是蝴蝶和蜜蜂
——的屍體。這些昆蟲飛得太高了，也可能是風把它們吹得那樣
高，使得它們非凍死不可。

　　風雨峯上密集著一堆烏雲，像一大捆又細又黑的羊毛那樣
懸掛在那裡。雲堆裡充滿了「浮恩」②，它只要一爆發，馬上就
會變成風暴。高山上的露宿，第二天的繼續旅行，從深淵裡迸發
的、永無休止地穿鑿巨石的流水——這整個的旅程在洛狄的心
中留下了一個不可磨滅的印象。

　　在雪海的另一邊有一座荒涼的石屋；這石屋可以供他們休
息和過夜。屋裡有木炭和杉樹枝。他們立刻燒起一堆火來，還拼
湊起舒服的床席。這隊旅人於是圍著火坐下，抽著煙，喝著他們
親手煮的、既溫暖而又富有刺激性的湯。洛狄也吃完了自己的一
份晚餐。大家於是談起住在阿爾卑斯山區裡的神怪和盤踞在深

湖裡的怪蟒；他們還談到幽靈怎樣把睡著的人劫走，飛到那個奇妙的水上都市威尼斯去；野牧羊人怎樣趕著黑色羊群走過草地——雖然誰也看不見他，但羊群的鈴聲和可怕的羊叫聲卻可以清清楚楚地聽到。洛狄聚精會神地聽著這些故事，但是他一點也不害怕，因為他不知道什麼是害怕。他聽這些故事的時候，似乎也聽到了那種可怖的、空洞的羊叫聲。是的，這聲音越來越清楚了，大家都能聽見。這時他們就中止談話，注意地傾聽，而且還告訴洛狄不要睡著。

　　這就是「浮恩」——從山上吹到山谷裡來的暴風；它能像折斷脆弱的蘆葦一樣把樹木折斷，它能把河這邊的木屋子吹到河的那一邊去，好像我們移動棋盤上的棋子一樣。

　　一個鐘頭以後，他們才告訴洛狄說，現在沒有什麼事了，可以睡覺了。這段長途旅行已經使他疲累；他一聽到他們的話就呼呼入睡。

　　第二天大清早，他們又動身了。太陽為了洛狄照在新的山上、新的冰河上和新的雪地上。他們現在走進了瓦利斯州的境內，到達從格林達瓦爾得就可以望見的山峯的另一邊。但是他們距離新家還很遠。他們面前現在出現了新的深淵、新的山谷、新的樹林和山路，還有新的房子和許多人。但是這是些什麼人呢？他們都是畸形的人；他們又腫又黃的面孔顯得難看可憎；他們的頸上懸著像袋子一樣又醜又重的肉球。他們是白痴病患者③。他們沒精打采地走來走去，睜著一對大眼睛呆呆地望著旁邊過往的人。女人的樣子尤其難看。難道他新的家人就是這個樣子嗎？

3.叔父

洛狄來到了叔父的家裡。謝謝上帝，這兒住著的人跟洛狄平時所看到的人沒有兩樣。這兒只有一個白痴病患者。他是一個可憐的傻孩子。他是那些窮苦人中間的一個，這些又窮又孤獨的人老是在瓦利斯州流浪，從這家走到那家，每到一家就住上一個多月。當洛狄到來的時候，可憐的沙伯里恰巧住在他的叔父家裡。

叔父是一個強壯的獵人；除了打獵以外，他還有箍桶的手藝。他的妻子是一個活潑的小婦人，長著一個雀子般的面孔。一對鷹眼睛，一截蓋著一層厚汗毛的長脖子。

對洛狄說來，這裡的一切東西都是很新奇的——服裝、舉止、習慣，甚至語言都是新奇的。不過他的耳朵對這裡的語言很快就習慣了。這裡的景況比起外祖父的家來，似乎要好得多。他們住的房間比較大，而且牆上還裝飾羚羊角和擦得很亮的槍枝，門上還掛著聖母像——像前還擺著阿爾卑斯山的新鮮石南，點著一盞燈。

前面已經說過，叔父是這一州第一流的獵人和最可靠的嚮導。洛狄現在快要成為這家的寶貝了。不過這家已經有了一個寶貝———隻又瞎又聾的獵犬。它現在再也不能像以前那樣出去打獵。但是大家還記得它過去的本領，因此它也成了家庭的一員，過著舒服的生活。洛狄撫摸著這獵犬，然而它卻不願意跟生人交朋友。洛狄的確是一個生人，不過這只是暫時的現象。他很快就獲得了全家的喜愛。

「瓦利斯州的生活很不壞，」叔父說。「我們這兒有許多羚

羊；它們死得不像山羊那樣快。這裡的日子比以前要好過得
多。不管人們怎樣稱讚過去的日子，我們現在究竟是很舒服的。
這個袋子現在穿了一個洞——我們這個閉塞的山谷現在有清涼
的風吹進來了。舊的東西一衰退，新的東西就會到來。」他說。
叔父把話題一扯開，就談起他兒時的事情，有時還談起更早的事
情——他父親那個時代的事情。那時瓦利斯州是一個所謂「閉
氣」的袋子，裝滿了病人和可憐的白痴病患者。

　　「不過法國軍隊到來了，」他說。「他們真算得上是醫生！
他們立刻把這疾病消滅，還把害這病的人一同消滅。這些法國人
才會打仗呢，而且方式是多種多樣的！他們的女兒才會征服人
呢！」於是叔父對他有法國血統的太太瞟了一眼，接著就大笑起
來。「法國人還知道怎樣炸毀我們的石頭呢！而且他們也這樣
做了。他們在石山上炸開一條辛卜龍公路——它是這樣的一條
路：我只須把它指給一個三歲的孩子看，對他說『到義大利去
吧，沿著這條公路走就得了！』只要這孩子不離開這條路，他就
可以一直走到義大利。」

　　這時叔父就唱起一支歌來，同時喊：「拿破崙萬歲！」

　　洛狄第一次聽到人們談起法國和倫河上的那個大城市里昂
——他的叔父曾到那裡去過。

　　過不了幾年，洛狄就成為一個能幹的羚羊獵人。他的叔父
說，洛狄天生有這副本領。因此他教他怎樣用槍，怎樣瞄準和射
擊。叔父在打獵的季節裡把他帶上山去，讓他喝羚羊的熱血，因
為這可以治獵人的頭暈。叔父教他怎樣判斷山上雪塊崩落下來
的時刻——根據太陽光的強度，判斷是在中午還是晚上。叔父還

教他怎樣觀察羚羊的跳躍，怎樣向羚羊學習，以便練出一套落到
地上而仍能像羚羊一樣站著不動的本領。叔父還教他怎樣在沒
有立足點的石崖上用肘來支持自己，用大腿和小腿上的肌肉爬
——在必要的場合，甚至脖子都可以使用。

　　叔父說，羚羊是很狡猾的，常常布有崗哨。因此一個獵人必
須比它更狡猾，讓它嗅不出他留下的痕跡才成。他可以把帽子和
上衣放在爬山手杖上來騙它們，使它們誤把這種偽裝當成人。有
一天叔父帶洛狄去打獵的時候就使過這麼一套巧計。

　　山上的路很狹窄。的確，這不能算是路。它實際上是伸在一
個張著大口的深淵上的「飛簷」。路上的雪已經融了一半，石塊
經鞋底一踩就裂成碎片。因此叔父不得不躺下來，一寸一寸地向
前爬。碎石片落下去，從這個石壁撞到那個石壁上，一直墜進下
面黑暗的深淵裡。洛狄站在一塊伸出的石頭上，距離他的叔父大
約有一百步的距離。從他站著的地方，他忽然看到一隻巨大的兀
鷹在他的叔父頭上盤旋著。兀鷹只須拍一下翅膀，就可以把叔父
打進深淵，再把他的屍身吃掉。

　　深淵對面有一隻母羚羊和一隻小羚羊，叔父在注視著它們
的動靜，而洛狄則在注視叔父頭上的那隻兀鷹。他知道這鳥的意
圖。因此他把他的手按在槍機上，隨時準備射擊。這時那隻羚羊
忽然跳起來了。叔父已經放了槍；羚羊被一顆致命的子彈打穿
身體。不過它的孩子卻逃脫了，好像它早已學會死裡逃生的本領
似的。那隻兀鷹一聽到槍聲就嚇得向另一個方向飛去。叔父一點
也不知道他自己的危險處境。他從洛狄口中才知道有這麼一件
事情。

他們興高采烈地回家；叔父哼出一個他年輕時候唱的調子。這時他們忽然聽到離他們不遠的地方有一個特別的聲音。他們向周圍望，向上面望。他們看見山坡上的積雪動起來了——在一起一伏地動著，像鋪在地上的被單正被風吹拂似的。這片像大理石一樣光滑和堅硬的雪浪現在裂成了碎片，變成一股洶湧的激流，發出像雷轟一樣的聲音。這是雪山在崩塌。雪塊並沒有落到洛狄和叔父的頭上，但是離他們很近，一點也不遠。

「站穩，洛狄！」叔父喊著，「拿出你全身的力量來站穩！」

洛狄緊緊地抱住近旁的一顆樹幹。叔父爬得更高，牢牢地抱住樹枝。雪山就在離他們幾尺遠的地方崩塌。但是一陣颶風——雪崩所帶動的一股暴風——把周圍的大小樹木像折斷乾蘆葦似地都吹斷，把這些樹的殘骸吹得遍地都是。洛狄滾到地上。他抱著的那根樹幹已經被劈成兩半。樹枝被吹到老遠的地方去。洛狄在一堆殘枝中間發現了叔父的破碎頭顱。叔父的手還是熱的，但是臉孔已經辨認不出了。洛狄站在他的身旁，面色慘白，全身發抖。這是他有生以來第一次經歷到的恐怖，第一次體會到的震驚。

他在深夜才把這個噩耗帶到家裡。全家的人都充滿了悲傷。主婦呆呆地站著，一句話也說不出來：她連眼淚都沒有了。只有當屍體搬回以後，她的悲傷才爆發出來。那個可憐的白痴病患者鑽進了床裡，整天都沒有人看見他。到天黑的時候他才偷偷地走到洛狄身邊來。

「請你替我寫一封信！沙伯里不會寫信！沙伯里要把這封信送到郵局寄出去！」

「你要寄一封信？」洛狄問。「寄給誰？」

「寄給基督！」

「你說寄給誰？」

這個傻子——大家都這樣稱呼白痴病患者——用一種感動人的眼光看了洛狄一會兒，然後合著手，莊嚴地、慢慢地說：

「寄給耶穌基督！沙伯里要給祂一封信，祈求祂讓沙伯里死掉，不要讓這屋子的主人死掉。」

洛狄緊握著他的手，說：

「信寄不到的！信不能使他活過來！」

但是洛狄沒有辦法叫沙伯里相信這是不可能的。

「你現在是這一家的靠山了，」嬸嬸說。於是洛狄就成了一家之主。

4.巴貝德

瓦利斯州的頭等射手是誰呢？的確，只有羚羊知道得最清楚。「當心洛狄這人啊！」誰是最漂亮的射手呢？「當然是洛狄啊！」女孩子們說；不過她們卻不提什麼「當心洛狄這人啊！」就是她們的母親也不願提出這樣的警告，因爲洛狄對待這些太太跟對待年輕姑娘們是一樣地有禮貌。他非常勇敢，也非常快樂，他的雙頰是棕色的，他的牙齒是雪白的，他的眼睛黑得發亮。他是一個漂亮的年輕人，還只有二十歲。

他游泳的時候，冰水不能傷害他。他可以在水裡像魚似地翻來覆去；他爬起山來比任何人都能幹；他能像蝸牛似的貼在石壁上。他有非常結實的肌肉。這點從他的跳躍中就可以看出來

——這種本領是貓先教他，後來羚羊又繼續教給他的。

洛狄是一個最可靠的嚮導，他可以憑這種職業賺許多錢。他的叔父還教他箍桶的手藝，但是他卻不願意幹這個行業。他唯一的願望是做一個羚羊獵人——這也能賺錢。人們都說洛狄是一個很好的戀愛對象，只可惜他的眼光太高了一點。他是許多女子夢想中的跳舞能手，的確，她們有許多人從夢中醒來還在想念著他。

「他在跳舞的時候吻過我一次！」村塾教師的女兒安妮特對一個最親密的女朋友說。但是她不應該說這句話——即使對她最親密的女朋友也不應該。這類的祕密是很難保守的——它簡直像篩子裡的沙，一定會漏出去，不久大家都知道心地好、行為好的洛狄，居然在跳舞的時候吻了他的舞伴。然而他真正喜歡的那個人他卻沒有吻。

「要注意他！」一個老獵人說。「他吻了安妮特。他已經從Ａ開始了④，他將會依照字母的次序一一吻下去。」

直到現在為止，愛管閒事的人只能宣傳洛狄在跳舞的時候吻過舞伴。他的確吻過安妮特，但她並不是他心上的那朵花。

在貝克斯附近的一個山谷裡，在一個潺潺的溪澗旁的大胡桃樹林中，住著一個富有的磨坊主人。他的住屋是一幢很大的房子，有三層高樓，頂上還有瞭望樓。它的屋頂鋪了一層木板，上面又蓋了一層鐵皮，所以在陽光和月光下，屋頂經常放出光來。最大的瞭望樓上有一個風信標——一個插著閃亮的箭的蘋果：這代表泰爾所射出的那一支箭⑤。磨坊顯得興旺舒服，隨便什麼人都可以把它畫出來或描寫出來。但是磨坊主人的女兒卻不容

易畫出來或描寫出來——至少洛狄有這樣的看法。但是他卻在
自己的心中把她描繪出來了：在他的心裡，她的一雙眼睛亮得
像燃燒著的火，而這把火像別的火一樣，是忽然燃燒起來的。其
中最妙的一點是：磨坊主人的女兒——美麗的巴貝德——自己
卻一點也不知道，因為她平時和洛狄交談從來不超過一兩個
字。

　　磨坊主人是一個有錢的人。他的富有使得巴貝德高高在
上，可望而不可及。但是洛狄對自己說：沒有什麼東西會高得連
爬都爬不上去的。你必須爬，只要你有信心，你絕不會落下來
的。這是他小時候得到的知識。

　　有一次，洛狄恰巧有事要到貝克斯去。路程是相當遙遠的，
因為那時鐵路還沒有築好。瓦利斯州的廣大盆地從倫河區的冰
河開始，沿著辛卜龍的山腳，一直伸到許多大小不同的山峯中。
上游的倫河常常泛濫出河岸，淹沒田野和公路，碰見什麼就毀滅
什麼。到西翁和聖・莫利斯這兩個小城市，這盆地就彎得像肘一
樣：過了聖・莫利斯，盆地變得更加狹窄了，只剩下河床和一條
小路。瓦利斯州就到此地為止；它的邊境上聳立著一座哨崗似
的古塔。人們可以從這兒望見在石橋對面那座收稅人的房子。華
德州就從這兒開始。離此不遠就是這州的第一城市貝克斯。旅客
越向前走，就越看得見豐饒和肥沃的徵象：他完全是在胡桃樹
和栗樹林中旅行。柏樹和石榴隱隱約約地在這兒那兒露出來。這
兒的天氣好像義大利那樣溫暖。

　　洛狄來到了貝克斯。他辦完事以後，就在城裡隨便走走。他
沒有看到磨坊主人的任何孩子，連巴貝德都沒有看到。這是他所

料想不到的。

　　天黑了。空中充滿了野麝香草和菩提樹花的香氣。所有的青山似乎都披上了一層發光的、天藍色的面紗。四周是一片沉寂。這不是像睡著了或死一樣的沉寂──不是的，這好像是大自然屏住了呼吸，在等待她的面影攝到藍色的天空上去。在綠草原上的樹木中，到處豎著一些竿子。竿子上掛著電線，一直通向這靜寂的山谷外。有一根竿子上貼著一個東西。這東西一動也不動，很容易使人誤認為是一根乾枯的樹幹。但這是洛狄。他靜靜地站在那兒，好像他周圍的大自然一樣。

　　他不是在睡覺，也沒有死掉。世上巨大的事件或個人重要的遭遇常常要在電線中通過，而電線也從來不以微微的動作或小小的聲音把這祕密洩露出來；同樣，現在也有一件東西在洛狄的心裡通過───一個強烈的、不可抗拒的思想。這是一個與他一生的幸福有關的思想──也是從此刻起經常縈繞著他的心的一個思想。他的眼睛在凝望著一樣東西──一道從樹林裡磨坊主人家巴貝德的臥房裡射出來的燈光。洛狄站在那兒，一動不動，人們很容易以為他在向一隻羚羊瞄準。不過現在他也很像一隻羚羊，因為羚羊有時也會像一個石雕動物似地站著，但只要有一塊石子滾到它身旁，它馬上就會跳起來，把獵人遠遠地扔在後面。洛狄也是這樣──有一個思想突然滾進他的心裡。

　　「不要膽怯！」他說。「到磨坊去拜訪一次吧！去向磨坊主人道一聲晚安，對巴貝德道一聲日安。只要你不害怕跌下來，你就永遠不會跌下來的。如果將來我會成為巴貝德的丈夫，她遲早總是要見我的。」

於是洛狄大笑起來。他興高采烈地向磨坊走去。他知道自己要的是什麼。他要的是巴貝德。

滿河的黃水在滾滾地流。柳樹和菩提樹垂在這激流上。洛狄在路上走；正如一支老搖籃曲裡所唱的，他是：

> ……走向磨坊主人的家，
> 家裡什麼人也沒有，
> 只有一隻小貓在玩耍。

這貓兒站在台階上，拱起它的背，說了一聲「喵！」不過洛狄一點也沒有理會貓兒的招呼。他敲敲門，沒有誰應聲，也沒有誰來開門。「喵！」貓兒又叫起來。如果洛狄還是一個小孩子的話，他就懂得這動物的語言，他就會知道貓兒會說：「沒有誰在家呀！」但是現在他得走進磨坊去親自探問一下。他得到了裡面的回答：主人有事旅行到因特爾拉根城去了。據塾師——安妮特的父親——所做的學者式解釋，「因特爾拉根」就是 Inter lacus ⑥，即「湖與湖之間」的意思。磨坊主人已經走得很遠，巴貝德也走了。有一個盛大的射擊比賽即將舉行：明天早晨就要開始，而且要持續整整八天。凡是住在講德文的各州的瑞士人都要來參加。

可憐的洛狄！他可說是選了一個很倒楣的日子來拜訪貝克斯。他現在只好回家。事實上他也只能這樣做了。他從聖‧莫利斯和西翁那條路向他自己的山谷、向他自己山裡的家走去。但是他並沒有灰心。第二天太陽升起來的時候，他的心情又好轉了，

因爲他的心情從來就沒有壞過。

「巴貝德現在住在因特爾拉根，離此有好幾天的路程，」他
對自己說。「如果走現成的大路，路程當然是很長的。但是如果
走山上的小路，那就不算太遠──這正是一個羚羊獵人應該走
的路。這條路我以前曾走過一次。我最初的家就在因特爾拉根；
我小時曾跟我的外祖父在那兒住過。現在那兒卻有射擊比賽！
我正好去表演一下，證明我是第一流的射手。我只要一認識巴貝
德，就會在那兒陪她在一起了。」

他背起一個輕便的行囊，裡面裝滿了星期日穿的最好的衣
服；他的肩上扛著一桿獵槍和獵物袋。這樣，洛狄就爬上山，走
一條捷徑；當然路程還是相當長的。不過射擊比賽還不過剛剛
開始，而且還要持續一個多星期。在這整個期間，磨坊主人和巴
貝德據說就住在因特爾拉根的親戚家裡。洛狄走過介密山峽；
他打算在格林達瓦爾得下山。

他精神飽滿地、興高采烈地走著，呼吸著新鮮、清潔、爽神
的山中空氣。他前面的山谷越來越深；他前面的視野越來越廣
闊。這兒冒出一座積雪的高峯；那兒也冒出一座積雪的高峯。不
一會兒，一長串白色的阿爾卑斯山山脈就現出來了。洛狄認識每
一個積雪的山峯。他直接向警號峯走去，這座山峯在藍色的天空
中伸著它那撲滿了白粉的石指。

最後他總算走過了最高的山脊。綠油油的草地一直伸展到
他老家所在的山谷裡。這兒的空氣很清新，他的心情也很輕鬆愉
快。山上和山谷裡是一片靑枝綠葉和花朵。他的心中充滿了靑春
的氣息：他覺得他永遠不會老，永遠不會死。生活、奮鬥和享

受！他像鳥兒一樣地自由，像鳥兒一樣地輕快！燕子在他的身旁飛過，唱出他兒時常聽到的一支歌：「我們和你們！你們和我們！」一切都顯得輕鬆，顯得快樂。

再下面就是天鵝絨似的綠草地；草地上點綴著一些棕色的木屋。路西尼河在潺潺地流著。他看到了冰河和它淡藍色的、積著髒雪的邊緣。他向深谷裡望去，看到了上游和下游的冰河。他的心跳得很快，他的情緒很激動。一時間巴貝德的形象在他的心裡消逝了，因為他心裡充滿了記憶，激動得厲害。

他又向前走，一直走到他兒時跟許多孩子一起賣木雕小房子的地方。他外祖父的家就在一個杉樹林的後面，現在那裡面卻住著陌生人。有許多孩子從大路上向他跑來，兜售他們的貨物。他們中間有一個向他兜售一朵石南花。洛狄認為這是一個好的預兆，因而他就想起了巴貝德。不一會兒他走過了橋；路西尼河的兩條支流就在這兒匯合。這兒的森林很密，這兒胡桃樹撒下深蔭。他現在看到了飄揚的國旗——紅底上繪著白十字的國旗：這是瑞士的國旗，也是丹麥的國旗。現在因特爾拉根就在他眼前了。

在洛狄的眼中，這無疑是一個美麗的城市——什麼城市也比不上它。它是一個打扮得很華麗的瑞士城市。它不像其他的貿易城，沒有那麼一大堆用笨重的石頭築成的房子，沒有那麼一副冷冰冰的、華而不實的外表。這山谷裡的木屋看上去好像是自動從山上跑下來的。它們在這清亮的、流得像箭一樣快的河邊參差不齊地排列著，形成了街道。最美麗的一條街是從洛狄幼年住在這兒的時候起慢慢地發展起來的。這條街好像是用他的外祖父

雕的那些漂亮木屋——它們現在全部都藏在老屋的櫃子裡
——修建起來似的。它們被移植到這裡來，像那些老栗樹一樣，
已經長得很大了。

　　每棟房子是一個所謂的「旅館」。窗子上和陽台上都雕著
花，屋頂向外突出。這些房子全都布置得美麗整齊。每一棟的前
面有一個花園，把房子從寬廣的石鋪路上隔開。跟這些房子在一
起的還有許多別的房子，它們都是在路的一邊。要不是這樣，它
們就會彼此擋住，看不見它們前面的新綠草原——草原上有乳
牛在吃草，並且發出阿爾卑斯山草原上所特有的那種鈴聲。草原
的四面圍著高山，只有一邊留出一個缺口，使人可以遙遙望見那
個積雪的、亮晶晶的少女峯——這是瑞士最美麗的一座山峯。

　　這兒有多少從外國來的、服裝華麗的紳士淑女啊！有多少
從附近各州來的鄉下人啊！每個射手在帽子花環中插著自己的
號碼牌。這兒有音樂，也有歌唱；有手風琴，也有喇叭；有喧
聲，也有鬧聲。屋上和橋上都綴飾著詩和徽誌。旗幟和國旗在飄
揚。槍彈一顆接著一顆地在射擊。在洛狄的耳中，槍聲是最好的
音樂。這裡的熱鬧場面使他忘記了他這次旅行的標的物——巴
貝德。

　　現在射手們都向靶子聚攏過來。洛狄馬上也加進他們的行
列，而且他是一個最熟練、最幸運的人——每次他都打中了靶
子。

　　「那個陌生人是誰呢——那個年輕的射手？」大家都問。

　　「他講法文——瓦利斯州人講的法文。但是他也能流利地
用德文表達他的意思⑦！」另外有些人說。

「據說他小時候也在格林達瓦爾得附近住過，」第三個人說。

這個年輕人眞是生氣勃勃。他的眼睛炯炯有光，他的臂膀穩如磐石。因此他一射就中。幸運可以給人勇氣，但洛狄自己早已有了勇氣。他立刻獲得了一大批朋友；他們向他道賀和致敬。在這個時刻，他幾乎把巴貝德忘記了。忽然有一隻沉重的手落到他的肩上，同時有一個很粗的聲音用法文對他說：

「你是從瓦利斯州來的嗎？」

洛狄轉過頭來，看到一個紅紅的愉快的面孔。這是一個身材魁梧的人。他就是貝克斯那個富有的磨坊主人。他粗大的身軀幾乎把苗條而美麗的巴貝德遮住；但是她那雙光亮而烏黑的眼睛卻在他後面窺探。這個富有的磨坊主人感到非常高興，因爲他的那一州出了這麼一個獲得一切尊敬的好射手。洛狄眞算得上是一個幸運的年輕人。他專程到這裡來尋找的、而來後又忘記了的那個對象，現在卻來尋找他了。

人們在遙遠的異地遇見故鄉人的時候，他們馬上會結成朋友，彼此交談起來。洛狄憑自己的射擊在這次比賽中變成了最出色的人物，正如這磨坊主人憑他的財富和好磨坊變成了家鄉貝克斯的名人一樣。他們現在彼此握著手——他們以前從來沒有這樣做過。巴貝德也誠懇地握住洛狄的手。他也握著她的手，而且凝視了她一會兒，羞得她滿臉通紅。

磨坊主人談起他們到這兒來所經過的那條遙遠的道路，和所看到的一些大城市。聽他說來，這次的旅程眞不短，因爲他們得坐輪船、火車和馬車。

「我倒是選了一條最短的路，」洛狄說。「我是從山上翻過來的。什麼路也沒有比這高，不過人們倒不妨試試。」

「也不妨試試跌斷你的脖子，」磨坊主人說。「看樣子，你這個人膽大如天，遲早總會把脖子跌斷的。」

「只要你不認爲自己會跌下來，你是不會跌下來的！」洛狄說。

因爲洛狄跟這富有的磨坊主人是同鄉，所以磨坊主人在因特爾拉根的親戚（磨坊主人和巴貝德就住在他們家裡）都邀請洛狄到家裡去作客。對洛狄來說，這樣的邀請是最理想不過的。幸運之神現在跟他在一起：她是永遠不會離開你的，只要你相信你自己和記住這句話：「上帝賜給我們硬殼果，但是他卻不替我們把它砸開。」

洛狄在磨坊主人的親戚中間坐著，好像是他們家庭的一員。大家爲最好的射手乾杯；巴貝德也跟大家一起碰著杯。洛狄也回敬他們的酒。

黃昏時候，大家在老胡桃樹下，在那些漂亮旅館前面的清潔路上散著步。這兒人很多，路有些擁擠。所以洛狄不得不把自己的手臂伸給巴貝德扶著。他說他非常高興在這裡碰到從華德州來的人，因爲華德州和瓦利斯州是兩個非常好的鄰州。他那麼誠懇地表示出他的愉快，以致巴貝德也情不自禁地捏了一下他的手，他們在一起散著步，似乎像一對老朋友一樣；她這個嬌小美麗的人兒，談起話來倒很風趣。她指出：外國來的一些女客們服裝和舉止是多麼荒唐和可笑；洛狄對這些話非常感興趣。當然她並不是在譏笑她們，因爲她們可能是大家閨秀。的確，巴貝德

知道得很清楚，她甜蜜可愛的乾媽就是一個有身分的英國女子。十八年以前。當巴貝德受洗禮的時候，這位太太就住在貝克斯。她那時就給了巴貝德一個很貴重的胸針——巴貝德現在還戴著它。乾媽曾經來過兩次信；巴貝德今年還希望在因特爾拉根遇見她和她的女兒呢。「這幾個女兒都是老小姐，快三十歲了。」巴貝德說。——當然，她自己還不過十八歲。

她那張甜蜜的小嘴一忽兒也不停，巴貝德所講的每件事情在洛狄聽起來都顯得非常重要。他把自己所知道的事情也都講了出來：他到貝克斯來過多少次，他對於磨坊知道得多麼清楚，他怎樣常常看見巴貝德（她當然沒有注意到他），他最近怎樣到磨坊去過一次，他的心那時怎樣充滿了一種說不出的情感，她和她的父親怎樣都不在家——都離開家很遠，但是遠得還不足以使他無法爬過橫在路上的高山。

是的，他講了這些話，而且還講了許多其他的事情。

他說，他多麼喜歡她——而且他到這兒來完全是爲了她，並不是爲了射擊比賽。

巴貝德一句話也不說；他似乎把自己的祕密對她講得太多。

他們繼續向前走。太陽落到高大的石壁後面去了。少女峯被附近山上的黑森林環繞著，顯得分外地燦爛和華麗。許多人都停住腳步靜靜地凝望。洛狄和巴貝德也對這雄偉的景色放眼凝望。

「什麼地方也沒有這兒美！」巴貝德說。

「世上再也找不出像這樣的地方！」洛狄說，同時望著巴貝

德。

　　「明天我得回家去了！」他沉默了一會兒又說。

　　「到貝克斯來看我們吧！」巴貝德低聲說。「你來看我們，我的父親一定非常高興。」

5.在回家的路上

　　啊，第二天他在高山上向回家的路上走的時候，他背的東西真不少！是的，他有三個銀杯，兩枝漂亮的獵槍和一個銀咖啡壺──當他自己有了家庭時，這個咖啡壺當然是有用的。但是這還不能算最重的東西。他還得背一件更重、更沉的東西──也可以說是這東西把他從高山上背回家來的。

　　天氣很不好，陰沉沉的，下著雨。雲塊像喪布似覆在山頂上，把那些閃亮的山峯都蓋住了。斧頭最後的伐木聲在森林中發出回響。粗大的樹幹向山下滾下來。從高處望，這些樹幹好像火柴棒，但它們是可以做大船的桅杆的。路西尼河在唱著單調的歌，風在呼呼地吹，雲塊在移動。

　　這時洛狄身旁忽然有一個年輕姑娘和他並肩走。他一直沒注意，只有當她貼得這樣近時，他才看到她。她也想走過這座山。她的眼裡含有有一種特殊的魔力，使你不得不看它們；而這對眼睛是那麼亮，那麼深──簡直沒有底。

　　「你有愛人沒有？」洛狄說，因為他的心裡現在充滿了愛的感覺。

　　「沒有！」這姑娘回答說，同時大笑起來。但是她說的似乎不是真話。「我們不要走彎路吧！」她繼續說。「我們可以更往左

一點。這樣，路就可以近些！」

「對！而且還很容易掉到冰縫裡去呢！」洛狄說。「你並不太熟悉這條路，但是你卻想當一個嚮導！」

「我熟悉這條路！」她說，「而且我的思想也很集中。你老在留神下邊的冰縫，但是在這兒你應該留神冰姑娘才對。據說她對人類很不客氣。」

「我並不怕她，」洛狄說。「在我小時候她就得放過我。現在我已經長大了，她更捉不住我了。」

天變得更黑了，雨在下著，雪也飛來了，閃著白光，令人眼花撩亂。

「把手伸給我吧，我可以拉著你爬！」姑娘說，同時用她冰冷的手指摸了他一下。

「你拉著我？」洛狄說，「我並不需要一個女子幫助我爬山！」

於是他就大踏步從她身邊走開。雪積在他的身上，像一件外衣。風在呼嘯著。他聽見這姑娘在他後面笑著唱著，她的笑聲和歌聲引起一種奇怪的回聲。他相信這一定是為冰姑娘服務的一個妖怪。他小時曾在這些山上旅行過。他在這兒過夜的時候，他就聽過這類的事情。

雪下得小了。他下面是一片雲霧。他回頭望望，什麼人也看不見。但是他仍然聽到笑聲和歌聲──這可不像是人發出的聲音。

洛狄到達了這山的最高部分，路開始從這兒伸向下邊的倫河流域。他向夏莫尼望去；在一片藍天上面，他看到兩顆亮晶晶

的星星。於是他想起了巴貝德，想起了他自己和自己的幸運。這些思想使他感到溫暖。

6.拜訪磨坊

「你帶了這麼多的好東西回來！」他年老的嬸嬸說。她的奇怪的鷹眼射出光芒；她以一種奇怪的痙攣動作前後搖著她那滿是皺紋的瘦頸，而且搖得比平時還要快。「洛狄，你正在走運！我親愛的孩子，我得吻你一下！」

洛狄讓她吻了一下，但是從他的臉上可以看出他只不過是勉強接受這種家庭的小小溫情。

「你長得多麼漂亮啊，洛狄！」這老太婆說。

「不要叫我胡思亂想吧，」洛狄回答說，大笑了一聲。他喜歡聽這類的話。

「我再說一次，」她說，「你在走運！」

「對，我想你是對的！」他說，同時想起了巴貝德。

他從來沒有像現在這樣渴望到那深溪裡去一趟。

「他們現在一定已經到家了，」他自己說。「照他們應該到家的日子算來，已經過了兩天。我得到貝克斯去一趟！」

洛狄終於到貝克斯去；磨坊裡的人都回來了。大家都歡迎他：住在因特爾拉根的人也託人向他致意。巴貝德沒有講很多話。她現在變得很沉默，但是她的眼睛在講話——對洛狄說來，這已經很夠了。磨坊主人向來多話，而且喜歡以他自己的想法和風趣話使別人發笑；但是這次他似乎只願意聽洛狄講自己的打獵故事；羚羊獵人在高山上有不可避免的危險和困難，他們怎

樣得爬過石崖上不牢的「雪簷」（這些雪簷是冰雪和寒氣凍在石壁上的），他們怎樣得走過橫跨深淵的雪橋。

洛狄一談起獵人的生活、羚羊的狡猾和它驚人的跳躍、狂暴的「浮恩」和來勢洶洶的雪崩，他的臉上就顯得格外好看，他的眼睛就射出光芒。他注意到他每講一個新的故事，磨坊主人對他的興趣就增加一分，使這老頭子特別感到興趣的是這年輕獵人所講的一個關於兀鷹和巨鷹的故事。

離這兒不遠，在瓦利斯州，有一個鷹巢很巧妙地建築在一片懸崖下面。巢裡有一隻小鷹；要捉住它可不是一件容易的事情。幾天以前有一個英國人曾經答應過，假如洛狄能把那隻小鷹活捉下來，他可以給他一大把金幣。

「但是什麼東西都有一個限度呀，」洛狄說。「那隻小鷹是沒有辦法捉到的；除非你是個瘋子，你才敢去試試。」

他們不停地喝酒，不停地聊天；洛狄覺得夜太短了。這是他第一次拜訪磨坊。離開的時候，已經過了夜半了。

燈光還在窗子裡和綠樹枝間亮了一會兒。客廳的貓從天窗爬出來，與沿著排水管走來的廚房的貓相會。

「磨坊裡有什麼消息沒有？」客廳的貓問。「屋子裡有人祕密地訂了婚，而父親卻一點也不知道。洛狄和巴貝德整晚在桌子底下彼此踩著腳。他們甚至還有兩次踩在我的腳爪上，但是我卻沒有叫，爲的是怕引起別人注意！」

「要是我，我可要叫的！」廚房的貓說。

「廚房裡的事情不能與客廳裡的事情相提並論，」客廳的貓說。「不過我倒很想知道，假如磨坊主人聽到他們訂了婚，他

會有些什麼意見。」

　　的確，磨坊主人會有什麼意見呢？這也是洛狄想要知道的事情。不過叫他老等著，他可辦不到。因此，沒有過多少天，當公共馬車在瓦利斯州和華德州之間的倫河橋上走過時，車裡就坐著一個旅客——洛狄。他像平時一樣，心情非常好；他愉快地相信，這天晚上他一定會得到「同意」的答覆。

　　黃昏時候，公共馬車又往回走。洛狄也坐在裡面往回走。不過客廳的貓卻帶著一個消息跑進磨坊。

　　「你這個待在廚房裡的傢伙，你知道發生了什麼事情嗎？磨坊主人現在什麼都知道。事情完了！洛狄天黑時到這兒來過。他和巴貝德在磨坊主人房間外面的走廊上小聲地講了一大堆話。我躺在他們的腳下，但是他們沒有理睬我，連想都沒有想到我。

　　「『我要當面對你父親講！』洛狄說。『這是最可靠的辦法。』

　　「『要不要我跟你一塊去？』巴貝德說，『替你打打氣！』

　　「『我有足夠的勇氣，』洛狄說，『但是有你在場，不管他高興不高興，他便得客氣些。』

　　「於是他們就進去。洛狄踩了我的尾巴，踩得真夠厲害！洛狄這個人真笨。我叫了一聲，不過他和巴貝德全沒有理我。他們把門推開，兩個人一齊進去，我當然走在他們前面。我馬上跳到椅背上，因為我怕洛狄會踢我，哪曉得磨坊主人這次倒踢起人來。他踢得才凶呢！把他一腳踢出門外，一直踢到山上的羚羊那裡去。現在洛狄可以瞄準羚羊，不可能瞄準我們的小巴貝德了。」

「不過他們究竟說了什麼呀？」廚房的貓問。

「什麼嗎？人們在求婚時說的那套話，他們全說了。比如：『我愛她，她愛我。如果桶裡的牛奶夠一個人吃，當然也可以夠兩個人吃的！』

「『但是她的地位比你高得多』磨坊主人說。『她坐在一堆金沙上——你知道很淸楚。你攀不上呀！』

「『只要一個人有志氣，世上沒有什麼攀不上的東西！』洛狄說，因爲他是一個直爽的人。

「『你昨天還說過，那個鷹巢你就爬不上。巴貝德比鷹巢還要高呢！』

「這兩件東西我都要拿下來！』洛狄說。

「『如果你能把那小鷹活捉下來，那麼我也可以把巴貝德給你！』磨坊主人說：同時笑得連眼淚都流出來。『好吧，洛狄，謝謝你來看我們！明天再來吧，你在這兒什麼人也看不到了。再會吧，洛狄！』

「巴貝德也說了再會。她的樣子眞可憐，簡直像一隻再也看不見母親的小貓一樣。

「『男子漢，說話算話！』洛狄說。『巴貝德，不要哭吧，我會把那隻小鷹捉下來的！』

「『我想你會先跌斷你的脖子！』磨坊主人說，『要是這樣，你再也不能到這兒來找麻煩了！』

「我認爲這一腳踢得很結實。現在洛狄已經走了；巴貝德正坐著流眼淚。但是磨坊主人卻在唱著他旅行時學到的那支德文歌！這類的事兒我也不願再管了，因爲管了沒有什麼好處！」

「你不過是說說罷了！」磨坊的貓說。

7.鷹巢

山路上有一陣愉快的歌聲飄來。這歌聲很洪亮，表示出勇氣和快樂的心情。唱的人就是洛狄。他正去看他的朋友維西納得。

「你得幫我一下忙！我們得把拉格利找來，因為我想要取下崖頂的那個鷹巢！」

「你還不如去取月亮裡的黑點子。這比取那個鷹巢難不了多少！」維西納得說。「我看你的心情倒滿快活呢！」

「對啦，因為我要結婚了！不過，講老實話，我得把實情告訴你！」

不一會兒維西納得和拉格利就知道了洛狄的用意。

「你真是個固執的傢伙，」他們說。「事情不能這樣辦！你會跌斷你的脖子的！」

「只要你不怕跌下來，你就絕不會跌下來的！」洛狄說。

半夜裡，他們帶著竿子、梯子和繩子出發了。路伸進灌木林，通過鬆散滾動的石子；他們一直向山上爬，爬了一整夜。他們下面的水在潺潺地流，他們上面的水在不停地滴，半空浮著的是漆黑的雲塊。這隊獵人到達到了一片峻峭的石壁；這兒比什麼地方還要陰暗。兩邊的石崖幾乎要碰到一起了，只有一條很窄的縫隙露出一線天來。石崖下面是一個深淵，裡面有潺潺的流水。

這三個人靜靜地坐著。他們等待天明。如果他們想捉住雛鷹的話，他們必須等母鷹在天明飛出時一槍把它打死。洛狄一聲不

響地坐著，好像他變成了他胯下那塊石頭的一部分似的。他把槍藏在身旁一塊突出的石頭底下。這三個獵人需要等一段相當長的時間呢！

忽然，他們聽到頭上有一陣騷動的颼颼聲。一隻龐大的物體在飛動，把天空遮暗了。這黑影剛一離開巢，兩桿獵槍就瞄準它了。有一槍打了出去；那雙張著的翅膀拍了幾下。接著就有一隻鳥慢慢地墜落下來，這隻鳥和它張著的翅膀幾乎可以把整個的深淵填滿，甚至把這幾個獵人也打下去。最後這鳥兒在深淵裡不見了。它降落的時候折斷了許多樹枝和灌木林。

這幾個獵人現在開始工作了。他們將三把最長的梯子頭抵頭地綁在一起；這樣，這梯子就可以達到很高的地方。但是梯子最高的一級所能達到的地方，離鷹巢還有相當的距離。鷹巢是藏在一塊突出的石頭底下，而通到這巢的石壁卻光滑得像一堵牆。經過一番商議以後，這幾個人決定再結上兩把梯子，從崖頂上放下來，跟下面的三把梯子銜接起來。他們花了好大一番氣力才找來了兩把梯子，把它們頭抵頭地用繩子綁好，然後再把他們沿著那個突出的石頭放下來，這樣梯子就懸在深淵的半空，而洛狄則坐在它們最低的一個橫槓上。這是一個寒冷的清晨；雲霧正從這個漆黑的深淵裡升上來。洛狄好像是一隻坐在雀鳥築巢時放在工廠煙囪邊的一根乾草上的蒼蠅，而這根草正在飄動。如果這根草掉下來，只有蒼蠅可以展開翅膀，保住性命，但是洛狄卻沒有翅膀，只會跌斷脖子。風在他身邊呼呼地吹。深淵底下的水正從融化著的冰河——冰姑娘的宮殿——轟轟地向外流。

他把這梯子前後搖擺，正如一隻蜘蛛要網住物件時搖擺它

細長的蛛絲一樣。當他第四次接觸到下面的梯子時，他就牢牢地鉤住下面的梯頂，用他的能幹的手把懸著的和搭著的梯子綁在一起；但是梯子仍然在搖擺，好像它們的鉸鏈全都鬆了似的。

　　這連在一起的五把梯子，像一根飄搖的蘆葦似的，撞著垂直的石壁。現在最危險的工作開始了：他得像一隻貓似地爬上去。洛狄做起這種事來當然是不難的，因爲貓已經教會了他怎樣爬。他一點也不知道昏迷的女神就浮在後面的空中，而且正向他伸出珊瑚蟲一樣的手來。當他爬到梯子頂端時，他才發現他的高度還不足以使他看到鷹巢裡的情景。他只能用手摸到它。他摸了一下鷹巢底下那些密密的枝椏，看這些枝椏夠不夠結實。他抓住了一根牢固的枝椏以後，順勢一躍，就離開了梯子，於是他的頭和胸部就升到鷹巢上面。這時他就聞到一股死屍的臭味，因爲鷹巢有許多腐爛了的羚羊、雀鳥和綿羊。

　　昏迷之神因爲控制不了他，只好把這些有毒的臭味朝他的臉上吹來，好叫他昏過去。在下邊張著大口的黑色深淵裡，冰姑娘披著淡綠色的長髮，坐在翻騰的水上。她的一對冷冰冰的眼睛像兩個槍眼似地盯著洛狄。

　　「現在我可要抓住你了！」

　　洛狄在鷹巢的一角看到了小鷹。雖然它現在還不能飛，它已經是一隻龐大、凶惡的鳥了。洛狄聚精會神地盯著它，他使盡力氣用一隻手來穩住自己的身體，同時用另一隻手把繩子的活結套在這小鷹的身上。這隻鳥現在算是活生生地被捉住了。洛狄把它的腿牢牢地繫在活結裡，然後把它向肩上一扔，使它低低地懸在他下面。這時有一根繩子從上面放下來了。他緊緊地握著這根

繩子，徐徐下落，直到他的腳尖觸到梯子最高的一根橫槓為止。

「扶穩！只要你不害怕跌下來，你就永遠不會跌下來的！」他很早就有這種認識；現在他就照這種認識辦事。他穩穩地扶著梯子向下爬。因為他相信他不會跌下來，所以他就沒有跌下來。

這時我們聽到一陣強有力的喝彩聲。洛狄抓著小鷹，站在堅實的石地上，安然無恙。

8.客廳的貓透露出的消息

「這是您所要求的東西！」洛狄說。這時他走進了巴克斯的磨坊主人家裡。他把一個大籃子放在地板上，然後把蓋子揭開。一對有黑圈圍著的黃眼睛在凶狠地望著人。這對眼睛是那麼明亮，那麼凶猛，簡直像要燒燃起來、把所看見的東西咬一口似的。這鳥短而結實的嘴大張著準備啄人。它的頸是紅的，蓋著一層絨毛。

「小鷹！」磨坊主人說。巴貝德大叫一聲，向後退了幾步；可是她的目光卻沒有從洛狄和小鷹身上移開。

「你居然不害怕！」磨坊主人說。

「而你不食言！」洛狄說。「各人有各人的特點！」

「不過你怎麼沒有把脖子跌斷呢？」磨坊主人問。

「因為我抓得牢呀！」洛狄回答說。「我現在還是這樣！我把巴貝德抓得也很牢！」

「先等等吧，看你什麼時候能得到她！」磨坊主人說，大笑起來。他這樣是一個很好的徵兆，巴貝德知道。

「趕快把小鷹從籃子裡拿出來，它這副盯著人的樣子真可怕！你怎樣把它捉下來的？」

洛狄現在不得不描述一番了。磨坊主人的一雙眼睛望著他，越睜越大。

「你這樣有勇氣，這樣好運氣，你簡直可以養活三個太太！」磨坊主人說。

「謝謝你！謝謝你！」洛狄大聲說。

「但是現在你還得不到巴貝德！」磨坊主人說著，同時在這年輕獵人的肩上開玩笑地拍了一下。

「你知道磨坊裡最近的消息嗎？」客廳的貓問廚房的貓。「洛狄送給我們一隻小鷹，但是他卻要把巴貝德拿去做為交換。他們已經接過吻，而且還讓爸爸在旁邊親眼看著呢！這簡直等於訂婚了！老頭子沒有再踢他出去。他縮回腳，打起盹來，讓這兩個年輕人坐在一起，喵個不停。他們彼此要講的行話真多；不到聖誕節，他們是講不完的！」

事實上他們到了聖誕節也沒有講完。風把黃葉吹得滿天飛；雪在山谷裡飄，也在山上飄。冰姑娘坐在壯麗的宮殿裡，而在冬天這宮殿一天比一天擴大。石崖蓋上了一層冰塊，冰柱像笨重的象牙似地從上面垂下來——在夏天的時候，溪水在這兒散出一層潮濕的霧。奇形怪狀的冰花在蓋滿了雪球的杉樹上射出光彩，冰姑娘乘著急風在深谷上馳騁。雪地的面積擴大到貝克斯來；因此她也能隨著雪地的擴大到貝克斯來了，並且望見坐在屋子裡的洛狄。這年輕人老是跟巴貝德坐在一起——他以前從來沒有這樣一個習慣。他們的婚禮將要在夏天舉行。他們的耳朵

裡老有聲音在響⑧，因為他們的朋友經常在談論他們。

一切像太陽光那樣明亮；最美麗的石南花也開了。可愛的、滿面笑容的巴貝德現在好像是春天——那使一切鳥兒歌唱夏天和婚禮的美麗的春天。

「他們兩人老坐在一起，偎在一起！」客廳的貓說。「老聽著他們喵喵叫，真使我煩膩極了。」

9. 冰姑娘

春天把她的嫩綠的花環在胡桃樹上和栗樹上陳列出來了。生長在聖・莫利斯橋和日內瓦湖以及倫河沿岸的胡桃樹和栗樹開得特別茂盛；倫河正從它的源頭以瘋狂的速度在冰河底下奔流。這冰河就是冰姑娘住的宮殿。她乘著急風從這兒飛向最高的雪地，在溫暖陽光下的雪橇上休息。她坐在這兒向下面的深谷凝望。在這些深谷裡，人就像石頭上被太陽照著的螞蟻一樣，來來往往忙個不休。

「太陽的孩子們把你們稱為智慧的巨人！」冰姑娘說。「你們都不過是蟲蟻罷了。只要有一個雪球滾下來，你們和你們的房子以及城市就會被毀滅得乾乾淨淨！」

於是她把頭昂得更高，用射出死光的眼睛朝自己周圍和下面望了一眼。但是山谷裡升起一片隆隆的響聲。這是人類在工作——在炸毀石頭。人類在鋪路基和炸山洞，準備建築鐵路。

「他們像鼴鼠似地工作著！」她說。「他們在打地洞。所以我才聽見這種好像放槍的聲音。當我遷移我的一個宮殿的時候，那聲音卻比雷轟還大。」

這時有一股濃厚的煙從山谷裡升起，像一片飄著的面紗似地在向前移動。它就是火車頭上浮動著的煙柱。車頭正在一條新建的鐵路上拖著一條蜿蜒的蛇──它的每一節是一個車廂。它像一支箭似地行駛。

「這些『智慧的巧人』，他們自以爲就是主人！」冰姑娘說。「但是大自然的威力仍然在統治著一切呀！」

於是她大笑起來。她唱著歌；她的歌聲在山谷裡引起一陣回音。

「雪山又在崩塌了！」住在下邊的人說。

但是太陽的孩子們以更高的聲音歌唱著人的智慧。人的智慧統治著一切，約束著海洋，削平高山，填滿深谷。人的智慧使人成爲大自然一切威力的主人。正在這時候，在大自然所統治著的雪地上，有一隊旅人走過。他們用繩子把自己連在一起，好使自己在深淵旁邊光滑的冰上形成一個更有力量的集體。

「你們這些蟲蟻啊！」冰姑娘說。「你們這批所謂大自然威力的主人！」

於是她把臉從這隊人轉開，藐視地望著下邊山谷裡正在行駛著的火車。

「他們的智慧全擺在這兒！他們全在大自然的威力的掌握中：他們每個人我都看透了！有一個人單獨地坐著，驕傲得像一個皇帝！另外有些人擠在一起坐著！還有一半的人在睡覺！這條火龍一停，他們就都下來，各走各的路。於是他們的智慧就分散到世界的各個角落裡去了！」

她又大笑了一陣。

「又有一座雪山崩塌了！」住在山谷裡的人說。

「它不會崩到我們的頭上來的，」坐在火龍後面的兩個人說。正如俗話所說，這兩個是「心心相印」。他們就是巴貝德和洛狄。磨坊主人也跟他們在一起。

「我是當做行李同行的！」他說。「我在這兒是一個不可少的累贅。」

「他們兩個人都坐在裡面！」冰姑娘說。「我不知摧毀了多少羚羊，我不知折斷了幾百萬棵石南──連它們的根也不留。我要毀掉這些東西：智慧──精神的力量！」

她大笑了起來。

「又有一座雪山崩塌了！」住在山谷裡的人說。

10.巴貝德的乾媽

跟克拉倫斯、維爾納克斯和克林三個小鎮在日內瓦湖的東北部形成一個花環的最近一個城市是蒙特魯。巴貝德的乾媽──一位英國貴婦人──就帶著她的幾個女兒和一個年輕的親威住在這裡。她們到這兒來沒有多久，但是磨坊主人早已經把女兒的訂婚消息告訴她們了。他還把洛狄，那隻小鷹以及他到因特爾拉根去的事情也都講了──總之，他把前前後後的一切經過都交代清楚。她們聽了非常高興，同時對洛狄和巴貝德，甚至對磨坊主人都表示關懷，並且還要求他們三個人來看看她們。她們現在就是因為這個緣故才來的。巴貝德希望看看乾媽，乾媽也希望看看巴貝德。

在日內瓦湖的盡頭，有一艘汽船停在維也奴烏小鎮下邊。汽

船從這兒開半個鐘點就可以到維爾納克斯——離蒙特魯不遠。
這湖濱經常是詩人們歌頌的對象。拜倫曾經在這深綠色的湖畔
的胡桃樹下坐過，還寫過和諧的詩篇，敍述被監禁在黑暗的錫雍
石牢裡的囚徒 ⑨。水上有一處映著隱在垂柳中的克拉倫斯；盧
梭就常在這附近散步，醞釀著他的《新哀洛綺絲》⑩。倫河在沙
伏依州的雪山下面流著；離它流入湖的出口處不遠有一個小
島。從岸上看，這島小得簡直像一條船。事實上它是一個石礁。
在一個世紀以前，有一位貴婦人把它的周圍塡上了土，接著在它
上面又蓋了一層土。島上現在長了三棵槐樹，把整個的島都遮住
了。巴貝德非常喜歡這塊小地方。在她看來，這是她全部旅行中
所到的最可愛的一個地方。她說大家應該上去看看。她認爲在這
個小島上散散步一定是非常愉快的。但是輪船卻在它旁邊開過
去了；照一般慣例，輪船只有到維爾納克斯才停下來。

　　這一小隊旅客在陽光下的圍牆之間走著，這些圍牆把蒙特
魯這個小山前面的許多葡萄園都圍了起來。許多無花果樹在農
家的茅舍前面撒下蔭影；花園裡有許多月桂樹和柏樹。半山腰
有一個旅館；那位英國貴婦人就住在裡面。

　　主人的歡迎是誠懇的。乾媽是一個高大、和善的女人；她的
圓臉蛋老帶著笑容。她小時一定跟拉菲爾⑪所刻的天使差不多。
她的頭現在還像一個天使的頭，不過老了許多，頭髮全白了。她
的幾個女兒都是美麗、文雅、又高又苗條的女子。跟她們在一起
的表哥穿的是一身白衣服。他的頭髮是金黃的；他的一臉黃絡
腮鬍子就是分給三個人也還夠用。他對巴貝德立刻表示出極大
的好感。

大桌子上堆著許多裝幀精美的書籍、樂譜和圖畫。陽台上的門是開著的；他們可以望見外面那個美麗而廣闊的湖。這湖非常瑩清平靜，沙伏依州的山、小鎮、樹林和雪峯全都映在裡面。

洛狄本來是一個非常直爽、活潑和隨便的人。現在他卻感到非常拘束。他走起路來簡直像踩著鋪在光滑的地板上的豌豆似的。他覺得時間過得眞慢！他覺得好像他在踩著踏車⑫。他們還要到外面去散步！這也是同樣地慢，同樣地叫人感到煩膩！洛狄如果走向前兩步，必須再退後一步才能跟大家看齊。他們向石島上陰暗的錫雍古堡走去，爲的是要看看那裡面的刑具、地牢、掛在牆上的鏽鏈子、死刑犯所坐的石凳、地板門——死刑犯就是從這門被扔到水裡的鐵椿上去的。

他們認爲看這些東西是一椿愉快的事！這是一個執行死刑的地點；拜倫的歌把它提升到詩的世界。不過洛狄仍然覺得它是一個行刑的場所。他把頭伸出石窗，望著深沉的綠水和那長著三顆槐樹的小島。他希望他現在就在那個島上，不必跟這批喋喋不休的朋友在一起。不過巴貝德的興致非常高，她後來說，這次出遊使她感到非常愉快；她還認爲那位表哥是一個不折不扣的紳士。

「一個不折不扣的牛皮大王！」洛狄說。這是洛狄第一次說出使她不高興的話。

這位英國人送她一本小書，做爲遊歷錫雍的紀念。這就是拜倫的詩《錫雍的囚徒》的法譯本——爲的是使巴貝德便於閱讀。

「這可能是一本好書，」洛狄說，「但是我不喜歡這個油頭粉面的傢伙。他送你這本書，並不能討得我的歡心。」

「他的樣子像一個沒有裝麵粉的麵粉袋，」磨坊主人說，同時對自己的笑話大笑起來。

洛狄也大笑起來，稱讚這話說得非常好，非常正確。

11.表哥

兩三天以後，洛狄又到磨坊去了一次。他發現那個年輕的英國人也在場。巴貝德在他面前擺出一盤清蒸的鱒魚，而且還親手用荷蘭芹把這魚裝飾了一番，使這魚能引起人的食慾。而這完全是不必要的。這個英國人到這兒來做什麼呢？為什麼巴貝德要這樣侍候他、奉承他呢？洛狄吃起醋來——這可使巴貝德高興了。她懷著極大的興趣來探討他內心的各個層面——弱點和優點。

愛情對她說來仍然是一種消遣；她現在就在戲弄洛狄整個的感情。不過我們不得不承認，他仍然是她幸福的源泉，是她的思想的中心，是她在世界上最好和最寶貴的東西。雖然如此，他越顯得難過，她的眼睛就越露出笑容。她還願意讓這位長著一臉黃絡腮鬍子的金髮英國人吻一下呢——如果這能夠使洛狄一氣而走的話；因為這可以說明他愛她。小巴貝德的這種做法當然是不對的，也是不聰明的，然而她不過只有十九歲呀！她不大用腦筋。她更沒有想到，她的這種做法對於那個英國人說來會引起什麼後果，而對於一個誠實的、訂過婚的磨坊主人的女兒說來，會顯得多麼輕率和不當。

從貝克斯通到此地的公路要在一座積雪的石峯（它在當地的方言中叫做「狄亞卜勒列茲」）下邊經過；磨坊的位置就在這兒。它離一條激流的山溪不遠。溪裡的水像蓋了一層肥皂泡似地

呈灰白色，但是推動磨坊輪子的動力並不是這溪水。另外還有一條小溪從河另一邊的石山上下流下來。它沖進公路下邊用石頭攔起的一個蓄水池，再注入一個木槽，與河水匯合在一起來推動那個龐大的磨坊輪子。木槽裡的水漫到邊上。凡是想走近路到磨坊去的人，就必須在這又濕又滑的木槽邊緣上踩過去。那個年輕的英國人就想這樣試一下。

有一天晚上，他像一個磨坊工人似地穿著一身白衣服，被巴貝德的窗子所射出來的燈光引導著，在這邊緣上爬過去。他從來沒有學過爬，因此他差不多要倒栽蔥地滾進水裡去。他總算運氣好，不過他的袖子卻全打濕了，他的褲子也弄髒了。因此，當他來到巴貝德的窗下時，他已經是全身濕透，全身泥巴。他爬到一棵菩提樹上，做出一種貓頭鷹的叫聲來——這是他唯一會模仿的聲音。巴貝德聽到這聲音，就在薄薄的窗後面向外探望。她一看到這個白色的形影，就已經猜到這是誰了。她的心害怕得跳起來。她急忙把燈滅了，同時仔細地把所有的窗子都關好，讓他痛痛快快地學一陣貓頭鷹叫。

要是洛狄這時在磨坊裡，事態就要嚴重了！但是洛狄卻不在磨坊裡，不，比這還要糟：他就在這菩提樹下。他們大聲地吵鬧，對罵起來。他們可能打起來——甚至鬧出殺人事件也說不定。

巴貝德急忙把窗子打開，喊著洛狄的名字，叫他趕快走開，並且說不准他留在這兒。

「你不准我留在這兒！」他高聲說。「原來你們早已經約好了！你想要有好朋友——比我還好的人！巴貝德，你簡直不要

臉！」

「你眞可憎！」巴貝德說。「我憎恨你！」她哭起來。「滾開！滾開！」

「你不應該這樣對待我！」他說。當他走開時，他的臉上像火一樣在燃燒。他的心也像火一樣的燃燒。

巴貝德倒在床上哭起來。

「洛狄，我那麼熱烈地愛你，而你卻把我當做一個壞人看待！」

她很生氣，非常生氣。這對她是有好處的，否則她就會感到更難過。現在她睡得著了——可以有一次恢復精神和青春的睡眠了。

12.妖魔

洛狄離開貝克斯，向回家的路上走。他爬上空氣清涼的高山；山上有積雪，有冰姑娘在統治著。下邊是一片枝葉繁盛的樹木。看起來像一片馬鈴薯的葉子。杉木和灌木林從上面看都顯得非常細小。被雪蓋著的石南，東一堆，西一堆，很像晾在外面的被單。有一棵龍膽擋住他的去路；他用搶托一下子就把它摧毀了。

在更高的地方出現了兩隻羚羊。他一想到別的東西，眼睛就立刻亮起來了。但是要想射中這兩隻羚羊，距離還不夠近。因此他繼續向上爬，一直爬到一塊只長著幾根草的石堆上。這兩隻羚羊現在悠閒地在雪地上走著，他加快步子；雲塊把他罩住。他來到了一個峻峭的山崖面前；這時開始下起傾盆大雨來。

他感到像火燒一樣地乾渴。他的頭腦灼熱，但是他的四肢寒

冷。他拿出打獵用的水壺，但是壺裡已經空了，因爲他一賭氣爬
上山的時候，忘記把水灌滿。他一生沒有病過，但是他現在卻有
生病的感覺。他非常疲累，很想躺下來睡一覺，但是處處都是
水。他想鼓起精神來，但是一切東西都在他眼前奇形怪狀地顫
動，這時他忽然看見他在這一帶從來沒有看見過的東西───一
個靠著石崖新近搭起來的小茅屋。屋門口站著一個年輕的女
子。他起初以爲她就是他跳舞時吻過的那個塾師的女兒安妮
特，但是她不是安妮特。他相信他以前看見過她──可能就是那
天晚上他參加因特爾拉根的射擊比賽後回家時，在格林達瓦爾
得見過的。

　　「你是什麼地方的人？」他問。

　　「我就住在這兒呀！」她說。「我在這兒看羊！」

　　「羊！羊在什麼地方吃草呢？這兒只有雪和石頭呀！」

　　「你知道的東西倒是不少！」她說，同時大笑起來。「在我
們後面更低一點的地方有一個很好的牧場。我的羊兒就在那
裡！我才會看羊呢！我從來沒有丟過一隻。我的東西永遠就是
我的。」

　　「你的膽子眞大！」洛狄說。

　　「你的膽子可也不小呀！」她回答說。

　　「請給我一點奶喝好不好──假如你有的話。我現在渴得
難受！」

　　「我有比牛奶還好的東西，」她說。「你可以喝一點！昨天
有幾個旅客帶著嚮導住在這裡，他們留下半瓶酒沒有帶走。這種
酒恐怕你從來沒有嚐過。他們不會再回來拿的。我也不會喝酒。

你拿去喝吧！」

於是她就酒拿出來，倒在一個木杯裡，遞給洛狄。

「眞是好酒！」他說。「我從來沒有喝過這樣使人溫暖的烈酒！」

他的眼睛射出光彩。他全身有一種活潑愉快的感覺，好像他現在再也沒有什麼憂愁和煩惱似的。他充滿了一種活躍的新生命力。

「她一定是塾師的女兒安妮特！」他大聲說。「給我一個吻吧！」

「那麼請你把你手上的這個漂亮的戒指給我吧！」

「我的訂婚戒指？」

「是的，就是這個戒指，」女子說。

於是她又倒了滿滿一杯酒。她把這酒托到他的嘴唇邊。他喝了。愉快的感覺似乎流進他的血管。他似乎覺得整個世界是屬於他的；他爲什麼要使自己苦惱呢？一切東西都是爲了我們的快樂和享受而存在的呀！生命的河流就是幸福的河流。讓它把你托起，讓它把你帶走──這就是幸福。他望著這個年輕的姑娘。她是安妮特，同時也不是安妮特；但是她更不像他在格林達瓦爾得附近見過的那個所謂的「鬼怪」。這個山中姑娘新鮮得像剛下的雪，嬌艷得像盛開的石南，活潑得像一隻羔羊。不過她仍然是由亞當的肋骨造成的───一個像洛狄自己一樣活生生的人。

他用雙手摟住她，望著她那對清亮得出奇的眼睛。他望了不過一秒鐘，但是我們怎樣才能用語言把這一秒鐘形容出來呢？不知道是妖精還是死神控制了他的整個身體，他被高高地托起

來，他也可以說是墜進一個陰慘的、深沉的冰縫裡，而且越墜越
深。他看見像深綠色玻璃一樣明亮的冰牆。他的周圍是一些張著
口的無底深淵。滴水像鐘聲一樣響，像珠子一樣亮，像淡藍色的
火焰一樣發光。冰姑娘吻了他。這一吻使他全身打了一個寒顫。
他發出一個痛楚的叫聲，從她手中掙脫。蹣跚了幾步，接著倒下
來了。他的眼前是漆黑一團，但是不一會兒他又把眼睛睜開了。
妖魔開了他一個玩笑。

　　阿爾卑斯山的姑娘不見了，那個避風雨的茅屋也不見了。水
從光禿的石頭上滾下來；四周是一片雪地。洛狄凍得發抖。他全
身都濕透了：他的戒指——巴貝德給他的那只訂婚戒指——也
不見了。他的獵槍躺在他旁邊的雪地上。他把它拿起來，放了一
槍，但是放不響。潮濕的雲塊像大堆積雪似的填滿了深淵。昏迷
之神就坐在這兒，等待著那些不幸的犧牲者。他下邊的深淵裡起
了一陣響聲。這聲音聽起來好像有一堆石頭在墜落，並且在摧毀
著任何擋住它的東西。

　　巴貝德坐在磨坊裡哭。洛狄已經有六天沒有去了。這一次本
是他錯。他應該向她陪罪——因為她全心全意地愛著他。

13.在磨坊主人的家裡

　　「那些人也真夠胡鬧！」客廳的貓對廚房的貓說。「巴貝德
和洛狄又分開了。她在哭，但他一點也不想她。」

　　「我不喜歡這種態度，」廚房的貓說。

　　「我也不喜歡這種態度，」客廳的貓說。「但是我也並不為
這件事難過。巴貝德可以找那個絡腮鬍子當愛人呀！這人自從

那次想爬上屋頂以後，再也沒有到這兒來過。」

　　妖魔鬼氣在我們的身裡身外要他們的詭計。洛狄知道這一點，而且還在這事情上動過腦筋。他在山頂上所遇見的和經歷的是什麼呢？是妖精嗎？是發熱時所看見的幻象嗎？他以前從來沒有發過熱，害過病。他埋怨巴貝德的時候，也同時問了一下他自己的良心。他回憶那次野獵，那次狂暴的「浮恩」。他敢把自己的思想——那些一受到誘惑就可以變成行動的思想——向巴貝德坦白表示出來嗎？他把她的戒指丟掉了；當然，她正因為他丟掉了戒指才重新得到他。她也能對他坦白嗎？他一想到她，就覺得自己的心要爆炸。他記起許多事情。他記起她是一個快樂、歡笑、活潑的孩子；他記起她對他所講的那些甜蜜的話。她的那些知心話現在像陽光一樣射進他的心坎。於是巴貝德使他心中充滿了陽光。

　　她得對他坦白：她應該這樣做。

　　因此他到磨坊去。她坦白了。坦白是以一個吻開始，以洛狄承認錯誤結束的。洛狄的錯誤是：他居然懷疑起巴貝德的忠誠來——他實在太壞了！他的不信任和魯莽的行動，可能會同時引起兩個人的痛苦。的確，結果一定會是這樣！巴貝德教訓了他一頓——她願意這樣做，也只有她做才恰當。但是洛狄有一點是對的：乾媽的姪子是一個牛皮大王。她要把他送給她的書全都燒掉。她不願保留任何可以使她記起他的紀念品。

　　「他們現在又和好了，」客廳的貓說。「洛狄又到這兒來。他們彼此了解。他們把這叫做最大的幸福。」

　　「昨天晚上，」廚房的貓說，「我聽到老鼠說，最大的幸福

是吃蠟燭油，是飽吃一頓臭臘肉。現在我們相信誰的話好呢
——老鼠還是這對戀人？」

「誰的話也不要相信！」客廳的貓說。「這是最安全的辦法。」

洛狄和巴貝德最大的幸福——大家所謂最快樂的一天
——舉行婚禮的一天，快要來臨了。

但是婚禮卻不在貝克斯的教堂裡或磨坊裡舉行。巴貝德的
乾媽希望乾女兒到她的家裡去結婚；婚禮將在蒙特魯的一個美
麗小教堂裡舉行。磨坊主人也堅持要這樣辦，因為他知道乾媽會
送些什麼東西給這對新婚夫婦。為了那件她送的結婚禮物，他們
應該表示某種的遷就。日期已經定了。在結婚前夜，他們必須到
維也奴烏去，然後在第二天大清晨再乘船赴蒙特魯。這樣，乾媽
的幾個女兒可以有時間把新娘打扮一番。

「我想改天他們會在家裡再補行一次婚禮吧？」客廳的貓
說。「如果不樣辦的話，我可要對這整個的事兒喵幾聲啦。」

「這裡將有一個宴會！」廚房的貓說。「鴨子也殺了，鴿子
也勒死了，牆上還掛著一整隻鹿。我一看到這些東西，口裡就不
禁流出口水來。他們明天就要動身了。」

的確，明天就要動身！這一天晚上，洛狄和巴貝德做為一對
訂了婚的情人，最後一次坐在磨坊主的家裡。

在外面，阿爾卑斯山上現出一片紅霞。晚鐘敲起來了。太陽
的女兒們唱著：「但願一切都好！」

14.夜裡的夢幻

太陽落下了；雲塊低垂在高山之間，垂在倫河的盆地上。風

從南方吹來──從非洲吹來。它像「浮恩」似地拂過阿爾卑斯山，把這些雲塊撕成碎片。當它掃過去時，空中就有片刻的沉寂。疏疏落落的雲塊在多樹的山中，在奔流的倫河上，現出各種奇怪的形狀。它們像原始世界的海怪，像空中的飛鷹，像沼地裡跳躍的青蛙。它們落到奔流的河上，像在河上行駛，但同時又像浮在空中。河水捲著一棵連根拔起的松樹在向下流；樹的周圍，一串一串的漩渦在轉動。這是昏迷之神和她的姊妹們在泡沫上跳著旋舞。月亮把山峯上的積雪、黑森林和奇形的白雲照得透明。這是夜間的幻景，大自然的精靈，山上的居民都可以在窗裡望見。這些幻象在冰姑娘面前成隊地浮現過去。冰姑娘是剛從冰宮裡走出來的；她正坐在一條搖擺的船上──那棵連根拔起的松樹。冰河的水載著她向下流，向廣闊的湖流去。

「參加婚禮的客人都到來了！」這是空中和水裡同時發出的一個吟唱聲。

外面是幻景，裡面也是幻景。巴貝德做了一個奇怪的夢。

她跟洛狄似乎已經結婚了好幾年。他正在外面獵取羚羊，把她留在家裡。那個年輕的、長了一臉黃絡腮鬍子的英國人坐在她身邊。他的眼睛充滿了熱情；他的話語富有魔力。所以當他向她伸出手來的時候，她就情不自禁地跟著他走。他們離開家，一直往下走！巴多德覺得心中壓著一件東西──越壓越重。她在做一樁對不起洛狄的事情──一樁對不起上帝的事情。這時她忽然發現她身邊什麼人也沒有；她的衣服被荊棘扯破了，她的頭髮已經變得灰白。她悲哀地抬起頭來，看見洛狄坐在一個崖石的邊緣上。她把手伸向他，但她既不敢求他，也不敢喊他。事實上，

這樣做也沒有什麼好處，因為她馬上發現這並不是洛狄。這不過是掛在一根登山杖上的獵衣和帽子———一般獵人拿來騙羚羊的偽裝。在極度的痛苦中，巴貝德呼號著說：

「啊，我希望在我最快樂的那一天———我結婚的那一天———死去！上帝，我的上帝！這才是幸福！我和洛狄所能希望的最好東西也莫過於此！各人的將來，誰知道呢?!」

於是她懷著一種懷疑上帝的失望心情投到一個深淵裡去。一根線似乎斷了。山中發出一個悲哀的回音！

巴貝德醒來了；夢也結束了，消逝了。不過她知道，她做了一個可怕的夢：她夢見了幾個月不曾見過或想過的那個英國年輕人。她不知道他是不是仍住在蒙特魯，會不會來參加她的婚禮。她的小嘴上有了暗影；她的眉毛起了皺紋。但是不一會兒她露出一個微笑：她的眼睛射出光輝。太陽在明亮地照著。明天是她和洛狄舉行婚禮的日子。

15.結尾

這三個快樂的人來到維也奴鳥的時候，天還沒有黑。他們隨即坐下來吃晚飯。磨坊主人銜著煙斗坐在靠椅上打起盹來。這對訂了婚的情人手挽著手走出城，沿著公路，在深綠的湖邊，在長著綠色灌木林的石崖下漫步。清亮的湖水映著錫雍石牢的灰牆和高塔。那個長著三棵槐樹的小島就在近旁；它看起來像浮在湖上的花束。

「那上面一定是非常美麗的！」巴貝德說。

她懷著渴望的心情想到島上去看一下。她的這個要求馬上

就實現了，因為岸旁泊著一條小船。把繫著它的繩子解開並不是
一件難事。他們不須向任何人請求許可，因為旁邊並沒有什麼
人。他們直截了當地跳上船，因為洛狄本人就是一個划船的能
手。

　　船槳像魚鰭似地分開柔順的水──那麼柔順，但同時又那
麼堅韌。這水有一個能負得起重擔的背，同時也有一張能吞沒一
切的嘴──一張溫柔、微笑、安靜但同時又非常可怕、凶殘的
嘴。船走過後留下一條滿是泡沫的水痕。他們不一會兒就來到了
小島，接著他們就走上去。島上恰恰只有夠他們兩人跳舞的空
間。

　　洛狄和巴貝德跳了兩三次旋舞，然後就在低垂的槐樹下一
張凳子上坐下來。他們手挽著手，彼此情意綿綿地望著。落日的
晚霞照在他們身上。山上的松林，像盛開的石南一樣，染上了一
層紫丁香的色彩。樹林的盡頭冒出一堆巨石。石頭射出亮光，好
像石山是一個透明的整體。天上的雲塊像燃燒著的火，整個的湖
像一片羞紅的玫瑰花瓣。當黃昏的陰影慢慢垂下來的時候，沙伏
依州的那些雪山就顯出深藍的顏色。不過最高的峯頂仍然像紅
色的火山熔岩那樣發亮，並且這一瞬間，還似乎反映出那山峯當
初由熔岩形成、還未冷卻時的那種景象。洛狄和巴貝德都承認他
們以前在阿爾卑斯山從來沒有看過這樣的落日。那座積雪的
當・丟・密底山射出光輝，像剛升到地平線上的滿月。

　　「這樣美的景致！這樣多的幸福！」他們兩人齊聲說。

　　「這個世界再也貢獻不出比這更好的東西了，」洛狄說。

　　「這樣的一晚簡直比得上整個的一生！我有多少次像現在

一樣，深深地感到幸福。我曾經想過：即使我現在失去一切，我仍然可以說是幸福地過了一生！這是一個多麼快樂的世界啊！這一天過去，另外一天又到來，而這新的一天似乎比過去的一天還要美麗！巴貝德，我們的上帝真是太好了！」

「我從心的深處感到幸福！」她說。

「這個世界再也不能給我比這更好的東西了！」洛狄大聲說。

晚鐘從沙伏依州的山上，從瑞士的山上飄來。深藍色的尤拉山罩著金色的光圈，聳立在西邊的地平線上。

「願上帝賜給你一切最光明、最美好的東西！」巴貝德低聲說。

「上帝會的！」洛狄說。「明天我就會得到這些東西了。明天你就完全是我的——我美麗的、可愛的妻子！」

「船！」巴貝德忽然叫起來。

他們要划回去的那條小船已輕鬆開，從這小島上飄走了。

「我要去把它找回來！」洛狄說。

他把上衣扔到一邊，脫下靴子，然後跳進湖中，使勁地向船游去。

山上冰河流出清亮的、深綠色的水，這水又深又冷。洛狄向水底望去。他只望一眼，但是他似乎已經看到一個閃光的金戒指。這使他記起了他失去的那個訂婚戒指。現在這個戒指越變越大，變成一個亮晶晶的圓圈。圓圈裡現出一條明亮的冰河，河的兩邊全是一些張著大口的深淵，水滴進去時像鐘聲一樣地發響，同時射出一種淡藍色的火焰。只一瞬間的工夫，他看到了我

們需用許多話才能說清楚的東西。

深淵裡有許多死去的年輕獵人、年輕女子、男人和女人；他們像活人似地站著；他們都是在各種不同的時候墜落下去的。他們睜著眼睛，他們的嘴唇發出微笑。在他們下面，響起了一片從沈淪了的城市的教堂裡所發出的鐘聲，教堂屋頂下跪著做禮拜的人。冰柱變成了風琴的管子，激流變成音樂。冰姑娘就坐在這一切下面的清亮而透明的地上。她向洛伙伸出手來，在他的腳上吻了一下。於是一種死的冷氣像電流似地穿透他的全身——這是冰，也是火：當一個人突然接觸到這兩種東西的時候，他很難辨別出到底是哪一種。

「你是我的！我的！」他的身裡身外都有這個聲音。「當你還是一個孩子的時候，我吻過你，在你的嘴上吻過你。現在我又在你的腳趾和腳跟上吻你！你完全是屬於我的！」

於是他在這清亮的藍水底下不見了。

四周是一片沉寂。教堂的鐘聲沒有了。它最後的回音也跟晚雲的影子一齊消逝了。

「你是屬於我的！」冰底下的一個聲音說。「你是屬於我的！」高處的一個聲音說，太空的一個聲音說。

從這個愛情飛到那個愛情，從人間飛到天上——多麼美啊！

一根生命的線斷了；周圍發出一片哀悼的聲音。死神的一個冰吻奪去了凡人的生命。人生的前奏曲，在人生的戲劇還沒有開演以前，就已經結束了。噪音在大自然的和諧音樂中被融化了。

你能把這叫做一個悲哀的故事嗎？

　　可憐的巴貝德！這對她說來眞是一個悲慟的時刻！那條船越浮越遠。陸地上誰也不知道這對快要結婚的戀人到這小島上來。黃昏在逼近，雲塊在凝集，夜幕在下垂，孤零零的她，在失望中哭起來了。暴風雨在醞釀。閃電不停地掣動，把尤拉群山，把整個瑞士，把沙伏依州都照亮了。閃電向四面掣動，每隔幾分鐘就引起一次霹靂聲。閃電的強光有時像正午的太陽一樣明亮，把每根葡萄梗都照耀出來；但是不一會兒，一切又變得漆黑一團。閃電以叉子、指環和波浪的形狀向湖裡射來，把周圍照得透明。轟轟的雷聲同時在四周的山上引起一片回音。岸上的人早已把船隻拖到岸邊泊好。一切有生命的東西急忙去尋找棲身的地方。雨開始傾盆地降下。

　　「在這陣暴風雨中，洛狄和巴貝德在什麼地方呢？」磨坊主人問。

　　巴貝德正合著手坐著，把頭擱在膝上。經過一陣痛苦、呼號和流淚後，她再也沒有氣力了。

　　「他躺在深沉的水裡，」她對自己說，「他像躺在冰河底下似地躺在水裡。」

　　這時她想起了洛狄說過的話：他的母親怎樣死去，他自己怎樣得救，他怎樣像一具死屍似地被人從冰河的深淵裡抱起來。

　　「冰姑娘又把他捉去了！」

　　一陣閃電像陽光似地照在白雪上。巴貝德跳起來。整個的湖這時就像一條明亮的冰河。冰姑娘站在那上面，樣子很莊嚴，身上射出一股淡藍色的光。洛狄就躺在她的腳下。

「他是我的！」她說。接著周圍又是漆黑一團和傾盆大雨。

「多殘酷啊！」巴貝德呻吟著說。「他爲什麼剛剛在我們的幸福快要到來的時刻死去呢？啊，上帝啊，請您解釋一下吧！請您開導我的心吧！我不懂得您的用意，我在您的威力和智慧之中找不出線索。」

於是上帝指點了她。一個記憶，一線慈悲的光，她昨天晚上所做的夢——這一切全都在她的心裡閃過去了。她記起了她自己所講的話，她自己和洛狄希望得到的最好東西。

「我眞可憐！難道這是因爲我心中有罪惡的種子嗎？難道我的夢就是我未來生活的縮影嗎？難道未來生活的線索必須弄斷，我的罪過才能消除嗎？我是多麼可憐啊！」

她坐在這漆黑的夜裡，嗚咽起來。在深沉的靜寂中，她似乎聽到了洛狄的話語——他在這世界上最後所說的話語：「這世界不能再給我比這更好的東西了！」這話是在最快樂的時候講的，現在它在悲哀的心裡發出了回音。

好幾年過去了。這湖在微笑；湖岸也在微笑。葡萄樹結著纍纍的果實。掛著雙帆的遊艇像蝴蝶似地在平靜如鏡的水上行駛；錫雍石牢後面已經開出一條鐵路，深深地伸進倫河兩岸。每到一站，就有許多陌生人下來。他們帶著精裝的紅色《遊覽指南》，研究著哪些風景區他們可以去看看。他們參觀錫雍監獄，同時看到了那個長著三棵槐樹的小島。他們在《遊覽指南》中讀到關於那對新婚夫婦的故事：這對年輕人怎樣在一八五六年的一個晚上划船過去，新郎怎樣失踪，岸上的人怎樣在第二天早晨才聽到新娘失望的呼聲。

不過這些《遊覽指南》沒有談到巴貝德在父親家裡所過的安靜生活——這當然不是指磨坊，因爲那裡面已經住著別的人了。她是住在車站附近的一座美麗的房子裡。她有許多晚上常常在窗前向栗樹後邊的雪山凝望。洛狄常常就喜歡在這些山上走來走去。在黃昏的時候，她可以看到阿爾卑斯山的晚霞。太陽的女兒們就住在那兒。她們還在唱著關於旅人的歌：旋風怎樣吹掉他們的外衣，怎樣把這衣服搶走，但是卻搶不了穿這衣服的人。

山中的雪地上閃著一絲淡紅的光。深藏著思想的每一顆心中也閃著一絲淡紅的光：「上帝對我們的安排總是最好的！」不過上帝從來不像在夢中告訴巴貝德那樣把理由告訴我們。

[1861 年]

這個故事發表於 1861 年 11 月 25 日在哥本哈根出版的《新的童話和故事集》第二卷第二部裡。這是一篇有關山國瑞士的生動遊記，那裡的風土人情躍然紙上，描寫得非常動人。當然，這裡主要的是寫兩個年輕人的戀愛故事。故事也寫得委婉曲折，還加上了童話氣氛，非常吸引人。像其他這類的故事一樣，它的結局也極爲淒涼。但在這個故事裡，安徒生無意間表露出他靈魂中所面臨的危機和苦悶。故事的主人翁——年輕的洛狄是一個性格堅強的人：「只要一個人有志氣，世上沒有什麼攀不上的東

西！」「只要你不怕跌下來，你就永遠不會跌下來。」他勇敢，他聰明，他逃脫了冰川的統治者——以「捉住和埋葬掉她的犧牲者」爲意志的「冰姑娘」的魔掌，回到人間，憑他的毅力和執著追求，終於贏得了美麗多情的巴貝德的愛情。但在他們結婚的前夕，冰姑娘設下圈套，讓他在與巴貝德遊覽的冰河上沉入水底。冰姑娘向他伸出手來，在他的腳上吻了一下説：「你是屬於我的！你是屬於我的！」他還是沒有能從冰姑娘手中獲得自由！

「多殘酷啊！」巴貝德呻吟著説：「他爲什麼剛剛在我倆幸福快要到來的時刻死去呢？啊，上帝啊，請您解釋一下吧！請您開導我的心吧！我不懂得你的用意，我在您的威力和智慧之中找不出線索！」這種哀鳴實際上等於是對上帝的控訴。雖然安徒生在故事的結尾中無可奈何地説：「上帝對我們的安排總是最好的！」但這既不能説服讀者，恐怕也説服不了他自己。在「上帝」這個問題上，安徒生的苦悶這時發展到了極點。

關於這篇故事的寫作，安徒生在手記中寫道：「〈冰姑娘〉是在我訪問了瑞士多次以後寫的。這次我從義大利回來，路經瑞士，決定住得更長一點。關於那個鷹巢，這是確有其事，由巴伐利亞的詩人訶伯爾告訴我的。」

【註釋】

①原文是：「Viog i! I og vi!」這是模仿燕子的聲音，照字面譯是「我們和你們！你們和我們！」的意思。

②這是阿爾卑斯山上的一種颮風(Fohn)，一般是在冬天才有。

③白痴病(cretinere)是阿爾卑斯山中一種普通的疾病。患者發育不良，常帶有畸形的

甲狀腺腫瘤。

④安妮特的名字 Annette 是以 A 這個字母開始的。

⑤威廉·泰爾(Vilhelm Tell)是瑞士傳說中的一個民族英雄。瑞士在十四世紀受奧國的統治。奧國皇室駐瑞士的總督蓋斯勒(Gessler)在市場上碰到了威廉·泰爾。泰爾拒絕對那代表他職位的帽子敬禮,因而被捕。如果威廉·泰爾想得到自由,他必須這樣做:在他兒子頭上放一個蘋果,在離開八十步的地方,用箭把蘋果射穿。他果然射穿了蘋果而沒有傷害到自己的兒子。當他正感到興奮時,他的第二支箭露了出來。總督問他這支箭是做什麼用的,他回答說:「如果我沒有射中蘋果,我就要用這支箭射死你!」總督馬上又把他囚禁起來。後來反抗的農民把他釋放了。

⑥這是拉丁文。一般的學究總喜歡在談話時用幾個拉丁字。

⑦瑞士分做三個區域:法文區、德文區和義大利文區,所以瑞士人一般都講三種語言。

⑧這是北歐的迷信:一個人的耳朵裡如果有聲音在響,那就是有人在談論他。

⑨這是指拜倫在 1816 年發表的長詩〈錫雍的囚徒〉(Prisoner of Chillon),內容描寫日內瓦的聖·維克多寺院的副住持博尼瓦爾因為與愛國志士共謀推翻沙伏依(Savoy)公爵的統治,而兩次被囚禁在錫雍石牢裡的故事。

⑩《新哀洛綺絲》(La Nouvelle Heloise)是盧梭在 1761 年發表的小說。這小說是他 1756 年在巴黎寫成的。

⑪拉菲爾(Santi Raphael, 1483～1520)是義大利羅馬學派的一個偉大藝術家。

⑫這是英國一個叫做古比特(Sir William Cubitt)的爵士在 1818 年所「發明」的一種苦役勞動。踏車是一種木輪子;犯人用手支在兩邊的欄杆上,不停地用腳踩著這輪子,使它像現代的發動機似地發出動力。

小鬼和小商人

從前有一個名副其實的學生：他住在一間頂樓① 裡，什麼也沒有；同時有一個名副其實的小商人，住在第一層樓上，擁有整幢房子。一個小鬼就跟這個小商人住在一起，因為在這兒，在每個聖誕節的前夕，他總能得到一盤麥片粥吃，裡面還有一大塊奶油！這個小商人能夠供給這點東西，所以小鬼就住在他的店裡，而這件事是富有教育意義的。

有一天晚上，學生從後門走進來，給自己買點蠟燭和乾奶

酪。他沒有人爲他跑腿，因此才親自來買。他買了他所需要的東西，也付了錢。小商人和他的太太對他點點頭，表示祝他晚安。這位太太能做的事情並不只點頭這一項——她還有會講話的天才！

學生也點了點頭。接著他忽然站著不動，讀起包乾奶酪的那張紙上的字來了。這是從一本舊書上撕下的一頁紙。這頁紙本來是不應該撕掉的，因爲這是一部很舊的詩集。

「這樣的書多的是！」小商人說。「我用幾粒咖啡豆從一個老太婆那兒換來的。你只要給我三個銅板，就可以把剩下的全部拿去。」

「謝謝，」學生說，「請你給我這本書，把乾奶酪收回去吧；我只吃奶油麵包就夠了。把一整本書撕得亂七八糟，眞是一樁罪過。你是一個能幹的人，一個講究實際的人，不過就詩說來，你不會比那個盆子懂得更多。」

這句話說得很沒有禮貌，特別是用那個盆子做比喻；但是小商人大笑起來，學生也大笑起來，因爲這句話不過是開開玩笑罷了。但是那個小鬼卻生了氣：居然有人敢對一個賣最上等奶油的商人兼房東說出這樣的話來。

黑夜到來了，店鋪關上了門；除了學生以外，所有的人都上床去睡了。這時小鬼就走進來，拿起小商人太太的舌頭，因爲她在睡覺的時候並不需要它。只要他把這舌頭放在屋子裡的任何物件上，這物件就能發出聲音，講起話來，而且還可以像太太一樣，表示出它的思想和感情。不過一次只能有一件東西利用這舌頭，而這倒也是一樁好事，否則它們就要彼此打斷話頭了。

小鬼把舌頭放在那個裝報紙的盆裡。「有人說你不懂得詩是什麼東西，」他問，「這話是眞的嗎？」

「我當然懂得，」盆子說，「詩是一種印在報紙上補白的東西，可以隨時剪掉不要。我相信，我身體裡的詩要比那個學生多得多；但是對小商人說來，我不過是一個沒有價值的盆子罷了。」

於是小鬼再把舌頭放在一個咖啡磨子上。哎喲！咖啡磨子簡直成了一個話匣子了！於是他又把舌頭放在一個奶油桶上，然後又放到錢匣子上——它們的意見都跟盆子的意見一樣，而多數人的意見是必須尊重的。

「好吧，我要把這意見告訴那個學生！」

於是小鬼就靜悄悄地從一個後樓梯走上學生所住的那間頂樓。房裡還點著蠟燭。小鬼從門鎖孔朝裡面偷看。他瞧見學生正在讀他從樓下拿去的那本破書。

但是這房間裡是多麼亮啊！那本書裡冒出一根亮晶晶的光柱。它擴大成爲一根樹幹，變成了一棵大樹。它長得非常高，而且它的枝椏還在學生的頭上向四面伸展開來。每片葉子都很新鮮，每朵花兒都是一個美女的面孔：臉上的眼睛有的烏黑發亮，有的藍得分外晶瑩。每一個果子都是一顆明亮的星；此外，房裡還有美妙的歌聲和音樂。

嗨！這樣華麗的景象是小鬼從沒有想過的，更談不上看過或聽過了。他踮著腳尖站在那兒，望了又望，直到房裡的光滅掉爲止。學生把燈吹熄，上床睡覺去了。但是小鬼仍舊站在那兒，因爲音樂還沒有停止，聲音旣柔和，又美麗；對於躺著休息的學

生說來，它眞算得上是一支美妙的催眠曲。

「這眞是美麗極了！」小鬼說。「這眞是出乎我的想像之外！我倒很想跟這學生住在一起哩。」

接著他很理智地考慮了一下，嘆了一口氣：「這學生可沒有粥給我吃！」所以他仍然走下樓來，回到那個小商人家裡去。他回來得正是時候，因爲那個盆子幾乎把太太的舌頭用爛了：它已經把身子這一面所裝的東西全都講完，現在它正打算翻轉身來把另一面再講一遍。正在這時候，小鬼走過來，把舌頭拿走，還給了太太。不過從這時候起，整個的店——從錢匣一直到木柴——都隨聲附和盆子。它們尊敬它，五體投地地佩服它，弄得後來店老闆晚間在報紙上讀到藝術和戲劇批評文章時，它們都相信這是盆子的意見。

但是小鬼再也沒有辦法安安靜靜地坐著，聽它們賣弄智慧和學問了。不行，只要頂樓上一有燈光射出來，他就覺得這些光線好像就是錨索，硬要把他拉上去。他不得不爬上去，把眼睛貼著那個小鑰匙孔向裡面看。他胸中起了一種豪邁的感覺，就像我們站在波濤洶湧的、正受暴風雨襲擊的大海旁邊一樣。他不禁凄然淚下！他自己也不知道他爲什麼要流眼淚，不過他在流淚的時候卻有一種幸福感：跟學生一起坐在那棵樹下該是多麼幸福啊！然而這是做不到的事情——他能在小孔裡看一下也就很滿足了。

他站在寒冷的樓梯上；秋風從閣樓的圓窗吹進來。天氣變得非常冷了。不過，只有當頂樓上的燈熄滅和音樂停止了的時候，這個小矮子才開始感覺到冷。嗨！這時他就顫抖起來，爬下

樓梯，回到他那溫暖的角落裡去。那兒很舒服和安適！

聖誕節的粥和一大塊奶油來了——的確，這時他體會到小商人是他的主人。

不過半夜的時候，小鬼被窗扉上一陣可怕的敲聲驚醒了。外面有人在大喊大叫。守夜人在吹號角，因為發生了火災——整條街上全是一片火焰。火是在自己家裡燒起來的呢，還是在隔壁房裡燒起來的呢？究竟是在什麼地方燒起來的呢？大家都陷入恐慌中。

小商人的太太給弄糊塗了，連忙扯下耳朵上的耳金環，塞進衣袋，以為這樣總算救出了一點東西。小商人則忙著去找他的股票，女傭人跑去找她的黑綢披風——因為她沒有錢再買這樣一件衣服。每個人都想救出自己最好的東西。小鬼當然也是這樣。他幾步就跑到樓上，一直跑進學生的房裡。學生正泰然自若地站在一個開著的窗子前面，眺望著對面那幢房子裡的火焰。小鬼把放在桌上的那本奇書搶過來，塞進自己的小紅帽裡，同時用雙手捧著帽子。現在這一家最好的寶物總算救出來了！所以他就趕快逃跑，一直跑到屋頂，跑到煙囪上去。他坐在那兒，對面那幢房子的火光照著他——他雙手懷抱那頂藏有寶貝的帽子。現在他知道他心裡的真正感情，知道他的心真正向著誰了。不過等到火被救熄以後，等到他的頭腦冷靜下來以後——嗨⋯⋯

「我得把我分給兩個人，」他說。「為了那碗粥，我不能捨棄那個小商人。」

這話說得很近人情！我們大家也到小商人那兒去——為了我們的粥。[1853 年]

這篇作品發表在《故事集》第二輯裡，這裡所談到的問題就是文藝——具體地說，詩——與物質利益的關係。小鬼從鎖孔裡偷看到，那個學生正在讀的那本破書——詩集——中長出了青枝綠葉的樹，開出了花朵——「每朵花兒都是一個美女的面孔：臉上的眼睛有的烏黑發亮，有的藍得分外晶瑩。」這情景真是美妙極了。小鬼心裡想：「我倒很想跟這個學生住在一起哩。」但一回到現實中來，他住樓底下那個小商人的屋子裡卻保證了他有飯吃——那個窮學生可沒有這種能力。於是，他只好「把我分給兩個人，為了那碗粥，我不能捨棄那個小商人。」故事的結論是：「這話說得很近人情！」

【註釋】

①頂樓（Qvist）即屋頂下的一層樓。在歐洲的建築物中，它一般用來堆破爛的東西。只有窮人或窮學生才住在頂樓裡。

陽光的故事

「現在我要講一個故事！」風兒說。

「不行，請原諒我，」雨兒說，「現在輪到我了！你在街頭的一個角落裡待得已經夠久了，你已經拿出你最大的氣力，大號大叫了一場！」

「這就是你對我的感謝嗎？」風兒說，「為了你，我把傘吹得翻過來；是的，當人們不願意跟你打交道時，我甚至還把它吹破呢！」

「我要講話了！」陽光說。「大家請不要作聲！」這話說得口氣很大，因此風兒就乖乖地躺下來，但是雨兒卻搖著風，同時說：「難道我們一定要忍受她嗎？這位陽光太太老是插進來。我們不要聽她的話！那不值得一聽！」

於是陽光就講了：

「有一隻天鵝在波濤洶湧的大海上飛翔。它的每根羽毛像金子一樣地發亮。有一根羽毛落到一條大商船上面。這船正掛著滿帆在行駛。羽毛落到一個年輕人的鬈髮上。他管理貨物，因此人們叫他『貨物長』。幸運之鳥的羽毛觸到他的前額，變成他手中的一枝筆，於是他不久就成了一個富有的商人。他可以買到金馬刺，用金盤改裝成為貴族的紋章。我在它上面照過。」陽光說。

「這隻天鵝在綠色的草原上飛。那兒有一棵孤獨的老樹；一個七歲的牧羊孩子躺在它下面的蔭處休息。天鵝飛過的時候吻了這樹上的一片葉子。葉子落到這孩子的手中；這一片葉子變為三片葉子，然後十片，然後成了一整本書。他在這本書裡面讀到了自然的奇蹟，祖國的語言、信仰和知識。在睡覺的時候，他把這本書枕在他的頭下，以免忘記他所讀到的東西。這書把他領到學校的凳子和書桌那兒去。我在許多學者之中讀到過他的名字！」陽光說。

「天鵝飛到孤寂的樹林中去，在那兒沉靜、陰暗的湖上停下來。睡蓮在這兒生長著，野蘋果在這兒生長著，杜鵑和斑鳩在這兒建立起它們的家。

「一個窮苦的女人在撿柴火，在撿落下的樹枝。她把這些東西背在背上，把她的孩子抱在懷裡，向家裡走來。她看到一隻金

色的天鵝──幸運的天鵝──從長滿了燈芯草的岸上飛起來。那兒有什麼東西在發亮著呢？有一個金蛋。她把它放在懷裡，它仍然是很溫暖的；無疑地蛋裡面還有生命。是的，蛋殼裡發出一個敲擊的聲音來；她聽到了，而且以為這是她自己的心跳。

「在她家簡陋的房間裡，她把金蛋取出來。『嗒！嗒！』它說，好像它是一支很有價值的金錶似的，但是它是一個有生命的蛋。這個蛋裂開了，一隻小天鵝把它的頭伸出來，它的羽毛黃得像真的金子。它的頸上有四個環。因為這個可憐的女人有四個孩子──她馬上就懂得了，她的每個孩子將有一個環。當她一懂得這件事情時，這隻小小的金鳥就飛走了。

「她吻了每一個環，同時讓每一個孩子吻一個環。她把它放在孩子的心上，戴在孩子的手指上。」

「我看到了！」陽光說，「我看到了隨後發生的事情！

「頭一個孩子坐在泥坑裡，手上握著一把泥。他用指頭捏它，它於是就變成了取得金羊毛的雅森①的像。

「第二個孩子跑到草原上去，這兒開著種種不同顏色的花。他摘下一把；他把它們捏得那麼緊，甚至把它們裡面的漿都擠出來了，射到他的眼睛裡去，把那個環打濕了，刺激著他的思想和手。幾年以後，京城的人都稱他為偉大的畫家。

「第三個孩子把這個環牢牢地銜在嘴裡，弄出響聲──他內心深處的一個回音。思想和感情像音樂似地飛翔，然後又像天鵝似地俯衝到深沉的海裡去──思想的深沉的海裡去。他成了一個偉大的音樂家。每個國家現在都在想：『他是屬於我的！』

「至於第四個孩子呢，咳，他是一個無人理的人。人們說他

是個瘋子。因此他應該像病雞一樣,吃些胡椒和奶油! 『吃胡椒和奶油。』他們這麼故意地說;他也就吃了。不過我給了他一個陽光的吻。」陽光說。「他一下子得到我的十個吻。他有詩人的氣質,因此他一方面挨了打,一方面又得到了吻。不過他從幸運的金天鵝那裡得到一個幸運的環。他的思想像一隻金蝴蝶似地飛出去了——這是『不朽』的象徵!」

「這個故事太長!」風兒說。

「而且討厭!」雨兒說,「請在我身上吹幾下吧,好使得我的頭腦清醒起來。」

於是風兒就吹起來。陽光繼續說:

「幸運的天鵝在深沉的海灣上飛過去了。漁夫在這兒下了網。他們之中有一個最窮的漁人。他想要結婚,因此他就結婚了。

「天鵝帶了一塊琥珀給他;琥珀有吸引力,把心都吸到家裡去了。琥珀是最可愛的香料。它發出一股香氣,好像是從教堂裡發出來的;它發出上帝的大自然香氣。他們感到真正的家庭幸福,滿足於他們簡樸的生活,因此他們的生活成了一個真正的陽光的故事。」

「我們停止好不好?」風兒說。「陽光已經講得夠長了。我聽厭了!」

「我也聽厭了!」雨兒說。

「我們聽到這些故事的人怎麼說呢?」

我們說:「現在它們講完了!」[1869 年]

這篇作品最初發表在 1869 年 5 月出版的《青少年河邊雜誌》第三卷,隨後於 1869 年 11 月又發表在丹麥的《北國詩人選集》裡。這是一首詩,它以這樣一段話做爲點題:「天鵝帶了一塊琥珀給他(一個最窮的漁人);琥珀有吸引力,把心都吸引到家裡去了。……他們感到真正的家庭幸福,滿足於他們簡樸的生活,因此他們的生活成了一個真正的陽光的故事。」

【註釋】

①雅森(Jason)是希臘神話中的一個人物。他父親的王國被他的異母兄弟貝立亞斯(Pelias)占領。他長大了去索取這個王國;貝立亞斯說,如果雅森能把被一條惡龍看守著的金羊的毛拿來,他就可以交還王國。雅森終於把惡龍降服,取來了金羊毛。

依卜和小克麗斯玎

離古德諾河 ① 不遠，在西爾克堡森林裡面，有一個土丘從地面上凸出來了，像一個球。人們管它叫「背脊」。在這高地下面朝西一點有一間小小的農舍，它的周圍全是貧瘠的土地；在那稀疏的燕麥和小麥中間，隱隱地現出了沙子。

現在許多年已經過去了。住在這兒的人耕種著他們的一點兒田地，還養了三頭羊、一頭豬和兩頭公牛。簡單地說，只要他們滿足於自己所有的東西，他們的食物可以說夠吃了。的確，他

們還可以節省點錢買兩匹馬；可是，像附近一帶別的農人一樣，他們說，「馬兒把自己吃光了」──它們能生產多少，就吃掉多少。

耶布‧演斯在夏天耕他的那點地。在冬天他就成了一個能幹的木鞋匠。他還有一個助手──一個年輕人，這人知道怎樣把木鞋做得結實、輕巧和漂亮。他們雕出木鞋和杓子，而這些東西都能賺錢。所以人們不能把耶布‧演斯這一家人叫做窮人。

小小的依卜是一個七歲的男孩子，是這家的獨生子。他常常坐在旁邊，看別人削著木頭，也削著自己的指頭。不過有一天他刻好了兩塊木頭，刻得像一雙小木鞋的樣子。他說要把它們送給小克麗斯玎。她是一個船夫的小女兒，長得很秀氣和嬌嫩，像一位紳士的孩子。如果她的衣服配得上她的樣子，那麼誰也不會以為她就是塞歐得荒地上茅屋裡的一個孩子。她的父親住在那兒。他的妻子已經死了。他生活的來源是靠用他的大船裝運柴火，從森林裡遠到西爾克堡的鱔魚堰，有時也從這兒運到較遠的蘭得爾斯。沒有什麼人來照料比依卜只小一歲的克麗斯玎，因此這孩子就老是跟他一起在船裡，在荒地上，或在伏牛花灌木叢裡玩耍。當他要到像蘭得爾斯那麼遠的地方去時，小克麗斯玎就到耶布‧演斯家裡去。

依卜和克麗斯玎在一起玩，一起吃飯，非常要好。他們一起掘土和挖土，他們爬著，走著。有一天他們居然大膽地跑到「背脊」上，走進一個樹林裡去了。他們甚至還找到了幾個沙錐鳥蛋──這真是一樁了不起的事情。

依卜從來沒有到過塞歐得去過；他也從來沒有乘過船在古

德諾沿岸的小湖上航行。現在他要做這事情了：克麗斯玎的父親請他去，並且還要帶他一起到家裡去過夜。

第二天大清早，這兩個孩子高高地坐在船上的一堆木柴上，吃著麵包和山莓。船夫和他的助手撐著船。船是順著水在河上航行，穿過這些平時好像是被樹木和蘆葦封鎖住了的湖泊，而且行走得很快。即使有許多老樹在水面上垂得很低，他們仍然可以找到空處滑過去。許多老櫟樹垂下光禿禿的枝椏，好像捲起了袖子，要把滿是節節疤疤的光手臂露出來似的。許多老赤楊樹被水流沖擊著；樹根緊緊抓住河底不放，看起來就像長滿了樹木的小島。睡蓮在河中搖動著。這眞是一趟可愛的旅行！最後他們來到了鱔魚堰。水在這兒從水閘裡沖出去。這才是一件值得依卜和克麗斯玎看的東西哩！

在那個時候，這兒沒有什麼工廠，也沒有什麼城鎮。這兒只有一個老農莊，裡面養的家畜也不多，水沖出閘口的聲音和野鴨的叫聲，算是唯一有生物存在的標記。木柴卸下來以後，克麗斯玎的父親就買了滿滿一籃鱔魚和一隻殺好的小豬。他把這些東西都裝在一個籃子裡，放到船尾。然後就逆流而上，往回走，但是他們卻遇到了順風。當船帆一張起來的時候，這船就好像有兩匹馬在拉著似的。

他們來到一個樹林邊，離那個助手住的地方只有一小段路。助手領著克麗斯玎的父親走到岸上去，同時叫孩子們不要鬧，當心出亂子。不過這兩個孩子並不聽話，沒有多久，他們想看看籃子裡裝著的鱔魚和那隻小豬。他們把那隻小豬拖出來，抱在懷裡。當他們兩個人搶著要抱它時，卻失手掉進水裡去了。於

是這隻小豬就順流而下——這才可怕啦！

　　依卜跳到岸上去，在岸上跑了一段路；小克麗斯玎在後面跟著他跑。「帶著我一起呀！」她喊著。不一會兒。他們就跑進一個樹林裡去了。他們再也看不到船，也看不到河。他們更向前跑了一段路。克麗斯玎跌倒在地上，開始號啕大哭。依卜把她扶起來。

　　「跟著我來吧！」他說。「屋子就在那兒。」但是屋子並不在那兒。他們漫無目的地走著，在枯葉上走，在落下的乾枯樹枝上走——這些樹枝在他們的小腳下發出碎裂的聲音。這時他們聽到了一個尖銳的叫聲，他們站著靜聽，立刻就聽到一隻蒼鷹的尖叫聲。這是一種難聽的聲音，使他們非常害怕。不過在這濃密的樹林中，他們看到前面長滿了非常可愛的越橘，數量真是不少。這實在太吸引人了，他們不得不停下來，於是就停下來，吃了許多，把嘴唇和臉都染青了。這時他們又聽到一個尖叫聲。

　　「那隻豬丟了，我們要挨打的！」克麗斯玎說。

　　「我們回家裡去吧！」依卜說。「家就在這樹林裡呀！」

　　於是他們便向前走。他們來到一條大路上，但是這條路並不通到家。夜幕也降下來了。他們真的害怕起來了。有角貓頭鷹的怪叫聲和其他鳥兒的聲音，把周圍一片奇怪的靜寂打破了。最後他們兩人停在一個灌木林邊停下來。克麗斯玎哭起來，依卜也哭起來。他們哭了一陣以後，就在乾葉子上倒下來，熟睡了。

　　當這兩個小孩子醒來時，太陽已經爬得很高了。他們感到很冷。不過在旁邊一個小山上的樹林裡，已經有太陽光射進來。他們可以到那兒去暖和一下。依卜還以為從那兒他們就可以看到

他爸爸的屋子。然而事實上他們卻是離得非常遠，相隔整個樹林。

他們向小山頂上爬去。他們站在一個斜坡上，旁邊有一個清亮的、透明的湖。魚兒成群地游水，太陽光把它們照得發亮。他們從來沒看過這樣的景象。在他們的近旁有一個大灌木林，上面結滿了榛果，甚至還有七扎成串的榛果。他們把榛果摘下來敲碎，挖出裡面細嫩的、剛剛長成形的核仁。不過另外還有一件驚人可怕的事情發生了。

從這叢林裡面，走出了一個高大的老女人；她的面孔是棕色的；頭髮烏黑，並且發著光；白眼珠閃亮著，像非洲摩爾人的白眼珠一樣。她背著一捆東西，手上拿著一根有許多疙瘩的棍子。她是一個吉卜賽人。這兩個孩子不能馬上聽懂她講的話。她從衣袋裡取出三顆榛果，告訴他們說，這些榛果裡藏著最美麗又最可愛的東西，因為它們是希望之果。

依卜望著她。她是非常和善的。所以他就鼓起勇氣，問她能不能把這些果子給他。這女人給了他，然後又從樹上摘下一些，裝了滿滿的一袋。

依卜和克麗斯打睜著大眼睛，望著這希望之果。

「這果子裡有一輛馬拉的車子沒有？」依卜問。

「有，有一輛金馬拉的金車子。」女人回答說。

「那麼就請把這果子給我吧！」小克麗斯打說。

依卜把果子給她，女人就替她把果子包在圍巾裡面。

「果子裡面有一條像克麗斯打那樣的美麗的小圍巾嗎？」依卜問。

「那裡面有十條圍巾，」女人回答說。「還有美麗的衣服、襪子和帽子。」

「那麼這個果子我也要。」小克麗斯玎說。

於是依卜把第二個果子也給了她。第三個是一個小小的黑東西。

「你把這個自己留下吧！」克麗斯玎說。「它也是很可愛的。」

「它裡面有什麼東西呢？」依卜問。

「你所喜歡的最好的東西。」吉卜賽女人說。

依卜緊緊地握著這果子。女人答應把他們領到回家的正確的路上去。現在他們向前走，但是恰恰走到和正路相反的方向去。我們可不能說她想拐走這兩個孩子啊！在這荒野的山路上，他們遇見守山人克林。他認得依卜。靠著他的幫助，依卜和克麗斯玎終於回到家。家裡的人正在為他們擔憂。他們終於得到了寬恕，雖然他們應該結結實實地挨一頓打才對：因為第一，他們把那隻小豬掉到水裡去了；第二，他們溜走了。

克麗斯玎回到荒地上的家裡去；依卜依舊住在樹林邊的那個農莊裡。晚間他要做的第一件事，就是從衣袋裡取出那個果子——據說裡面藏著「最好的東西」。他小心地把它放在門和門框中間，使勁地把門關一下，果子便被軋碎了。可是裡面一點核仁也沒有。只有一堆好像鼻煙或者黑色沃土似的東西——這就是我們所謂蟲蛀了的果子。

「是的，這跟我所想到的恰恰差不多，」依卜說。「這麼一個小果子裡怎麼能裝得下世界上最好的東西呢？克麗斯玎也不

會在她的兩個果子裡找到美麗的衣服或金車子！」

　　冬天到來了，新年也開始了。

　　好幾年過去了。依卜現在要受堅信禮了，而他住的地方卻離牧師很遠。在這期間，有一天，那個船夫來看依卜的爸爸和媽媽，告訴他們說，克麗斯玎現在快要去幫人做事了；還說她真是運氣，在一個非常好的主人家裡找到一份工作。請想想看吧！她將要到西部赫爾寧縣去幫一個有錢的旅店老闆。她先幫助女主人照料旅店。如果她做得好，一直做到受堅信禮的時候，主人就可以把她留下來。

　　於是依卜和克麗斯玎就互相道別。大家把他們叫做一對情人。在分手的時候，她拿給他看，她還保存著那兩顆果子。這是當他們在樹林裡迷路的時候他送給她的。她還告訴他說，他在兒時親手雕成、做為禮物送給她的那雙木鞋，她仍然保存在衣箱裡，接著他們就分手了。

　　依卜受了堅信禮，但是他仍然住在母親的屋子裡，因為他已經是一個能幹的木鞋匠，在夏天他同時也可以照顧田裡的工作。他的母親找不到別人做這些事情，因為他的父親已經死了。

　　他只有偶爾從路過的送信人或捉鱔魚的人口中聽到一點關於克麗斯玎的消息：她在那個富有的店老闆家裡生活得很好。她受過堅信禮以後，曾經寫過一封信給她的父親，也問候依卜和他的母親，信裡還提到她從她的男主人和女主人那兒得到了六件襯衫和一件新衣。這的確是一個好消息。

　　在第二年春天一個暖和的日子裡，依卜和老母親聽到一陣敲門聲，這就是那個船夫和克麗斯玎。她要來玩一整天。她是利

用到德姆來回一次的機會來拜訪的。她長得很漂亮，簡直像一位
小姐；她穿著美麗的衣服──做得很好，恰恰適合她的身材。她
站在他面前，非常大方；而依卜卻只穿著平時的工作服。他一句
話也講不出來；當然啦，他握著她的手，握著很緊，而且衷心地
感到快樂；不過他沒有辦法講出話來。克麗斯玎倒是一點也不
感到拘束。她談著話──她才眞會講呢。她還直截了當地在依卜
的嘴唇上吻了一下。

「你眞的不認識我嗎？」她問。不過當只有他們兩人在屋子
裡時，他仍然只是緊握她的手站著。他只能說出這幾句話：

「妳眞像一位小姐！但我是這麼粗笨。我多麼想念妳啊，克
麗斯玎！多麼想念過去的日子啊！」

他們手挽著手走到那片山脊上，朝古德諾河、塞歇得和那長
滿了石南屬植物的兩岸眺望。但是依卜一句話也不說。當他們快
要分手時，他十分清楚地覺得克麗斯玎應該成爲他的妻子。的
確，他們在小時候就被人稱爲一對情人。他覺得彷彿他們眞正訂
過婚似的，雖然他們誰也沒有談起這事情。

他們現在只有幾小時可以在一起了，因爲克麗斯玎要到德
姆去，以便第二天大清早搭車子返回到西部去。她的父親和依卜
一直把她送到德姆。這是一個明朗的月夜。當他們到了終點時，
依卜仍然握著克麗斯玎的手，簡直鬆不開。他的眼睛閃著光，但
是話語來到嘴唇邊就縮回去了。當他終於說出來的時候，那完全
是從他心的深處說出來的話：

「克麗斯玎，如果你沒有變得那麼闊氣，」他說，「如果你
能住在我母親家裡，成爲我的妻子，那麼有一天我們兩人就會結

為夫婦了。不過我們還可以等一些時候！」

「是的，我們等些時候再看吧，依卜！」她說。於是她就握了他的手；她也吻了他的嘴唇。「我相信你，依卜，」克麗斯玎說，「我想我也喜歡你——但是我得想一想！」

於是他們就分手了。依卜告訴船夫說，他和克麗斯玎是那麼要好，簡直像是訂過婚一樣。於是船夫就說，他一直希望有這樣的結果。他和依卜一起回到家來；這天晚上他和這個年輕人睡在一張床上，他們已經不再討論訂婚的問題了。

一年過去了。依卜和克麗斯玎通過兩封信。在他們簽名的前面，總是寫著這幾個字：「永遠忠誠，一直到死！」

有一天船夫來看依卜，轉達克麗斯玎的問候。他接著要說的話，卻有點吞吞吐吐的，但是它的內容不外是：克麗斯玎一切都好，不僅僅好，而且還成了一個美麗的姑娘，有許多人追求她，有許多人愛她。主人的少爺曾經回家住過些時候。他在哥本哈根一個很大的機關裡工作；他非常喜歡克麗斯玎，而她對他也發生了感情，他的父母也並沒有表示不同意；不過克麗斯玎的心裡覺得非常沉重，因為依卜曾經那麼愛她；因此她也想過，要放棄她的這種幸運——這是船夫說的話。

起初依卜一句話也不說，但是他的面色卻像白布一樣慘白。他輕輕地搖了搖頭，然後慢慢地說：「克麗斯玎不應該放棄她的幸運！」

「那麼就請你寫幾句話給她吧！」船夫說。

依卜於是就坐下來寫，不過出乎他意料之外，他不能把自己的話語聯成句子。他開始塗塗改改，然後把整張紙撕掉了。不過

到第二天早晨，信終於寫好，準備送給克麗斯玎。全文是這樣的：

　　妳給妳父親的信我也讀到了。從信中我知道妳的一切都好，而且還會更好。克麗斯玎，請妳捫心自問，仔細地想一想，如果妳接受我做妳的丈夫，你將會得到什麼結果。我實在是太寒酸了。請妳不要爲我和我的處境著想，而要爲妳自己的利益著想。妳對我沒有任何諾言的約束。如果妳在心裡曾經對我做過諾言，我願意爲妳解除這個負擔。願世上一切的快樂都屬於妳，克麗斯玎，上帝將會安慰我的心！

　　　　　　　　　妳永遠忠實的朋友　　依卜

　　這封信送出去了，克麗斯玎也收到了。

　　在十一月裡，她的結婚預告在荒地上的那個敎堂裡，和在新郎所住的哥本哈根同時發表出來了。於是她便跟她的女主人一起旅行到哥本哈根去，因爲新郎有許多事情要辦，不能回到遙遠的尤蘭來。克麗斯玎在途中要經過一個小鎮芬德爾，她在這兒會見了她的父親。這是離他最近的一個地點。他們在這裡互相告別。

　　這件事情曾經有人提起過；但是依卜卻不感到有什麼興趣。他的老母親說他這些時好像很有心事的樣子。的確，他很有心事，他心裡想起了他小時候從一個吉卜賽女人那兒得到的三顆榛果——其中兩顆他已經給了克麗斯玎。這是希望之果。在她的那兩顆果子裡，有一顆藏著金車子和馬，另一顆藏著最漂亮的

衣服。現在成爲事實了！在京城哥本哈根，一切華貴的東西她現在都有了。關於她的那一份預言現在已經實現了！

依卜的那顆果子裡只有一撮黑土。那個吉卜賽女人曾經說過，這是他所得到的「最好的東西」。是的，這現在也成爲事實了！黑土是他所能得到的最好的東西。現在他懂得那個女人的意思：他最好的東西是在黑土裡，在墳墓的深處。

過了許多年──年數雖然不太多，但依卜卻覺得很長。那對年老的旅店主人，先後都去世了。他們全部的財產──幾千塊錢──都歸他們的兒子所有。是的，現在克麗斯玎可以有金車子和許多漂亮的衣服。

在隨後的兩年內，克麗斯玎沒有寫信回去。她父親最後接到她的一封信，那不是在興奮和快樂中寫的。可憐的克麗斯玎！她和她的丈夫都不知道怎樣節約使用這筆財富。它來得容易，去得也容易。它沒有帶來幸福，因爲他們自己不希望有幸福。

石南花開了，又謝了。雪花在塞歇得荒地上，在山脊上，飄過了好幾次。在這山脊下，依卜住在一塊風吹不到的地方。春天的太陽照得非常明朗；有一天依卜正在犁地的時候，犁忽然在一塊類似燧石的東西上面犁過去了。這時有一堆像刨花的黑東西從土裡冒出來。當依卜把它拿起來的時候，發現這原來是一塊金屬品。那片被犁頭劃開的地方，現在閃出耀眼的光來。這原來是異教徒時代留下的一個大臂釧。他翻動了一座古墓；現在它裡面的財寶被他發現了。依卜把他所發現的東西拿給牧師看。牧師解釋它的價值給他聽，然後他就到當地的法官那兒去。法官把這發現報告給哥本哈根的當局，同時勸他親自送去。

「你在土裡找到了最好的東西！」法官說。

「最好的東西！」依卜想。「我所能得到的最好的東西，而且是在土裡找到的！如果說這是最好的東西的話，那麼那個吉卜賽女人對我所做的預言是兌現了！」

於是依卜從奧湖斯②乘船到京城哥本哈根去。他以前只渡過古德諾河，所以這次旅行，對他說來等於橫渡一次大洋。

他到了哥本哈根。

他所發現的金子的價錢，當局都付清給他。這是一筆很大的數目──六百塊錢。從塞歇得荒地上樹林中來的依卜，現在可以在這熱鬧的大都會散步了。

有一天，在他要跟船長回到奧湖斯去以前，他在街上迷了路；他所走的路，跟他所應該走的方向完全相反。他走過克尼伯爾橋，跑到克利斯仙哈文的郊區來，而沒有向西門的城垣走去。他的確是在向西走，但是卻沒有走到他應去的地方。這兒一個人也看不見。最後有一個很小的女孩子從一間破爛的屋子裡走出來了。依卜向這孩子問他所要尋找的那條街。她楞了一下，朝他看了一眼，接著放聲大哭。他問她為什麼難過，但是他聽不懂她回答的話。他們來到一盞路燈下面，燈光正照在她的臉上。他感到非常奇怪，因為這簡直是活生生的克麗斯打在他面前出現，跟他記憶中她兒時的那副模樣完全一樣。

他跟著小姑娘走進那個破爛的屋子裡去，爬上一段狹窄破爛的樓梯──它通到頂樓上的一個小房間。這兒的空氣是渾濁悶人的，燈光也沒有；從一個小牆角裡，飄來一陣嘆息聲和急促的呼吸聲。依卜劃了一根火柴。這孩子的媽媽躺在一張破爛的床

上。

「有什麼事需要我幫忙嗎？」依卜問。「小姑娘把我帶到這兒來，不過我在這個城裡是一個生人。你有什麼鄰居或朋友需要我去替你找來嗎？」

於是他就把這生病的女人的頭扶起來。

這原來就是在塞歇得荒地上長大的克麗斯玎！

在尤蘭的家裡，許多年來沒有人提起過她的名字，為的是怕攪亂了依卜平靜的心情。關於她的一些傳說的確也是不太好。事實的真相是：她的丈夫自從繼承了他父母的那筆財產以後，變得自高自大，胡作非為。他放棄可靠的工作，跑到外國去旅行半年；回來的時候，已經背負一身債，但他仍然過著奢侈的生活。正如古話所說的，車子一步一步傾斜，最後完全翻掉了。他的許多逢場作戲的酒肉朋友都說他活該如此，因為他生活得完全像一個瘋子。有一天早晨，人們在皇家花園的河裡發現了他的屍體。

死神的手已經擱在克麗斯玎的頭上了。她在幸福中盼望的、但在愁苦中出生的最小的孩子，生下來不到幾個星期就進入了墳墓。現在輪到克麗斯玎本人。她病得要死了，沒有人照料；她躺在一個破爛的房間裡，這種貧困，她小時候住在塞歇得荒地上，可能忍受得下來，但是現在卻使她感到痛苦，因為她已經習慣過富裕的生活。現在跟她一塊兒挨餓受窮的，是她最大的孩子——也是一個小克麗斯玎。就是她領依卜進來的。

「我恐怕快要死了，留下這個孤單的孩子！」她嘆了一口氣。「她將怎樣在這個世界上生活下去呢？」別的話她一句也說

不出來。

　　依卜又劃著了一根火柴，找到一根蠟燭頭。他把它點著，照亮這個破爛的房間。

　　依卜看了看這個小女孩，於是他就想起了克麗斯玎年輕時候的那副樣兒。他覺得，爲了克麗斯玎的緣故，他應該愛這個孩子，雖然他並不認識她。那個垂死的女人在凝望著他：她的眼睛越睜越大——難道她認識他嗎？他不知道，他也沒有聽見她說一句什麼話。

　　這是在古德諾河旁的樹林裡，離塞歇得荒地不遠。空氣很陰沉，石南花已經謝了。狂暴的西風把樹林裡的黃葉吹到河裡，吹到荒地上。在這個荒地上的茅屋裡，現在住著陌生的人。但是在那個山脊下，在許多大樹下邊的一個避風的處所，有一個小小的農莊。它粉刷和油漆一新。屋子裡，泥炭在爐子裡燒著。屋子裡現在有了太陽光——從小孩子的一雙眼睛裡發出的太陽光。笑語聲，像春天雲雀的調子，從這孩子鮮紅的嘴唇上流露出來。她坐在依卜的膝上；他是她的父親，也是她的母親，因爲她的父母，像孩子和成年人的夢一樣，也都消逝了。依卜坐在乾淨漂亮的房子裡，現在是一個幸福的人；但是這個小女孩子的母親卻躺在京城哥本哈根的窮人公墓裡。

　　人們說，依卜的箱子底藏有錢——從黑土裡獲得的金子。他還獲得了一個小克麗斯玎。[1855 年]

　　這篇故事發表在安徒生的《故事集》第二版裡，實際上是寫於 1853 年作者在丹麥西爾克堡市旅行的時候。那時他的心情很不好。他在手記中這樣寫道：「我的心情很沉重，不能做什麼工作，但我寫了一個小故事──寫得還不壞，不過裡面沒有什麼太陽光，因為我自己心裡也沒有。」這個小故事描寫的是人世滄桑，也可能與他個人愛情的不幸有某些關係──他少年時代曾經熱戀過一個名叫伏格德的村女，而無結果。這正是他進入了中年以後的作品，像〈柳樹下的夢〉一樣，幻想和浪漫主義氣氛減退了，現實主義成為他的主要特徵。他的創作正式進入一個新時期。

【註釋】

①古德諾(Gudena)河是丹麥最長的一條河，全長 300 多里。

②奧湖斯(Aarhus)是丹麥的第二大城市。從這兒到哥本哈根去，要坐八個鐘頭的海船。這對於丹麥人說來，是最長的一段旅程。

夢神①

世界上沒有誰能像奧列・路卻埃那樣，會講那麼多的故事
——他才會講呢！

天黑以後，當孩子們還乖乖地坐在桌子旁邊或坐在椅子上
的時候，奧列・路卻埃就來了。他輕輕地走上樓梯，因爲他是穿
著襪子走路的；他不聲不響地把門推開，於是「噓！」他在孩子
的眼睛裡噴了一點甜蜜的牛奶——只是一點兒，一丁點兒，但已
足夠使他們張不開眼睛。這樣他們就看不見他了。他在他們背後

偷偷地走著，輕柔地吹著他們的脖子，於是他們的腦袋便感到昏沉。啊，是的！但這並不會傷害他們，因為奧列・路卻埃是非常心疼小孩子的。他只是要求他們安靜些，而這只有等他們被送上床以後才能做到：他必須等他們安靜下來以後才能對他們講故事。

　　當孩子們睡著了以後，奧列・路卻埃就在床邊坐下來。他穿的衣服是很漂亮的：他的上衣是綢子做的，不過什麼顏色卻很難講，因為它一會兒發紅，一會兒發綠，一會兒發藍——完全看他怎樣轉動而定。他的兩隻胳膊下面都夾著一把傘。一把傘上畫著圖畫；他就將這把傘在好孩子上面撐開，使他們一整夜都能夢得見美麗的故事。可是另外一把傘上面什麼也沒有畫：他將這把傘在那些頑皮的孩子上面張開，於是這些孩子就睡得非常糊塗，當他們在早晨醒來的時候，覺得什麼夢也沒有做過。

　　現在讓我們來聽聽，奧列・路卻埃怎樣在整個星期中每天晚上來看一個名叫哈爾馬的孩子，對他講了一些什麼故事。那一共有七個故事，因為每個星期有七天。

星期一

　　「聽著吧，」奧列・路卻埃在晚上把哈爾馬送上床以後說：「現在我要裝飾一番。」於是花盆裡的花兒都變成了大樹，長樹枝在屋子的天花板下沿著牆伸展開來，使得整個屋子看起來像一個美麗的花亭。這些樹枝上都開滿了花，每朵花比玫瑰還要美麗，而且發出那麼甜的香氣，叫人簡直想想嚐嚐它。——它比果醬還要甜。水果射出金子般的光；甜麵包張開了口，露出裡面的

葡萄乾。這一切是說不出地美。不過在此同時，在哈爾馬放課本
的桌子抽屜內，有一陣可怕的哭聲發出來了。

　　「這是什麼呢？」奧列‧路卻埃說。他走到桌子那兒去，把
抽屜拉開。原來是寫字的石板在痛苦地抽筋，因為一個錯誤的數
字跑進總和裡去，幾乎要把它打散了。寫石板用的那支粉筆在繫
住它的那根線上蹦蹦跳跳，像一隻小狗。它很想幫助總和，但是
沒有辦法下手——接著哈爾馬的練習簿裡面又發出一陣哀叫聲
——這聽起來真叫人難過。每一頁上的大楷字母一個接著一個
地排成直行，每個字旁邊有一個小楷字，也成為整齊的直行。這
就是練字的範本。在這些字母旁邊還有一些字母。它們以為自己
跟前面的字母一樣好看。這就是哈爾馬所練的字，不過它們東倒
西歪，越出了它們應該看齊的線條。

　　「你們要知道，你們應該這樣站著，」練習範本說。「請看
——像這樣略為斜一點，輕鬆地一轉！」

　　「啊，我們倒願意這樣做呢，」哈爾馬寫的字母說，「不過
我們做不到呀；我們的身體不太好。」

　　「那麼你們得吃點藥才行，」奧列‧路卻埃說。

　　「哦，那可不行，」它們叫起來，馬上直直地站起來，叫人
看了非常舒服。

　　「是的，現在我們不能講什麼故事了，」奧列‧路卻埃說。
「我現在得叫它們操練一下。一，二！一，二！」他這樣操練著
字母。它們站著，非常整齊，非常健康，跟任何範本一樣。不過
當奧列‧路卻埃走了、早晨哈爾馬起來看看它們時，它們仍然是
像以前那樣，顯得愁眉苦臉。

星期二

當哈爾馬上了床以後，奧列·路卻埃就往房裡所有的家具上用那富有魔力的奶輕輕地噴了一下。於是每一件家具就開始談論起自己來，只有那只痰盂獨自站著一聲不響。它有點兒惱，覺得大家都很虛榮，只顧談論著自己，思想著自己，一點也不考慮到謙虛地站在牆角邊、讓大家在自己身上吐痰的它。

衣櫃頂上掛著一張大幅圖畫，它嵌在鍍金的框架裡。這是一幅風景畫。人們在裡面可以看到一棵很高的古樹，草叢中的花朵，一個大湖和跟它連著的一條河，那條河環繞著大樹林，流過許多宮殿，一直流向大海洋。

奧列·路卻埃在這畫上噴了一口富有魔力的奶，於是畫裡的鳥雀便開始唱起歌來，樹枝開始搖擺，雲朵也在飛行——人們可以看到雲的影子在這片風景上掠過。

現在奧列·路卻埃把小哈爾馬抱到框架上去，而哈爾馬則把自己的腳伸進畫裡去——一直伸到那些長得很高的草裡去。於是他就站在那兒。太陽穿過樹枝照到他身上。他跑到湖旁邊去，坐上一條停在那兒的小船。這條小船塗上了紅、白兩種顏色，它的帆發出銀色的光。六隻頭上戴著金冠、額上有一顆光耀藍星的天鵝，拖著這條船漂過這青翠的森林——這裡的樹兒講了一些關於強盜和巫婆的故事，花兒講了一些關於美麗的小山精水怪的故事，講些蝴蝶告訴過它們的故事。

許多美麗的、鱗片像金銀一樣的魚兒，在船後面游著。有時它們跳躍一下，在水裡弄出一陣「撲通」的響聲。許多藍色的、

紅色的、大大小小的鳥兒，排成長長的兩行在船後面飛。蚊蚋在
跳著舞，小金蟲在說：「唧！唧！」它們都要跟著哈爾馬來，而
且每一位都能講一個故事。

　　這才算得上是一次航行呢！森林有時顯得又深又黑，有時
又顯得像一個充滿了太陽光和花朵的、最最美麗的花園，還有雄
偉的、用玻璃磚和大理石砌成的宮殿。台上立著好幾位公主。她
們都是哈爾馬所熟悉的一些小女孩──因為他跟她們在一起玩
耍過。她們伸出手來，每隻手托著一般賣糕餅的女人所能賣出的
最美麗糖豬。哈爾馬在每一隻糖豬旁邊經過的時候，就順手去
拿，不過公主們握得那麼緊，結果每人只得到一半──公主得到
一小半，哈爾馬得到一大半。每個宮殿旁邊都有一些小小的王子
在站崗。他們背著金刀，向他撒下許多葡萄乾和錫兵。他們真不
愧稱為王子！

　　哈爾馬張著帆航行，有時通過森林，有時通過大廳，有時直
接通過一個城市的中心。他來到了他保母所住的那個城市。當他
還是一個小寶寶時，這位保母常常把他抱在懷裡。她一直是非常
愛護他的。她對他點頭，對他招手，同時唸著她自己為哈爾馬編
的那首詩：

　　　　親愛的哈爾馬，我對你多麼想念，
　　　　你小的時候，我多麼喜歡吻你，
　　　　吻你的前額、小嘴和那麼鮮紅的臉──
　　　　我的寶貝，我是多麼地想念你！
　　　　我聽著你喃喃地學著最初的話語，

可是我不得不對你說一聲再見。
願上帝在世界上給你無限的幸福，
你——天上降下的一個小神仙。

　　所有的鳥兒也一同唱起來，花兒在梗子上也跳起舞來，許多
老樹也點起頭來，正好像奧列‧路卻埃是在對它們講故事一樣。

星期三

　　嗨！外面的雨下得多麼大啊！哈爾馬在夢中都可以聽到雨
聲。當奧列‧路卻埃把窗子推開的時候，水簡直就流到窗檻上來
了。外面成了一個湖，但是居然還有一條漂亮的船停在屋子旁邊
哩。

　　「小哈爾馬，假如你跟我一塊兒航行的話，」奧列‧路卻埃
說，「你今晚就可以到外國去，明天早晨再回到這兒來。」

　　於是哈爾馬就穿上他星期日穿的漂亮衣服，踏上這條美麗
的船。天氣立刻就晴朗起來。他們駛過好幾條街道，繞過教堂。
現在在他們面前展開一片汪洋大海。他們航行了很久，最後陸地
就完全看不見了。他們看到一群鸛鳥。這些鳥兒也是從它們的家
裡飛出來的，飛到溫暖的國度去。它們排成一行，一隻接著一隻
地飛，而且已經飛得很遠——很遠！它們之中有一隻已經飛得
很疲倦了，它的翅膀幾乎不能再托住它向前飛。它是這群鳥中最
後的一隻。不久它就遠遠地落在後面。最後它張著翅膀慢慢地墜
下來了。雖然它仍舊拍打兩下翅膀，但是一點用也沒有。它的腳
觸到帆索，於是它就從帆上滑下來。砰！它落到甲板上來了。

　　船上的侍役把它捉住，放進鷄屋裡的鷄、鴨和吐綬鷄群中去。這隻可憐的鸛鳥在它們中間眞是垂頭喪氣極了。

　　「你們看看這個傢伙吧！」母鷄婆們齊聲說。

　　於是那隻雄吐綬鷄就裝模作樣地擺出一副架子，問鸛鳥是什麼人。鴨子們後退了幾步，彼此推著：「叫呀！叫呀！」

　　鸛鳥告訴它們一些關於炎熱的非洲、金字塔和在沙漠上像野馬一樣跑的鴕鳥的故事。不過鴨了們完全不懂得它所講的這些東西，所以它們又彼此推了幾下！

　　「我們有一致的意見，那就是它是一個傻瓜！」

　　「是的，它的確是很傻，」雄吐綬鷄說，咯咯地叫起來。

　　於是鸛鳥就一聲不響，思念著它的非洲。

　　「你的那雙腿瘦長得可愛，」雄吐綬鷄說，「請問你，它們一亞倫值多少錢②？」

　　「嘎！嘎！嘎！」所有的鴨子都譏笑起來。不過鸛鳥裝做沒有聽見。

　　「你也可以一起來笑一陣子呀，」雄吐綬鷄對它說，「因爲這話說得很風趣。難道你覺得這說得太下流了嗎？嗨！嗨！它並不是一個什麼博學多才的人！我們還是自己來說笑一番吧！」

　　於是它們都咕咕地叫起來，鴨子也嘎嘎地鬧起來，「呱！咕！呱！咕！」它們自己以爲幽默得很，簡直不成樣子。

　　可是哈爾馬走到鷄舍那兒去，把鷄舍的後門打開，向鸛鳥喊了一聲。鸛鳥跳出來，隨他跳到甲板上來。現在它算是得到休息了。它似乎在向哈爾馬點著頭，表示謝意。於是它展開雙翼，向

溫暖的國度飛去。不過母雞婆都在咕咕地叫著，鴨子在嘎嘎地鬧著，同時雄吐綬雞的臉脹得通紅。

「明天我將把你們拿來燒湯吃，」哈爾馬說。於是他就醒了，發現仍然躺在自己的小床上。奧列・路卻埃這晚爲他安排的航行眞是奇妙。

星期四

「我告訴你，」奧列・路卻埃說，「你絕不要害怕。我現在給你看一隻小老鼠。」於是他向他伸出手來，手掌上托著一個輕巧的、可愛的動物。「它來請你去參加一場婚禮。有兩隻小老鼠今晚要結爲夫婦。它們住在你媽媽的食物儲藏室的地下：那應該是一個非常可愛的住所啦！」

「不過我怎樣才能夠鑽進地下的那個小老鼠洞裡去呢？」哈爾馬問。

「我來想辦法，」奧列・路卻埃說，「我可以使你變小呀！」

於是他在哈爾馬身上噴了一口富有魔力的奶。孩子馬上就一點一點地縮小，最後變得不過只有指頭那麼大了。

「現在你可以把錫兵的制服借來穿穿：我想它很合你的身材。一個人在社交的場合，穿起一身制服是再漂亮也不過的。」

「是的，一點也不錯，」哈爾馬說。

不一會兒他就穿得像一個很瀟灑的兵士。

「勞駕你坐在你媽媽的頂針上，」小老鼠說，「讓我可以榮幸地拉著你走。」

「我的天啦！想不到要這樣麻煩小姐！」哈爾馬說。就這

麼，他們去參加小老鼠的婚禮了。

　　他們先來到地下的一條長長的通道裡。這條通道的高度，恰好可以讓他們拉著頂針穿過去。這整條路是用引火柴照著的。

　　「你聞聞！這兒的味道有多美！」老鼠一邊拉，一邊說。「這整條路全用臘肉皮擦過一次，再也沒有什麼東西比這更好！」

　　現在他們來到舉行婚禮的大廳。所有的老鼠太太們都站在右手邊，她們互相私語和憨笑，好像在逗著玩兒似的。所有的老鼠先生都立在左手邊，他們都用前掌摸著自己的鬍子。於是，在屋子的中央，新郎和新娘出現了。他們站在一個啃空了的乳餅的圓殼上。他們在所有的客人面前互相吻得不可開交——當然囉，他們是訂過婚的，馬上就要舉行結婚典禮了。

　　客人們川流不息地湧進來，老鼠們多得幾乎能把對方踩死。這幸福的一對站在門中央，弄得人們既不能進來，也不能出去。像那條通道一樣，這屋子也是用臘肉皮擦得亮亮的，而這點臘肉皮也就是他們所吃的酒菜了。不過主人還是用盤子托出一粒豌豆做為點心。這家裡的一隻小老鼠在它上面啃出了這對新婚夫婦的名字——也可以說是他們的第一個字母吧！這倒是一件很新奇的花樣哩。

　　所有來參加的老鼠都認為這婚禮是很漂亮的，而且招待也非常令人滿意。

　　哈爾馬又坐著頂針回到家裡來；他算是參加了一個高等的社交場合，不過他得把自己縮做一團，變得渺小，同時還要穿上一件錫兵的制服。

星期五

「你絕不會相信，有多少成年人希望跟我在一起啊！」奧列・路卻埃說，「尤其是那些做過壞事的人，他們常常對我說：『小小的奧列啊，我們闔不上眼睛，我們整夜躺在床上，望著自己那些惡劣的行為——這些行為像醜惡的小鬼一樣，坐在我們的床沿上，在我們身上澆著沸水。請你過來把他們趕走，好叫我們好好地睡上一覺吧！』於是他們深深地嘆一口氣，『我們很願意給你酬勞。晚安吧，奧列。錢就在窗檻上。』不過，我並不是為了錢而做事的呀。」奧列・路卻埃說。

「我們今晚將做些什麼呢？」哈爾馬問。

「對，我不知道你今晚有沒有興趣再去參加一場婚禮。這場婚禮跟昨天的不同，你妹妹的那個大玩偶——他的樣子像一個大男人，名字叫做赫爾曼——將要和一個叫貝爾達的玩偶結婚。此外，今天還是這玩偶的生日，因此，他們收到很多的禮品。」

「是的，我知道這事。」哈爾馬說。「無論什麼時候，只要這些玩偶想要有新衣服穿，我妹妹就讓他們來一個生日慶祝會，或舉行一次婚禮。這類事兒已經發生過一百次了！」

「是的，不過今夜舉行的是第一百零一次的婚禮呀！當這一百零一次過去以後，一切就完了。正因為這樣，所以這次婚禮將會是非常華麗，你再去看一次吧！」

哈爾馬向桌子看了一眼。那上面有一座紙做的房子，窗子裡有亮光；外面站著的錫兵全在敬禮。新郎和新娘坐在地上，靠著桌子的腿，若有所思的樣子，而且並不是沒有道理的。奧列・路

卻埃，穿著祖母的黑裙子，特地來主持這場婚禮，當婚禮結束
後，各種家具合唱起一支美麗的歌——歌是鉛筆爲他們編的。它
是隨著兵士擊鼓的節奏而唱出的：

> 我們的歌像一陣風，
> 來到這對新婚卷屬的房中；
> 他們站得像棍子一樣挺直，
> 他們都是手套皮所製！
> 萬歲，萬歲！棍子和手套皮！
> 我們在風雨中高聲地賀喜！

於是他們開始接受禮品——不過他們拒絕收受任何食物，
因爲他們打算以愛情爲糧食而生活下去。

「我們現在到鄉下去呢，還是到外國去做一趟旅行？」新郎
問。

他們去請教那位經常旅行的燕子和那位生了五窩孩子的老
母鷄，燕子講了許多關於那些美麗的溫帶國度的事情：那兒成
熟了的葡萄沉甸甸地、一串一串地掛著；那兒的空氣是溫和
的；那兒的山岳發出這兒從來見不到的光彩。

「可是那兒沒有像我們這兒的油菜呀！」老母鷄說。「有一
年夏天我跟孩子們住在鄉下。那兒有一個沙坑。我們可以隨便到
那兒去，在那兒抓土；我們還得到許可鑽進一個長滿了油菜的
菜園裡去。啊，那裡面是多麼靑翠啊！我想像不出還有什麼東西
比那更美！」

「不過這根油菜梗跟那根油菜梗不是一個樣兒，」燕子說。
「而且這兒的天氣老是那樣壞！」

「人們可以習慣這種天氣的。」老母雞說。

「可是這兒很冷，老是結冰。」

「那對於油菜是非常好的！」老母雞說。「此外這兒的天氣
也會暖和起來的呀。四年以前，我們不是有過一連持續了五個星
期的夏天嗎？那時天氣是那麼熱，你連呼吸都感到困難：而且
我們還不像他們那樣有有毒的動物，此外我們也沒有強盜。誰不
承認我們的國家最美麗，誰就是一個惡棍——那麼他就不配住
在這裡了。」於是老母雞哭了起來。「我也旅行過啦！我坐在一
個雞籠裡走過一百五十里路；我覺得旅行沒有一點兒樂趣！」

「是的，老母雞是一個有智慧的女人！」玩偶貝爾達說。「我
對於上山去旅行也不感到興趣，因為你無非是爬上去，隨後又爬
下來罷了。不，我們還是走到門外的沙坑那兒去，在油菜間散步
吧！」

問題就這樣解決了。

星期六

「現在講幾個故事給我聽吧！」小小的哈爾馬說；這時奧
列・路卻埃已經把他送上了床。

「今晚我們沒有時間講故事了，」奧列回答說，同時將他那
把非常美麗的雨傘在這孩子的頭上撐開。「現在請你看看這幾
個中國人吧！」

整個雨傘看起來好像一個中國的大碗：裡面有些藍色的

樹，拱起的橋，上面還有小巧的中國人站著點頭。

「明天我們得把整個世界洗刷得煥然一新，」奧列說，「因為明天是一個神聖的日子——禮拜日。我將到教堂的尖塔頂上去，告訴那些教堂的小精靈把鐘擦得乾乾淨淨，好叫它們能發出美麗的聲音來。我將走到田野裡去，看風兒有沒有把草和葉上的灰塵掃掉；此外，最巨大的一件工作是：我將要把天上的星星摘下來，把它們好好地擦一下。我要把它們兜在我的圍裙裡。可是得先記下它們的號碼，同時也得記下嵌住它們的那些洞口的號碼，好使它們將來能回到原來的地方去；否則它們就嵌不穩，結果流星就會太多了，因為它們會一個接著一個地落下來。」

「請聽著！您知道，路卻埃先生，」一幅老畫像說；它掛在哈爾馬挨著睡的那堵牆上，「我是哈爾馬的曾祖父。您對這孩子講了許多故事，我很感謝您；不過請您不要把他的頭腦弄得糊里糊塗。星星是不可以摘下來的，而且也不能擦亮！星星都是一些球體，像我們的地球一樣。它們之所以美妙，就正是因為這個緣故。」

「我感謝您，老曾祖父，」奧列‧路卻埃說，「我感謝您！您是這一家之長。您是這一家的始祖。但是我比您還要老！我是一個年老的異教徒：羅馬人和希臘人把我叫做夢神。我到過最華貴的家庭；我現在仍然常常去！我知道怎樣對待偉大的人和渺小的人。現在請您講您的事情吧！」——於是奧列‧路卻埃拿了他的傘走出去。

「嗯，嗯！這種年頭，一個人連發表意見都不行！」這幅老畫像發起牢騷來。

於是哈爾馬就醒來了。

星期日

「晚安！」奧列‧路卻埃說；哈爾馬點點頭，於是他便跑過去，把曾祖父的畫像翻過來面對著牆，好讓他不再像昨天那樣，又來插嘴。

「現在你得講幾個故事給我聽；關於生活在一個豆莢裡的五顆青豌豆的故事；關於一隻公雞的腳向母雞的腳求愛的故事；關於一根裝模作樣的縫補針自以爲是縫衣針的故事。」

「好東西享受太多也會生厭的呀！」奧列‧路卻埃說。「您知道，我倒很想給你一樣東西看看。我把我的弟弟介紹給你吧。他也叫做奧列‧路卻埃；不過他拜訪任何人，從來不超過一次以上。當他到來時，總是把他所遇見的人抱到馬上，講故事給他聽，他只知道兩個故事。一個是極端的美麗，世上任何人都想像不到；另一個則是非常醜惡和可怕，──我沒有辦法形容出來。」

於是奧列‧路卻埃把小哈爾馬抱到窗前，說：

「你現在可以看到我的弟弟──另一位叫做奧列‧路卻埃的人了。也有人叫他『死神』！你要知道，他並不像人們在畫冊中把他畫成一架骸骨那樣可怕。不，那骸骨不過是他上衣上用銀絲繡的一個圖案而已。這上衣是一件很美麗的騎兵制服。在他後面，在馬背上，飄著一件黑天鵝絨做的斗篷。請看他奔馳的樣子吧！」

哈爾馬看到這位奧列‧路卻埃怎樣騎著馬飛馳過去，怎樣把

年輕人和年老的人抱到自己的馬上。有些他放在自己的前面坐著，有些放在自己的後面坐著。不過他老是先問：「你們的通知簿上是怎樣寫的？」他們齊聲回答說：「很好。」他說：「好吧，讓我親自來看看吧！」於是每個人不得不把自己的通知簿交出來看。那些簿子上寫著「很好」和「非常好」等字樣的人坐在他的前面，聽一個美麗的故事；那些簿子寫著「勉強」和「尚可」等字樣的人只得坐在他的後面，聽一個非常可怕的故事。後者發著抖，大聲哭泣，他們想要跳下馬來，可是這點他們做不到，因為他們立刻就緊緊地黏在馬背上了。

「不過『死神』是一位最可愛的奧列・路卻埃啦，」哈爾馬說，「我並不怕他！」

「你也不需要怕他呀，」奧列・路卻埃說，「你只要時時注意，你的通知簿上寫著好的評語就得了！」

「是的，這倒頗有教育意義！」曾祖父的畫像嘰哩咕嚕地說。「提提意見究竟還是有用的啦！」現在他算是很滿意了。

你看，這就是奧列・路卻埃的故事。今晚他自己還能對你多講一點！〔1842 年〕

這篇作品雖然是幾個短故事組成的童話，但實際上是一首散文詩，而且是一首寓有深刻意義的散文詩。詩意極為濃厚，其中有些警語既充滿了情趣，又反映了實際的人生──人生中存

在著的某些缺點，庸俗和可笑的許多方面。但在〈星期五〉這個小故事中，兩個玩偶結婚時，「拒絕接受任何食物，因爲他們打算以愛情爲糧食而生活下去。」「我們還不像他們那樣有有毒的動物，此外我們也沒有強盜。誰不承認我們國家最美麗，誰就是一個惡棍。」「我對於上山去旅行也不感興趣，因爲你無非是爬上去，隨後又爬下來罷了。」這些貌似富有「哲理」的見解，既使人啼笑皆非，又不能加以忽視。這些荒唐的東西，今天仍然是我們生活中的一個組成部分。這組小故事安徒生是爲他的朋友——世界知名的雕塑大師多瓦爾生而寫的。

【註釋】

①他是丹麥小孩子的一個好朋友。誰都認識他。在丹麥文中他叫奧列‧路郤埃(Ole Luk ϕie)，「奧列」是丹麥極普通的人名，「路郤埃」是丹麥文裡 Lukke 和 ϕie 兩個字的簡寫，意思是「閉起眼睛」。

②亞倫(Alen)是丹麥量長度的單位，等於 0.627 米。

老上帝還沒有滅亡

這是一個禮拜天的早晨，射進房間來的陽光是溫暖的，明朗的。柔和的新鮮空氣從敞開的窗子流進來。在外面，在上帝的藍天下，田野和草原上都長滿了植物，開滿了花朵；所有的小鳥兒都在這裡歡樂地唱著歌。外面是一片高興和愉快的景象，但屋子裡卻充滿了愁苦和悲哀。甚至那位平時總是興高采烈的主婦，這一天也坐在早餐桌旁邊顯得愁眉不展。最後她站起來，一口飯也沒有吃，擦乾眼淚，向門口走去。

從表面上看來，上天似乎對這個屋子降下了災難。國內的生活費用很高，糧食的供應又不足；捐稅在不斷地加重，屋子裡的資產在一年一年地減少。最後，這裡已經沒有什麼東西了，只剩下窮困和悲哀。這種情況一直把丈夫壓得喘不過氣來。他本來是一個勤儉和安分守己的公民；現在他一想到未來就感到毫無出路。的確，有好幾次他想結束他這個愁苦而無可安慰的生活。他的妻子，不管心情是多麼好，不管她講什麼話，卻無法幫助他。他的朋友，不管替他出什麼世故的和聰明的主意，也安慰不了他。相反地，他倒因此變得更沉默和悲哀起來。

因此不難理解，他的可憐的妻子最後也自然而然地失去了勇氣。不過她的悲哀卻具有完全不同的性質，我們馬上就可以知道。

當丈夫看到自己的妻子也變得悲哀起來，而且還想離開這間屋子的時候，他就把她拉回來，對她說：「你究竟有什麼不快樂的事情？在你沒有講清楚以前，我不能讓你出去。」

她沉默了一會兒，深深地嘆一口氣，然後說：「嗨，親愛的，昨天夜裡我做了一個夢。我夢見老上帝死掉了，所有的天使都陪他走進墳墓！」

「你怎麼能想出、而且相信這樣荒唐的事情呢？」丈夫說。「你還不知道，上帝是永不會死的嗎？」

這個善良的妻子臉上露出了快樂的光芒。她熱情地握著丈夫的雙手，大聲說：「那麼老上帝還活著！」

「當然活著！」丈夫回答說，「你怎能懷疑這件事呢？」

於是她擁抱他，看著他和藹的眼睛──那雙眼睛充滿了信

任、和平與愉快的光。她說：「不過，親愛的，假如老上帝還活著，那麼我們爲什麼不相信他，不依賴他呢？他數過我們頭上的每一根頭髮；如果我們落掉一根，他是不會不知道的。他叫田野上長出百合花，他讓麻雀有食物吃，讓烏鴉有東西抓！」

　　聽完了這番話以後，丈夫似乎覺得蒙著他眼睛的那層雲翳現在被揭開了，束縛著他的心的那根繩子被鬆開了。好久以來他第一次笑了。他感到他虔誠的、親愛的妻子對他所用的這個聰明的計策：這個辦法使他恢復了他所失去的對上帝的信心，使他重新有了依靠。射進這房子裡的陽光現在更和藹地照到這對善良夫婦的臉上，熏風更涼爽地拂著他們面頰上的笑容，小鳥兒更高聲地唱出對上帝的感謝之歌。［１８３６年］

　　這個小品最初發表在１８３６年１１月１８日出版的《丹麥大衆報》上。「國內的生活費用很高，糧食的供應又不足，捐稅不斷地在加重，屋子裡的資產在一年一年地減少。最後，這裡已經沒有什麼東西了，只剩下窮困和悲哀。」普通百姓處於水深火熱之中，善良的安徒生對此毫無辦法，只有求助於「上帝」。這篇作品反映出安徒生性格中天眞而又誠摯的一面。

園丁和他的貴族主人

離京城十四五里遠的地方，有一幢古老的房子。它的牆壁很厚，並有塔樓和尖尖的山形牆。

每年夏天，有一個富有的貴族家庭會搬到這裡來住。這是他們所有產業中最好和最漂亮的一幢房子。從外表上看，它好像是最近才蓋的；但是它的內部卻非常舒適和安靜。門上有一塊石頭刻著他們的族徽；這族徽的周圍和門上的扇形窗上盤著許多美麗的玫瑰花。房子前面是一片整齊的草地。這兒有紅山楂和白

山楂，還有名貴的花——至於溫室外面，那當然更不用說了。

這家還有一個很能幹的園丁。看了這些花圃、果樹園和菜園，真叫人感到愉快。老花園的本來面目還有一部分沒有改動，這包括那剪成王冠和金字塔形狀的黃楊樹籬笆。籬笆後面有兩棵莊嚴的古樹。它們幾乎一年四季都是光禿禿的。你很可能以為有一陣暴風或者海龍捲①曾經捲起許多垃圾撒到它們身上去。不過每堆垃圾卻是一個鳥巢。

從古代起，一群喧鬧的烏鴉和白嘴雀在這兒做巢。這地方簡直像一個鳥村子。鳥就是這兒的老主人，這兒最古的家族，這屋子的所有者。在它們眼中，下面住著的人是算不了什麼的。它們容忍這些步行動物存在，雖然他們有時放放槍，把它們嚇得發抖和亂飛亂叫：「呱！呱！」

園丁常常建議主人把這些老樹砍掉，因為它們並不好看；假如沒有它們，這些喧鬧的鳥兒就可能不會來——它們可能遷到別的地方去。但是主人既不願意砍掉樹，也不願趕走這群鳥兒。這些東西是古時遺留下來的，跟房子有密切關係，不能隨便去掉。

「親愛的拉爾森，這些樹是鳥兒繼承的遺產，讓它們住下來吧！」

園丁的名字叫拉爾森，不過這跟故事沒有什麼關係。

「拉爾森，你還嫌工作的空間不夠多嗎？整個的花圃、溫室、果樹園和菜園，夠你忙的呀！」

這就是他忙的幾塊地方。他熱情地、內行地保養它們，愛護它們和照顧它們。主人都知道他勤快。但是有一件事他們卻不瞞

他：他們在別人家裡看到的花兒和嚐到的果子，全都比自己花園裡的好。園丁聽到非常難過，因為他總是想盡一切辦法把事情做好，而事實上他也盡了最大的努力。他是一個好心腸的人，也是一個工作認真的人。

有一天主人把他喊去，溫和而嚴肅地對他說，前天他們去看過一位有名的朋友；這位朋友拿出來待客的幾種蘋果和梨子是那麼香，那麼甜，所有的客人都嘖嘖稱讚，羨慕得不得了。這些水果當然不是本地產的，不過假如我們的氣候准許的話，那麼就應該設法移植過來，讓它們在此地開花結果。大家知道，這些水果是在城裡一家最好的水果店買來的，因此園丁應該騎馬去打聽一下，這些蘋果和梨子是什麼地方的產品，同時設法弄幾根插枝來栽培。

園丁跟水果商非常熟，因為園裡種著果樹，每逢主人吃不完果子，他就拿去賣給這個商人。

園丁到城裡去，向水果商打聽這些第一流蘋果和梨子的來歷。

「從你的園子裡摘來的！」水果商說，同時把蘋果和梨子拿給他看。他馬上就認出來了。

嗨，園丁才高興呢！他趕快回來，告訴主人說，蘋果和梨子都是他們園子裡的產品。

主人不相信。

「拉爾森，這是不可能的！你能叫水果商給你一份書面證明嗎？」

這倒不難，他取來了一份書面證明。

「這眞出乎意料之外！」主人說。

他們的桌子上每天擺著一大盤自己園子裡出產的這種鮮美水果。他們有時還把這種水果整筐整桶送給城裡城外的朋友，甚至裝運到外國去。這眞是一件非常愉快的事情！不過有一點必須說明：最近兩年的夏天是特別適宜於水果生長的；全國各地的收成都很好。

過了一些時候，有一天主人參加宮廷裡的宴會。他們在宴會中吃到皇家溫室裡生長的西瓜──又甜又香的西瓜。第二天主人把園丁喊進來。

「親愛的拉爾森，請你跟皇家園丁說，替我們弄點這種鮮美西瓜的種子來吧！」

「但是皇家園丁的瓜籽是向我們要去的呀！」園丁高興地說。

「那麼皇家園丁一定知道怎樣用最好的方法栽培出最好的瓜了！」主人回答說。「他的瓜好吃極了！」

「這樣說來，我倒要感到驕傲呢！」園丁說。「我可以告訴您老人家，皇家園丁去年的瓜種得並不太好。他看到我們的瓜長得好，嚐了幾個以後，就訂了三個，叫我送到宮裡去。」

「拉爾森，千萬不要以爲這就是我們園裡產的瓜啦！」

「我有根據！」園丁說。

於是他向皇家園丁要來一張字據，證明皇家餐桌上的西瓜是這位貴族園子裡的產品。

這在主人看來眞是一樁驚人的事情。他們並不保守祕密。他們把字據給大家看，把西瓜籽到處分送，正如他們從前分送插枝

一樣。

　　關於這些樹枝，他們後來聽說成績非常好，都結出了鮮美的果子，而且還用他們的園子命名。這名字現在在英文、德文和法文裡都可以讀到。

　　這是誰也沒有料到的事情。

　　「我們只希望園丁不要自以為了不起就好了。」主人說。

　　不過園丁有另一種看法；他要讓大家都知道他的名字——全國最好的一個園丁。他每年設法在園藝方面創造出一點特別好的東西來，而且事實上他也做到了。不過他常常聽別人說，他最先培養出的一批果子，比如蘋果和梨子，的確是最好的；但以後的品種就差得遠了。西瓜確確實實是非常好吃，不過這是另外一回事。草莓也可以說是很鮮美的，但並不比別的園子裡產的好多少。有一年他種蘿蔔失敗了，這時人們只談論著這倒楣的蘿蔔，而對別的好東西卻一字不提。

　　看樣子，主人說這樣的話的時候，心裡似乎倒感到很舒服；「親愛的拉爾森，今年的運氣可不好啊！」

　　他們似乎覺得能說出「今年的運氣可不好啊！」這句話，是一樁愉快的事情。

　　園丁每星期到各個房間裡去換兩次鮮花；他把這些花布置得非常有藝術性，使它們的顏色互相輝映，以襯托出它們的鮮艷。

　　「拉爾森，你這個人很懂得藝術，」主人說，「這是我們的上帝給你的一種天才，不是你本身就有的！」

　　有一天園丁拿著一個大水晶杯進來，裡面浮著一片睡蓮的

葉子。葉子上有一朵像向日葵一樣鮮艷的藍色的花——它又粗又長的梗子浸在水裡。

「印度的蓮花！」主人不禁發出一個驚奇的叫聲。

他們從來沒有看過這樣的花。白天它被放在陽光裡，晚間它得到人造的陽光。凡是看到的人都認爲它是出奇的美麗和珍貴，甚至這國家裡最高貴的一位小姐都這樣說。她就是公主——一個聰明和善的人。

主人榮幸地把這朵花獻給她。於是這花便和她一起到宮裡去了。

現在主人要親自到花園裡去摘一朵同樣的花——如果他找得到的話。但是他卻找不到，因此就把園丁喊來，問他在什麼地方弄到這朵藍色的蓮花的。

「我們怎麼也找不到！」主人說。「我們到過溫室裡去過，花園裡的每一個角落都去過！」

「唔，在這些地方你當然找不到！」園丁說。「它是菜園裡的一種普通的花！不過，老實講，它不是夠美的麼？它看起來像仙人掌，事實上它不過是朝鮮薊②開的一朵花。」

「你早就該把實情告訴我們！」主人說。「我們以爲它是一種稀有的外國花。你在公主面前拿我們開了一個大玩笑！她一看到這花就覺得很美，但是卻不認識它。她對於植物學很有研究，不過科學和蔬菜是沒有關聯的。拉爾森，你怎麼會想把這種花送到房間裡來呢？我們現在成了一個笑柄！」

於是這朵從菜園裡採來的藍色的花，就從客廳裡被拿走了，因爲它不是客廳裡的花。主人對公主道歉了一番，同時告訴

她說，那不過是一朵菜花，園丁一時心血來潮，把它獻上，他已經把園丁痛罵了一頓。

「這樣做是不對的！」公主說。「他叫我們睜開眼睛看一朵我們從來不注意的、美麗的花。他把我們想不到的美指給我們看，只要朝鮮薊開花，御花園的園丁每天就得送一朵到我房間裡來！」

事情就這樣照辦了。

主人告訴園丁說，他現在可以繼續送新鮮的朝鮮薊到房間裡來。

「那的確是美麗的花！」男主人和女主人齊聲說。「非常珍貴！」

園丁受到了稱讚。

「拉爾森喜歡這一套！」主人說。「他簡直是一個被慣壞了的孩子！」

秋天裡，有一天起了一陣可怕的暴風。暴風吹得非常厲害，一夜就把樹林邊的許多樹連根吹倒。一件使主人感到悲哀——是的，他們把這叫做悲哀——但使園丁感到快樂的事情是：那兩棵布滿了鳥巢的大樹被吹倒了。人們可以聽到烏鴉和白嘴雀在暴風中哀鳴。屋子裡的人說，它們曾經用翅膀撲打過窗子。

「拉爾森，現在你可高興了！」主人說。「暴風把樹吹倒，鳥兒都遷到樹林裡去了，古時的遺跡全都沒有了，所有的痕跡和紀念全都不見了！我們感到非常難過！」

園丁什麼話也不說，但是他心裡在盤算著他早就想要做的

一件事情：怎樣利用他從前沒有辦法處理的這塊美麗的、充滿了陽光的土地。他要使它變成花園的驕傲和主人的快樂。

大樹在倒下的時候把老黃楊樹籬笆編成的圖案全都毀掉了。他在這兒種出一片濃密的植物——全都是從田野和樹林裡移來的本土植物。

別的園丁認為不能在一個府邸花園裡大量種植的東西，他卻種植了。他把每種植物栽在適宜的土壤裡，同時根據各種植物的特點栽在陰涼處或有陽光的地方。他用深厚的感情去培育它們，因此它們長得非常茂盛。

從西蘭荒地上移來的杜松，在形狀和顏色方面長得跟義大利柏樹沒有什麼分別；平滑的、多刺的冬青，不論在寒冷的冬天或炎熱的夏天裡，總是青翠可愛。前面一排長著的是各種各色的鳳尾草：有的像棕櫚樹的孩子，有的像我們叫做「維納斯③的頭髮」的那種又細又美的植物的父母。這兒還有人們瞧不起的牛蒡；它是那麼新鮮美麗，人們簡直可以把它紮進花束中去。牛蒡是種在乾燥的高地上的；在較低的潮地上則種著款冬。這也是一種被人瞧不起的植物，但它纖秀的梗子和寬大的葉子使它顯得非常雅致。五六尺高的毛蕊花，開著一層一層的花朵，昂然地立著，像一座有許多枝幹的大燭台。這兒還有車葉草、櫻草花、鈴蘭花、野水芋和長著三片葉子的、美麗的酢醬草。它們真是好看。

從法國土地上移植過來的小梨樹，支在鐵絲架上，成行地立在前排。它們得到充分的陽光和培養，因此很快就結出了水汪汪的大果子，好像是本國產的一樣。

在原來是兩棵老樹的地方,現在豎起了一根很高的旗杆,上面飄著丹麥國旗。旗杆旁邊另外有一根杆子,在夏天和收穫的季節,它上面懸著啤酒花藤和它的香甜的一簇簇花朵。但是在冬天,根據古老的習慣,它上面掛著一束燕麥,好使天空的飛鳥在歡樂的聖誕節能夠飽吃一餐。

「拉爾森越老越感情用事起來,」主人說。「不過他對我們是真誠和忠心的。」

新年的時候,城裡有一個畫刊登載了一幅關於這棟老房子的圖片。人們可以在畫上看到旗杆和為鳥雀過歡樂的聖誕節而掛起來的那一束燕麥。畫刊上說,尊重一個古老的風俗是一種美好的行為,而且這對於一個古老的府邸說來,是很相稱的。

「這全是拉爾森的成績,」主人說,「人們為他大吹大擂。他是一個幸運的人!我們因為有了他,也幾乎要感到驕傲了!」

但是他們卻不感到驕傲!他們覺得自己是主人,他們可以隨時把拉爾森解雇。不過他們沒有這樣做,因為他們是好人——而他們這個階級裡也有許多好人——對於像拉爾森這樣的人說來也算是一樁喜事。

是的,這就是「園丁和主人」的故事。

你現在可以好好地想一想。[1872 年]

這篇故事首先發表在哥本哈根 1872 年 3 月 20 日出版的

《新的童話和故事集》第三卷第一部。安徒生透過園丁拉爾森描繪出丹麥普通老百姓的勤勞、忠誠、堅韌，而同時又具有無比的智慧和創造精神。這些人是真正的愛國者，丹麥的美名和對人類文化的貢獻就是透過這些人的創造性的勞動而傳播出去的。相反地，他的貴族主人庸俗、虛榮，崇洋媚外，連月亮都是外國的好，殊不知最好的東西就在丹麥，就在他自己的花園裡。這篇故事至今仍有現實和普遍意義。童話的特點在這篇作品中消失了，實際上它是一篇風格簡潔樸素的小說。

【註釋】

①海龍捲，龍捲風捲起的水柱。

②朝鮮薊，一種多年生草本植物，夏季開深紫色的管狀花，花苞可供食用。原產於地中海沿岸，中國少有栽培。

③維納斯：希臘神話中愛和美的女神。

書法家

從前有一個人，他的職務要求他寫一手漂亮的字。他能滿足他職務上其他方面的要求，可是一手漂亮的字他卻寫不出來。因此他就登了一個廣告，要找一位會寫字的人。應徵的信很多，幾乎可以裝滿一桶。但是他只能錄取一個人。他把頭一個應徵的人錄取了。這人寫的那手字，跟最好的打字機打出來的一樣漂亮。有職務的這位先生很有些寫文章的才氣。當他的文章用這樣好看的字體寫出來時，大家都說：「寫得真漂亮！」

「這是我的成績，」寫字的人說──他實際上是半文錢也不值。他聽了這些稱讚一個星期以後，就驕傲起來，也盼望自己成爲那個有職務的人。

他的確可以成爲一個很好的書法教師，而且當他打著一個白領結去參加茶會的時候，他的確也還像個樣子。但是他卻想寫作，而且想把所有的作家打垮。於是他就寫起關於繪畫和雕刻、戲劇和音樂的文章來。

他寫了一大堆可怕的廢話。當這些東西寫得太糟了的時候，他在第二天又寫，說那是排字的錯誤。

事實上他所寫的東西全是排字的錯誤，而且在排出的字中（這是一件不幸的事情），人們卻看不出他唯一拿手的東西──漂亮的書法。

「我能打垮，也能讚揚。我是一個了不起的人物，一個小小的上帝──也並不太小！」

這的確是吹牛，而他卻在吹牛中死去了。《貝爾林報》上登了他的訃聞。他那位能寫童話的朋友把他描寫得非常好──這本身就是一件糟糕的事情。

雖然他朋友的用意不壞，他一生的所做所爲──胡說，叫喊，吹牛──畢竟還是一篇糟糕透頂的童話。

這篇小品一直沒有發表過，因此它是哪一年寫成的也無從

知道。到了 1926 年 4 月 4 日它才在《貝爾林斯基報》上首次發
表。這篇作品的寓意很明顯，無再做解釋的必要。

茶壺

從前有一個驕傲的茶壺，它對它的瓷質感到驕傲，對它的長嘴感到驕傲，對它的那個大把手也感到驕傲。它的前面和後面都有點什麼東西！前面是一個壺嘴，後面是一個把手，它老是談著這些東西。可是它不談它的蓋子。原來蓋子早就打碎了，是後來釘好的；所以它算是有一個缺點，而人們是不喜歡談自己的缺點的——當然別的人會談的。杯子、奶油罐和糖缽——這整套喝茶的用具——都把茶壺蓋的弱點記得清清楚楚，談它的時候比

談那個完好的把手和漂亮的壺嘴的時候多。茶壺知道這一點。

「我知道它們！」它自己在心裡說，「我也知道我的缺點，而且我也承認。這足以表現我的謙虛，我的樸素。我們大家都有缺點；但是我們也有優點。杯子有一個把手，糖缽有一個蓋子。我兩樣都有，而且還有他們所沒有的一件東西。我有一個壺嘴；這使我成爲茶桌上的皇后。糖缽和奶油罐受到任命，成爲甜味的僕人，而我就是任命者——大家的主宰。我把幸福分散給那乾渴的人群。在我的身體裡面，中國的茶葉在那毫無味道的開水中放出香氣。」

這番話是茶壺在它大無畏的青年時代說的。它立在鋪好桌巾的茶桌上，一隻非常白嫩的手揭開它的蓋子。不過這隻非常白嫩的手是很笨的，茶壺落下去了，壺嘴跌斷了，把手斷裂了，那個壺蓋不必再談了，因爲關於它的話已經講得不少了。茶壺躺在地上昏過去了；開水淌得一地。這對它說來是一個嚴重的打擊，而最糟糕的是大家都笑它。大家只是笑它，而不笑那隻笨拙的手。

「這次經歷我永遠忘記不了！」茶壺後來檢查自己一生的事業時說。「人們把我叫做一個病人，放在一個角落裡；過了一天，人們又把我送給一個討剩飯吃的女人。我下降爲貧民了；裡裡外外，我一句話也不講。不過，正在這時候，我的生活開始好轉。眞是塞翁失馬，焉知非福。我身體裡裝進了土；對於一個茶壺說來，這完全是等於入葬。但是土裡卻埋進了一個花根。誰放進去的，誰拿來的，我都不知道。不過它既然放進去了，總算是彌補了中國茶葉和開水的這種損失，也算是做爲把手和壺嘴打

斷的一種報酬。花根躺在土裡，躺在我的身體裡，成了我的一顆心，一顆活著的心——這樣的東西我從來還不曾有過。我現在有了生命、力量和精神。脈搏跳起來了，花根發了芽，有了思想和感覺。它開出了花朵。我看到它，我支持它，我在它的美麗中忘記了自己。為了別人而忘我——這是一樁幸福的事情！它沒有感謝我；它沒有想到我；它受到人們的崇拜和稱讚。我感到非常高興；它一定也會是多麼高興啊！有一天我聽到一個人說它應該有一個更好的花盆來配它才對。因此人們把我攔腰打了一下；那時我真是痛得厲害！不過花兒卻移進一個更好的花盆裡去了。至於我呢？我被扔到院子裡去了。我躺在那兒簡直像一堆殘破的碎片——但是我的記憶還在，我忘記不了它。」[1864 年]

　　這篇小說最初發表在哥本哈根 1864 年出版的《丹麥大眾曆書》，是安徒生 1862 年 12 月在西班牙托勒多寫成的。茶壺在做完了一系列好事以後，「被扔到院子裡去了。我躺在那兒簡直像一堆殘破的碎片——但是我的記憶還在，我忘記不了它。」但是，這種「孤芳自賞」又有什麼用呢？

小小的綠東西

窗子上有一株綠玫瑰花。不久以前它還是一副青春煥發的
樣子；但是現在它卻現出了病容，正害著某種病。它身上有一批
客人在一口一口地把它吃掉。要不是因為這個緣故，這一群穿著
綠制服的朋友們倒是滿好看的。

　　我和這些客人中的一位談過話。他的年紀還不過三天，但是
已經是一個老爺爺了。你知道他講過什麼話嗎？他講的全是真
話。他講著關於他自己和這一群朋友的事情。

「我們是世界生物中一個最了不起的隊伍。在溫暖的季節裡，我們生出活潑的小孩子。天氣非常好；我們立刻就訂了婚，馬上舉行婚禮。天氣冷的時候，我們就生起蛋來。小傢伙在那裡頭睡得才舒服哩！最聰明的動物是螞蟻。我們非常尊敬他們。他們研究和打量我們，但是並不馬上把我們吃掉，而是把我們的蛋搬走，放在他們家族的共同蟻窟裡的最低的一層樓上，同時在我們身上打下標記和號碼，把我們一個挨著一個地、一層堆上一層地排好，以便每天能有一個新的生物從蛋裡孵出來；然後就把我們關進柵欄裡，捏著我們的後腿，擠出我們的奶，直到我們死去為止。這可是痛快啦！他們送我們一個最好聽的稱號：『甜蜜的小乳牛！』一切具有螞蟻這種知識的動物都叫我們這個名字。只有人是例外──這對我們是一種極大的侮辱，氣得我們完全失去了『甜蜜性』。你能不能寫點文章來反對這事兒，叫這些人能懂得一點道理呢？他們那樣傻氣地望著我們，繃著臉，用那樣生氣的眼光望著我們，而這只不過是因為我們把玫瑰葉子吃掉了；但是他們自己卻吃掉一切活的東西，一切綠色的和會生長的東西。他們替我們取些最下賤的、最醜惡的名字。噢，那真使我作嘔！我說不出口，最低限度在穿著制服時說不出口，而我是永遠穿著制服的。

「我是在一株玫瑰樹的葉子上出生的。我和整個隊伍全靠玫瑰葉子過活，但是玫瑰葉子卻在我們身體裡面活著──我們屬於高一等的動物。人類憎恨我們，他們拿肥皂泡來殲滅我們；這種東西的味道真難受！我想我聞過它！你並不是為洗滌而生下來的，因此被洗滌一番真是可怕！

「人啊！你用嚴厲和肥皂泡的眼光看我們；請你想想我們在大自然中的地位，以及我們生蛋和養孩子的天賦機能吧！我們得到祝福：『願你們生長和繁殖！』我們生在玫瑰花裡，我們死在玫瑰花裡；我們整個一生是一首詩。請你不要把那種最可怕的、最醜惡的名字加到我們身上吧——我們說不出口，也叫不出來的那種名字！請把我們叫做螞蟻的乳牛、玫瑰樹的隊伍、小小的綠東西吧！」

我做為一個人站在一旁，望著這株玫瑰，望著這些小小的綠東西——它們的名字我不願意喊出來；也不願意侮辱一個玫瑰中的公民，一個有許多卵和小孩的大家族。本來我是帶著肥皂水和惡意來的，打算噴它們一番。現在我打算把這肥皂水吹成泡，然後凝望著它們的美，可能每個泡泡裡面會有一篇童話的。

泡泡越長越大，泛出各種顏色。泡泡裡好像都藏著珍珠。泡泡浮起來，翱翔著，飛到一扇門上，於是爆裂了。但是這扇門忽然打開：童話媽媽站在門口。

「是的，那些小小的綠東西——我不說出它們的名字！關於它們的事情，童話媽媽講的要比我好得多。」

「蚜蟲！」童話媽媽說。「我們對任何東西應該叫出它正確的名字。如果在一般場合下不敢叫，我們至少可以在童話中叫的。」〔1868 年〕

　　這篇小品最初發表在哥本哈根 1868 年出版的《新的童話和
詩集》上——這是一部丹麥作家和詩人的作品選集。不良的破壞
性的東西往往可以用種種的美名出現。「蚜蟲」可以「叫做螞蟻
的乳牛、玫瑰樹的隊伍，小小的綠東西，」但它們的實質並不能
改變，只是懾於某種權勢或特殊情況，人們不便公開地講出來罷
了。但人們「如果在一般場合下不敢叫，我們至少可以在童話中
叫的。」這也是童話的另一種功用——安徒生在這方面發揮得最
有成果。安徒生在他的手記中寫道：「〈小小的綠東西〉是在哥
本哈根附近的羅里赫別墅寫成的。一個舒適的住處可以使人產
生得意和自滿之感。這引起我寫這篇故事的衝動。」

一 點 成 績

「我要做出一點成績！」五兄弟中最大的一位說，「因為我想成為世界上一個有用的人。只要我能發揮一點作用，哪怕我的地位很低也沒有什麼關係。我情願這樣，因為這總算是一點成績。我願意去做磚，因為這是人們非要不可的東西！這也算是真正做過某些事情了！」

「不過你的這『一點成績』真是微不足道！」第二位兄弟說。「這簡直等於什麼也沒有做。這是一種工匠的工作，機器也可以

做得出來。哎，我倒想當一個泥瓦匠呢！這才是眞正重要的工
作；我要這樣辦。這可以使你有一種社會地位：你可以參加一
種同業工會，成爲一個市民，有自己的會旗和自己的酒店①。是
的，如果我的生意好的話，我還可以雇一個幫手。我可以成爲一
個師傅，我的太太也可以成爲一個師娘了。這才算得上一點成績
呢！」

　　「這眞是一文不值！」第三位兄弟說，「因爲這是不列入階
級內的東西。這個城裡有許多階級是排在『師傅』以上的。你可
以是一個正直的人；不過做爲一個『師傅』，你仍然不過是大家
所謂的『平民』罷了。不，我知道還有比這更好的東西。我要做
一個建築師。這樣，我就可以進入藝術和想像的領域，那麼我也
可以跟文化界的上層人物並列了。我必須從頭做起──的確，我
可以坦白地這樣講：我要先當一個木匠的學徒。我要戴一頂便
帽，雖然我平常是習慣於戴絲織禮帽的。我要替一些普通人跑
腿，替他們取啤酒和燒酒，同時讓他們稱我爲『你』──這當然
是很糟糕的。不過我可以把這整個事兒當做一種表演──一種
化裝表演。明天──這也就是說，當我成了師傅以後──我就走
我自己的道路，別的人都不在我的眼下！我將上專科學校，學習
繪圖，成爲一個建築師。這才算得上『一點成績』呢！非常有用
的成績！我將會變成『閣下』和『大人』。是的，我的名字前面
和後面還會加一個頭銜呢。我將像我的前輩一樣，不停地建築。
這樣的事情才可靠呢！這就是我所謂的『一點成績』！」

　　「不過你所謂的一點成績對我說來算不了什麼！」第四位
說。「我絕不隨波逐流，成爲一個模仿者。我是一個天才，比你

們所有的人都高明！我要成為一個新的設計專家，創造出新的
設計思想，使建築適合於各國的氣候、材料、民族性和當代的趨
勢——此外還要加上能表現我的天才的一層樓！」

「不過假如材料和氣候不符合又怎麼辦呢？」第五位說。
「這樣可就糟了，因為這兩件東西都是很重要的——至於民族
性，它可以被誇大到虛偽的程度。時代也可以變得瘋狂，正如青
年時代一樣。我可以看得出來，不管你們怎樣自命不凡，你們誰
也不是什麼了不起的東西。不過，隨你們怎樣吧，我絕不跟你們
一樣。我要站在一切事情之外，只是研究你們所做的事情。每件
事情總免不了有錯誤。我將挑剔和研究錯誤，這才是重要的事情
呢！」

他能說出就能做到。關於這第五位兄弟，大家都說：「這人
頗有點道理！他有一個很好的頭腦，可是他什麼事情也不做！」

但是正因為如此，他才算是「重要」。

你要知道，這不過是一個小小的故事。但是只要世界存在，
這種故事是不會有結尾的。

但是除此以外，這五位兄弟還做了些什麼呢？什麼也沒有
做！請聽下去吧，現在言歸正傳。

最大的那位哥哥是做磚的。他發現每塊磚做成以後，可以賺
一塊小錢——一塊銅做的錢。不過許多銅板堆在一起就積成一
塊漂亮的銀幣。無論在什麼地方——在麵包房裡也好，在屠戶店
裡也好，在裁縫店裡也好，只要你用這塊錢去敲門，門立刻就開
了。於是你需要什麼，就能得到什麼。你看，這就是磚所能做到
的事情。有的磚裂成碎片或者分做兩半，雖然如此，它還是有

用。

　　一個窮苦的女人瑪珈勒特希望在海邊的堤岸上造一間小屋子。那位最大的哥哥把所有的碎磚頭都送給她，此外還送給她少數的完整的磚，因為他是一個好心腸的人，雖然他除了做磚以外，沒有做出什麼別的了不起的事來。這個窮苦的女人親手造起了她自己的屋子。屋子很小，那個唯一的窗子也很狹窄，門也很低，草做的屋頂也不漂亮。但是它究竟可以避風雨，而且是面對著一望無際的大海。海的浪花沖擊著堤岸，鹹泡沫洗刷著屋子。但這屋子仍然屹立不動，雖然那個做磚的人已經死亡，化為塵土。

　　至於第二位兄弟，是的，他有一套與眾不同的建築方法，因為他已學習過這行手藝。在他當完了學徒以後，他就背上他的背包，哼出一支工匠的小調來：

　　　　我要在年輕的時候到處跑跑，
　　　　住在異地也跟在家一樣高興。
　　　　我的手藝也就等於我的錢包，
　　　　我最大的幸福就是我的青春。
　　　　然後我要回來看看我的故鄉，
　　　　因為我這樣答應過我的愛人。
　　　　好，這手藝是有出息的一行，
　　　　我要成為一個師傅而出名！

　　事實上也就是這樣。當他回到家來以後，他就在城裡當了一

名師傅了。他建築完這幢房子，又馬上建築那一幢；他建築了一整條街。這條整齊的街非常好看，使這個城市增光不少。於是別的房子又爲他建築了一幢小房子。不過房子怎麼能建築房子呢？假如你去問它們，它們是不會回答的。但是人能夠回答：「當然這幢房子是整條街爲他建築的囉！」

這是一座小房子，有一片土地。不過當他跟他的愛人在那上面跳舞的時候，這一片土地就變得非常光滑。牆上的每顆石子都會開出一朵花。這是很美麗的，比得上最貴重的壁畫。這是一幢美麗的房子，裡面住著一對幸福的夫婦，外面飄著一面同業工會的旗幟。伙計和學徒都喊：「恭喜！」是的，這是一件重要的事情！於是他就死了──這也算是一點成績。

現在當建築師的第三位兄弟來了。他曾經當過木匠的學徒，常常戴著一頂便帽，而且專做跑腿。不過他後來進了一所專科學校，爬上了建築師、「閣下和大人」的地位。他的哥哥是一個石匠師傅，但是整條街爲他建築了一幢房子。現在這條街當然就以他的名字命名，而街上最美麗的一幢房子也就是他的房子。這是一件成績，而他是一個重要的人物。他的名字前面和後面都有一個很長的頭銜。他的孩子被稱爲少爺。他死了以後，他的太太成爲貴婦人。這是一件成績！他的名字，做爲一個街名，在街頭永垂不朽，而且掛在人們的嘴上。是的，這是一件成績！

現在做爲一個天才的第四位兄弟來了。他要發明創造性的新東西，此外還要加上一層樓，但是那層最高的樓卻塌下來；他也倒栽蔥地滾下來，跌斷了脖子。但是人們卻爲他舉行了一個隆重的葬禮，揚起同業工會的旗幟，奏起音樂；報紙上印了許多頌

辭，街上的鋪道上都撒滿了鮮花。此外還有三篇追悼的演說，一篇比一篇長。這會使他感到愉快，因爲他素來就喜歡人家談論他。他的墳上還建立了一座紀念碑塔。它只有一層樓，但這總算得上是一件成績。

現在他像其他三位兄弟一樣，也死掉了。不過做爲批評家的最後的那位兄弟活得很長。這是理所當然，因爲這樣他就可以下最後的定論。對他說來，下最後的定論是再重要也不過的事情。大家都說他有一副很好的頭腦！現在他的時間也到頭了：他死了。他來到天國的大門外。在這兒，人們總是成對地走進去的！這兒還有另外一個靈魂，也想走進去。這不是別人，而是住在堤岸上那個屋子裡的老瑪珈勒特。

「這個寒酸的靈魂跟我同時到來，目的莫非是要做一個對照吧！」批評家說。

「吶，老太婆，你是什麼人？」他問。「妳也想進去嗎？」

老太婆恭恭敬敬地行了一個屈膝禮；她以爲現在跟她講話的這個人就是聖・彼得②。

「我是一個沒有什麼親人的窮苦老太婆，」她說。「我就是住在堤岸上的老瑪珈勒特！」

「吶，妳做了一些什麼事情？妳完成了一些什麼工作？」

「我在人世間什麼事情也沒有做過！沒有做過任何值得叫這扇門爲我打開的事情。如果有人能讓我進去，那眞是一椿好事！」

「你是怎樣離開人世間的？」他問，目的無非是想說幾句消磨時間的話，因爲站在門外等待是很無聊的。

「是的，我的確不知道是怎樣離開人世間的！我最後幾年又窮又病，連爬下床都不能，更別說走到外面的寒冷中去。那個冬天真是冷極了，我現在總算是捱過去了。有幾天是很風平浪靜的，但是非常寒冷——這點先生你是知道的。海上眼睛所能望見的地方全蓋滿了冰。城裡的人都跑到冰上去；有的在舉行他們所謂的溜冰比賽，有的在跳舞。我相信他們還有音樂和茶點。我睡在我那個寒酸的小房子裡，還能聽見他們的喧鬧聲。

「那時正是天黑不久。月亮剛剛升起來，但是還沒有完全發出光芒。我在床上從窗裡向海上望。在遠處海天相接的地方，我看到一層奇怪的白雲。我躺著靜靜地望，我看到它裡面有一個黑點，這黑點越變越大。我知道這代表什麼意思。我是一個老年人，我懂得這種現象，雖然這是不常見的。我一眼就看出來了，同時嚇了一跳。這樣的事情我一生看過兩次。我知道很快就會有一陣可怕的暴風雨，春洪就要爆發。這些跳舞、吃喝和歡樂的可憐人馬上就會被淹死。全城的人，包括年輕的和年老的，全都出來了。假如沒有什麼人像我一樣看見或知道前面正在發生的事情，誰會去告訴他們呢？

「我非常害怕。我好久沒有像現在這樣感到興奮。我爬下床來，走到窗子那兒去——向前再走一步的氣力就沒有了。我設法把窗子推開，我可以看到大家在冰上又跑又跳，我可以看到美麗的旗幟在空中飄揚，我可以聽到年輕人在喝彩，女子和男子在唱歌。他們真正在狂歡，不過那塊帶有黑點的白雲越升越高。我使盡我的氣力大聲叫喊，但是誰也聽不見。我離他們太遠了。

「馬上暴風雨就要到來了，冰塊就要裂開了，冰上的人就要

無情地被吞沒了。他們聽不見我的聲音，我也沒有氣力走到他們
那裡去。我多麼希望我能夠使他們走到陸地上來啊！這時我們
的上帝給我一個啓示：放一把火燒了我的床。我寧願把我的屋
子燒掉，也不願讓那麼多的人悲慘地死掉。我終於把火點起來
了，我看到一團鮮紅的火焰……是的，我向門那邊跳，但是我一
走到門邊就倒下來了，再也不能向前移動一步。火焰在後面追著
我，燎出窗外，一直燎到屋頂上。

　　「冰上的人都看到了火；他們拚命地跑來救我這個可憐的
老太婆，因爲他們以爲我快要被燒死了。他們沒有一個人留在後
面。我聽到他們跑來，但同時我也聽到空中響起一陣颯颯的聲
音。我聽到一陣像大砲似的雷聲。春潮把冰蓋托起來，崩成碎
片。但是大家已經跑到堤岸上來了；這時火花正在我身上飛
舞。我把他們都救出來了。但是我想我受不了這陣寒冷和驚恐，
因此我現在就來到天國的門口。據說天國的門也會爲我這樣的
窮人打開的。現在我在堤岸上的房子已經沒有了——當然這並
不是說我因此就可以走進天國。」

　　這時天國的門開了，天使把這個老太婆領進去。她在門外掉
了一根乾草。這根草原先是鋪在她爲了救那些人而燒掉的那張
床上的。這根草現在變成了純淨的金子，不過這金子在擴大，變
成最美麗的花紋。

　　「看吧，這是一個窮苦的女人帶來的東西！」天使說。「你
帶來了什麼呢？是的，我知道你什麼也沒有做過——你連一塊
磚也沒有做過。但願你能再回去，就是帶來這一點兒東西都好。
你把這塊磚做出來後，可能它值不了什麼。不過假如你是用善意

把它做出來,那麼它究竟還算是一點東西呀!但是你回去不了,因此我也沒有辦法幫你的忙!」

於是那個可憐的靈魂——住在堤岸上的那個老太婆——為他求情說:

「我那個小房子所用的整磚和碎磚,都是他的兄弟做出來的。對於我這樣的一個窮苦老太婆說來,這是一椿了不起的事情!你能不能把這些整磚和碎磚看做是他那一塊磚呢?這是一件慈悲的行為!他現在需要慈悲,而這正是一個慈悲的地方!」

「你所認為最渺小的那個兄弟,」天使說,「他勤勞的工作你認為毫不足道,現在他卻送給你一件走進天國的禮物。現在沒有人把你送回去了,你可站在門外面仔細想一想,考慮一下你在人世間的行為。不過你現在還不能進來,你得先誠懇地做出一點成績來!」

「這個意思我可以用更好的字眼表達出來!」這位批評家想。不過他沒有高聲地講。就他看來,這已算得上是「一點成績」了。[1858 年]

這是一篇諷刺性的小故事,最初發表在 1858 年出版的《新的童話和故事集》第一卷第一部裡。它所諷刺的對象是「批評家」。高談闊論只說空話而不做實事的人,是進不了天國的。天國門口的天使攔住那些「批評家」,說:「你帶了什麼呢?是的,

我知道你什麼也沒有做過——你連一塊磚也沒有做過。但願你
能再回去，就是帶來這一點兒東西都好。」關於這個故事，安徒
生在他的手記中寫道：「在〈一點成績〉中，我談了一件眞事。
在瑞典的西海岸，我聽說有一位老婦人，在大家都跑到冰上去防
範春天的洪水成災的時候，把自己的房子放火燒起來，爲的是吸
引他們趕快回來。」

【註釋】

①在舊時的歐洲，同業公會的會員有專門爲自己行業開的酒店；他們可以自由地到
　這種酒店裡去喝酒和聊天。

②耶穌十二門徒之一。

天國花園

從前有一位國王的兒子，誰也沒有他那麼多美麗的書：世界上所發生的事情，在這些書本裡他都讀得到，而且也可以在一些美麗的插圖中看得見。他可以知道每個民族和每個國家，不過天國花園在什麼地方，書上卻一個字也沒有提到。而他最想知道的正是這件事情。

當他還是一個小孩、但已經可以上學的時候，他的祖母曾經告訴他，說：「天國花園裡每朵花都是最甜的點心，每個花蕊是

最美的酒；這朵花上寫的是歷史，那朵花上寫的是地理和乘法表。一個人只須吃一塊點心就可以學一課書；他越吃得多，就越能學習到更多的歷史、地理和乘法表。」

那時他相信這話。不過他年紀越大，學到的東西越多，就變得越聰明。他知道，天國花園的美景一定是很特殊的。

「啊，爲什麼夏娃①要摘下知識之樹的果子呢？爲什麼亞當要吃掉禁果呢？如果我是他的話，這件事就絕不會發生，世界上也就永遠不會有罪孽存在了。」

這是他那時說的一句話。等他到了十七歲，他仍然說著這句話。「天國花園」占據了他整個的思想。

有一天他在森林裡散步。他是單獨地在散步，因爲這是他生活中最愉快的事情。

黃昏到來了，雲塊在密集著，雨在傾盆地下著，好像天空就是一個專門瀉水的水閘似的。天很黑，黑得像在深井中的黑夜一樣。他一會兒在潮濕的草上滑一腳，一會兒被崎嶇的地上冒出的光石頭絆一跤。一切都浸在水裡。這位可憐的王子身上沒有一絲是乾的。他不得不爬到一大堆石頭上去，因爲這兒的水都從厚青苔裡沁出來了。他幾乎要倒下來了。這時他聽到一個奇怪的噓噓聲。於是他看到前面有一個發光的大地洞。洞裡燒著一堆火；這堆火幾乎可以烤熟一隻公鹿。事實上也是這樣。有一隻長著高大犄角的美麗公鹿，被穿在一根叉子上，在兩根杉樹幹之間慢慢地轉動。火邊坐著一個身材高大的老女人，樣子很像一位僞裝的男人。她不斷地添些木塊到火裡。

「請進來吧！」她說。「請在火旁邊坐下，把你的衣服烤乾

吧！」

「這兒有一股陰風吹進來！」王子說，同時他在地上坐下來。

「我的孩子們回來以後，那還要糟呢！」女人回答說。「你現在來到了風之洞。我的兒子們就是世界上的四種風。你懂得嗎？」

「你的兒子現在在什麼地方呢？」王子問。

「嗨，當一個人發出一個糊塗的問題的時候，這是很難回答的，」女人說。「我的兒子各人在做著各人自己的事情。他們正在天宮裡和雲塊一起踢毽子。」

於是她朝天上指了一下。

「啊，真有這樣的事情！」王子說。「不過你說話的態度粗魯，一點也沒有我周圍那些女人的溫柔氣息。」

「是的，大概你們都沒有別的事情可做吧！如果我要叫我的兒子們聽話，我得要厲害一點才行。這點我倒是做得到，雖然他們都是一些固執的傢伙。請你看看牆上掛著的四個袋子吧；他們害怕這些東西，正如你從前害怕掛在鏡子後面的那根竹條一樣。我告訴你，我可以把這幾個孩子疊起來，塞進袋子裡去。我們不須講什麼客氣！他們在那裡面待著，在我認為沒有必要把他們放出來以前，他們不能出來到處撒野。不過，現在有一個回來了！」

這是北風。他帶著一股冰冷的寒氣進來。大塊的冰雹在地上跳動，雪球在四處亂飛。他穿著熊皮做的上衣和褲子。海豹皮做的帽子一直蓋到耳朵上。他的鬍子上掛著長長的冰柱。冰雹不停

地從他的上衣領子上滾下來。

「不要馬上就到火邊來！」王子說，「否則你會把手和面孔凍傷的。」

「凍傷？」北風說，不禁哈哈大笑起來。「冰凍！這正是我最喜歡的東西！不過你是一個什麼少爺？你怎麼鑽進風之洞裡來了？」

「他是我的客人！」老女人說。「如果你對於這解釋感到不滿意的話，那麼就請你鑽進那個袋子裡去──現在你懂得我的用意了吧！」

這話馬上發生效力。北風開始敍述他是從什麼地方來的，他花了將近一個月的工夫到了些什麼地方去過。

「我是從北極海來的，」他說。「我和俄國獵海象的人到白令島②去過。當他們從北望角出發時，我坐在他們的船舵上打盹。當我偶爾醒過來時，海燕就在我的腿邊飛。這是一種很滑稽的鳥兒！它們猛烈地拍幾下翅膀，接著就張開翅膀停在空中不動，然後忽然像箭似地向前飛走。」

「不要東扯西拉，」風媽媽說。「你到白令島去過嗎？」

「那兒才美哪！那兒跳舞用的地板，平整得像盤子一樣！那兒有長著青苔的半融的雪。尖峭的岩石、海象和北極熊的殘骸。它們像生滿了綠霉的巨人的肢體。人們會以為太陽從來沒有在那兒出現過。我把迷霧吹了幾下，好讓人們可以找到小屋。這是用破船的木頭砌成的一種房子，上面蓋著海象的皮──貼肉的那一面朝外，房子的顏色是紅綠相間的；屋頂上坐著一隻活的北極熊，在那兒哀叫。我跑到岸上去找雀巢，看到身上無毛的

小鳥張著嘴在尖叫。於是我朝它們無數的小咽喉裡吹一口氣，叫它們把嘴閉住。更下面一點，有許多大海象在拍著水，像一些長著尺把長牙齒和豬腦袋的活腸子或大蛆。

「我的少爺，你的故事講得很好！」媽媽說。「聽你講的時候，我連口水都流出來了！」

「於是打獵開始了！長魚叉插進海象的胸脯裡去，血噴出來像噴泉一樣灑在冰上。這時我也想起了我的遊戲！我吹起來，讓我的那些船——山樣高的冰塊——向他們的船中間衝過去。嗨，船夫吹著口哨，大喊大嚷！可是我比他們吹得更厲害。他們只好把死的海象、箱子和纜繩扔到冰上去！我在他們身上撒下雪花，讓他們乘著破船，帶著他們的獵物，漂向南方，去嚐嚐鹹水的滋味。他們永遠也不能再到白令島來了！」

「那麼你做了一件壞事了！」風媽媽說。

「至於我做了些什麼事，讓別人來講吧！」他說。「不過現在我的西方兄弟到來了。所有兄弟之中我最喜歡他。他有海的氣息和一種愉快的清涼味。」

「是，他就是西風，」老女人說。「不過他並不是那麼小，從前他是一個可愛的孩子，不過那已經是過去的事了。」

他的樣子像一個野人，不過他戴著一頂寬邊帽來保護自己的面孔。他手上拿著一根桃花心木的棒子——這是在美洲一個桃花心木樹林裡砍下來的。這可不是一件小玩意兒啦！

「你是從什麼地方來的？」媽媽問。

「從荒涼的森林裡來的！」他說。「那兒多刺的藤蔓在每棵樹的周圍建立起一道籬笆，水蛇在潮濕的草裡睡覺，人類在那兒

似乎是多餘的。」

「你在那兒幹嘛的？」

「我在那兒看一條頂深的河，看它從岩石中沖下來，變成水花，濺到雲塊中去，托住一條虹。我看到野水牛在河裡游泳，不過激流把它沖走了。它跟一群野鴨一起漂流。野鴨漂到河流要變成瀑布的地方就飛起來了，水牛只好隨著水滾下去！我覺得這好玩極了，我吹起一股風暴，把許多古樹吹到水裡去，打成碎片！」

「你沒有做過別的事嗎？」老女人問。

「我在原野上翻了幾個筋斗：我撫摸了野馬，搖下了可可核。是的，是的，我有很多故事要講！不過一個人不能把他所有的東西都講出來。這一點你知道的，老太太。」

他吻了他的媽媽一下，她幾乎要向後倒下去了。他真是一個野蠻的孩子！

現在南風到了。他頭上裹著一塊頭巾，身上披著一件遊牧人的寬斗篷。

「這兒真是冷得刺骨！」他說，同時加了幾塊木材到火裡去。「人們立刻可以感覺出北風已經先到這兒來了。」

「這兒真是太熱，人們簡直可以在這兒烤一隻北極熊，」北風說。

「你本人就是一隻北極熊呀！」南風說。

「你想要鑽進那個袋子裡去嗎？」老女人問。「請在那邊的石頭上坐下來，趕快告訴我你到什麼地方去過。」

「到非洲去過，媽媽！」他回答說。「我曾在卡菲爾人③的

國土裡和霍屯督人④一起去獵過獅子！那兒平原上的草綠得像橄欖樹一樣！那兒角馬⑤在跳舞。有一隻駝鳥跟我賽跑，不過我的腿比它跑得快。我走到那全是黃沙的沙漠裡去──這地方的樣子很像海底。我遇見一隊旅行商，他們把最後一隻駱駝殺掉了，為的是想得到一點水喝，不過他們所得到的水很少。太陽在上面烤，沙子在下面炙。沙漠向四面展開，沒有邊際。於是我在鬆散的細沙上打了幾個滾，攪起一陣像巨大圓柱的灰沙。這場舞才跳得好啦！你應該瞧瞧單峯駱駝呆呆地站在那兒露出一副多麼沮喪的神情。商人把長袍立刻拉到頭上蓋著。他倒在我面前，好像倒在他的阿拉⑥面前一樣。他們現在被埋葬了──沙子做成的一座金字塔堆在他們身上。以後我再把它吹散掉的時候，太陽將會把他們的白骨曬枯了。那麼旅人們就會知道，這兒以前曾經有人來過。否則誰也不會相信，在沙漠中會有這樣的事情。」

「所以你除了壞事以外，什麼事情也沒有做！」媽媽說。「鑽進那個袋子裡去！」

在他還沒有發覺以前，她已經把南風攔腰抱住，按進袋子裡去了。他在地上打著滾，不過她已經坐在袋子上，所以他也只好不作聲了。

「你的這群孩子倒是蠻活潑的！」王子說。

「一點也不錯，」她回答說，「而且我還知道怎樣管他們呢！現在第四個孩子回來了！」

這是東風，他穿一套中國人的衣服。

「哦！你從哪個地區來的？」媽媽說。「我相信你到天國花園裡去過。」

「我明天才飛到那兒去，」東風說。「自從我上次去過以後，明天恰恰是一百年。我現在是從中國來的——我在瓷塔周圍跳了一陣舞，把所有的鐘都弄得叮噹叮噹地響起來！官員們在街上挨打；竹條子在他們肩上打裂了，而他們卻都是一品到九品的官啦。他們都說：「多謝恩主！」不過這不是他們心裡的話。於是我搖著鈴，唱：『叮，噹，鏗！』」

「你太頑皮了！」老女人說。「你明天到天國花園去走走也好，這可以教育你，對你有好處。好好地在智慧泉裡喝幾口水吧，還請你帶一小瓶給我。」

「這個不成問題，」東風說。「不過你爲什麼把我的弟兄南風關在袋子裡呢？把他放出來呀！他可以講點鳳凰的故事給我聽，因爲天國花園的那位公主，每當我過了一個世紀去探望她的時候，她總是喜歡聽聽鳳凰的故事。請把袋子打開吧！這樣你才是我最甜蜜的媽媽啦，我將送你兩包茶——兩包我從產地摘下的又綠又新鮮的茶！」

「唔，爲了這茶的緣故，也因爲你是我所喜歡的一個孩子，我就把袋子打開吧！」

她這麼做了。南風爬了出來，不過他的神情很頹喪，因為這位陌生的王子看到他受懲罰。

「你把這張棕櫚樹葉帶給這公主吧！」南風說。「這樹葉是現在世界上僅有的那隻鳳凰帶給我的。他用尖嘴在葉子上繪出了他這一百年的生活經歷。現在她可以親自把這記載讀一讀。我親眼看鳳凰把自己的巢燒掉，他坐在裡面，像一個印度的寡婦⑦似地把自己燒死。乾葉子燒得多麼響！煙多麼大！氣味多麼

香！最後，一切都變成了火焰，老鳳凰也化爲灰燼。不過他的蛋在火裡發出紅光。它轟然一聲爆烈開來，於是一隻小鳳凰就飛出來了。他現在是群鳥之王，也是世界上唯一的一隻鳳凰。他在我給你的這張棕櫚葉上啄開了一個洞口：這就是他送給公主的敬禮！」

「現在我們來吃點東西吧！」風媽媽說。

他們都坐下來吃那隻烤好了的公鹿。王子坐在東風旁邊，他們馬上就成爲很要好的朋友。

「請告訴我，」王子說，「你們剛才談的那位公主究竟是怎樣的一個人呢？天國花園在什麼地方呢？」

「哈，哈，」東風說。「你想到那兒去嗎？嗯，那麼你明天跟我一起飛去吧！不過，我得告訴你，自從亞當和夏娃以後，什麼人也沒有到那兒去過。你在《聖經》故事中已經讀過關於他們的故事了吧？」

「讀到過！」王子說。

「當他們被趕出去以後，天國花園就墜到地裡去了；不過它還保留著溫暖的陽光、溫和的空氣以及它一切的美景。群仙之後就住在裡面，幸福之島也在那兒──死神從來不到這島上來，住在這兒眞是美極了！明天你可以坐在我的背上。我把你帶去：我想這辦法很好。但是現在我們不要再閒聊吧，因爲我想睡了。」

於是大家都去睡了。

大清早，王子醒來時，他可是吃驚不小，他已經高高地在雲端飛行。他騎在東風的背上，而東風也老老實實地背著他：他們

飛得非常高，下邊的森林、田野、河流和湖泊簡直像是映在一幅
大地圖上的東西。

「早安！」東風說。「你還可以多睡一會兒，因爲下面的平
地上並沒有什麼東西好看。除非你願意數數那些教堂！它們像
在綠板上用粉筆畫的小點子。」

他所謂的綠板就是田野和草地。

「我沒有跟你的媽媽和弟兄告別，眞是太沒有禮貌了！」王
子說。

「當一個人在睡覺時，他是應該得到原諒的！」東風說。

於是他們加快飛行的速度。人們可以聽到他們在樹頂上飛
行，因爲當他們經過時，葉子和樹枝都沙沙地響起來了。他們也
可以在海上和湖上聽到，因爲他們飛過的時候，浪就高起來，許
多大船也向水點著頭，像游泳的天鵝。

將近黃昏的時候，天就暗下來，許多大城市眞是美麗極了。
有許多燈在點著，一會兒這裡一亮，一會兒那裡一亮。這景象好
比一個人在燃著一張紙，看到火星後就散開來，像小孩子走出學
校門一樣。王子拍著雙手，不過東風請求他不要這樣做，他最好
坐穩一點，不然就很容易掉下來，掛在教堂的尖頂上。

黑森林裡的蒼鷹在輕快地飛翔著。但是東風飛得更輕快。騎
著小馬的哥薩克人在草原上敏捷地飛騁奔馳過去了，但王子更
敏捷地在空中飛過去。

「現在可以看到喜馬拉雅山了！」東風說。「這是亞洲最高
的山。過一會兒我們就要到天國花園了！」

他們更向南飛，空中立刻有一陣花朵和香料的氣味飄來。處

處長著無花果和石榴，野葡萄藤結滿了紅葡萄和紫葡萄。他們兩個人就在這兒降下來，在柔軟的草地上伸開肢體。花朵向風兒點頭，好像是說：「歡迎你回來！」

「我們現在到了天國花園嗎？」王子問。

「沒有，當然沒有！」東風回答說。「不過我們馬上就要到了。你看到那邊石砌的牆嗎？你看到那邊的大洞口嗎？你看到那洞口上懸著的像綠帘子的葡萄藤嗎？我們將要走進那洞口！請你緊緊裹住你的大衣吧！太陽在這兒灼熱地烤著，可是再向前一步，你就會感到冰凍般的寒冷，飛過這洞口的麻雀總有一隻翅膀留在炎熱的夏天裡，另一隻翅膀留在寒冷的冬天裡！」

「這就是到天國花園去的道路嗎？」王子問。

他們走進洞口裡去！噢！裡面冷得像冰一樣，但是時間沒有多久。東風展開他的翅膀；它們亮得像最光耀的火焰。這是多麼奇怪的一個洞啊！懸在他們頭上的是一大堆奇形怪狀的、滴著水的石塊。有些地方是那麼狹小，他們不得不伏在地上爬；有些地方又是那麼寬廣和高闊，好像在高空中一樣。這地方很像墓地的教堂，裡面有發不出聲音的風琴管，和成了化石的旗子。

「我們通過死神的道路來到天國！」王子說。

但是東風一個字也不回答。他指著前面，那兒發出一道美麗的藍色在發出閃光。上面的石塊漸漸變成一層煙霧，最後變得像月光中的一塊白雲。他們現在呼吸到涼爽溫和的空氣，新鮮得好像站在高山上，香得好像山谷裡的玫瑰花。

有一條像空氣一樣清亮的河在流著，魚兒簡直像金子和銀子。紫紅色的鱔魚在水底下嬉戲，它們捲動一下就發出藍色的光

芒。寬大的睡蓮葉子射出虹一樣的色彩。被水培養著的花朵像油培養著的燈花一樣，鮮艷得像橘黃色的焰光。一座堅固的大理石橋，刻得非常精緻而富有藝術風味，簡直像是用緞帶和玻璃珠子砌成的。它橫在水上，通到幸福之島——天國花園，在這兒開出一片花朵。

　　東風用雙手抱著王子，把他帶到這個島上。花朵和葉子唱出他兒時最悅耳的歌曲，不過它們唱得那麼美，人類的聲音是絕唱不出來的。

　　生長在這兒的東西是棕櫚樹呢，還是龐大的水草？王子從來沒看過這麼青翠和龐大的樹木。許多非常美麗的攀援植物垂下無數的花彩，像聖賢著作中書緣上那些用金黃和其他色彩所繪成的圖案，或是一章書的頭一個字母中的花紋。這可說是花、鳥和花彩所組成的「三絕」。附近的草地上有一群孔雀在展開光亮的長尾。是的，這都是真的！不過當王子摸一下這些東西時，他發現它們並不是鳥兒，而是植物。它們是牛蒡，但是光耀得像華麗的孔雀屏。虎和獅子，像敏捷的貓兒一樣，在綠色的灌木中跳來跳去。這些灌木林發出的香氣像橄欖樹的花朵。而且這些老虎和獅子都是很馴服的。野斑鳩閃亮得像最美麗的珍珠。它們在獅子的鬃毛上拍著翅膀。平時總是很羞怯的羚羊現在站在旁邊點著頭，好像它也想來玩一陣子似的。

　　天國的仙女來到了。她的衣服像太陽似地發著亮光，她的面孔是溫柔的，正如一個快樂的母親對於自己的孩子感到幸福的時候一樣。她是又年輕，又美麗。她後面跟著一群最美麗的使女，每個人頭上都戴著一顆亮晶晶的星。

東風把鳳凰寫的那張棕櫚葉子交給她，她的眼睛發出快樂的光彩。她挽著王子的手，把他領進王宮裡去。那兒牆壁的顏色就像照在太陽光中的鬱金香。天花板就是一大朵閃著亮光的花。人們越往裡面看，花蕚就越顯得深。王子走到窗子那兒去，在一塊玻璃後面往外看。這時他看到知識之樹、樹旁的蛇和在附近的亞當和夏娃。

「他們沒有被趕出去麼？」他問。

仙女微笑了一下。她解釋說，時間在每塊玻璃上烙下了一幅圖畫，但這並不是人們慣常所見的那種圖畫。不，這畫裡面有生命：樹上的葉子在搖動，人就像鏡中的影子似地來來往往。他又在另一塊玻璃後面望。他看見雅各夢見通到天上的梯子⑧，長著大翅膀的天使在上上下下地飛翔。的確，世界上所發生的事情全都在玻璃裡活動著。只有時間才能刻下這樣奇異的圖畫。

仙女微笑了一下，又把他領到一間又高又大的廳堂裡去。牆壁像是透明的畫像，面孔一個比一個好看。這兒有無數幸福的人們，他們微笑著，歌唱著；這些歌聲和笑聲交融成爲一種和諧的音樂。最上面的是那麼小，小得比畫在紙上做爲最小的玫瑰花苞的一個點還要小。大廳中央有一棵綠葉茂密、枝椏低垂的大樹；大大小小的金黃蘋果，像橘子似的在葉子之間懸著，這就是知識之樹，亞當和夏娃曾吃過這樹上的果子。每一片葉子滴下一滴亮晶晶的紅色露珠；這好像是樹哭出來的血眼淚。

「我們現在到船上去吧！」仙女說，「我們可以在波濤上呼吸一點空氣。船會搖擺，可是它並不離開原來的地點。而全世界所有的國家將會在我們眼前經過。」

　　整個的河岸在移動，這真是一種奇觀。積雪的阿爾卑斯山，帶著雲塊和松林，現在出現了；號角吹出憂鬱的曲調；牧羊人在山谷裡高聲歌唱。香蕉樹在船上垂下長枝；烏黑的天鵝在水上游泳，奇異的動物和花卉在岸上顯耀著自己。這是新荷蘭 ⑨──世界五大洲之一。它被一系列的青山襯托著，在眼前浮過去了。人們聽到牧師的歌聲，看到原始人踏著鼓聲和骨喇叭聲在跳舞。深入雲霄的埃及金字塔，倒下的圓柱和一半埋在沙裡的斯芬克斯 ⑩，也都在眼前飄浮過去了。北極光照在北方的冰河上──這是誰也仿造不出來的焰火。王子感到非常幸福。的確，他所看到的東西，比我們現在所講的要多一百倍以上。

　　「我能不能永遠住在這兒？」他問。

　　「這要由你自己決定！」仙女回答說。「如果你能不像亞當那樣去做違禁的事，你就可永遠住在這兒！」

　　「我絕不會去動知識之樹上面的果子！」王子說。「這兒有無數的果子跟那個果子同樣美麗。」

　　「請你問問你自己吧。假如你的意志不夠堅強，你可以跟送你來的東風一起回去。他快要飛回去了。他只有過了一百年以後才再到這兒來；在這兒，這段時間只不過像一百個鐘頭；但就罪惡和誘惑說來，這段時間卻非常漫長。每天晚上，當我離開你的時候，我會對你喊：『跟我一塊兒來吧！』我也會向你招手，不過你不能動，你不要跟我一起來，因為你向前走一步，你的慾望就會增大。那麼你就會來到長著那棵知識之樹的大廳。我就睡在它芬芳的垂枝下面；你會在我的身上彎下腰來，而我必然會向你微笑。不過如果你親吻我的嘴唇，天國就會墜到地底下去，

那麼你也就失掉它了。沙漠的屬風將會在你的周圍吹，冰涼的雨點將會從你的頭髮上滴下來。憂愁和苦惱將會是你的命運。」

「我要在這兒住下來！」王子說。

於是東風就在他的前額上吻了一下，同時說：「請你堅強些吧！一百年以後我們再在這兒會見。再會吧！再會吧！」

東風展開他的大翅膀。它們發出的閃光像秋天的麥田或寒冷多天的北極光。

「再會吧！再會吧！」這是花叢和樹林中發出的聲音。鸛鳥和鵜鶘成行地飛起，像飄蕩著的緞帶，一直陪送東風飛到花園的邊境。

「現在我們開始跳舞吧！」仙女說。「當我和你跳完了，當太陽落下去時，我將向你招手。你將會聽到我對你喊：『跟我一塊兒來吧！』不過請你不要聽這話，因為在這一百年間我每晚必定說一次這樣的話。你每經過一次這樣的考驗，你就會獲得更多的力量；最後你就會一點也不想這話了。今晚是第一次。我得提醒你！」

仙女把他領到一個擺滿了透明百合花的大廳裡。每朵花的黃色花蕊是一把小小的金色豎琴——它發出弦樂器和蘆笛的聲音。許多苗條的美麗女子，穿著霧似的薄紗衣服，露出她們可愛的肢體，在輕盈地跳舞。她們歌唱著生存的快樂，歌唱她們永不滅亡，天國花園永遠開著花朵。

太陽落下來了。整個天空變成一片金黃，把百合花染上一層最美麗的玫瑰色。王子喝著這些姑娘所倒出的、泛著泡沫的美酒，感到從來沒有過的幸福。他看到大廳的背景在他面前展開；

知識之樹在射出光芒，使他的眼睛昏花。歌聲是柔和的、美麗的，像他母親的聲音，也像母親在唱：「我的孩子！我親愛的孩子！」

於是仙女向他招手，向他親熱地說：

「跟我來吧！跟我來吧！」

於是他就向她走去。他忘記了自己的諾言，忘記了那頭一個晚上。她在招手，在微笑。環繞在他周圍的芬芳的氣息越變越濃，豎琴也奏得更好聽。在這長著知識之樹的大廳裡，現在似乎有好幾個面孔在向他點頭和歌唱，「大家應該知道，人類是世界的主人！」從知識之樹的葉子上摘下來的不再是血眼淚，在他的眼中，這似乎是發亮的紅星。

「跟我來吧！跟我來吧！」一個顫抖的聲音說。王子每走一步，就感到自己的面孔更灼熱，血流得更快。

「我一定來！」他說。「這不是罪過，這不可能是罪過！為什麼不追求美和快樂呢？我要看看她的睡姿！只要我不吻她，我就不會有什麼損失。我絕不做這事，我是堅強的，我有果決的意志！」

仙女脫下耀眼的外衣，分開垂枝，不一會兒就藏進樹枝裡去了。

「我還沒有犯罪，」王子說，「而且我也絕不會。」

於是他把樹枝向兩邊分開。她已經睡著了，只有天國花園的仙女才能有她那樣美麗。她在夢中發出微笑，他對她彎下腰來，她看見她的睫毛下有淚珠在顫動。

「你是在為我哭嗎？」他柔聲地說。「不要哭吧，你——美

麗的女人！現在我可懂得天國的幸福了！這幸福現在在我的血液裡流，在我的思想裡流。在我這個人的身體裡，我現在感到了天使的力量，感到永恆的生命。讓這永恆的夜屬於我吧，有這樣的一分鐘已經足夠豐富了。」

於是他吻了她眼睛裡的眼淚，他的嘴唇貼上了她的嘴唇——。

這時一個沉重可怕的雷聲響起來了，任何人從來都沒有聽見過。一切東西都沉陷了；那位美麗的仙女，那開滿了花的樂園——這一切都沉陷了，沉陷得非常深。王子看到這一切沉進黑夜中去，像遠處亮著的一顆小小的明星。他全身感到一種死的寒冷。他閉起眼睛，像死去了似的躺了很久。

冷雨落到他的臉上，厲風在他的頭上吹，於是他恢復了知覺。

「我做了些什麼呢？」他嘆一口氣。「我像亞當一樣犯了罪！所以天國就沉陷下去了！」

於是他睜開了眼睛。遠處的那顆明星，那顆亮得像是已經沉陷了的天國之星——是天上的一顆晨星。

他站起來，發現自己在大森林裡風之洞的近旁，風媽媽正坐在他的身邊：她有些兒生氣，把手舉在空中。

「在第一天晚上，」她說，「我料想到結果必定是如此！是的，假如你是我的孩子，你就得鑽進袋子裡去！」

「是的，你應該鑽進去才行！」死神說。這是一位強壯的老人，手中握著一把鐮刀，身上長著兩隻大黑翅膀。「他應該躺進棺材裡，不過他的時間還沒有到；我只是把他記下來，讓他在人

世間再旅行一些時候，叫他能贖罪，變得好一點！總有一天我會
來的。在他意料不到的時候，我將把他關進一個黑棺材裡，我把
他頂在我的頭上，向那一顆星飛去。那兒也有一個開滿花朵的天
國花園。如果他是善良和虔誠的，他就可以走進去。不過如果他
有惡毒的思想，如果他的心裡還充滿罪過，他將和他的棺材一起
墜落，比天國墜落得還要深。只有在隔了一千年以後我才再來找
他，使他能有機會再墜落得更深一點，或是升向那顆星──那顆
高高地亮著的星！」〔1839 年〕

　　這篇故事原收集在《講給孩子們聽的故事》第五集裡，關於
這篇故事，安徒生說：「這是我兒時聽到的第一個童話。我非常
喜歡它，但我也很失望，因為它不夠長。」他現在把它加以創造，
有了新的發揮，加進了更明確的主題：「大家應該知道，人類是
世界的主人！」但人類缺點很多：「罪惡和誘惑」總是在向他招
手。他幾乎每天在面對著新的考驗，只有堅強的意志，才能免於
罪惡的誘惑。在這個故事中的主人翁──王子也相信自己的意
志和決心，但在實際的考驗面前失敗了。但他仍有機會得救。掌
握他命運的死神說：「只有在隔了一千年以後我才再來找他，使
他能有機會再墜落得更深一點，或是升向那顆星──那顆高高
地亮著的星！」問題在於你是否有堅強意志。只要你有堅強的意
志，你仍可以「升向……那顆亮著的星，」名副其實地成為「世

界的主人」。

【註釋】

①根據古代希伯來人的神話，上帝用泥土創造世界上第一個男人亞當；然後從亞當
的身上抽出一條肋骨，創造出第一個女人夏娃。上帝讓他們在天國花園裡幸福地生
活著，但是不准他們吃知識之樹上的果子。夏娃受了一條蛇的愚弄，勸亞當吃了禁
果。結果上帝發現了，把他們趕出天國花園。基督教徒認為：因為人類的始祖不聽
上帝的話，所以一生下來就有「罪孽」。

②白令島(Beeren-Eiland)是太平洋北端白令海上堪察加半島東部的一個海島。過去
是一個獵取海豹的場所。到 1911 年差不多所有的動物都被獵取光了。

③卡菲爾人(Kaffer)是南非的一個黑人種族，以勇敢著名，曾和英國的殖民主義者做
過長期的抗爭。

④霍屯督人(Hottentot)是西南非洲的一個黑人種族。

⑤這是非洲一種類似羚羊的動物。

⑥阿拉(Allah)是伊斯蘭教中的真主。

⑦在古時封建的印度，一個女人在丈夫死後，就用火把自己燒死，以表示她的「貞
節」。

⑧這個故事見《聖經·舊約全書·創世紀》第二十八章第十一節至第十二節：雅各「到
了一個地方，因為太陽落了，就在那裡住宿，便拾起那地方的一塊石頭，枕在頭下，
在那裡躺臥睡了。夢見一個梯子立在地上，梯子的頭頂著天，有神的使者在梯子
上，上去下來。」

⑨這是澳洲的舊稱。

⑩這裡指埃及金字塔附近的獅身人面像。

最難使人相信的事情

誰能做出一件最難使人相信的事情，誰就可以得到國王的女兒和他的半個王國。

　　年輕人——甚至還有老年人——爲這事絞盡了腦汁。有兩個人把自己啃死了，有一個人喝酒喝得醉死了：他們都是照自己的一套辦法來做出最難使人相信的事情，但是這種做法都不合乎要求。街上的小孩子都在練習向自己的背上吐口水——他們以爲這就是最難使人相信的事情。

　　一天，有一個展覽會開幕了；會上每個人表演一件最難使人相信的事情。裁判員都是從三歲的孩子到九十歲的老頭子中挑選出來的。大家展出的最難使人相信的事情倒是不少，但是大家很快就取得了一致的意見，認為最難使人相信的一件東西是一座有框子的大鐘：它裡裡外外的設計都非常奇妙。

　　它每敲一次就有活動的人偶跳出來指明時刻。這樣的表演一共有十二次，每次都出現了能說能唱的活動人偶。

　　「這是最難使人相信的事情！」人們說。

　　鐘敲一下，摩西就站在山上，在石板上寫下第一道聖諭：「真正的上帝只有一個。」

　　鐘敲兩下，伊甸園就出現了：亞當和夏娃兩人在這兒會面，他們都非常幸福，雖然他們兩人連一個衣櫃都沒有——他們也沒有這個需要。

　　鐘敲三下，東方就出現了三王①。他們之中有一位黑得像炭，但是他也沒有辦法，因為太陽把他曬黑了。他們帶來薰香和貴重的物品。

　　鐘敲四下，四季就出現了。春天帶來一隻杜鵑，它棲在一枝含苞的山毛櫸樹枝上。夏天帶來蚱蜢，它棲在一根熟了的麥稈上。秋天帶來鸛鳥的一個空巢——鸛鳥都已經飛走。冬天帶來一隻老烏鴉，它棲在火爐的一旁，講著故事和舊時的回憶。

　　「五官」在鐘敲五下的時候出現：視覺成了一個眼鏡製造匠；聽覺成了一個銅匠；嗅覺在賣紫羅蘭和車葉草；味覺是一個廚子；感覺是一個承辦喪事的人，他戴的黑紗一直拖到腳跟。

鐘敲了六下。一個賭徒坐著擲骰子：最大的那一面朝上，上面是六點。

接著一星期的七天（或者七大罪過）出現了——人們不知道究竟是誰：他們都是半斤八兩，不容易辨別。

於是一個僧人組成的聖詩班到來了，他們唱晚間八點鐘的頌歌。

九位女神隨著鐘敲九下到來了：一位是天文學家，一位管理歷史文件，其餘的則跟戲劇有關。

鐘敲十下，摩西帶著他的誡條又來了——上帝的聖諭就在這裡面，一共有十條。

鐘又敲起來了。男孩子和女孩子在跳來跳去；他們一面在玩一種遊戲，一面在唱歌：

　　　滴答，滴答，滴滴答，
　　　鐘敲了十一下！

於是鐘就敲了十二下。守夜人戴著氈帽、拿著「晨星」②來了。他唱著一支古老的守夜歌：

　　　這恰恰是半夜的時辰，
　　　我們的救主已經出生！

當他正在唱的時候，玫瑰花長出來了，變成一個天使的頭，被托在五彩的翅膀上。

　　這聽起來眞是愉快，看起來眞是美麗。這是無比的、最難使人相信的藝術品──大家都這樣說。

　　製作它的是一個年輕的藝術家。他的心腸好，像孩子一樣地快樂，他是一個忠實的朋友，對他窮苦的父母非常孝順。他應該得到那位公主和半個王國。

　　最後評判的一天來到了。全城都在張燈結彩。公主坐在王座上──座墊裡新添了馬尾，但這並不使人覺得更舒服或更愉快。四周的裁判員狡猾地對那個快要獲得勝利的人望了一眼──這人顯得非常有把握和高興：他的幸運是肯定的，因爲他創造出一件最難使人相信的東西。

　　「嗨，現在輪到我了！」這時一個又粗又壯的人大聲說。「我才是做一件最難使人相信的事情的人呢！」

　　於是他對著這件藝術品揮起一把大斧頭。

　　「噼！啪！嘩啦！」全都完了。齒輪和彈簧到處亂飛；什麼都毀掉了！

　　「這只有我才能做得出來！」這人說。「我的工作打倒了他的和每個人的工作。我做出了最難使人相信的事情！」

　　「你把這樣一件藝術品毀掉了！」裁判員說，「這的確是最難使人相信的事情！」

　　所有在場的人都說著同樣的話。他將得到公主和半個王國，因爲一個諾言究竟是一個諾言，即使它最難使人相信也罷。

　　喇叭在城牆上和城樓上這樣宣布：「婚禮就要舉行了！」公主並不覺得太高興，不過她的樣子很可愛，衣服穿得也華麗。教堂裡都點起了蠟燭，在黃昏中特別顯得好看。城裡的一些貴族小

姐們，一面唱著歌，一面扶著公主走出來。騎士們也一面伴著新郎，一面唱著歌。新郎擺出一副堂而皇之的架子，好像誰也打不倒他似的。

　　歌聲現在停止了。靜得很，連一根針落到地上都聽得見。不過在這沉寂之中，教堂的大門忽然嘎的一聲開了，於是──砰！砰！鐘的各種機件在走廊上走過去了，停在新娘和新郎中間。我們都知道，死人是不能再起來走路的，不過一件藝術品卻是可以重新走路的：它的身體被打得粉碎，但是它的精神是完整的。藝術的精神在顯靈，而這絕不是開玩笑。

　　這件藝術品生動地站在那兒，好像它是非常完整，從來沒有被毀壞過似的。鐘在接二連三地敲著，一直敲到十二點。那些人偶都走了出來：第一個是摩西──他的頭上似乎在射出火光。他把刻著誡條的石塊扔在新郎的腳上，把他壓在地上。

　　「我沒有辦法把它們搬開，」摩西說，「因為你打斷了我的手臂！請你就待在這兒吧！」

　　接著亞當和夏娃、東方來的聖者和四季都來了。他們每個人都說出那個很不好聽的真理：「你好羞恥呀！」

　　但是他一點也不感到羞恥。

　　那些在鐘上每敲一次就出現的人偶，都變得可怕地龐大起來，讓真正的人幾乎沒有半點地方可站。當鐘敲到十二下的時候，守夜人就戴著氈帽，拿著「晨星」走出來。這時起了一陣驚人的騷動。守夜人大步走到新郎身邊，用「晨星」在他的額上痛打。

　　「躺在這兒吧，」他說，「一報還一報！我們現在報了仇，

那位藝術家也報了仇！我們要走了！」

　　整個藝術品都不見了；不過教堂四周的蠟燭都變成了大朵的花束，同時天花板上的金星也射出長長的、明亮的光線來。風琴自動地演奏起來了。大家都說，這是他們前所未見的一件最難使人相信的事情。

　　「請你們把那位眞正的人召進來！」公主說。「那位製造這件藝術品的人才是我的主人和丈夫！」

　　於是他走進敎堂裡來，所有的人都成了他的隨從。大家都非常高興，大家都祝福他。沒有一個人嫉妒他──這眞是一件最難使人相信的事情！〔1870年〕

　　　　　　　　　　　　　　　　　　　　　　

　　這篇故事最初發表在1870年9月紐約出版的《青少年河邊雜誌》第四卷上，在第二個月它又發表在哥本哈根出版的《新丹麥每月出版物》上。什麼是「最難使人相信的事情」？這個故事本身已經說明了那就是眞正的藝術品。雖然「它的身體被打得粉碎，但它的精神是完整的。藝術精神在顯靈，而這絕不是開玩笑。」由於它，最難使人相信的奇蹟才能出現。

　　關於這個故事，安徒生在他日記中的記載說明它是寫於1870年4月下旬。他在1870年5月14日寫信給《青少年河邊雜誌》的編者斯古德的信說：「一星期以前，我寄給你爲《青少年河邊雜誌》寫的一篇新的故事〈曾祖父〉。今天我寄給你一篇

完全新的作品（即〈最難使人相信的事情〉）。這也可以說是我寫
的一篇最好的故事。像〈曾祖父〉一樣，在你的刊物沒有發表以
前，它將不在丹麥出版。」

【註釋】

①「東方三王」，或稱「東方三博士」。據《聖經·新約全書·馬太福音》第二章記載，
　耶穌降生時，有幾個博士「看見他的星」，從東方來到耶路撒冷，向他參拜。後人
　根據所獻禮物是三件，推定是三個博士。

②這是一根頂上有叉的木棒。

一枚銀幣

從前有一枚銀幣；當他從造幣廠裡走出來的時候，他容光煥發，又跳又叫：「萬歲！我現在要到廣大的世界上去了！」於是他就走向這個廣大的世界。

孩子用溫暖的手捏著他，守財奴用又黏又冷的手抓著他。老年人翻來覆去地看他，年輕人一拿到手裡就把他花掉。他是個銀做的硬幣，身上銅的成分很少；他來到這個世界上已經有一年的時間了——這就是說，在鑄造他的這個國家裡。但是有一天他

要出國旅行去了。他是他主人的錢袋中最後一枚本國錢。當這位紳士手裡拿著這枚銀錢幣時才知道有他。

「我手中居然還剩下一枚本國錢！」他說。「那麼他可以跟我一塊去旅行了。」

當他又把這枚銀硬幣放進錢袋裡去的時候，銀幣就發出噹啷的響聲，高興得跳起來。他現在跟一些陌生的朋友在一起；這些朋友來了又去，留下空位子給後來的人填補。不過這枚本國硬幣老是待在錢袋裡；這是一種光榮。

好幾個星期過去了。銀幣在這世界上已經跑得很遠，連他自己也不知道究竟到了什麼地方。他只是從別的錢幣那裡聽說，他們不是法國造的，就是義大利造的。一個說，他們到了某某城市；另一個說，他們是在某某地方。不過銀幣對於這些說法完全摸不著頭緒。一個人如果老是待在袋子裡，當然是什麼也看不見的。銀幣的情形正是這樣。

不過有一天，當他正躺在錢袋裡的時候，他發現袋子沒有扣上。因此他就偷偷地爬到袋口，向外面張望了幾眼。他不應該這樣做，不過他很好奇——人們常常要為這種好奇心付出代價的。他輕輕地溜到褲袋裡去；這天晚上，當錢幣被取出時，銀幣卻在他原來的地方留下來了。他和其他的衣服一起，被送到走廊上去了。他竟滾到地上去了，誰也沒有聽到他，誰也沒有看到他。

第二天早晨，這些衣服又被送回房裡來了。那位紳士穿好衣服，又繼續他的旅行，而這枚銀幣卻留在原地。他被發現了，所以就不得不又出來為人們服務。他跟另外三塊錢一起被用出去

了。

「看看周圍的事物是一樁愉快的事情，」銀幣想。「認識許多人和知道許多風俗習慣，也是一樁愉快的事情。」

「這是一枚什麼銀幣？」這時有一個人說。「它不是這國家的錢，它是一枚假錢，一點用也沒有。」

銀幣的故事，根據他自己所講的，就從這兒開始。

「假貨──一點用也沒有！這話真叫我傷心！」銀幣說。「我知道我是上好的銀鑄成的，敲起來響亮，官印是真的。這些人一定是弄錯了。他們絕不是指我！不過，是的，他們是指我。他們特地把我叫做假貨，說我沒有一點用。『我得偷偷地把這傢伙使用出去！』得到我的那個人說；於是我就在黑夜裡被人轉手，在白天被人咒罵。──『假貨──沒有用！我得趕快把它使用出去。』」

每次當銀幣被偷偷地當做一枚本國錢幣轉手時，他就在人家的手中發抖。

「我是一枚多麼可憐的銀幣呀！如果我的銀、我的價值、我的官印都沒有用處，那麼它們對於我又有什麼意義呢？在世人的眼中，人們認為你有價值才算有價值。我本來是沒有罪的；因為我的外表對我不利，就顯得有罪，於是我就不得不在罪惡的道路上偷偷摸摸地爬來爬去。我因此而感到心中不安；這真是可怕！──每次當我被拿出來的時候，一想起世人看著我的那些眼神，我就戰慄起來，因為我知道我將會被當做一個騙子和假貨退回去，扔到桌子上的。

「有一次我落到一個窮苦的老太婆手裡，做為她一天辛苦勞

動的工資。她完全沒有辦法把我扔掉。誰也不要我，結果我成了
她的一件沉重的心事。

「『我不得不用這硬幣去騙一個什麼人，』她說，『因爲我沒
有力量收藏一枚假錢。那個有錢的麵包師應該得到它，他有力量
吃這點虧——不過，雖然如此，我做這件事究竟還是不對的。』

「那麼我也只好成爲這老太婆良心上的一個負擔了，」銀幣
輕嘆一口氣。「難道我到了晚年眞的要改變得這麼多嗎？」

「於是老太婆就到有錢的麵包師那兒去。這人非常熟悉市上
一般流行的硬幣；我沒有辦法騙他接受。他當面就把我扔回給
那個老太婆。她因此也就沒有用我買到麵包。我感到萬分難過，
覺得我居然成了別人苦痛的源泉——而我在年輕的時候卻是那
麼快樂、那麼自信：我認識到我的價値和我的官印。我眞是憂鬱
得很；一枚人家不要的硬幣所能有的苦痛，我全有了。不過那個
老太婆又把我帶回家去。她以一種友愛與溫和的態度熱情地看
著我。『不，我不用你去欺騙任何人，』她說。『我將在你身上打
一個孔，好使人們一看就知道你是假貨。不過——而且——而且
我剛才想到——你可能是一枚吉祥的硬幣。我相信這是眞的。這
個想法在我腦子裡的印象很深刻。我將在這硬幣上打一個洞，穿
一根線，把它做爲一枚吉祥的硬幣掛在鄰居家一個小孩的脖子
上。』

「因此她就在我身上打了一個洞。被人敲出一個洞來當然不
是一樁很痛快的事情；不過，只要人們的用意是善良的，許多苦
痛也就可以忍受得下了。我身上穿進了一根線，於是我就變成了
一枚徽章，掛在一個小孩子的脖子上。這孩子對著我微笑，吻著

我；我整夜躺在他溫暖的、天真的胸脯上。

「早晨到來的時候，孩子的母親就把我拿在手上，研究我。她對我有她自己的一套想法——這一點我馬上就能感覺出來。她取出一把剪刀來，把這根線剪斷了。

「『一枚吉祥的硬幣！』她說。『唔，我們馬上就可以看得出來。』

「她把我放進醋裡，使我變得全身發綠。然後她把那個洞塞住，擦了我一會兒；接著在黃昏時，把我帶到一個賣彩票的人那兒去，用我買了一張使她發財的彩票。

「我是多麼苦痛啊！我內心有一種刺痛的感覺，好像我要破裂了似的。我知道，我將會被人叫做假貨，被人扔掉——而且在一大堆別的錢幣面前扔掉。他們的臉上都刻著字和人像，可以因此覺得了不起。但是我溜走了。彩票販子的房間裡有許多人；他忙得很，所以我噹啷一聲就跟許多其他的錢幣滾進匣子裡去了。究竟我的那張彩票中了沒有，我一點也不知道。不過有一點我是知道的，那就是：第二天早晨人們將會認出我是一個假貨，而把我拿去繼續不斷地欺騙人。這是一種令人非常難受的事情，特別是你自己的品行本來很好——我自己不能否認這一點的。

「有好長一段時間，我就是從這個手裡轉到那個手裡，從這一家跑到那一家，我老是被人咒罵，老是被人瞧不起。誰也不相信我；我對於自己和世人都失去了信心。這真是一種很不好過的日子。

「最後有一天一個旅客來了。我當然被轉到他的手中去，他

這人也天真得很，居然接受了我，把我當做一枚通用的錢幣。不過他也想把我用出去。於是我又聽到一個叫聲：『沒有用──假貨！』

「『我是把它當做真貨接受過來的呀，』這人說。然後他仔細地看了我一下，忽然滿臉露出笑容──我以前從沒有看到，任何面孔在瞧見我的時候會露出這樣的表情。『嗨，這是什麼？』他說。『這原來是我本國的一枚錢，一個從我家鄉來的、誠實的、好用的銀幣；而人們卻把它敲出一個洞，還要把它當做假貨。嗯，這倒是一件妙事！我要把它留下來，一起帶回家去。』

「我一聽到我被叫做耐用的、誠實的硬幣，我全身都感到快樂。現在我將要被帶回家去。在那兒每個人將會認得我，會知道我是用真正的銀鑄出來的，並且蓋著官印，我高興得幾乎要冒出火星來；然而我究竟沒有冒出火星的性能，因為那是鋼鐵的特性，而不是銀子的特性。

「我被包在一張乾淨的白紙裡，好使得我不要跟別的錢幣混在一起而被用出去。只有在喜慶的場合，當許多本國人聚集在一起的時候，我才被拿出來給大家看。大家都稱讚我，他們說我很有趣──說來很妙，一個人可以不說一句話而仍然會顯得有趣。

「最後我總算是回到家裡。我的一切煩惱都結束了。我的快樂又開始了，因為我是好銀造的，而且蓋有真正的官印。我再也沒有苦惱的事兒要忍受了，雖然我像一枚假錢幣一樣，身上已經穿了一個孔。但是假如一個人實際上並不是一件假貨，那又有什麼關係呢？一個人應該等到最後一刻，他的冤屈總會被洗雪的

——這是我的信仰。」銀幣說。[1862 年]

　　這篇故事是安徒生 1861 年 5 月在義大利的立佛爾諾省住了幾天寫成的，發表在 1862 年哥本哈根出版的《丹麥大眾曆書》上。一枚貨真價實的銀幣，像人一樣，在不同的情況下，在不同人的眼裡，成了假貨，處處受到排擠、批判，並且戴上帽子（被打穿了一個孔），最後轉到識貨人的手中才得到平反。「假如一個人實際上並不是一件假貨，那又有什麼關係呢？一個人應該等到最後一刻，他的冤屈總會被洗雪的——這是我的信仰。」這個信仰使他沒有尋短見，活下來了。關於這個故事的背景，安徒生在手記中寫道：「我從齊衛塔乘輪船，在船上我用一枚斯古奪（義大利幣名）換幾個零錢，對方給了我兩枚假法郎。誰也不要它。我覺得受了騙，很惱火。但是很快的我覺得可以用這寫一篇童話……」在他 1861 年 5 月 31 日的日記中，他補充寫道：「我把這枚錢送給了立佛爾諾車站的一位搬運工。」

國家圖書館出版品預行編目資料

安徒生故事全集 ／ 安徒生（H. C. Andersen）著
；　葉君健翻譯‧評註. -- 初版. -- 臺北市 ：
遠流 ， 1999【民 88】
　　冊；　　　公分.--（世界不朽傳家經典； 1-
4）
　　ISBN　957-32-3671-0 （第一冊 ：精裝）. --
ISBN　957-32-3672-9（第二冊：精裝）. -- ISBN
957-32-3673-7（第三冊：精裝）. -- ISBN　957-
32-3674-5（第四冊 ： 精裝）. -- ISBN 957-32-
3678-8 （一套 ： 精裝）

881.559　　　　　　　　　　　　　88001109